KB262252

한국 현대시의 내면화 경향

한국 현대시의 내면화 경향

한국 현대시의 내면화 경향

한 경 희 저

도서출판 역락

식민지라는 역사 시간 속에서 문학의 본질 문제는 가끔 가벼워지는 경우를 만난다. 이 시기의 문학이 역사인식과 현실에 대한 문학적 책무를 묻는 질문을 게을리 할 이유는 없다. 다만, 문학적 진정성을 찾아가는 연구에 대한 필요성도 동시에 요구해야 한다는 것이다. 이런 고민 안에서 서정장르의 고유성을 모색하는 일을 시도해 보았다. 역사·정치현실의 변화와 개인의 내적 현실의 조화를 통해 생산되었을 작품의 문학적 특징을 내면성으로 고찰하였다.

시적 장르의 고유성은 내면성에 있으며 이 내면직 특징을 이해하기 위해서는 존재론적인 접근이 유용한 방법론이 될 수 있다. 시적 언어 자체가 이미 시인이 의도한 상징성을 바탕으로 한 은유적 질서를 가지고 있기 때문에 존재론적인 접근이 필요하다. 이런 판단으로 철학적인 개념을 단편적이나마 나열하기도 하였다. 설익었거나 모자라는 수준의 해석이 사이사이 발견될 때마다 꾸준히 고쳐나가며 시적 사유의 키를 키우련다.

사실, 이 글과 씨름하는 동안 모든 작품은 해석을 기다리는 손님이었으며, 어떤 시작품에서도 언어의 미궁을 말끔하게 풀어낼 수는 없었다. 그 미궁을 잡고 있는 날마다 부담은 커졌고, '차연'의 세계처럼 미끄러지기만 하였다. 작품의 해석을 두고 반듯한 결과나 부족하고 모호한 해석의 사이에서 연장되고, 겹쳐지고 있었다.

돌아보건대, 현대시의 내면적인 경향을 탐구하겠다는 의도에 비해 대상으로 선정한 시인이 너무 제한적이다. 다양한 시인들을 다루지 않았기에 내면적인 경향을 전체적으로 조감할 수준이 못 된다. 선별한 몇 시인의 작품이 내면적인 경향을 모두 대변한다고 보기도 어렵다고 생각한다. 그래서 현대문학이 본격적으로 생산되던 시기의 시인들의 전반적인 작품을 살펴봐야 하고 그것들의 성격을 분류할 일이 차후의 과제로 남아 있다. 이런 과정이 덧붙여진다면, 서정장르의 내면적인 경향에 대한 정리가 제대로 될 것으로 생각된다.

문학연구의 길에 들어서기까지 많은 선생님들의 은혜와 가르침은 잊을 수 없다. 문학공부의 방법과 시의 세계를 지도해주신 손병희 선생님, 철학적 사유의 힘을 길러주신 김형효 선생님, 부족한 논문을 지도해주신 오세영 선생님, 신범순 선생님, 최승호 선생님, 송기한 선생님, 공부와 삶의 길에서 항상 고마우신 김장동 선생님, 이종영 선생님, 이종묵 선생님, 그리고 필자의 부족함으로 누를 끼친 김병선 선생님께는 늘 마음의 부담과 빚을 안고 있다. 이런 글을 책으로 낸다는 것이 여러 선생님들께 몹시 부끄러운 일이지만, 더욱 열심히 연구하는 모습을 통해 이 부끄러움과 부담을 덜어낼 것을 약속드린다.

시가 지닌 내면성을 찾아가는 작업이라고 하기에는 너무나 부족한 글을 묶는 심정은 솔직하게 난감하다. 이 어색함을 산뜻한 편집으로 조금이나마 덜어준 역락출판사 편집부 이태곤 팀장님과 권분옥 씨께 감사의 마음을 전한다.

2005년 5월 10일
한 경 희

┃차 례

머리말 ■ 5

제 1 장 한국 현대시의 내면세계를 향한 모색 ■ 11

　1. 문제제기 및 연구사 검토 …………………………………… 11
　2. 연구의 관점과 방법론 …………………………………… 32

제 2 장 한계상황과 부조리에 놓인 단독자적 자아―이상 ■ 45

　1. 존재자의 제한과 구속에서 나타나는 한계상황 ………… 47
　　(1) '세계의 유아'와 아버지의 상징성 ………………… 48
　　(2) 대상 인식의 부재와 차단된 전망 ………………… 60
　　(3) 제한적인 세계를 드러내는 방법적인 역설 ………… 67

　2. 거울의 허구적인 이미지와 부조리한 세계 ……………… 71
　　(1) 허구적인 이미지가 일으키는 혼란한 자기인식 …… 73
　　(2) 일방적인 시선에서 오는 동일성의 거리 …………… 79
　　(3) 촉각의 무감각과 내용이 비어 있는 공간 ………… 85

　3. 세계에 의도적으로 무의지를 표방하는 단독자 ………… 90
　　(1) 의도적인 무의지와 의미의 부재 …………………… 92
　　(2) 실존적인 관계성에 기반한 역사성 ………………… 97

제 3 장 무상한 세계에 거리를 두는 허무적 자아-백석 ■ 105

1. 존재 이해가 부족한 유년시절의 낭만적인 현실 ··········· 108
   (1) 자기 존재의 터전으로서 고향 ····························· 109
   (2) 유년의 실감을 구성하는 이야기 ····················· 115
   (3) 일상 속에서 더불어 즐기던 놀이 ························· 125

2. 유랑하는 존재자의 거주 방식 ······························· 132
   (1) 구심점이 상실된 장소로서의 장(날) ················· 134
   (2) 항구도시 배회에서 보이는 통로의 단절 ············· 141
   (3) 지속되는 낯선 장소에서의 배회 ····················· 148

3. 자기의지를 개진하지 못하는 신념의 허무함 ············· 153
   (1) 자기 존재의 무상함과 정서적인 반응 ················· 155
   (2) 무상한 세계와 신념의 부재 ····························· 168

제 4 장 존재 모색과 사유의 과정으로서 성찰적 자아-윤동주 ■ 177

1. 자기 반성과 성찰을 통한 자기 확인 ····················· 179
   (1) 부끄러움, 괴로움, 그리움의 실존적인 감정 ··········· 180
   (2) 자기절제와 속죄의식의 고통스러움 ····················· 188
   (3) 자기성찰의 전형으로서의 길 ····························· 193

2. 자기 배려를 위한 좋음과 선함의 모색 과정 ……………… 200
　(1) 동시가 갖는 근원적인 선함 ……………………… 202
　(2) 친애의 굳건한 믿음과 자기의지 ………………… 207
　(3) 암담하게 '처해 있음'의 희망적인 의지 …………… 213

3. 본래적인 자기 존재를 찾아가고자 하는 사색자 ………… 220
　(1) 본래적인 자기에 대한 그리움 …………………… 221
　(2) 자기 존재의 사유방법으로서 '부름'과 '염려' …… 229

제 5 장 시적 자아의 내면적 지향과 의미 ■ 241

1. 시적 자아의 내면적 존재양상의 의미 ……………………… 241
2. 1930, 40년대 시의 내면적인 경향 ………………………… 249

제 6 장 결　론 ■ 259

참고문헌 ■ 263
찾아보기 ■ 271

제 1 장

한국 현대시의 내면세계를 향한 모색

1. 문제제기 및 연구사 검토

우리의 현대문학을 논의하는 역사적인 공간에는 일제 강점기가 놓여 있다.[1] 우리가 어떤 작품을 연구하든 이 공간은 우리에게 역사적인 현재성의 가치를 묻게 한다. 이 시대의 문학에 대한 중심적인 논의의 한 축이 저항성과 민족성으로 응축되어 있음은 그것을 잘 반영하는 것이다.[2] 이러한 연구경향은 현대문학이 식민지의 역사적인 상황에서 어떻게 생산되었는가를 밝혀주는 중요한 역할을 하며, 동시에 문학연구의 선행단계로서 역사인식[3]의 필요성을 확인시켜준다.

---

1) 황성모, 『한국사회사론』, 심설당, 1984, 33면. "일제 말기 우리 민족의 정신적 상황은 하나의 기본적 사실에 의해 규정되었다. 그것은 다름 아닌 '현실박탈'이었다. 이에 대한 우리 민족의 반응은 두 가지였다. 그 하나는 현실로부터 자기소외이며, 다른 하나는 허위적 현실인지이다. 전자가 민족의 일체성을 관념 또는 하의식 속에서 간직하는 방법이었다고 한다면 후자는 민족적 일체성을 해체하면서 자기상실을 허상으로써 보상하는 방법이었다고 할 수 있다. 그러나 이 두 가지 반응은 한결같이 현실에 대한 자기의 일체성을 상실하고 있다는 점에서는 마찬가지이다."

2) 김우창, 『궁핍한 시대의 시인』, 민음사, 1977, 13-14면. "현대한국문학의 발생과 전개를 이야기할 때 삶의 가장 큰 테두리가 되는 것은 식민지라는 상황이다. 우리는 이 테두리를 일제하에 쓰인 문학을 평가하는 데 있어서는 기억해야 한다."

문학 작품으로 구성되는 문학의 역사에서 문학성은 그 중심에 놓여져야 한다. 그렇다고 식민지배의 역사 속에서 문학작품의 문학성은 창작층이나 혹은 독자층에게 완전하게 향유될 수 있었던 것은 아니다. 역사의 굴곡에서 문학적 전환을 감행한 작가들과 작품들은 어떤 식으로든 문학적인 진정성에 기반해 당대의 문제를 담아냈다고 볼 수 있다. 우리 문학사의 전개과정에서 현대시가 본격적으로 창작된 1930, 40년대의 시의 내면적인 경향은 매우 중요한 의미를 지니고 있다. 내면적인 경향을 서정장르 자체의 특징으로 보게 되면 현실회피의 결과로 이해하는 일은 없을 것이다. 문학 장르에서 시의 역할이 서사세계의 확장보다는 은유적인 질서로 내면세계를 구획하는 일이라고 할 때, 일제강점기 시간에도 이런 시적 질서는 그대로 유지되었다고 볼 수 있다.

폭압적인 정치현실의 공간 속에서 현대시라는 새로운 시적 경향이 등장하는 이 시기의 시적 질서에서 내면적인 경향은 시적인 대응방식의 양상이라고 할 수 있다. 이런 내면성의 특징적인 단면들은 시 장르 자체의 고유성을 드러내는 것이면서 당대 정치현실에 대한 시적 반응이기도 하다. 문학 장르의 근대적인 변화과정에서 충분히 새로운 변화를 시도하면서 내적 질서를 지켜가는 동력에는 내면적인 바탕이 마련되어 있다고 본다. 과도하게 읽힐 수도 있는 문제지만 장르적인 변화와 특징을 충실하게 수행하면서 나름의 역사현실을 담아내는 방식이라고 할 수 있다. 이런 특징은 시문학사의 특징적인 흐름을 보여준다고 할 수 있는데, 억압적인 시대를 벗어날 수 없었던 시대의 한계와 시의 장르적인 특징의 세계를 동시에 보여준다고 생각한다.

문학의 본질을 묻는 연구는 "문예작품을 어떻게 인식할 것인가"[4]의

---

3) 이명재, 『식민지시대의 한국문학』, 중앙대출판부, 1991, 23면. "우리가 식민지시대의 한국문학을 다루려면 실제의 문학작품 그 자체에만 치중하여 분석·평가하는 연구태도가 가능한 구미와는 다른 어프로치가 가미, 적용되어야 한다. 우리의 경우는 구체적인 작품의 해석에 앞서서 그 발상과 창작태도 내지 발표과정에 따른 검열상까지를 감안하여 고찰하지 않으면 안 된다."
4) 김인관, 「현상학적 문학방법론 연구」, 서울대 독어독문학과 박사논문, 1983. 로만

문제에서 출발한다. 하이데거의 입장에서 문학의 본질적 기능은 인식적인 것이다.[5] '시는 언어에 의한 존재의 건설'이라는 하이데거의 관점에 기댄다면 시는 존재를 열어밝힘에 그 본래 목적이 있는 것이다. "시적 의도는 어디까지나 인지적이며 그의 텍스트가 나타내는 것은 외적 혹은 내적 세계에 대한 정보이다. 인식적이라는 점에서 시적 의도는 놀랍게도 철학이나 과학적 의도와 가깝"[6]다. 그러므로 오직 시는 철학과 동일하게 존재를 열어 밝힐 수 있는 것이다.[7] "모든 위대한 시인은 오직 단 하나뿐인 유일한 시로부터만 시작(詩作)을 한다. 시인의 위대함은 오직 그가 얼마만큼 이 유일한 시에게 자신을 토로해서 자신의 시작적 언어를 그 유일한 것 가운데서 순수하게 보존할 수 있는가에 의해서 측정된다."[8] 그러므로 시적 언어는 존재의 본질을 밝힐 수 있는 근원이 되는 것이다. 풍부한 문학성 속에서 존재를 모색하게 될 때 문학의 인식적인 기능은 발휘될 수 있다.

시적 자아를 통해 드러나는 존재의 양상은 시를 통한 존재이해로 시선을 확대시켜준다. 존재에 관한 문제는 실존적인 조건 속에서 구체적인 양상을 띤다. 모든 문학 연구는 실존에 의한, 관한, 위한 작업에 기반해 있다. 인간의 실존을 문제삼고 있기 때문에 어떤 방향에 서 있든 실존은 근본적인 우리의 문제이면서 동시에 문학의 기반이 된다. 본고에

잉가르덴은 작품의 존재양상을 존재론적으로 연구하여 훗설의 언어이론과 관련하여 시학을 정립하고, 문예학의 학문화를 시도하였다. 이런 연구의 방법론으로서 현상학적인 관찰은 작품 자체를 가장 심오하게 성찰할 수 있게 한다. 단, 역사적 종합을 체념하지 않는다면 현상학적 분석은 새로운 인식을 생산할 수 있다.

5) M. 하이데거, 소광희, 『시와 철학』, 박영사, 1975, 53면.
6) 박이문, 『문학과 철학』, 민음사, 1996, 117면.
7) 박이문, 『현상학과 분석철학』, 일조각, 1979, 106-107면. 오직 시적 차원에서만 우리의 사고는 상식·편견에서 해방되어 있는 그대로의 존재에 충실할 수 있다. 그리고 이때 사고는 능동적으로 존재를 설명하거나 드러내려 하지 않고 수동적으로 존재가 나타나기를 기다리는 소극적인 입장을 취하게 마련이다. 이와 같은 시적 태도로서 "오직 시만이 철학과 그리고 철학적 사고와 같은 차원에 있다.…… 사고는 존재의 목소리를 경청하면서 존재의 진리가 표현될 수 있는 낱말을 찾는다."
8) M. 하이데거, 오병남·민형원, 『예술 작품의 근원』, 예전사, 1997, 134면.

서 사용하는 실존은 생존과 대립적인 구도이며, 개인적이자 내밀한 존재의 세계를 표현하기 위한 개념이다.

실존적 범주는 실존의 모호함 때문이 아니라 일상적인 삶을 우리가 너무 잘 알기 때문에 구획짓기가 곤혹스러운 것이다. 그러나 엄밀하게 그 곤혹스러움은 일상의 실존을 개념적으로 이해하고 있지 못하기 때문이며, 우리가 경험하는 것은 본질적인 경험이 아니라, 타자의 경험을 경험하고 있기 때문일 것이다. 엄밀하게 자기 자신만의 경험이란 것이 결국 타자의 경험이 응축된 것에 다름 아니다. 그러므로 실존의 범주를 구획짓기가 어려운 것이다. 죽음의 예만 하더라도, 자기 죽음에 우리는 구경꾼일 수밖에 없는 처지 아닌가. 누가 자기 죽음을 과학적으로 규명해 낼 수 있단 말인가. 그러므로 우리의 실존적인 경험이란 얼마나 한계에 봉착한 단순한 느낌이란 말인가. 본질은 해명할 길이 없고 단지 가닿는 과정에서 의미로 떠 있는 '도상의 존재'9)로서 이해될 뿐이다.

우리가 일상에서 만나는 수많은 사건은 자신의 의지와 무관한 외부적인 상황10)에서 비롯된다. 이러한 상황으로 구성된 세계 내의 존재자로서의 자아, 즉 실존적 자아는 개개인의 특수한 삶을 대상으로 하는 자아를 가리킨다. 무엇으로 규정하기 힘든 내면적인 자아는 언제나 존재를 모색하는 과정에서 만나게 된다. "일상적으로 누구나 다 정확하게 자기 자신으로 존재하고 자기 자신을 인식한다고 생각하지만, 막상 그 자아

---

9) 강학철, 『무의미로부터의 자유―키에르케고어의 역설적 인간학』, 동명사, 1999, 25면. "인간의 실존은 '생성'의 과정으로서, 즉 자기 자신에로의 성숙으로서, 자기 실현의 도정으로서 표현되어야 한다."
10) 앙리 베르그송, 정석해·정경석, 『시간과 자유의지』, 삼성출판사, 1993, 170면. "대부분의 시간을 우리는 자신에 대해 외적으로 살고 있는 것이며, 우리의 자아에 관해서는 그것의 퇴색한 환영, 즉 순수한 지속이 동질적 공간 속에 반영하는 그림자밖에는 감지하지 못하는 것이다. 그와 같이 우리의 실존은 시간 속에서보다는 오히려 공간 가운데 전개되고 있는 것이다. 즉, 우리는 자신을 위해서보다는 오히려 외계를 위해서 살고 있다는 것이다. 또한 생각한다기보다는 말하고 있는 것이다. 스스로 행동한다기보다는 행동되어지고 있는 것이다. 자유로이 행동한다는 것, 즉 그것은 자기를 되찾는 것이고, 순수지속 가운데로 복귀하는 것이다."

가 어떤 존재이고 그 자아를 어떻게 인식하느냐고 물으면 대답할 말을 잃게 되는 것이 사실이다. 이렇게 자아는 마치 숨바꼭질하는 사람처럼 내가 다른 곳을 보고 있으면 내 등 뒤에서 자신의 존재를 알리면서, 막상 내가 고개를 돌려 찾으려고 하면 자신의 모습을 감추어버리고 마는 것이다.”[11]

시적 자아의 내면적 존재양상[12]을 찾는 일은 허위적이거나 분열적이거나 피상적인 자아를 벗어나 주체적인 자기라고 규정할 수 있는 자아를 회복하기 위한 시도이다. 내면적인 존재양상이란 세계 내에서 존재하는 실존적인 자아를 가리키는 것과 동일한 맥락이다. 실존적으로 존재하는 주체는 자기 내면의 다양한 자아를 안고 살아간다. 그 자아가 보여주는 군상들 전부가 지금, 여기에 존재하는 주체를 구성하는 양상들이다. 그 다양한 양상들과 연계된 자리에서 진정한 자아라고 여길 수 있는 주체가 구성되는 것이다. 또한 존재양상에서 내면성을 중심에 두는 까닭은 존재의 모습은 내면적인 세계에서 구체상으로 나타날 수 있기 때문이다.

존재자가 거주하는 “세계가 만일 명료했다면 예술은 없었을 것”[13]이다. 세계의 불명료함이 예술을 낳고 주체와 대상의 다양한 관계를 구성해내는 것이다. “우리는 결코 이 완전하고 자족하는 내면성과 완전히 일치할 수 없”[14]기 때문에 존재자는 개인의 상황 속에 처하게 되는 것이다. 자아는 개인의 습관에서 나오는 ‘존재론적 안전과 신뢰’를 끊임없이

---

11) 한자경, 『자아의 연구』, 서광사, 1997, 146면.
12) 김준오, 「현상학적 비평의 수용과 문제점」, 『현상학』, 고려원, 1992, 126면. “실존주의적인 관점은 60년대 이후, 문학연구에서 사용된 방법론이라고 할 수 있다. 그러나 실존주의의 특징상, 어떤 방법론을 쓰더라도 여타 다른 방법론과 결부되어 논의되는 것이 일반적이다. 구조주의를 방법론으로 쓸 수 있으나, 결국 모든 방법론의 토대가 되는 것처럼 실존주의도 어떤 문학연구에서도 중요한 기반을 제공한다고 볼 수 있다. 그러므로 실존적인 관점에 입각한 연구는 60년대부터 시작되었어도, 실존의 존재론에 충실하기보다 문학해석에 기본적인 토대로서의 역할에 충실했다고 볼 수 있다.”
13) 알베르 카뮈, 박이문, 『까뮈의 예술관』, 오성출판사, 1969, 60면.
14) 루이 라벨, 최창성, 『존재론 입문』, 대한교과서주식회사, 1988, 5면.

추구하며, 자기 도취의 자아에 거리를 두면서 자아의 '성찰성'을 기반으로 한다. 존재해야 하는 실존적인 사명 앞에서 근원적인 존재의 모순을 토해내는 이상의 시, 존재가 밝혀주는 사유의 힘을 포기하지 않는 윤동주의 시, 세계에 좀더 적극적으로 참여하지 못하고 세계의 무상성 때문에 허무감을 드러내는 백석의 시를 통해 우리의 내면적인 자아가 보여주는 존재의 양상을 찾아간다.

본고는 존재자가 세계와의 관계를 형성하는 태도에 따라 존재자의 양상을 세 가지로 나누었다. 이때 존재의 방식이 드러난다고 볼 수 있는데, 단독자, 허무자, 사색자는 자기 세계에 침잠한 시적 자아들의 내면적인 존재양상이다. 이것은 개인이 복합적으로 지니는 다양한 존재의 국면들이기도 하다. 존재란 대상이나 실물을 내포하는 것이 아닌 형이상학적인 개념이기 때문에 실존적인 관점이 필요하다. 그러므로 존재의 문제와 마주하면서 자기 존재의 방식을 보여주는 양상은 각 개인의 숫자만큼 다르다. 시 장르 일반의 시적 자아는 자기 존재 문제를 중심에 놓지 않은 경우가 없다. 그러므로 서정시에는 존재의 문제와 연결된 시적 자아의 존재의 양상이 담겨 있다. 이러한 다양성이 서정시의 세계를 넓혀주는 기반이 된다. 본고가 대상으로 하는 이상, 윤동주, 백석의 시는 시적 자아의 서정성15)이 기반한 자기인식을 놓치지 않은 채, 끊임없는 자기고민에 천착하는 모습을 보여주는데, 기존의 연구 성과를 정리하면서 연구방향을 고찰하기로 한다.

---

15) "시적 상상력은…… 외적인 실재성의 모습으로 우리 눈앞에 보여주지 못하고 반대로 그 내면의 모습과 느낌을 보여준다."(게오르크 W.F. 헤겔, 두행숙, <서정시>, 『헤겔미학』, 나남출판, 1996, 590면)
　　"행위들을 진행시키는 대신에 내면성으로서의 자신에 머물고 그 때문에 주체의 자기 발언을 유일한 형식으로 그리고 마지막 목표로 삼을 수 있는 관찰하는 감응하는 정서를 통해서 서정시를 정의하고 있는 헤겔에서부터, 서정시의 특징적 양식을 서정시가 서사문학과 희곡문학이라는 실제적인 장르로부터 구분되는 언어사용의 특수한 양식에서 발견하고 있는 로케만에 이르기까지의 이론가들이 바로 그 사람들이다."(디어터 람핑, 장영태, 『서정시 : 이론과 역사』, 문학과지성사, 1994, 131면)

이상 문학은 시대적인 문제의식과 함께 문학 사상사적인 측면에서도 계속 연구가 지속되는 분야이다. 그 동안의 이상 문학 연구에 관한 논의는 『이상 문학 연구 60년』[16]으로 묶였다. 이 책의 중심적인 주제는 근대적인 주체와 탈근대적인 주체로 묶을 수 있다. 작품 속에 형상화된 자아가 근대라는 역사적인 공간에서 서구문명을 적극적으로 수용하고 향유했는지, 아니면 부정했는지에 대한 논의들이 그 주축을 이루고 있다. 이상 문학을 근대성에 대한 부정의식을 드러내는 것으로 보는데, 이상은 경험적인 현실의 전근대성에 대해 부정하면서, 이념적 현실의 근대성 속에서 그것조차 부정하면서 살았던 것으로 보인다. 이상이 부정의식을 가진 대상은 '근대'와 자신이 처한 당대적인 현실상황으로 이해해야 한다. 그러므로 이상 작품은 현실과 이념 사이의 거리를 메우지 못하게 되는데 이 거리감이 시적 자아의 존재양상을 단독자적인 상황으로 밀어 넣는다.

이상 문학의 연구는 1930년대 김기림의 평론[17]에서 출발해 지금까지 다양한 논의의 상을 형성해 왔다. 이상이 문학사에서 가장 집중적인 관심의 대상이 되는 이유 중의 하나는 작품이 지닌 실험적인 '난해성'에

---

16) 권영민 편저, 『이상 문학 연구 60년』, 문학사상사, 1998. 이상 작품에 관한 연구의 다양한 방법론적인 검토를 보여주고, 여전히 지속되는 이상 문학의 연구에 관한 새로운 목소리를 제시한다. 참고로 이 책은 문학사상 지령 300호를 기념으로 열린 문학 심포지엄의 결과물이다. 김상환은 <이상 문학의 존재론적 이해─존재사적 문맥화 작업과 타당성 검증>에서(133-134면) "이상의 시대는 한국 사상사에서 철학의 공백기에 해당하고, 그래서 역사적 현실에 대한 심층적 반성과 미래에 대한 전위적 전망을 문학이 홀로 감당하던 특이한 시대이다. 또한 그 시대는 이 땅에 서양의 문명이 본격적이자 자발적으로 이식되던 최초의 시기이다. 따라서 전근대적 현실과 이념으로서 근대성 사이의 괴리가 처음으로 한국 지식인의 비극적 조건으로 자각되던 시기이다."라고 이상문학에 대한 역사·철학적인 접근을 시도한다. 이 논의는 문학 자체가 역사적 위치에서 어떤 의미를 가지는지 묻고 있다.

17) 김기림, <현대시의 발전─난해라는 비난에 대하어>, 조선일보, 1934. 7. 12∼22. 김기림은 이상의 시를 T.S. 엘리엇에 견주면서, 우울한 현대의 병리학을 기술하기에 가장 알맞은 암호를 고안한 쉬르레알리즘의 이해자로, 우리 시대의 가장 뛰어난 근대파 시인이라고 하였다.

있다. 초기의 연구는 '난해성'의 원인 규명과 '난해성'의 이해를 위한 '암호독해' 형식의 인상비평으로 이루어졌다. 이러한 연구를 바탕으로 작품의 내재적인 연구가 시작되었으며, 그 결과 어떤 작가보다도 이상은 자아문제에 깊이 천착한 작가였음이 드러났다. 자아의 양상에 대한 연구가 본격화되기 전, 작가의식에 관한 연구[18]들이 선행되었는데, 이 연구들은 자아에 대한 징후적인 관점을 중심으로 고찰하였다. 이때까지 자아에 관한 개념이 확립된 것은 아니지만 '작가의식에서 자의식으로' 자아의 양상을 고찰하기 위한 전 단계에 이르게 된다. 이러한 변화는 작품 연구가 주변적인 요소를 배제하기 시작했다는 신호이며, 연구경향이 내재적인 작품 연구로 옮겨갔다는 증거이다. 자아문제에 대한 연구는 1980년대에 접어들면서 구체적인 방법론을 바탕으로 고찰되었다.

이상 시에 나타나는 자아의 특성을 유형화시키면 식민지 지식인의 이중적인 자세, 전통과 근대 사이에서 갈등하는 자아로 볼 수 있다. 정명환의 <부정과 생성>[19]에서부터 시작된 자의식에 관한 연구는 자아의 유형화를 통한 논의로 확대되어 자아의 문제를 구체적으로 풀어낸다. 김준오는 이상의 거울을 중심으로 자아의 양상을 드러낸다. "'거울 속의 나'와 '거울 밖의 나'는 안팎의 공간적 대립만큼 별개의 독립된 존재로 변하는 이중적인 자아"[20]로 자아분열의 면모를 드러낸다. 거울면의 안·밖의 대립적인 구조가 자아의 구조로 그대로 대입되면 자아분열의 도식은 완성된다. 이러한 자아분열 양상은 전통-근대, 자아-세계 사이에

---

18) 조연현은 "이상의 문장이 통사적이 아니라 해사적이며 쾌락원리의 표현"(조연현, 『문학과 사상』, 세계문학사, 1949, 186면)으로 보았는데, 이것은 문장을 중심으로 자아의식을 고찰한 의미 있는 분석이긴 하지만, 직접적인 자아의 양상에 관한 고찰로 이어지지 못한 아쉬움이 있다. 임종국은 "근대정신의 해체를 표상하는 이상 시의 자아문제는 그 후 자의식이라는 개념으로 심화되어 실존하는 인간상으로 자리를 굳히게 되었다."(임종국, 『이상연구』, 태성사, 단기 4292, 264-314면)고 본다.

19) 정명환, <부정과 생성>, 『한국인과 문학사상』, 일조각, 1968, 67-75면.

20) 김준오, <자의식의 분열과 자기 분열>, 『가면의 해석학』, 이우출판사, 1985, 134면.

서의 갈등을 잘 담아내고 있다.

이승훈은 '일상적 자아'와 '이상적 자아'와의 대립양상과 '일상적 자아'의 시적변용을 통해 자아 양상들을 구체화시키고 있다. "주체가 대상과 갈라지는 최초의 양상과 주체에 의해서 대상에 가해지는 적극적 작용이라는 개념, 절대탐구라는 개념, 주체의 소멸이라는 개념"21)은 자아에 관한 다양한 연구의 기반을 마련했다. 이승훈의 '주체적인 자아'의 이원적인 대립양상은 의도적으로 시적 자아를 대상화하고 있음을 알 수 있다. 자아의 대상화와 주체화는 표면적으로 이원적인 대립양상으로 드러나지만, 대상과 주체의 변용이 가능한 동력학적인 주체로서 설정하는 것이 타당할 것 같다.

김승희는 상상적인 거울단계를 지나 이상적 자아가 성립되는 과정을 설명하고, 주체의 형성이 육체성과 긴밀한 관계가 있음을 제시한다. "프로이트는 에고의 윤곽과 에고의 형태는 순전히 심리적인 것만은 아니라고 보았고, 육체의 에로틱한 리비도집중의 내면화와 투사의 결과로 본다."22) 이러한 라캉의 주체이론과 크리스테바의 정신분석학적인 관점은 주체의 형성요인으로는 심리적인 작용만이 있는 것이 아니라, 물질적인 육체의 감각이 함께 작용한다는 것을 제시한다. 주체형성은 자아가 대상과의 관계를 맺는 능동적인 역할을 지칭하는 것으로, 이 과정에서 육체성의 개입이 일어난다는 것이다.

자아의 양상에 관한 연구가 진전되어 주체형성으로 이어지고, 자아정체성은 육체성의 개입여부를 통해 더욱 자세하게 설명된다. 조해옥은 "이상은 의식으로 통제되지 않는 자생적 힘을 육체에서 발견함으로써 관념의 허상을 역설적으로 드러내면서 절단되고 파괴되는 육체를 통하여 시적 자아의 소외를 보여준다."23)고 본다. 이상 시의 불안과 절망감은 육체성과 관련된 자아연구로 나아가고 있다. 문흥술은 한국 모더니

---

21) 이승훈, 「이상시 연구—자아의 시적변용」, 연세대 박사논문, 1983, 18면.
22) 김승희, 「이상 시 연구」, 서강대 박사논문, 1991, 174면.
23) 조해옥, 「이상 시의 근대성 연구」, 고려대 박사논문, 1999, 197면.

즘 문학에 대한 객관적인 분석틀로서 '주체분열의 양상'을 제시한다. "주체분열은 문학적 담론의 분열로 연결되면서, 모더니즘 문학의 난해성으로 특징"[24]지워지게 된다. 이 논리에 따른다면 이상 작품에서 드러나는 분열된 주체는 근대정신의 반영이라고 볼 수 있다.

강용운[25]은 근대 철학을 바탕으로 주체의 범주를 정리한다. 그는 신의 그늘을 벗어난 인간의 독립성과 자연 세계(대상)와 분리된 인간 중심적인 사유방식이 근대적인 주체라고 간주한다. 이러한 인간 중심의 사고체계는 '사회적인 관계와 말을 통한 생산물'로 주체의 범주를 관계의 중심으로 설정한다. 이 연구는 주체에 관한 그 동안의 논의를 '사회적인 관계성'으로 옮겨놓는 데 의의가 있다. 인간존재는 관계성으로 규정되며, 사회와의 관계 속에서 '나'의 문제는 자아에서 주체로 형성된다. 또한 주체형성의 내용면에서 '욕망'의 문제[26]는 주체를 더욱 풍부하게 읽을 수 있는 근원이 된다.

김민수는 이상 시에 대한 막연한 감상적인 접근을 탈피하여 이상 시의 난해성에 대해 미학적인 견해를 밝히고 있다. 그것은 "이상 시는 보통의 시어로 씌어진 문학 텍스트가 아니라, 시각적 공간 구조와 시간 개념을 지닌 것으로 회화·그래픽 디자인·건축과 같은 시각적 텍스트를 독해하는 방식에 의존하지 않고서는 결코 해석될 수 없는 특수한 시"[27]라는 것이다. 건축학적 개념으로 이상 시를 분석한 경우로, 서승모는 <거울>을 "서로간의 의미를 끊임없이 교환하는 잠재적인 알레고

---

24) 문홍술, 「이상문학에 나타난 주체분열과 반담론에 관한 연구」, 서울대 석사논문, 1991, 7면.
25) 강용운, 「<날개>를 통해 본 주체와 욕망의 문제」, 고려대 석사논문, 1994.
26) 최학출은 이상의 시를 시적 주체를 억압하는 모든 체계를 거부하고 부정하는 욕망의 의미화 과정으로 규정한다. 모든 체계가 주체를 억압하여 동질화하려는 이념적 욕망에 지배되는 것이라면, 이상의 시는 그러한 이념적 욕망에 대한 반이념적 욕망에 의해 추동되는 의미화 과정으로 본다. 이 연구는 자아의 의식적인 자기 억압이 욕망에서 드러남을 언급한다.(최학출, 「1930년대 한국 모더니즘시의 근대성과 주체의 욕망체계에 대한 연구―김기림, 백석, 이상을 중심으로」, 서강대 박사논문, 1994)
27) 김민수, 『멀티미디어 인간 이상은 이렇게 말했다』, 생각의나무, 1999, 144면.

리적 장소"28)로 간주한다. 김용섭은 "거울은 단순히 상대적인 의미를 떠나서 서로간의 의미를 끊임없이 교환하고 있는 의미의 무한 확정적 장소…… 큐비즘이 시도하였던 공간에서의 시간성의 표현의 문제를 그는 <선에 관한 각서 6>에서 방위가 가지는 공간 안에서의 위치성의 변화와 시간성의 의미인식으로 인한 새로운 공간의 인식을 의도하고 있다."29)고 평가한다.

이상에서 살펴보았듯이 '자아' 중심의 관점에서 이루어진 기존 논문들은 자아를 대립적인 구도로 설정하고 있다. 대상과 주체의 이원적인 대립구조에서 그려진 자아는 분열의 양상 속에 놓여 있다. 또한 분열된 자아를 설득력 있게 보여주는 정신분석학적 방법론은 시적 자아를 무의식적인 징후이자 욕망의 주체로서 이해할 수 있는 기반을 제시한다. 그러나 이러한 방법론은 주체 자체를 '분열된 자아'로 설정하기 때문에, 본고가 의도하는 존재의 문제와는 맥락을 달리한다. 본고에서는 시적 자아가 '분열된 주체'로 설정되는 것이 아니라, 세계 속에서 실존하는 개인이 된다. '주체'(=존재자)에게 한계상황은 세계와의 관계가 단절된 단독자로 머물게 한다. 이러한 관점은 개인의 한계상황을 통해 존재자가 처한 실존의 조건을 이해할 수 있는 바탕이 된다.

백석 시에 관한 연구는 시집 『사슴』에 대한 긍정·부정의 상반되는 두 가지 견해로 나뉘어지면서 시작되었다. 이 견해는 백석 시에 대한 평가가 모더니즘과 리얼리즘의 두 경향으로 나뉘는 출발점이 된다. 이숭원은 김기림30)과 오장환31)의 모더니즘의 차이를 밝히면서 시 해석이 해석자의 과도한 의도에 따라 달라질 수 있음을 보여주고 있다. "김기림은

---

28) 서승모, 「건축의 알레고리적인 특성에 관한 연구」, 경원대 건축학과 석사논문, 1997, 64면.

29) 김용섭, 「'이상' 시의 언어학적 해석을 통한 건축공간화에 관한 연구」, 경원대 건축학과 석사논문, 1999, 65면.

30) 김기림은 "『사슴』은 그 외관의 철저한 향토 취미에도 불구하고 주착없는 일련의 향토주의와는 명료하게 구별되는 '모더니티'를 품고 있다며 긍정적으로 평가한다."(김기림, <「사슴」을 안고>, 『조선일보』, 1939. 1. 29일자)

31) 오장환, <백석론>, 『풍림』, 1937. 4, 18-19면.

그 감정절제의 면을 긍정적으로 보고 모더니티가 있다고 평한 것이고, 오장환은 해괴하고 유별나게 보일 뿐 인식의 선명함이 결여된 백석의 시를 천박한 모더니즘의 아류로 매도한 것"[32]이다. 기존의 모더니즘과 리얼리즘의 양분화된 연구 경향은 연구자의 과도한 자기 주관에서 비롯되는 것이다. 특히 백석 시를 리얼리즘의 경향으로 이해하는 입장은 방언과 이야기 형태의 시를 적극적으로 이해한 결과이다.

백석 시에 대한 연구에서 시적 장치로서 쓰여진 방언[33]이나 이야기 형식[34]은 서정성으로 용해되어 이해되지 못하고 리얼리즘의 구현으로만

---

32) 이숭원, <백석시의 전개와 그 정신사적 의미>, 『시문학』 4, 1988, 42면.

33) 박용철은 백석 시의 방언을 높이 평가한다. "수정없는방언에 의하야 표출된 향토생활의 시편들을 탁마를 경한 보옥류의 예술에 속하는것이아니라 서슬이선 돌 생명의본원과 접근해있는 예술인것이다. 그것의 힘은 향토취미정도의 미온한작위가 아니고 향토의 생활이 제스사로 강렬에의하야 필연의표현의 의상을 입었다는데있다."(박용철, 「백석시집 <사슴>평」, 『조광』, 1936. 4, 329면)
고형진은 그는 백석의 방언의 시어화는 의도적인 것이라고 주장한다. 그 근거를 소월의 평북방언 사용과 비교해서 지적하고 있다. "이들은(소월, 안서, 백석) 자신의 고향마을인 정주지방의 방언을 선험적으로 체득하여, 이를 바탕으로 시를 썼으며, 그 위에 문학어를 윤색하였다. 따라서 이들 시에는 "―외다", "―그려", "―웨다", "―읍데다려" 등 평북지방의 어투가 그대로 노출되어 있다. 그러나 백석 시에는 이처럼 평북지방의 어투는 거의 발견되지 않는다. 가령 백석 시의 종결어미는 "―하는데", "―하는 것이다" 등 표준어로 일관돼 있으며, 백석 시에서 표출되는 방언들은 주로 평북지방의 고유한 명사나 또는 그 지방 특유의 감각어들이다. 즉 백석 시의 방언들은 우리의 토속적인 정서를 환기시키는 데, 적절히 이바지되고 있으며, 이렇게 구사된 방언들은 바로 모국어의 발굴과 심화에 해당한다.(고형진, 「백석 시 연구」, 고려대 석사논문, 1983, 20면)
김열규는 "사투리, 방언이라고 얕잡아지기 일쑤이던 제 고장말에 향토적 서정을 담은 것이 복고일 수는 없다. 새가 제 목청으로 노래하는 것이나 진배없는 자연스런 일이며 그의 시정은 개인적인 것이면서도 아울러서 강하게 전체적인 것, 집단적인 것으로 본다.(김열규, <신화와 소년이 만나서 일군 민속시의 세계>, 『1930년대 민족문학의 인식』, 한길사, 1990, 185-186면)

34) 최두석은 "서사 지향은 바로 삶의 문제를 구체적으로 다루기 위한 방법으로 형성되었다."고 보면서 이미지 중심의 시를 폄하하는 경향을 보인다. 그는 "백석이 자기 나름의 의미 있는 문학 세계를 이룩한 것은 이미지즘 창작 방법을 극복함으로써 가능하였다."고 평가한다. 이미지 중심의 시가 갖는 작품의 한계성을 지적하는 것은 상당히 설득력이 있으나, 그의 주장이 이미지 자체를 극복하고 지양해야 한다는 것으로 보이지 않는다. 중요한 것은 백석의 이미지 시가 후기시

이해된 측면이 강하였다. 김명인은 "방언을 많이 활용하고 있다고 해서 그 시가 반드시 우수해지는 것은 아니다. 방언은 체험에 구체성을 부여하고 시의 리얼리티를 재고시킨다는 점에서는 긍정적인 측면을 갖게 되나, 지나치게 될 때에는 시적 보편성에로의 전환적인 회로를 스스로 차단, 신기나 불가사의의 협소한 공간 속으로 떨어질 우려는 남긴다."35)고 보았다.

장도준은 "시들이 정서나 시의식, 혹은 기법의 면에서 어떤 형태로든지 특별성을 강조하고 있었다면, 백석 시는 화자가 특이한 시선으로 일상성과 평범성을 지향하여 그의 유년 체험을 그냥 그대로 재생시켜 놓고 있다는 데서 오히려 특별하다."36)고 보았다.

최양옥37)은 서정적 화자가 자리한 흰 바람벽이 있는 좁은 방은 자기 슬픔이 드러나는 공간이면서 자기긍정에 도달하는 공간으로써 '자기성찰'의 세계를 나타낸다고 본다. 정효구는 "백석의 시에 나타난 감정은 생활인으로서의 우리들이 언제나 가질 수 있는, 이른바 일상인으로서의

로 갈수록 변모되어간다는데 있으며, 이미지 시 자체가 시의 박약아로 평가되는 것은 곤란하다.(최두석, <백석의 시세계와 창작 방법>, 『한국 근대리얼리즘 작가 연구』, 문학과지성사, 1988, 307-308면)

35) "살아 있는 삶의 생기와 끈끈한 유대를 그대로 간직한 투박한 사투리가 그 문학의 기층어라는 뜻이다. 이러한 언어는 그의 시를 구체적인 것으로 만들어주며, 때로는 서술적인 심상으로 채워지게 한다. 그러나 분명한 것은 이 같은 언어로 하여 작품 속의 체험은 더욱 큰 활력을 얻게 된다는 점이다. 백석은 삶의 엄연한 경험적 현실을 소거하기 위해 언어를 선택하고 있는 것이 아니라, 오히려 언어를 통해 과거를 상기시킴으로써 한 공동체의 삶에 접근해 가려는 의도를 구체화한다. 그리고 그것은 문명과 시대에 의한 굴절이 개입하지 않은 순진무구한 유년의 눈으로 진술되고 있다는 점에서, 시의 상승적인 효과로 나타나고, 이 작품으로 하여금 남다른 탄력성을 지니게 한다."(김명인, 「1930년대 시의 구조연구―정지용, 김영랑, 백석의 시를 중심으로」, 고려대 박사논문, 1985, 71-76면)

36) 장도준, <백석시의 화자와 표현 기법>, 『한국 현대시의 전통과 새로움』, 새미, 1998, 283-284면. "백석의 시는 1920년대 시인들의 낭만화된 감상도 아니고, 카프 시인들의 이데올로기 일변도의 투쟁적 자세도 아니고, 김영랑류의 순수서정의 세계도 아니고, 이육사와 같은 저항적 자세도 아니며,…… 이상류의 초현실적으로 해채된 세계도 아니다."

37) 최양옥, 「백석 시에 나타난 '집'에 관한 연구」, 경상대 석사논문, 1991, 33면.

감정이고 의식인 것이다.…… 백석의 시에 흥분과 감정적 과장의 기미가 좀처럼 보이지 않는 것은 그의 시정신이 일상인의 정신과 의식을 바탕으로 삼고 있기 때문이다. 평상인의 내면은 좀처럼 감정적 흥분이나 투사적 열정을 보이기 어렵다. 일상에서의 우리들이 갖는 감정이란 지루하리만큼 평탄하고 자연스럽다."[38] 최학출은 "백석은 가만히 자기를 꼼꼼하게 돌아보는 반성적 시인이라고 판단된다. 자기를 돌아볼 뿐만 아니라 그의 시를 읽는 모두에게 스스로를 꼼꼼하게 돌아보게 한다. 백석의 시가 문명에 찌든 사람들에게 항상 새로움으로 다가오는 것은 바로 이 점이며,…… 백석의 시는 이런 의미에서 근대문명의 훼손된 가치체계 내에서 온전한 가치의 세계를 자기 속에서 발견하기를 꿈꿀 수밖에 없는 한 나르시시스트의 비극적 자화상일 수 있다."[39]고 평가한다.

김미경[40]은 백석 시는 현실에 대한 상실의식에 기반한 기법적인 이미지즘이 등장했고, 이 이미지 중심의 글은 풍경을 더욱 확대하게 되었다고 본다. 특히 식민지를 아버지 부재의 시기로 간주하고 시적 자아의 욕망의 환유법적인 발현이 새로운 세계를 찾아 떠나는 기행시로 나타난다고 본다. 그러나 백석 시는 상징의 층이 두텁지 않기 때문에 정신분석적으로 독해하기에는 시의 논리가 단조로운 경향이 있다.

윤지관은 "백석의 시가 전달하는 감동의 진정한 원인은 그의 시세계가 당대의 구체적 삶과 맺는 관련성, 달리 말해 그의 시 속에 숨어 있는 정치적 무의식의 내용을 고찰함에 의해 비로소 밝혀진다.…… 민중정서에 기반한 리얼리즘의 기법에 의해 구성되었다는 사실이다. 그가 사용한 언어의 민중성과 거기에 결합된 건강한 생활인의 정서의 존재는, 그의 뛰어난 시들이 유토피아에 대한 강렬한 열망을 감추고 있음을 말해준다."[41] 백석 시를 민중성이 내면화된 것으로 평가하는데 이러한 입장

---

38) 정효구, <백석시의 정신과 방법>, 『한국학보』 57호, 1989, 202면.
39) 최학출, <백석 시와 그 가능성>, 『울산어문논집』 8집, 1992, 192면.
40) 김미경, 「백석시 연구―시적 욕망의 전이과정을 중심으로」, 서울대 석사논문, 1993, 35면.
41) 윤지관, <순수시의 정치적 무의식>, 『민족현실과 문학비평』, 실천문학사, 1990,

에는 정치적 무의식이 있다. 그러나 범박하게 본다면 정치적 무의식이
내재되지 않은 문학은 없다고 보아도 과언이 아니다. 백석 시를 적극적
으로 읽기에는 그의 시적인 세계가 상당히 허무적인 경향으로 치닫는다.

신범순은 "풍속과 이야기야말로 유랑자에게 결핍되어 있는 것이면서,
동시에 바로 그에게 발견되는 것이기도 하다. 유랑자에게 있어서 가장
그리워지는 대상은 가족공동체인데, 백석은 유랑의 여로 속에서 가족에
대한 그리움과 그들의 공동체적 결속을 다지는 명절의 축제에 대한 향
수를 가장 절실한 것으로 떠올리는 것이다."[42] 공동체의식을 의도적으
로 표방했다기보다는 고향과 명절에 대한 향수를 달래면서 자연스레 묻
어나오는 감정으로 봐야 한다. 백석 시가 보여주는 명절, 고향, 유년은
그 당대의 삶에서 자연스럽게 드러나는 일상적인 집단성으로 이해해야
한다.

조영복은 시인이 처한 식민지 상황이 방언으로 구체화되었다고 본다.
"'변경'의 언어는 필연적으로 '유랑'의 의미를 띠게 되며 상상의 기제로
서 고향 상실의식 혹은 고향탐색과 깊은 관련을 맺게 된다. 변경의 언어
는 유랑의 언어, 상실의 언어이며 그것이 지향하는 것은 상실 이전의
것, 보다 완전한 것에 대한 '그리움'을 드러내는 것이다. 그것이 백석에
게는 무정치적 탈갈등의 공간으로 표상된 '유년기 공동체'라는 상상의
공간이 된다."[43] 조영복의 논리를 따른다면 '변경의 언어'에는 상실의식

338-367면. "진정한 시는 무엇보다 모순된 기존 질서를 극복하려는 유토피아에
의 꿈에 의해 지탱되고 있음을 다시 한번 확인한다. 따라서 타락한 시대에 있어
순수시는 저절로 주어지는 것이 아니라 사회와의 타협 없는 투쟁에 의해 획득된
다. 인간의 순수한 본성을 지키거나 회복하려는 노력은, 자신이 몸담고 있는 왜
곡된 질서에 대한 전존재적인 부정을 통하지 않고는 수행되기 어려운 것이 오늘
날의 현실이기 때문이다."

42) 신범순, <백석의 공동체적 신화와 유랑의 의미>, 『한국 현대시사의 매듭과 혼』,
민지사, 1992, 195면.

43) 조영복, <백석 시의 언어와 정치적 담론의 소통성>, 『한국 현대시와 언어의 풍
경』, 태학사, 1999, 85면. "한 작가의 실존적 상황과 그의 글쓰기가 미묘하게 맞
물려 있는 30년대 조선의 현실은 백석 언어의 출발점이 된다. 백석의 글쓰기는
'자신의 고유한 물밑 세계, 자신의 고유한 사투리, 자신의 고유한 제 3세계, 자신

이 내포되기 때문에 상처받은 공간이 설정된다. 유년회상, 고향상실, 유랑의 언어로 일관하는 이런 시적인 특징이 식민지의 상실의식과 연계되어 있으며 존재 자체의 상실로 확대해서 이해할 수 있다.

백석에 대한 논의가 양분되는 이유는 백석 시의 특징을 어떻게 이해하느냐의 관점에서 비롯된 것이라고 할 수 있다. "대상만을 묘사할 뿐 자신의 주관적인 감정이나 생각을 조금도 작품 속에서 직접 표출하지 않고 있다.…… 이런 시작방법은 백석의 독특한 영역에 속하거니와, 그로부터 우리는 백석의 시세계에 모더니즘적 특성이 근본적으로 내재해 있는 것이 아닌가 하는 생각을 할 수 있다."[44] 정효구의 이런 생각은 그간의 연구경향에서 연구자의 과도한 의도로 백석 시의 본연의 모습을 간과한 것이 아닌가를 드러내는 적절한 표현이다.

백석 시에 대한 연구가 양분된 까닭은 방언이나 이야기 형식이 보여주는 리얼리즘의 측면[45]과 함께 개인적인 감상과 정서를 표방하는 모더니즘[46]의 측면이 동시적으로 드러나기 때문이다. 그러나 연구자가 과도

만의 황량한 세계를 고안해 내는 일'로서의 시인의 시적 실천이 자리잡고 있다."
44) 정효구, <백석의 삶과 문학>, 『백석』, 문학세계사, 1996, 175면.
45) "백석의 시는 표면적으로 단순한 묘사나 복고취향의 산물로 보일 수도 있지만 그 이면에는 항상 어두운 식민지 현실이 깔려 있고 표면적인 의미는 이면적인 의미와 철저한 긴장을 유지하고 있다."(유재천, <백석 시 연구>, 『1930년대 민족문학의 인식』, 한길사, 1990, 194면) 이동순은 "백석의 시에서 집요할 정도로 유지되고 있는 주체적 자아 복원의 시정신은 그것이 상실의 시대를 배경으로 이루어지고 있다는 점에서 새로운 평가를 받아야 한다."고 보면서 그를 '민족시인'으로 부를 것을 주장한다.(이동순, <민족시인 백석의 주체적 정신>, 『백석시 전집』, 창작과비평사, 1998, 177면)
46) 김종철은 "그는 여느 시인들처럼 때때로 감출 길 없는 향수에 잠기거나 헤어나기 어려운 그리움에 시달리거나 하지 않고, 바로 고향 그것을 그의 시적 대상으로 삼는다. 설사 이러한 그의 시적 노력의 근본적 계기가 향수에서 시작되었다 하더라도, 그는 향수라는 감정에 기인하여 대상을 주관적인 소망에 따라 채색하지 않는다." 이 표현은 고향상실에 대해 백석 작품이 객관적인 잣대를 지니고 있는 것 같지만, 실상은 해석자의 주관에서 벗어나지 못한 것이다.(김종철, 『시와 역사적 상상력』, 문학과지성사, 1978, 40면) 김윤식은 백석 시를 "민중적이라든가 민족어가 들어 있다든가, 식민지 시대 뿌리 뽑힌 민중의 삶이 제일 농도 짙게 담겨 있다고 보는 것은 피상적인 관찰"이라고 단정짓는다. 그 근거는 기행시에

한 자기 이데올로기만을 앞세우지 않고 작품의 내적 질서에 의해 나타
나는 의미에 충실하게 작품 해석을 하는 경향이 나타난다. 또한 모더니
즘과 리얼리즘 논의가 비교적 정리되면서, 자아의 욕망의 문제와 자기
실존의 입장에서 연구하는 경향이 나타난다. 그러나 백석 시에서 시적
자아의 갈등과 신념의 허무는 너무 가볍게 평가되는 경향이 있다. 시적
자아에게 드러나는 존재 자체의 무상함과 허무함에 대한 시선은 현실의
부정적인 상황으로 몰아갈 것이 아니라, 존재자의 고유한 속성으로 간
주하여 존재의 면모를 고찰해야 한다.

윤동주의 시에 대한 초기의 전반적인 연구경향은 그의 시를 저항시[47]
로 보느냐 아니면 순수시[48]로 보느냐하는 데 모아져 있었다. 최명환은

서 보이는 <카키쟈키의 바다>에서 볼 수 있는 일본의 풍물도 <통영>과 동일
한 수준이라는 것인데 연구자의 주관을 벗어난 객관적인 관점을 보여준다.(김윤
식, <허무의 늪 건너기-백석론>, 『근대시와 인식』, 시와시학사, 1991, 146면)

47) 저항문학에 관한 관점은 사회와 문학의 관계성을 고찰할 때, 가장 직접적이고 단
선적인 접근에서 읽혀지게 된다. 시대가 암울할수록 적극적인 사회참여 현상이
드러나는 경향이 대부분이지만, 그 반대 급부로 자기 속에 머무르는 퇴영, 자기
집착, 자기에의 배려 등 소극적인 경향도 나타날 수 있다. 두 가지 경향 모두 시
대와 문학과의 연관관계를 보여주는 것이다. 역사현장에서 적극적인 삶을 문학
적으로 형상화하는 정도를 두고 저항문학을 논의한다면 저항시에 대한 막연한
생각을 청산할 수 있다. 오세영의 <윤동주의 시는 저항시인가>(오세영, 『문학사
상』 4, 1976, 224-225면)의 평론은 김윤식, 김현의 저항시 입장을 비판하면서, 윤
동주의 시가 저항시가 되지 못하는 이유를 들고 있다. 그것은 작품이 아무리 저
항성이 농후하다고 하더라도, 당대에 발표되지 않고 사회·역사적인 기록에 멈
추고 만다면 저항시가 될 수 없다는 주장을 담고 있다. 권윤현은 "윤동주는 남달
리 예민한 감성으로 어두운 시대 현실과 고통받는 동족의 비애를 자신의 아픔으
로 자각하는 한편, 일제에게 적극적이고 강렬하게 저항하지 못한 자신의 나약함
을 괴로워하고 부끄러워 한 시인"(권윤현, 「식민지 시대의 저항시에 나타난 현실
인식-이상화, 이육사, 윤동주의 시를 중심으로」, 경북대 석사논문, 1988)이라고
평가한다. 그런데 그의 평가는 혼선을 빚고 있다. 윤동주의 시를 저항시로 보면
서도 적극적인 저항의 실체는 없는 것으로 평가하는데, 이것은 윤동주의 시가 저
항시인가를 다시금 묻게 만든다. 그러므로 윤동주 시를 저항시로 보는 태도는 시
대적인 정서를 안고, 역사적인 사실과는 판이한 시적 현실에 치중한 분석으로 결
론지을 수 있다.

48) '순수'라는 말에도 이미 이데올로기가 함의되어 있기 때문에, 본고는 예술성을
중심에 둔 작품을 '내면적'이라고 풀어쓴다. 문학장르 중에서 시에 대한 범주 구

"윤동주의 시가 저항적이냐 순수 지향적이냐의 문제는 동주 시의 본질에 대한 문제제기라기보다는 편의적이고 제단적인 접근과 의도에서 비롯한 비생산적인 논쟁이었다."[49]고 객관적으로 평가하면서 저항시 논의에 관한 문제를 사실상 정리한다.

윤동주 시에 대한 저항시 논의가 객관적인 자리를 잡은 후, 윤동주의 시는 자기 내면의 의식에 기반한 서정시로 이해된다. 서정시 계열로 윤동주의 시를 인식한 경우, 대개의 연구들은 주제적인 면에서는 시적 자아의 탐구에 주력하였으며, 방법론적인 면에서는 기호학적인 접근[50]이나 상징성을 고찰하는 것으로 나타났다. 이남호는 윤동주의 시를 "독자를 염두에 두지 않고 자신의 내면의 갈등을 일기 쓰듯이 시로 기록한 일기시"[51]라고 본다. 일기시가 시사하는 의미는 자기 세계에 빠져 있는 자아의 모습을 적극적으로 이해한 것이라고 할 수 있으나, 독자를 염두에 두지 않고 시를 썼다는 것[52]은 사실과 다르다. 한명희[53]는 『하늘과 바람과 별과 시』의 지향의지는 자신의 정신적 길을 찾으려는 심상의 전개로 본다. 그것은 바로 자기완성이자 자신의 의지적 발현, 혹은 진리추구와 부합하는 것으로 간주한다.

마광수[54]는 윤동주의 시는 낭만적인 서정시이기 때문에 상징적인 논

분을 순수와 비순수로 크게 나누는 경향이 있다. 그러나 이 범주는 너무나 애매하다. 왜냐하면 순수의 여부를 가르는 기준이 제시되지 않기 때문이다.

49) 최명환, 「윤동주 시 연구」, 명지대 박사논문, 1992, 142면.

50) 이사라, 「윤동주 시의 기호론적 연구―이항대립에 있어서의 매개 기능을 중심으로」, 이화여대 박사논문, 1987.

51) 이남호, 「윤동주 시의 의도연구」, 고려대 박사논문, 1986, 15면.

52) "동주가 졸업기념으로 자선시집『하늘과 바람과 별과 시』를 엮은 자필시고는 3부였다. 그 하나는 자신이 가졌고 한 부는 이양하 선생께, 그리고 나머지 한 부는 내게(정병욱) 주었던 것이다." 또한 이양하 선생의 만류로 시집을 출판하지 못하게 된 것을 본다면 그는 독자를 분명 의식하였다고 볼 수 있다.(이건청 편저, 『나의 별에도 봄이 오면』, 윤동주 평전·시집, 문학세계사, 1981, 51면)

53) 한명희, 「윤동주 시에 나타난 상징과 지향의식」, 중앙대 석사논문, 1988, 28면.

54) 마광수, 「윤동주 연구―그의 시에 나타난 상징적 표현을 중심으로」, 연세대 박사논문, 1983.

리로 시를 분석하는 것이 적당하다고 판단하고, 연구논문들의 부분적인 시각에서 벗어나 종합적인 해석을 시도한다. 최동호[55]는 윤동주 시에 나타난 물의 심상을 중심으로 시적 자아의 의식을 고찰한다. 물에 대한 다양한 이미지만큼 자아의 변화를 대비해서 파악하고 있는데, 물의 이미지를 치밀하게 풀어내는 목적은 자아의식의 변모양상을 연구하고자 하는 의도로 보인다. '물 이미지'를 자아의식에 대비하여 고찰하는 것은, 이미지는 곧 의식의 반영이라는 생각을 드러내는 것이다. 조병기[56]는 연구 초기의 전기적 관점이 70년대를 접어들면서 실존주의로 옮아가는 경향을 파악하면서, 시인의 내면세계를 조명하고 있다. 그는 여기에서 자아의식이 우리의 전통적인 비극적 성향과 어떻게 관계를 맺고 있는지 파악하였다. 자아의식의 전통적인 비극성을 연구한 의의는 있으나, 자아 내면의 비극적인 정서를 전통성으로 일반화하여 자아의 고유한 특징이 전통 일반론 속에 묻히는 경향이 있다.

윤동주에 관한 연구사에서 시적 자아에 초점이 맞추어진 연구는 '자아의 인식'과 '자아의 실현과정'으로 나누어 볼 수 있다. 이 논의들은 평면적인 관점으로 자아의 양상을 분류하고 있는데, 그 양상들은 대부분 자아의식에 바탕을 두고 있으며 단순한 주제 아래 묶여 있다. 이 논의들을 종합적으로 고찰하면, 기존의 자아 연구의 평면성을 벗어날 수 있게 된다.

자아에 관한 성찰을 중심으로 연구한 김태삼은 "자아에 대한 성찰은 불안, 절망, 허무 등 기존의 윤리관에 비추어 부정적인 가치를 실현"[57]한다고 보았다. 윤동주의 시 세계가 자아성찰로 일관하고 있기 때문에 부정적인 가치관을 생산한다고 보는 입장은 성찰이 갖는 다양한 측면을 읽지 못하고 있다. 성찰의 결과는 긍정·부정의 양면적인 모습이 있는

---

55) 최동호, 「한국현대시에 나타난 물의 심상과 의식의 연구—김영랑, 유치환, 윤동주의 시를 중심으로」, 고려대 박사논문, 1981.
56) 조병기, 「한국서정시에 나타난 비극적 서정성 연구」, 성균관대 박사논문, 1993.
57) 김태삼, 「윤동주 시 연구—자아에 대한 성찰로서의 시를 중심으로」, 전북대 석사논문, 1980, 24면.

데 윤동주의 시적 세계관이 부정성으로 드러난다는 것은 성찰에 대한 단편적인 접근으로 보인다. 이러한 자아성찰의 단계를 지나서, 자아의 인식단계에로 나아가는 논문들이 몇 편 있다. 그 중에서도 현실에 대한 소극적인 자아상을 먼저 살펴보기로 한다.

강성자는 윤동주의 전기를 바탕으로 그의 이름 앞에 저항시인이라는 문패를 내리고, 서정시인이라는 본래 이름을 달았다. '자화상'을 다른 시인의 '자화상'과 비교 분석하면서 "내면적 자족성을 띠는 것으로 현실에 대한 단절을 지향"58)하는 자학적이고 소극적 인식을 지녔다고 평가한다. 자화상 중심의 단편적인 분석이긴 하지만, 자아인식의 관점에서 작품을 연구한 것은 자아의 대상과의 관계성을 적극적으로 읽을 수 있게 한다.

자아인식의 양상을 나르시시즘으로 파악한 이진화는 "윤동주의 자아상은 세계로부터 고립되어 홀로 존재한다."59)고 본다. 정신분석학적인 입장에서 자기애는 나르시시즘에서 비롯되지만, 사회학적인 입장에서 고립은 소외의 다른 이름이기 때문에, 자아상은 외롭고 고독한 나르시스로 드러난다고 본다. 그러나 나르시시즘이 소외의 다른 모습이라는 생각은 자아에 관한 긍정적인 입장을 완전히 무시하는 경향이 있다. 자아 자체는 어떻게 규정되는 것이 아니라, 상황과 조건에 따라 변화하는 유기체라는 측면도 고려해야 한다.

이상호는 "시가 시인의식의 반영, 또는 사회라든가 현실이라고 하는 것과의 관계와 그 반응에 대한 주체의식의 표출"60)이라고 생각한다. 그는 시작품 속에서 드러나는 자아인식은 사회와의 관계 속에서 폭넓은 맥락을 형성한다고 본다. 이 경우 자아인식은 자아의 변모양상을 의식

---

58) 강성자, 「서정주와 윤동주의 자의식 비교―서정주의 초기시와 윤동주의 시를 중심으로」, 교원대 석사논문, 1992, 27면.
59) 이진화, 「윤동주 시 연구―자아인식의 양상을 중심으로」, 서울대 석사논문, 1984, 32면.
60) 이상호, 「한국현대시에 나타난 자아의식에 관한 연구」, 동국대 박사논문, 1988, 3면.

의 변화과정과 동일하게 보는 것으로, 자아실현의 단계와는 접경지점에 있는 것이다. 결국, 자아인식에 관한 연구는 자아정체성을 찾아가는 초기 연구이며, 과정으로서 의미를 지닌다.

위의 자아 인식단계를 지나 자아실현의 여부를 파악하는 글은 유시욱[61]의 논문에서 볼 수 있다. 이 논문은 이상과 윤동주의 <자화상>을 중심으로 자아를 실현함에 있어서의 문제점을 고찰하고 있다. 이상의 '거울'과 윤동주의 '우물'의 이미지에 중점을 둔, 이 논문은 시적 자아의 자기 실현이 실패로 돌아갔다고 본다. 특히 이 논문은 서정주, 박종화, 노천명 등의 <자화상>에 대한 관심의 확대를 통해 자기실현의 문제를 짚어보고 있다. 정순진[62]의 글에서는 하이데거를 중심으로 한 현상학적인 접근을 시도한다. 자기실현의 단계를 좀더 자아와 세계의 관계를 통해 설득력 있게 구성하고 있다. 박의상은 자기화과정을 사회심리학적 관점에 주목하여 과제를 발견하고, 역할의 탐구, 태도를 드러내는 것으로 나눈 다음, 윤동주 시를 이 과정에 대입하여 '자기화단계'로 설명하였다. 그는 윤동주 시는 "인간과 사회와의 상호작용에서 생기는 심리적, 정신적인 문제, 즉 사회화와 자기화의 갈등을 어떻게 시로써 표출하고 있는지를 사회심리학적 방법"[63]으로 검토하고 있다. 이 연구는 자아연구를 사회심리적인 방법에 접목시킨 성과를 보인다.

이제까지 고찰한 자아에 관한 연구는 먼저 자아에 관한 성찰을 통해 자아를 인식한 후, 그 인식의 성과로서 자아실현의 여부를 파악하는 것이 대부분의 자아에 관한 연구경향들이었다. 그러나 신석진의 논문에서는 이러한 자아에 관한 연구경향을 동일성의 틀로서 묶어낸다. "'나'를 '나' 아니게 하는 내부의 불안과 절망, 외부의 압박과 고통을 극복하여 끊임없이 '나'이고자 하는 의지"[64]를 동일성의 논리로서 풀어간다. 이것

---

61) 유시욱, 「이상과 윤동주 시에 나타난 자아실현의 문제」, 영남대 석사논문, 1978.
62) 정순진, 「윤동주 시에 나타난 세계경험적 자아의 양상」, 충남대 석사논문, 1984.
63) 박의상, 「윤동주의 사회심리학적 연구―'자기화과정'을 중심으로」, 인하대 박사논문, 1993, 5면.
64) 신석진, 「윤동주 시 연구―동일성의 원리를 중심으로」, 중앙대 석사논문, 1982, 5면.

은 시인의 시정신을 규명하기 위한 연구로서 윤동주 시인의 시정신의 고찰을 위한 객관적인 방법이 된다. 자아가 외부세계와 내부세계의 동일시를 모색하는 과정이 부재의식과 불안의식으로 축소되어 소극적인 경향으로 나타난다. 그러나 시적 자아의 실존적인 존재의 문제는 '나'와 외부세계와의 동일시에 초점을 맞추어 세계와의 관계를 규명하고 있다. 자아가 대상과의 관계형성에서 동일성을 모색하는 것은 자아인식의 적극적인 면모로 볼 수 있다.

윤동주 연구사는 위에서 살펴보았듯이 자아의 단편적인 양상의 분류를 시작으로 자아를 각성하는 인식의 단계에 이르고, 자아의 층위를 확대하여 사회와의 관계성을 고찰하여 동일성의 논의로 확대되어 간다. 기존의 '자아'에 관한 다양한 논의들은 시적 자아를 개별화시켜 자기 이해의 기반에서 구성되는 자아인식을 분석했다. 결국 자아를 둘러싼 기존의 다양한 논의들은 시적 자아가 자기에 대한 이해를 어떻게 구체화시켜나가는가를 중심에 두고 있는 것이다. 그렇지만 이 글에서 시적 자아는 세계와의 관계 안에서 형성되는 존재자의 면모로 제시된다. 시적 자아는 자기만의 세계에로의 침잠이 아니라, 세계와의 갈등이라는 구도 속에서 고민하고 사색하는 자아를 검토할 것이다.

2. 연구의 관점과 방법론

현대시의 서정장르에 대한 내면성은 철학적 기반, 문학사적 영향, 문학적인 진정성, 정치·현실의 환경 등 다양한 관점에서 조명이 필요하다. 특히 문학사적인 전개과정에서 빚어지는 내면적 경향이란 역사적 현실과 매우 밀접하게 관련되어 있기도 하다. 또한 장르인식의 관점으로 내면성을 고찰할 경우 철학적인 바탕과 문학 장르적인 인식이 공유되어야 할 부분도 있을 것이다. 이런 공분모의 요소를 감안하면서 철학적 기반, 문학 장르적인 특징, 정치·현실의 상황 등을 중심으로 내면적인 경향과 특징을 살펴보기로 한다. 먼저, 존재론적인 관점에서 내면적인 양상을 고찰해 보기로 한다.

존재론적 관점이란 '있음'에 대한 형이상학적인 이해 방식이며, 세계에 거주하는 존재자의 내적 구조와 특성을 구체화시켜 '존재의 본질'[65]을 찾아가는 작업이다. 그러나 존재 자체가 대상이 없는 것이기 때문에 존재자의 실존적인 상황을 통해 그 특성을 파악해야 한다. 그러므로 본고는 존재자가 처한 상황, 즉 실존의 조건을 통해 존재자의 양상을 분류하고자 한다. 존재 자체의 고유한 모습이 존재자가 처한 상황 속에서 어떻게 나타나는가를 보는 것이다. 이러한 인간의 존재는 세계 안의 문제이기 때문에 실존론적인 인식이 따르며, 그 있음의 방법적 인식은 인간의 현존에 대한 입장을 해석하기 때문에 현상학적인 관점이 녹아들게 된다. 그러므로 존재론적 관점은 존재와 내면을 동일하게 간주하는 것이다.

존재론적인 관점에서 내면성의 의미를 살펴본다. "내밀성은 그 자체 하나의 절대이다. 내밀성은 결코 어떤 무엇의 표현이 아니다. 내밀성이란 모든 것이 자아에게 전적으로 내맡겨진 영역이다.…… 내밀성은 우리 안에서 우리들이 생각할 수 있고 행할 수 있는바 그것의 시원이다."[66] 자

---

65) 김익현, 「존재자의 내적구성원리―아퀴나스의 『존재와 본질에 관하여』를 중심으로」, 건국대 철학과 석사논문, 1984, 22면. "본질은 어떤 사물에 대해서 '그것이 무엇이냐?' 하는 물음에 대한 답이다. 즉 정의되는 것이라고 생각되는 한에 있어서의 실체(보편적)이다.…… 따라서 본질은 사물이 아니다. 그렇다고 무도 아니다. 가능의 존재인 것이다. 이 가능성은 존재 덕분에 현실성이 된다."

66) 박이문, 『인식과 실존』, 문학과지성사, 1994, 75-224면. "시의 본질적 기능은 따라서 인식적이다. 시를 통한 추구가 궁극적으로 지향하는 것은 이 세상과 삶에 관한 진실을 이끌어 내는 것"이기 때문에 시에 대한 연구는 형이상학적이지 않을 수 없다. 그러므로 "문학 작품의 해석이 인과적으로 설명될 수 있는 것도 아니며 그것을 구성하는 여러 언어들간의 논리적 구조를 밝혀냄으로써 끝나지 않는다는 것은 누구나 쉽게 이해할 수 있다. 그렇다면 문학작품의 해석은 어쩌면 현상학적 관점에서 현상학적 방법으로만 가장 만족스러운 결과를 얻을지도 모른다."

기 자신에게로 지향하는 의식 자체가 바로 존재의 내면을 구성하는 근원이 된다. "우리는 우선 자신에 대하여 전적으로 내적인 이 존재가 그 자신 안에 어떠한 객관성도 남겨 둘 수 없다는 것, 그리고 전적으로 외적인 것이 전혀 없는 이 내면성은 사고의 내면성일 수밖에 없다는 것을 인정할 수밖에 없다."[67] 즉, 존재 자체를 내면적인 것으로 간주하는 입장은 인간의 사고작용과 존재의 양상을 동일하게 간주하는 데 있다.

그러므로 개인이 세계에 존재하는 구조는 '세계-내-존재'이며 '던져진 존재'로서 우연성에 기반해 있다. 존재의 우연함은 개인에게 존재론적인 고독을 일으키게 하고, 이 절대 고독한 세계에서 개인은 역사 현실과 거리를 둔 내면을 형성한다. 이 세계에서 존재자는 타자와의 관계를 절연하고 개인적인 내면의 세계에 침잠한다. 내면적인 존재양상에는 자기를 상실한 시대의 자기 찾기를 위한 시도들이 보인다. 어떤 상황에서도 자기를 놓치지 않고 진정한 자기를 찾는 일은 내면을 지향하는 가운데 가능해진다. 이 내면이야말로 존재자의 마음의 지도를 읽기 위한 중요한 지침이 된다. 자아의 자기행위를 통한 자기 찾기, 즉 이러한 자아는 자기 내면에서 적극적인 존재 의미를 생산할 수 있게 된다.

하이데거의 입장 역시, 존재와 내면을 동일하게 간주한다. "인간 존재의 본 처소는 인간이 '본래적으로' 존재와 관련하는 자리이다. 그러나 과연 이 자리는 인간이 그 자신과 참되이 온전히 만날 수 있는 자리인가? '존재'는 참으로 인간을 그의 무성으로부터 구제하여 그에게 본래의 자기 존재를 증여하는 근거가 되는가? 이와 같은 물음이 과연 시대의 근본적 관심이 된다고 한다면, 이 시대가 진정 우리가, 그리하여 또 일체의 것이 그 존재의 근거를 떠난 '궁핍한 시대'임은 새삼 되뇌일 필요도 없는 일이다. 과연 누가 이 한낮의 밤을 건너 그 자신이 되면서 현혹됨이 없는 빛의 충만의 바다로 다다르는 자가 될 수 있는가?"[68] 시인은 본래적인 존재로 귀향하고자 하는 의지를 결행하는 사람이며, "한편의 작

---

67) 루이라벨, 최창성, 『존재론 입문』, 대한교과서주식회사, 1988, 14면.
68) 김병우, 『존재와 상황-하이데거와 야스퍼스 연구』, 한길사, 1981, 243면.

품을 이해한다는 것은 그 작품의 의도를 내적으로 포착하여, 그 의도의 목표에 따라 대상이 자기 안에서 표현하고 있는 존재 상태를 재발견"[69] 하는 것이기 때문에 시는 시인이 세계와의 투쟁에서 남겨 놓은 흔적이다.

존재론적 관점이 내면적인 까닭은 나의 존재를 문제삼기 때문이다. "「나」라는 말보다 우리 의식 안에 더 큰 감동을 주는 말은 다시 없다 : 자아는 내가 느낄 수 있는 모든 감동의 원천이다. 「나」라는 존재는 너무나 사적이며, 연약한 존재이다 : 그런데 이 「나」라는 존재는 내가 한시라도 떨어져 있을 수 없는 유일한 존재이며, 나를 끊임없이 자극하는 유일한 존재이며, 내가 단지 그저 있다고 말할 수 있을 뿐 아니라 나 자신이라고 말할 수 있는 유일한 존재이다 : 이 나라고 하는 존재와 관련되지 않는 한 이 세상에 있는 어떠한 것도 아무런 관심이나, 뜻이나, 가치도 가질 수 없다."[70] 결국 존재는 '나'에게로 집중되어 있는 문제이기 때문에 자아가 세계와의 관계 맺기에서 자아의 내면의지가 어떻게 드러나느냐에 주목한다.

"인간의 근원을 이해함으로써 인간을 이해한다는 것은 말을 통해 드러난 '나'의 근원을 이해하는 것을 뜻한다."[71] 인간이 타자를 이해하기 위한 선행조건은 나에 대한 심사숙고가 있고 난 다음이다. 즉, 자신에 대한 사색이 없는 사람은 인간에 대한 배려와 관심이 당연히 없을 수밖에 없다. 자기 존재에 대한 깊이 있는 통찰은 내면의 자기와의 만남을 가능하게 한다. 자기를 놓칠 수 없는 존재에 대한 탐색이 내면성의 추구라고 할 수 있는데, 그것의 보편적이자 내면적인 양상을 분류해 보면 타자를 전제로 한 자기확인 과정, 역사적인 자아의 부정, 분열되지 않으려는 도덕의식, 위험·불안에서 자기 보호본능으로서 거리두기 등의 존재

---

69) 김명인, 「1930년대 시의 구조연구─정지용·김영랑·백석의 시를 중심으로」, 고려대 박사논문, 1985, 7-14면.

70) 루이 라벨, 최창성, 『존재와 자아』, 홍익재, 1992, 101면.

71) 알렉상드르 꼬제브, 설헌영, 『역사와 현실 변증법─헤겔 철학 입문』, 한벗, 1988, 27면.

양상이 나타난다.

존재론적 관점은 현상학, 실존철학을 아우르는 개념이다. 존재의 근본 조건[72]이자, 존재를 규정할 수 있는 내적인 논리로서의 형이상학은 구체적인 실물로 나타나지는 않는다. 그러나 우리 존재의 다양한 양상은 실존론적인 관점에서 내적 논리를 받쳐주는 근원이 된다. "존재에 대한 물음은 오늘날 망각 속에 묻혀버렸다.…… 모든 물음은 일종의 찾아나섬이다. 존재이해에서부터 존재의 의미에 대한 분명한 물음…… 존재는 있다는 사실과 그리 있음에, 실재, 눈앞에 있음, 존립, 타당함, 있음에, 주어져 있음에 놓여 있다."[73] 내면을 설명할 수 있는 철학적인 입장은 실존철학, 현상학[74]을 아우르는 인식론적인 측면에서 가능해진다. "사고의 내면화가 바로 실존 철학의 하나의 형식을 이루는 것이다.…… 근본적인 문제는 어떻게 어디서 삶의 보람을 찾느냐"[75]에 있는 것이다. 내면성은 형식적인 측면에서 구체성을 어떻게 드러내느냐의 문제가 있으나, 실존의 구조는 내면이 되고, 내면의 사고가 실존적인 인식체계를 형성한다. 본고에서 지향하는 내면성의 의미는 현상학적인 입장을 실존적인 관점에 포함시키고 있다.[76]

---

72) 장 폴 사르트르, 손우성, 『존재와 무』Ⅰ, 삼성출판사, 1993, 63면. "본질이란 객체 '속에' 있는 것이 아니고, 본질은 객체의 의미이며 객체를 드러내보이는 나타남들의 연속의 원리다.…… 존재자는 현상이다.…… 존재자는 그 자신이 성질들의 조직된 전체로서 자기를 지적하는 것이다. 그 자신을 지적하는 것이지 그의 존재를 지적하는 것이 아니다. 존재는 단순히 모든 드러내보임의 조건이다. 존재는 드러내보이기-위한-존재이며, 이미 드러내보여진-존재가 아니다."
73) M. 하이데거, 이기상, 『존재와 시간』, 까치, 1998, 15-21면.
74) 문예이론총서, 『미학사전』, 논장, 1988, 195면. "현상학은 체험에 입각해서 의식 내용의 본질직관을 수행하는 것을 과제로 삼고 있다. 따라서 현상학은 미적인 것의 본질을 체험을 통해 직관하려고 하는 철학적 미학으로 친근함을 갖는다. 미학의 영역에서는 미적 현상과 인간존재와의 관련은 그 곳에 도달하는 길은 열려 있긴 하지만 여전히 깊이 들어가 분석되지 않은 채 끝나버리기 마련이었다. 바로 이러한 문제를 중심에 놓고 분석하려고 하는 것이 존재론적 또는 실존주의적 미학이다."
75) 박이문, 『인식과 실존』, 문학과지성사, 1994, 167면.
76) 후설, 신오현, 『현상학적 심리학 강의』, 민음사, 1992, 23-24면. "일체존재는 현

존재자가 가진 다양한 특징을 한 가지로 집약하여 존재의 전모를 밝힐 수 있는 것은 아니고 "존재와 같은 것은 있지 않고, 다만 개개의 존재자들만이 있을 따름이다."[77] 존재자야말로 시간과 공간이 어떤 상황으로 구성되느냐에 따라 무수한 변화의 양상을 보여주기 때문이다. 그렇지만 전체적인 존재자의 면모를 대변해 줄 수 있는 몇몇 특징을 통해 존재자의 양상을 분류해 볼 수 있다.[78] 시적 자아로 구체화되는 존재자는 존재의 양상을 드러내는 특징적인 면모를 제시한다. 그래서 각 시인들의 시적인 경향에 맞추어 단독적인 자아, 성찰적인 자아, 허무적인 자아로 분류할 수 있다.

위에서 살펴본 연구관점을 기반으로 시적 자아의 특징을 규명하고, 그 특징을 구체화시킬 수 있는 방법론을 찾아보면 다음과 같다.

이상 시의 경우 존재의 구속에 기반한 의도적인 자기부정의 양상을 단독적 자아로 설정한다. 단독자는 키에르케고르의 '한계상황'과 '부조

상하고 경험되며 인식되는 한에서만 그 존재의미를 가지며, 존재가 인식되는 방식 혹은 현상방식을 그것 자체로 분석·기술·직관하는 것이 현상학"인 것이다. (백승아, 「M. Merleau-Ponty의 실존의 현상학에서 현상학적 실존에 관한 연구」, 교원대 석사논문, 1997, 30면) "실존주의와 현상학은 그 자체는 아무런 내재적 관계가 없다. 그러나 실존주의는 현상학적 방법에 의해서만 이루어질 수 있는 것이다. 왜냐하면 '실존'은 인간적 존재인데 이러한 실존을 사색하는데는 현상학적 방법이 필수적이기 때문이다.…… 그러나 '실존'은 이러한 추상적인 입장에서의 인간이 아니라 구체적으로 살아가는 인간이다. 그러므로 실존을 이해하기 위해서는 객관적인 대상으로서 분석되는 방법이 아니라 구체적인 역사적, 사회적 시공 속에서 생각하고 살아가고 느끼는 인간의 체험을 서술하는 방법이 필요하다. 그런데 현상학은 모든 종래의 선입견을 벗어버리고 우리들에게 직접 경험되는 대로 어떤 인식의 대상을 진술하려는 것이다. 그러므로 실존을 탐구하는데 현상학이 적합하다는 것이다."
77) 벨라 바이스마르, 허재윤, 『존재론』, 서광사, 1991, 43면.
78) 조가경, 『실존철학』, 박영사, 1995, 309면. "존재론이라는 것은 그 종류를 막론하고 언제나 존재에 관한 인식의 체계가 되려는 경향을 갖는다. 하이데거의 철학이 처음부터 존재론으로서 계획되고 그의 실존론적 존재론이 인간을 「실존주」(實存疇) 안에 고정시켜서 파악하려는 것에 비해, 야스퍼스는 인간을 궁극적으로 대상화 할 수 없는 「암호」로 보며 그에 관한 모든 철학적 언표는 방편적·간접적인 것에 지나지 않음을 강조한다."

리'한 세계에서 고립되고 개별화된 자아를 가리키는 개념이다. 존재자에게 절대적인 한계상황이란 죽음과의 만남이다. 이런 극복할 수 없는 존재의 문제는 시적 자아를 단독자로 머물게 한다. "단독자로서의 고독 및 내면성은 자아에 적대적인 세계, 비본래적인 현실에서 탈출하려는 실존적 주체의식에 근거하고 있다."[79] 부조리의 상황은 시적 자아의 의식을 불합리와 모순된 형태로 이끌고 있다. 실존론적인 구도에서 발생하는 모순과 대면해서 시적 자아는 자기 내면을 벗어날 수 없다. 그러므로 단독자는 자기 내면세계에 머물러 있으면서 외부와는 단절된 관계 속에 놓여 있다.

이러한 단독자적인 성격은 야스퍼스의 '한계상황'에서도 잘 드러난다. 실존적인 구속성 속에서 갈등하는 주체인 인간은 '한계'를 통해 존재를 그릴 수 있다. 왜냐하면 "인간을 그의 가장 내면적인 본질 면에서 규정하는"[80] 것이 한계상황이기 때문이다. 이렇듯 인간은 생생한 실존적인 의식을 한계 지워진 상황 속에서만 가질 수 있는데, 이때 자기 존재에 대한 이해는 부정적인 의식으로 나타난다. "한계상황은 다만 실존에 이르는 계기가 되는 것에 그치지 않고 그 자체가 실존적이다.…… 한계상황을 경험한다는 것과 실존한다는 것은 동일하다. 물론 이 실존이 내면적인 자기 존재의 의식이라는 점에서는 그것이 지향하는 본래의 자기 존재로서의 실존과 같으나, 자기 존재의 의식의 내용에 있어서는 분명히 다르다고 하겠다.…… 자기 존재의 확지와 회복의 문제의 각성의 계기는 한계상황에 있다 할지라도, 그 문제의 발단의 근원은 인간이 본질적으로 가능적 실존인 데 있다."[81]

세계에 무의지를 표방하는 단독자는 존재의 구속적인 측면을 잘 드러내고 있다. 의도적으로 의지를 무화시키는 방법으로 단독적인 결행을

---

79) 이명희, 「R.M. Lilke의 『말테의 수기』에 나타난 실존적 자아」, 경북대 독어독문학과 석사논문, 1984, 38면.
80) O.F. 블노브, 최동희, 『실존철학이란 무엇인가』, 서문당, 1996, 105면.
81) 김병우, 『존재와 상황―하이데거와 야스퍼스 연구』, 한길사, 1981, 242면.

시도하는 것이다. 그래서 실존의 조건인 한계상황 아래서 시적 자아와 세계와의 관계는 시적 자아의 일방적인 무의지로 드러난다. 이러한 무의지는 세계를 적대적이며, 비본래적인 것으로 간주하는 시적 자아의 의지로 읽혀진다.

윤동주 시의 시적 자아는 세계에 대한 끊임없는 질문에 충실한 사색적인 자아로 설정한다. 세계에 대한 이해를 구하기 위해 반성에서 성찰에로 나아가는 시적 자아의 자기모색은 존재에 대한 진지한 자세를 보여준다. 이러한 자기 반성과 성찰의 단계에서 생기는 사유의 힘은 윤리적인 가치판단을 가능하게 한다. 이러한 윤리적인 것과 실존적인 것의 내면적인 존재양상은 야스퍼스의 자기반성과 성찰의 형식에서 구체화된다. "실존 철학은 뚜렷한 윤리적 근본 태도를 내포하고 있으며, 그의 철학함의 형식과 내용은 분명한 윤리적 호소처럼 보인다.…… 실존은 윤리의 존재 근거이고, 윤리는 실존의 인식 근거라고 말할 수 있을 것이다."[82] 이러한 결백에 이르는 가혹한 자기반성은 사색자의 면모로 확대된다.

존재자의 사유의 과정을 중요하게 다루는 하이데거는 야스퍼스와 동일한 입장을 보인다. "본질적 사유는 명백하게 주시와 관찰의 성격을 가지고 있는 것이 아니라 걸어감 즉 도중에 있음이라는 성격을 가지고 있다.…… 본질적 사유는 경험이다. 그것은 만남이다. 그것은 체험이다.…… 본질적 사유는 "실존적" 성격을 가지고 있다. 그 사유 속에는 한 인간 전체 즉 실존의 총체가 연루되어 있는 것이지, 부분으로서의 이성(ration)만 연루되어 있는 것이 아니다. 본질적 사유는 인간의 본래적 "활동"이다."[83] 사유하는 행위를 '길을 가는 것'에 비유한 하이

---

82) 신옥희, 『일심과 실존 ─ 원효와 야스퍼스의 철학적 대화』, 이화여대출판부, 2000, 198-199면.

83) 하인리히 오트, 김광식, 『사유와 존재 ─ 마르틴 하이데거의 길과 신학의 길』, 연세대출판부, 1995, 177-189면. 하이데거가 탐구하는 존재의 주제는 사유에 있으며 "사유의 문제를 넘어가는 길 이외에는 존재질문을 이해하는 데까지 이르는 길이 따로 없다."

데거의 생각은 윤리적인 의지가 실존적인 삶의 방식과 동일한 형식임을 드러낸다.

그러므로 윤동주 시의 시적 자아는 윤리적 자아, 즉 당위적인 자아로 간주할 수 있다. "개인이 소유하고 있는 어떤 독특한 특성이 아니며 나아가 특성들의 집합도 아니다. 그것은 사람에 의해 그녀 또는 그의 전기의 견지에서 성찰적으로 이해되는 것으로서의 자아"[84]라고 할 수 있다. 자기를 사유의 대상으로 삼은 자아야말로 윤리적이고자 하는 의지에 기반해 사유한다. 또한 존재에 대해 본질적으로 사유한다는 것은 최고선을 지향하는 윤리적인 의지로 확대될 수 있다.[85] 이러한 가치는 최고의 선을 향한 의지의 표현이다.

백석 시의 경우 시적 자아는 존재의 무상함에 젖어 있는 '허무적 자아'로 볼 수 있다. 하이데거는 "무상감을 계시하는 무의 본질을 무화라고 생각하였다. 말하자면 무는 정적인 상태로서 고착된 것이 아니고 동적인 행위로서의 의미를 함의하고 있는 셈이다.…… 무를 통한 마음의 자각을 통하여 인간이 일상성에의 함닉으로부터 탈피할 수 있기 때문에 본래성의 회복은 곧 무의 청명함과 부드러움을 마음으로부터 잃지 않을 때 가능하다."[86] 이렇듯 무에 대한 인식과 자기 본래성은 분리될 수 있는 것이 아니다.

또한 "무는 불안 속에서 드러난다. 그러나 존재자로서 드러나는 것은 아니다.…… 무의 근원적인 현시성 없이는 자기 존재(자아)도 자유도 없

---

84) 앤소니 기든스, 권기돈, 『현대성과 자아정체성』, 새물결, 1997, 110면.
85) B. 스피노자, 강영계, 『에티카』, 서광사, 1990, 331면. "스피노자의 도덕 철학의 목표는 자기 보존일 수밖에 없다. 스피노자의 인식론과 윤리학은 병행한다. 그것은 최고의 인식과 최고의 쾌락이 결합되어 있다는 그의 주장만 보아도 쉽게 알 수 있다. 인식, 진리, 자유, 힘, 지복 등은 자기 보존에 기여하기 때문에 우리들을 자유롭게 하고 강하게 하며 행복하게 한다. 그러나 오류, 허위, 노예 상태, 무력, 비참함 따위는 자기 파괴를 불러온다."
86) 김형효, 『하이데거와 마음의 철학』, 청계, 2000, 206-218면. "본래적인 현존재로서의 마음은 자기의 본래성을 회복하기 위하여 세상사람의 평균성과 공식성으로부터 초탈케 하는 무(無)가 곧 그의 존재의 본질임을 깨달아야 한다."

다.…… 무는 어떤 대상도 아니요, 또 어떤 존재자도 물론 아니다. 무는 자신으로만 홀로 나타날 수도 없고, 또 존재자의 옆에, 말하자면 무가 존재자에게 부속되어서 나타나지도 않는다. 무는 인간의 현존재에게 존재자 자체가 드러나는 것을 가능하게 만든다.…… 우리가 바로 우리 자신의 결심과 의지를 통하여 근원적으로 무에 직면할 수 없을 정도로 우리는 유한하다."[87] 이렇듯 존재자의 한계가 무상성을 부르고, 그 무상성은 존재의 이면에 무가 존재하고 있음을 깨닫게 하는데 이 깨달음은 허무한 자아로 귀결된다.

"'니힐리즘'을 사유한다는 것은 또한 방관자로서 존재하면서 그에 대해 '단지 생각할' 뿐이며 행위를 해야 함에도 겁을 집어먹고 움츠리면서 현실에서 도피하는 것을 의미하지는 않는다. '니힐리즘'을 사유한다는 것은 오히려 이 시대의 모든 행위와 현실적인 모든 것들이 그것 안에 자신의 시간과 공간, 자신의 근거와 배후, 자신의 길과 목표, 자신의 질서와 정당성, 자신의 확실성과 불확실-한마디로-자신의 '진리'를 갖는 저 것 [존재의 진리] 안에 서는 것을 의미한다."[88] 하이데거와 더불어 니체도 존재자가 세계에 무의지를 표방하는 원인 중의 하나를 니힐리즘으로 본다. 허무주의로 구체화되는 니힐리즘은 "지고의 가치가 그 가치를 박탈당하거나, 목표를 결여하거나, 왜, 무엇 때문에 대한 대답이 결여"[89]되었을 때 발생하는 것이다. 이렇듯 허무주의는 단순한 감정상태가 아니라 복합적인 상태로 드러난다. 허무의식은 "삶의 의미와 세계 의미를 보장해주던 범주들에 대한 허무의 경험"[90]으로 구체화된다.

존재 자체의 무상성은 백석 시에서 시적 자아의 신념의 허무함으로 구체화된다. 존재 자체의 한계에서 시적 자아는 무상함의 정서를 '유년 회상'과 '유랑'의 방식으로 보여준다. 세계에서 존재함이 무의미함으로

---

87) M. 하이데거, 최동희, 『형이상학이란 무엇인가』, 서문당, 1999, 64-73면.
88) M. 하이데거, 박찬국, 『니체와 니힐리즘』, 지성의샘, 1996, 37면.
89) F.W. 니체, 김재인, <문제는 니힐리즘이다>, 『세계의 문학』, 1999 가을호, 191면.
90) 이기상, 『존재의 바람, 사람의 길』, 철학과현실사, 1999, 162면.

다가올 때 존재자는 무상함을 느낀다. 무는 존재의 이면이기만 한 것이 아니라, 존재한다는 것이 존재할 수 있는 '있음'의 기준을 만드는 중요한 준거점이기도 하다. 결국 존재는 무의 이면이라는 자각이 생겨날 때, 자기 배려의 형태가 자연스럽게 나타난다. "무는 어떤 것을 자기에게로 끌어당기지 않는다. 무는 본질적으로 거부적이다. 무는 미끄러져 빠져나가는 존재자 전체를 전체적으로 거부하면서 가리키는데, 이것이 바로 무의 본질인 무화이다. 우리는 이 무의 무화를 존재자를 없애버림이나 부정하는 것으로 생각해서는 안 된다. 무화는 인간 측에서의 임의의 행동이 아니다. 무는 스스로를 무화시킨다. 무화작용은 미끄러져 빠져나가는 존재자 전체를 거부하고 가리키면서 그 존재자 전체를 지금까지 숨겨져 있던 아주 낯선 형태 안에서 단적인 타자로 드러낸다."[91] 또한 존재의 이면으로서의 무를 실감하면서 자기 사유는 시작되는 것이다. 그러므로 백석 시의 시적 자아는 내면적인 자기를 최대한 외면으로 끌어내려고 하는 과정에 멈추어 있다. 결국 존재가 안고 있는 무상함이 존재의 회의를 부르고 그 주변을 서성거리게 하는 것이다.

이상으로 시적 자아의 내면적 존재양상을 고찰하기 위한 연구 관점과 방법론을 살펴보았다. 문학적인 행위 자체를 통해 묻는 존재의 문제[92]는 인간 문제의 연장선에 있다. 존재의 이해는 형이상학적인 이해의 과정이 반드시 수반되는데, 그것은 형이상학 자체로서가 아니라, 이해의 기반으로서 필요한 것이다. 내면을 설명하는 입장인 "사고의 내면화는 바로 실존 철학의 하나의 형식"[93]이자, 의식의 지향성을 통해 존재의 본질을 묻는 현상학의 형식을 갖는다. 이상, 백석, 윤동주 작품에서 시적 자아는 내면적인 존재양상을 통해 존재의 본질을 드러낸다. 그것은

---

91) 이기상, 『존재의 바람, 사람의 길』, 철학과현실사, 1999, 288면.
92) "존재에 대한 물음은 오늘날 망각 속에 묻혀버렸다.…… 모든 물음은 일종의 찾아나섬이다.…… 존재이해에서부터 존재 의미에 대한 분명한 물음…… 존재는 있다는 사실과 그리 있음에, 실재, 눈 앞에 있음, 존립, 타당함, 있음에 주어져 있음에 놓여 있다."(M. 하이데거, 이기상, 『존재와 시간』, 까치, 1998, 15-21면)
93) 박이문, 『인식과 실존』, 문학과지성사, 1994, 167면.

단독자, 사색자, 허무자로 분류되는 존재의 양상이며, 시적인 장치를 통해 존재의 면모가 그려진 것이다. 이들의 존재방식인 내면성은 철저한 개인성으로 정리할 수 있는데, 이것은 순수문학[94]의 경향이기도 하다. 존재 자체가 안고 있는 내밀한 성격이 시적인 의장을 통해 구현되면서 존재의 고유한 내면을 담아내고 있다.

---

[94] 오세영, 『20세기 한국시연구』, 새문사, 1989, 108-231면. "순수문학이 주류를 이루게 되었다는 것은, 당시의 시대상황으로 인해 작가는 어느 정도의 제한과 제약을 받을 수밖에 없었으며, 그러한 상황은 작가에 또 다른 측면의 돌파구 즉, 내면세계로의 탐구로 방향을 심화시킨 것으로 볼 수 있다."

제 2 장

한계상황과 부조리에 놓인 단독자적 자아 – 이상

모더니즘의 시적질서를 가진 작품들 대부분은 매우 현대적인 미적세계관을 지향한다. 그들은 언어의 실험에서 세계관의 변화 및 확장을 시도하는데 이런 변화의지는 매우 진보적인 형식을 띠기 마련이다. 우리 시가의 전통성을 벗어나서 생소한 형식의 시작품들이 등장하게 되는 과정에서 모더니즘으로 불리는 서구적인 미적 가치관이 큰 역할을 한 것은 사실이다. 이런 가운데 이상은 가장 극단적인 방법의 미적 세계관을 보여주었다. 철저한 내면세계에 머물기를 통해 외부와의 무차별적인 차단이 일어나게 된다. 개별적으로 존재를 드러내는 개인성의 방식이 아니라 완전히 관계를 단절하고 단독적인 개인을 드러내는 형태가 이상 시의 자아표출 방식이다.

현대시문학사의 전개과정에서 이상 작품과 같은 폐쇄적인 차단의 자아를 가진 시를 만나기는 쉬운 일이 아니다. 어쩌면 내면의 가장 최소한의 공간에 단독자가 머물러 있을 수도 있다. 어떤 주변을 들여놓지 않고 유일하게 개인만이 남아 있는 공간으로서의 단독자라는 것은 존재론적인 접근에서 가능한 논리일 수 있다. 이상의 시가 초현실주의 시각에서 읽히는 이유도 이와 맥락이 동일하다. 분열이라고 판단할 정도의 개별 자아의 단독성 또는 폐쇄적인 특징은 서정장르가 지닌 고유한 내면성과 그것의 최소한의 여지를 보여주는 예가 될 수 있다.

우리가 존재한다라는 의미는 어떤 처지에 놓인다는 말이고, 이 처지는 우리의 의식적인 판단에 따라 제시되는 것이 아니라, 우리의 의지와는 아무런 상관없이 밀려오는 것이다. 이러한 처지가 바로 실존적으로 부조리한 상황이다.[1] 존재가 지닌 무근거성에 기반해 있는 부조리는 이성적인 판단이나 조리에 맞지 않을 때 발생하는 무의미를 가리킨다.[2] 이것은 의지와 무관하게 제한을 받고 구속당하는 한계상황 속의 존재방식이다. 존재의 우연성은 어떤 계획 아래 짜여지지 않은 채, 상황이라는 이름으로 개개인에게 주어진다.

객관적이고 논리적인 관계보다는 개연성으로 진행되는 존재의 양상 아래, 시적 자아는 현실의 국면에서 고립된 자기의식을 드러낸다. "인간은 아무것에도 의존할 수 없다. 거기에는 의지해야 할 여하한 기준도 척도도 없으며, 다만 아무리 불러도 대답 없는 침묵의 세계가 있을 뿐이다. 미리 계획하고 계량하고 숙고한 다음 행동하는 것이 아니라 절박한 상황의 강요에 의해서 실존적 결단을 내릴 수 있을 뿐이다."[3] 모순적이고 일탈적이며 반항적이며 이율배반적인 고립된 자아를 드러내는 '단독자'는 "현실의 실존자이며 자기 운명의 당사자로 홀로 책임질 자신"[4]이

---

1) 알베르 카뮈, 신일철, 『반항적 인간』, 일신사, 1986, 21-24면. "부조리란 모순인 것이다. 부조리는 내용에 있어서 모순되어 있다. 산다는 것 자체가 하나의 가치판단인데, 부조리는 생을 유지하기를 바라면서도 모든 가치판단을 배척하기 때문이다.…… 침묵이 아무 것도 뜻하지 않는다면, 무의미에 토대를 둔 통일된 유일한 태도란 침묵하는 것일 것이다. 완전한 부조리는 무언으로 말하려고 한다.…… 부조리는 방법적 회의와 마찬가지로, 모든 것을 백지로 돌려버렸다. 우리들은 막다른 골목에 버려져 있다. 그러나 회의와 마찬가지로 부조리는 자기를 반성함으로써 새로운 탐구의 방향을 부여한다."
2) 허영, 『부조리 연극』, 한신문화사, 1982, 38면. "부조리라는 말은 까뮈(Camus)가 *The Myth of Sisyphus*에서 인간의 상황을 정의하기 위하여 처음으로 사용한 용어이다. 철학적 의미에서 본다면, 부조리는 일상 생활의 모든 행위의 메커니즘과 온갖 관습의 굴레를 벗어나 의식을 다시 찾은 인간의 이 세계에 대한 관계를 말한다. 부조리란 요컨대 광의적으로는 무의미한 모든 것을 일컫는 것이고, 협의적으로는 이 세계를 개인 자신과 연결하는 관계를 말한다. 이런 관계는 대립의 관계이다."
3) 신오현, 『자아의 철학』, 문학과지성사, 1996, 321-322면.

다. 그러므로 키에르케고르의 단독자[5]는 구체적이고 개별적인 인간의 존재[6]에 관한 물음이라고 할 수 있다.

1. 존재자의 제한과 구속에서 나타나는 한계상황

존재자의 실존을 제한하는 한계상황을 통해 야스퍼스는 인간존재가 구속당하는 양상을 밝히고 있다. "야스퍼스는 인간의 상황을 상황일반과 한계상황으로 구분하고 있다. 이 한계상황 앞에서 인간의 현존재는 난파하지 않을 수 없고, 따라서 이 난파를 통해서 인간은 진정한 자기 존재, 즉 실존으로 복귀하게 된다."[7] 이렇듯 인간은 생생한 실존적인 의식을 한계 지워진 상황 속에서만 이해할 수 있는데, 이때 자기 존재에 대한 이해는 가장 내밀한 공간에서 제한과 구속을 받게 된다. "한계는 어떤 외부에 가로놓여 있는 것도 아니요, 외부로부터 인간을 속박하는 것도 아니다. 그것은 인간을 그의 가장 내면적인 본질 면에서 규정하는 어떤 무엇이다. 그리고 이것으로부터 개별적인 한계상황, 즉 고뇌, 투쟁, 우연, 책임 같은 것에서 주어지는 바와 같은 실천이 나타난다."[8] 내면적인

---

4) 강학철, 『무의미로부터의 자유』, 동명사, 1999, 191면. "단독자의 고독은 인간의 삶의 현실에서 겪게 될 인간 존재의 위기적 시련의 실존 범주이다."
5) 표재명, 『키에르케고어의 단독자 개념』, 서광사, 1992, 91면. "단독자는 먼저 일반자, 또는 윤리적인 것과 대립적으로 생각되는 미적으로 규정된 탁월한 자, 출중한 자, 특수한 단독자, 곧 예외자를 의미하는 것이었다."
6) 박종남, 「키에르케고르의 실존론적 인간이해」, 외국어대 철학교육 석사논문, 1988, 53면. "키에르케고르는 인간의 문제를 '전체', '집단', '체계' 속에 묻혀버린 인간을 그 속에서 끄집어내어진 실존적인 인간이 어떻게 집단이 아닌 개별적 인간으로 주체적으로 불안과 절망 그리고 죄를 부둥켜안고 신 앞에 외톨이로 서서 그러한 인간의 실존의 문제를 극복할 수 있는가? 하는 인간의 내면성의 문제를 진지하게 묻고 있다."
7) 칼 야스퍼스, 정영도, 『근원에서 사유하는 철학자들』, 이문출판사, 1984, 164면.
8) O.F. 블노브, 최동희, 『실존철학이란 무엇인가』, 서문당, 1996, 105면.

공간에서 만나는 한계상황은 외부적이거나 어떤 전망도 제시하지 못한
다. 존재자가 존재의 우연성에서 발생하는 많은 사건을 설명하지 못하
는 단계에는 내면의 진실이 담겨 있다. 이 공간에서 실존의 자각은 한계
상황에 직면하는 것과 동일하다.

　이상 시의 시적 자아는 이러한 한계상황에 부딪힌 자아를 표현한다.
시작품 전반에 설정된 차단된 공간이자 전망부재의 공간은 시적 자아가
직면한 한계상황들이다. 여기에서는 시적 자아의 지평확대를 위한 모색
이나 일방적인 대상관계, 일상의 전복적인 의지가 구체적으로 드러나는
작품을 대상으로 고찰한다. 개인은 한계에 직면하면서 실존을 자각하게
된다. 존재를 어떻게 이해하느냐의 관점에서, 그 기초적인 단계로서 시
적 자아의 자기모색의 작업은 필수적이라고 할 수 있다. 이 작품을 통해
서 한계상황이라는 실존의 조건이 어떻게 존재의 자각으로 연결되는지
살펴본다.

(1) '세계의 유아'와 아버지의 상징성

　자기 존재를 모색하는 데 가장 우선적인 것은 자기가 누구인가라는
근본적인 자기확인에 관한 물음이라고 본다. 이러한 자기확인의 문제에
대한 모색은 이상의 작품 전반에서 고루 나타나고 있는데, 그것은 이상
시가 근본적인 존재물음을 시도하고 있기 때문이다. 존재자체가 한계상
황을 벗어날 수 없고, 그것에 대한 자각에서 시작하기 때문에 근원적인
자기모색도 멈출 수가 없는 것이다. 인간이 세계에 거주자가 된다는 것
은 항상 새로운 경험이며 우연적인 사건으로 그치게 되기 때문에 아이
와 같은 낯선 세계에 놓이게 된다.

　세계에 대한 이해는 언어에 대한 이해이며, 언어는 사물을 사실적으
로 지시, 유추하여 상징할 수 있는 발달단계를 통해 습득된다. 상징할
수 있는 인간은 실제의 의미에 매이지 않고, 상징적인 의미로 나아간다.
이때 상징은 관계에 기반한 존재의 의미를 생산한다. "인간은 보다 넓은

현실 속에서만 살고 있는 것이 아니라, 현실의 한 새로운 '차원' 속에서 살고 있다."9) 그런데 이상 시에 나타난 아버지의 이미지는 아이와 아버지가 화해할 수 없는 상징으로 나타난다. 이러한 아버지와의 불화와 부재는 아이에게 새로운 국면에 이르는 세계 이해로 나아가지 못하게 한다. 아이를 '천진난만의 상징'이나 그것의 근원으로 돌아가고자 하는 시적 자아의 의지로 본다면, 니체가 말하는 <세 단계의 변화에 관하여>"10)에 나타나는 '아이'는 존재의 목적이고, '초인'을 시사11)하는 것이다. 금욕적 정신의 세 번째 단계로서 어린이는 순결이며 망각이고 하나의 새로운 출발, 하나의 유희, 스스로 돌아가는 수레바퀴, 최초의 운동, 신성한 '긍정'이 되는 것이다. 존재의 목적인 아이와 상징이 부재하는 현실을 담아내는 아버지의 이미지는 존재자의 구속적인 측면을 담아낸다.

> 13人의 아해가道路로疾走하오.
> (길은막다른골목이適當하오.)
>
> 第1의兒孩가무섭다고그리오.
> 第2의兒孩가무섭다고그리오.
> 第3의兒孩가무섭다고그리오.
> 第4의兒孩가무섭다고그리오.
> 第5의兒孩가무섭다고그리오.
> 第6의兒孩가무섭다고그리오.

---

9) E. 카시러, 김용직 편, <인간과 상징>, 『상징』, 문학과지성사, 1988, 55면.
10) F.W. 니체, 정강석, 『짜라투스트라는 이렇게 말했다』, 삼성출판사, 1993, 217-219면. "정신이 낙타가 되고, 낙타가 사자가 되며, 이윽고 사자는 아이가 되는지,…… 억센 정신은 가장 어려운 이 모든 것을 스스로 짊어진다. 그리하여 짐을 짊어지고 사막을 달려가는 낙타와도 같이 그는 자신의 사막으로 달려간다. 그러나 고독한 사막에 이르면 두 번째 변화가 일어난다. 여기에서 정신은 사자가 된다. 정신은 자유를 자기 것으로 하고, 자기 자신이 선택한 사막의 준주가 되려고 한다.…… 사자도 능히 할 수 없는 어떤 것을 아이가 할 수 있는가? 어찌해서 약탈하는 사자는 아이가 되어야만 하는가?"
11) 안네마리 피이퍼, 정영도, 『니이체의 짜라투스트라에 대한 철학적 해석』, 이문출판사, 1994, 140면.

第7의兒孩가무섭다고그리오.
第8의兒孩가무섭다고그리오.
第9의兒孩가무섭다고그리오.
第10의兒孩가무섭다고그리오.

第11의兒孩가무섭다고그리오.
第12의兒孩가무섭다고그리오.
第13의兒孩가무섭다고그리오.
13人의兒孩는무서운兒孩와무서워하는兒孩와그렇게뿐이모였소.
(다른事情은없는것이차라리나았소)

그中에 1人의兒孩가무서운兒孩라도좋소.
그中에 2人의兒孩가무서운兒孩라도좋소.
그中에 2人의兒孩가무서워하는兒孩라도좋소.
그中에 1人의兒孩가무서워하는兒孩라도좋소.

(길은뚫린골목이라도適當하오.)
13人의兒孩가道路로疾走하지아니하여도좋소.

— ＜詩第一號＞ 전문

　이 시에서 시적 자아는 표면에 드러나지 않고, 대상만 부각되어 나타
난다. 자기확인의 길이 모호한 상황에 놓인 시적 자아가 대상을 통해 짐
작할 수 있는 것은 주체적인 자기지각이 혼란스러운 상태에 놓여 있다
는 것이다. '아해'는 시적 자아가 설정한 대상이며, 아이를 어른들의 확
고한 자아와 비교해보면, 불안한 자아의 영상을 쉽게 감지할 수 있다. 즉
＜시제일호＞에서 표면으로 드러난 대상은 아이이며, 아이의 불완전한 자
기확인의 지각이 시작품 전반을 흐르고 있다. "이상의 작품에서 ＜아해＞
에 대한 그의 관점을 볼 수 있는데, 이때 그의 눈에 비쳐진 아해는 대개
무관심 속에 그냥 내던져진 존재이며, 그에 대해 이상은 안타까워하고
있다."[12] 여기서 '아해'는 시적 자아의 대리자로서 불안한 자아의 상황
을 보여주나, 존재의 긍정적인 측면을 암시한다.

아이의 불완전한 지각은 아이가 갖는 존재의 한계성을 드러낸다. <시제일호>에서 표면으로 드러난 주체는 아이이지만 여기에서 아이는 시적 자아가 투영된 모습이다. <시제1호>의 아해는 '천진난만의 상징'이며 존재의 근원으로 돌아가고자 하는 시적 자아의 의지의 표출이다. 이상이 "중의적이고 복합적인 뜻이 많이 내포된 13이란 상징부호를 등장시킨 것은 그가 추구하는 세계가 모호한 불확정적인 세계임"13)을 단적으로 드러내는 것이다. 아이는 세계에 최초로 거주하면서 실존의 출발을 알리는 주체이다.

시의 구도를 보면, 막다른 골목과 뚫린 골목으로 나누어져 있다. 이러한 구도는 시적 자아의 자기 지각을 확인하기에 가장 적절한 구성으로 보인다. 대조적인 구도는 시적 자아에게 치열한 의식을 갖도록 하여 작품의 긴장을 고조시키는데 적합하다. 이러한 구도 아래에 있는 시적 자아는 작품 안에서 충실하게 의미의 이중성을 표현하게 된다. 특히 <시제일호>는 대조적인 틀을 시의 전체적인 윤곽에서부터, 작게는 시어에 이르기까지 일관하고는 있다는 점이다. 그러나 이러한 구도는 모색의 과정을 보여주는 듯하다가 제한적인 결과에 이르는 밑받침이 된다. 이러한 대립성의 구도는 시적 자아의 자기지각이 이중적임을 드러내는 것이며, 이러한 중층적인 이중성의 구도14)는 아이들의 자기확인의 지각이 혼란스러워 절망의 상태에 이르게 됨을 보여준다.

이 시에서의 '골목'은 시적 자아가 구상하고 있는 지평으로서의 세계이다. 이 지평의 위상이 막다른 (골목) 상황이냐, 뚫린 (골목) 상황이냐에

---

12) 이성모, 「이상 문학의 존재론적 연구—죽음 의식을 중심으로」, 부산대 석사논문, 1987, 38면.
13) 김현호, 「이상시 연구—이상의 해체의식과 그의 시에 나타난 포스트 모더니즘적 특성을 중심으로」, 중앙대 석사논문, 1992, 52면.
14) 시의 구조가 단순한 대립에서 끝나는 것이 아니라, 연과 연의 대립, 행과 행의 대립, 시어와 시어의 대립에서 기인하기 때문이다. <시제일호>는 점층적인 방법으로 계속되는 대립의 연속을 보이는데, 특히 시적 자아가 대상인 아이들을 바라보는 관점 또한 대조적인 자세로 드러나고 있어서, 이러한 것을 종합하여 중층적인 이분법으로 규정하였다.

따라 시적 자아의 관점은 변화한다. 자아가 부딪히는 세계가 막혀 있고 변통이 없는 부동의 지평이라면, 극단적인 선택만이 존재할 수밖에 없다. 이 세계가 보여주는 극단의 선택이란 '무서운 아해'와 '무서워하는 아해'의 이분법적인 구도로 짜여 있다. 이 지평에 있는 아이들 중에 일부는 대상에 대해 무서워하는 아이들이 있고, 일부는 대상이 무서워하는 아이들로 나누어 볼 수 있다. 뚫린 골목이 만든 상황은 아이들의 의지를 상실하게 하였으나, 완벽한 선택이란 한계상황의 공간에는 없다. 그러나 이 뚫린 골목이 계속 뚫려 있을지는 누구도 장담하지 못한다. 자기 의식에서 지평의 확대를 끊임없이 시도하지 않는 아이들에게 지평은 언제 막다른 골목으로 변할지도 모르는 것이기 때문이다.

시적 자아의 자기 지각은 폐쇄적인 단계에 머물러 있다. 이를테면 아이들을 도로로 질주하게 하는 것이 그것이다. 아이들이 도로를 질주한다는 것은 아이들로 하여금 자기 인식을 철저히 가지도록 하기 위함이라고 볼 수 있는데, 골목은 그것과는 정반대의 의미로 이해된다. 이것은 골목을 아이들의 지평으로 삼으면서도 그들의 위치를 도로에 두고 있는 사실 때문에, 이 시는 시적 자아의 유폐적인 관점으로 읽을 수 있다. 아이들이 위치한 현재 세계가 도로라는 확 트인 것으로 설정되어 있다면, 그들의 지평 역시 도로 이상으로 확대되어야 마땅하다고 본다. 그러나 아이들은 그들의 현재 세계에 대한 인식을 계속 유지하지 못하고, 자기 자각의 단계가 사라진 후, 골목을 설정한다. 이것은 도로에서 질주할 당시의 아이들의 지평은 골목이 아니었을지도 모른다는 추측을 가능하게 한다. 도로를 질주하면서 지평이 변화되었을 수도 있고, 지평의 설정은 아이들의 의지에 의해서 만들어진 것이 아니라는 것을 보여주는 것이기도 하다.

아이들의 세계로 설정된 '골목'은 지평이 지니는 의미를 제대로 갖추고 있다고 볼 수 없다. 시적 자아는 골목을 통해 막혀 있는 자신의 지평을 드러내고 있다. 지평의 설정이 원대하고 부푼 희망으로 이루어졌다면 시적 자아의 자기 확인의 지각도 그와 유사한 상태로 지속될 수 있다. 그러나 <시제일호>의 지평은 명백한 토대도 없고 확실한 결단도 내리지 못한, 대조적인 방향들만 나열해 둔 한계상황으로 지평이 확고하게 설정되어 있지 않다. 이것이 아이들의 세계이자 구속된 상황이다.

> 나의아버지가나의곁에서조을적에나는나의아버지가되고또나는나의아
> 버지의아버지가되고그런데도나의아버지는나의아버지대로나의아버지인데
> 어쩌자고나는자꾸나의아버지의아버지의아버지의……아버지가되느냐나
> 는왜나의아버지를껑충뛰어넘어야하는지나는왜드디어나와나의아버지와나
> 의아버지의아버지와나의아버지의아버지의아버지노릇을한꺼번에하면서살
> 아야하는것이냐

　　　　　　　　　　　　　　　　　　— <詩第二號> 전문

이 시에서 시적 자아는 '아버지'[15]라는 대상을 수용하거나 완전히 부정하지 못하기 때문에 혼란스러운 상태에 놓여 있다. 시적 자아는 자기인식에서 혼란한 과정을 그대로 드러낸다. 시적 자아는 아버지의 역할을 수행할 뿐이지 완전한 아버지가 될 수는 없다. 그러다가 시적 자아는 직접 '아버지가 되어' 아버지를 껑충 뛰어 넘어 아버지 노릇을 한꺼번에 하면서 살아가게 된다. '아버지가 된다'는 의미는 아버지의 역할을 대리하는 정도에 불과하지 상징적인 아버지의 자리에 이른다는 것이 아니다. 시적 자아의 자기인식은 제한적인 범위 안에서 아버지의 대리자로서 구성되는 구성물에 불과하다.

시적 자아의 아버지 노릇은 실제 아버지의 자리에서 자연스럽게 생기는 위엄 있는 책임과 의무를 말하기보다 아버지 자리에서 해야 하는 일

---

15) "아이는 세계 저편으로부터 오는 자, 곧 형이상학(meta-physica)이 맞아들여야 할 손님인 것이다.…… 자식 앞에서 인간은 '비이성적 동물'이다. 아이는 내가 결코 도달할 수 없는 미래의 지형을 탐색할 수 있게 해주는 지도 같다. 죽음을 향해 운명지어진 유한한 시간 속에서 나는 아이를 통해 미래로 뻗어나가는 무한한 시간을 여행한다." 그러나 <시제이호>에서 아버지는 부재하기 때문에 아이를 보는 아버지의 시선은 존재하지 않는다.(서동욱, 『차이와 타자』, 문학과지성사, 2000, 316면)

들이 시적 자아에게 부과된 의미를 지닌다. "'나'가 미래로 달아나서 과거의 현재를 볼 때, 수많은 조상인 '아버지'를 만나게 되며, 그 무수한 '아버지'가 미래에 있는 나를 차압하고 분열"16)시킨다. 이렇게 아버지가 공백의 자리로 떠돌 때, 시적 자아의 아버지를 인식하는 순간순간은 자기 존재의 지각에 혼란스러움만 가중시킨다. 자아를 중심으로 자기의 존재를 인식하게 하는 대상은 아버지로서의 큰 타자라고 할 수 있다. 그런데 이 대상이 부재하게 된다면 자아는 자기 존재의 혼란함으로 방황하지 않을 수 없게 된다. 어린 시절의 우뚝하고 거대한 아버지의 존재가 정체성 형성에 밑거름이 된다고 할 때, 이 시에서 등장하는 아버지답지 않은 아버지는 시적 자아에게 상징적인 아버지를 갖지 못하게 하며 아버지의 빈자리를 시적 자아가 대리하게 만든다.

아버지가 부재하는 현실 공간에서 시적 자아는 아버지의 상징성 부재에 힘겨워한다. 시적 자아에게 아버지가 의무적으로 해야 할 과제들이 아버지의 부재로 인하여 자신에게 밀려오기 때문이다. 이러한 부담감은 시적 자아에게 아버지 역할 혹은 노릇을 하도록 하지만 아버지로서 갖는 권위나 그 위치에서 형성되는 자장은 성립되지 않는다. 아버지를 대신하는 역할은 존재하나, 아버지의 상징성은 없다. 이렇게 시적 자아가 처한 현실 공간에는 아버지가 아버지로서 의무를 저버리고, 자유 의지든 타율적이든 아버지는 지워져 있다. 아버지 스스로가 자신을 타자화했는지, 아니면 보이지 않는 폭압적인 힘에 의해 아버지가 지워졌는지 그건 애매하게 설정되어 있다. 결국 시적 자아를 중심으로 과거로 거슬러 올라가는 많은 아버지들은 지나버린 시간 속에서도 계속해서 지워져 있었다는 것만 확실하게 드러난다. 과거 어느 시점에서도 여전히 지워져 있는 존재, 현실적인 영향력이 전무한 존재로서의 아버지는 시적 자아의 한계상황의 조건으로 다가온다.

현재적인 상황에서 아버지의 부재는 과거의 역사적인 시점에서도 부

---

16) 문홍술, 「이상문학에 나타난 주체분열과 반담론에 관한 연구」, 서울대 석사논문, 1991, 79면.

재하는 존재로 읽혀지기 때문에 역사를 주도적으로 이끌어가는 주인은 과거와 현재가 동일하게 부재한다. 아버지 부재의 상황은 시적 자아를 아버지 대리자로 내세우게 된다. 아버지 대리자로서의 시적 자아는 중층적인 부재의 연속 속에서 역사적인 인식의 결여를 쉽게 보게 된다. 이것은 현실공간의 시적 자아에게 스스로 아버지가 되도록 촉구하는 매개물이 된다. 아버지의 부재는 역사의 주인으로서 가지는 역할들의 상실을 의미하는데, 시적 자아는 과거의 아버지들이 상실한 역사적인 의미를 짊어지고 힘에 겨워하고 있다.

　　喧噪 때문에磨滅되는몸이다. 모두少年이라고들그리는데老爺인氣色이많다. 酷刑에씻기워서算盤알처럼資格너머로튀어오르기쉽다. 그러니까陸橋위에서또하나의편안한大陸을내려다보고僅僅히산다. 동갑네가시시거리며떼를지어踏橋한다. 그렇지않아도陸橋는또月光으로충분히天秤처럼제무게에끄덱인다. 他人의그림자는위선넓다. 微微한그림자들이얼떨김에모조리앉아버린다. 櫻桃가진다. 種子도煙滅한다. 偵探도흐지부지―있어야옳을拍手가어쩨서없느냐. 아마아버지를反逆한가싶다. 默默히―企圖를封鎖한체하고말을하면사투리다. 아니―이無言이喧噪의사투리라. 쏟으려는노릇―날카로운身端이싱싱한陸橋그중심한구석을診斷하듯이어루만지기만한다. 나날이썩으면서가리키는指向으로奇蹟히골목이뚫렸다.

　　　　……

　　反芻한다. 老婆니까. 맞은편平滑한유리위에解消된政體를塗布한졸음오는惠澤이뜬다. 꿈―꿈―꿈을짓밟는虛妄한勞役―이世紀의 困憊와殺氣가바둑판처럼널리깔렸다. 먹어야사는입술이惡意로꾸긴진창위에서슬며시食事흉내를낸다. 아들―여러아들―老婆의結婚을걷어차는여러아들들의육중한구두―구두바닥의징이다.

　　　　……

　　어디로 避해야저어른구두와어른구두가맞부딪는꼴을안볼수있으랴.

― <街外街傳> 부분

　　이 시는 거리 밖에서 동일한 거리에 관한 이야기를 하는 액자구성이지만 완벽하게 독립된 거리가 아니라 안팎이 혼재된 방식이라고 할 수 있다. 거리는 실존하는 공간을 가리키는데 이 거리를 바라보던 소년은 세월 따라 늙어버린 노파의 심정이다. 혹형에 시달린 시적 자아는 스스로 '노야'해진 노파라고 생각한다. 이렇게 노화되어가는 과정에는 '앵도가지고', '종자도인멸' 하고 '정조도흐지부지' 해져버렸다. 시적 자아의 마멸되어 가는 몸에는 '아버지를반역한' 원인이 숨어 있다. 시적 자아에게는 아버지를 반역하고 사투리를 쓰면서 썩은 지향점을 향해 가던 시절이 있었다. 그 시간을 노파의 심정으로 '반추'하는 현재까지 이끌어온 자신을 돌아보면 빈곤함과 살기어림으로 점철된다. '화폐의 스캔달'로 표현되는 경제적인 빈곤이 가득하여 현실 세계는 갈증 그 자체였던 것이다. 이런 시간동안 시적 자아는 아버지를 반역하며 마멸되어 갔던 것이다.

자기 자각의식이 노년에 이르게 되면 청춘의 시간을 모두 평균한 종합적인 판단이 나오게 된다. 시적 자아는 아버지를 반역했던 청년의 시절을 반추하는 가운데 경제적인 빈곤이 존재를 위협했음을 알 수 있다. 그 빈곤함의 결정적인 원인이 아버지에게 있었던 것을 짐작할 수 있다. '먹어야사는입술이악의로꾸긴진창'이 된 지경에 이르러, 먹지 못하게 된 입술은 아버지의 부재에 원인이 있다. 이러한 아버지 부재는 '꿈을짓밟는'는 결과로 이어지지만, 아버지에게도 '여러아들들의육중한구두'는 억압적인 한계상황으로 작용한다. 아들이 '구두바닥의징'이라는 표현은 시적 자아가 노파가 되어 자신을 반추하면서 아버지의 부재가 아버지가 처한 한계상황에서 기인한 것임을 이해하는 입장이다.

어른구두의 맞부딪힘은 세상을 온통 쓰레기로 만들어버렸다. '화폐의 스캔달'은 어른들이 '발처럼생긴손'으로 불의의 악수를 나누는 것이다. 모든 싸움과 갈증은 부족함으로부터 나오지만, 세상의 쓰레기는 부족함 때문에 생기는 것이 아니다. 이런 쓰레기는 '어른구두'들이 진지한 삶의 자세를 잃어버린 까닭에서 기인한다. 어른구두는 계속 쓰레기를 만들고, 세계의 아버지들은 아들에게 반역당하는 한계의 구도에서 시적 자아는 자신을 반추하고 있다.

墳塚에계신白骨까지내게血清의原價償還을强請하고있다. 天下에달이밝
아서나는오들오들떨면서到處에서들킨다. 당신의印鑑이이미失效된지오
랜줄은꿈에도생각하지않으시나요―하고나는의젓이대꾸를해야겠는데나
는이렇게싫은決算의函數를내몸에지닌내 圖章처럼쉽사리끌러버릴수가참
없다.

― <門閥> 전문

<문벌>은 아버지가 부재한 자리가 아니라, 아버지의 억압이 한계로
작용하는 상황이다. 이 시에서 표현된 것처럼 '내몸에지닌내도장처럼'
시적 자아는 아버지의 영향권에서 한 발짝도 벗어나지 못한다. <문벌>
에서 조상은 아버지에서 아버지로 이어지는 가부장제 중심의 문화에서
기인하는 가문의식을 드러낸다. 개개인에게 조상의 의미는 긍정과 부정
의 양 측면을 동시에 보여준다. 자기 존재의 연속성과 역사성은 문벌이
라는 조상의 힘에서 나오는 것이지만, 또 한편으로는 조상의 이름에 갇
혀 자기의 존재는 찾을 길이 없는 경우도 생긴다. 시적 자아에게 조상은
후자 쪽에 근접해 있다. 그러므로 조상은 개인의 자유의지를 구속하고
얽어매는 의미로 작용하고 있다.

자기 정체성을 묻기보다는 집안의 의미로 통하는 전체적인 가풍과 전
통 속에 자아는 의미 있는 존재자가 아니다. 이것은 단순히 자기를 잃어
버리는 차원이 아니라, 자기에 대한 가치는 전체성이라는 가문의 구조
안에 있을 경우에만 살아 있을 뿐이다. 그러므로 개인의 가치는 희석되
어 무화될 수밖에 없다. 이러한 경향은 전근대적인 사회에서는 쉽게 찾
아볼 수 있는 풍경이다. 그러나 시적 자아가 '인감이실효된지오래'임을
상기해도 이미 아버지의 권위에 매여 헤어나지 못한다. 결국 아버지를
부정하고 지워내는 것은 시적 자아의 몸에 각인된 아버지존재를 극복대
상으로 간주한다는 것을 보여주는 것이다.

크리스트에酷似한한襤褸한사나이가있으니이이는그의終生과殞命까지
도내게떠맡기려는사나운마음씨다. 내時時刻刻에늘어서서한時代나訥辯인

트집으로나를威脅한다. 恩愛나의着實한經營이늘새파랗게질린다. 나는이
육중한크리스트의別身을暗殺하지않고는내門閥과내陰謀를掠奪당할까참격
정이다. 그러나내新鮮한逃亡이그끈적끈적한聽覺을벗어버릴수가없다.

— <肉親> 전문

이 시에서 시적 자아는 생명과 운명을 시적 자아에게 맡기려는 상징
적인 존재를 부담스럽게 바라본다. '크리스트'에 의지해야 하는 쪽은 아
버지가 아니라, 시적 자아이다. 시적 자아는 자신의 전존재를 의탁하려
는 타자를 받아들이지 못하면서 그를 영원히 무시할 수도 없다. "19세
기적 봉건 질서의 유물인 족보상의 이름인 김해경을 '이상'으로 바꾸
고…… '내 뼈붙이', '내 살붙이', '내 핏줄'이라는 전통적인 가족관계의
틀 속에 묶어놓고 무조건 자신들과 동일시하는 19세기 식의 전통적인
가족관계에 대해 이상은 강한 거부와 부정의 정신을 밖으로 표출하고
있다."17) 또한 자기 의식에 철저히 기반한 문벌에 대한 생각마저 포기
하지 못하기 때문에 절대자의 존재를 시적 자아는 수용하지 못한다. 자
아가 타자를 수용하거나 이해하는 데 중요한 사실은 자기 입장을 중심
으로 타자를 해석하는 데 있다. 이것은 자아의 시각 밖의 다른 모습이
타자에게 해석되거나 이해되지 못한다는 것이다.

'크리스트'로 그려지고 있는 절대존재는 시적 자아에게 아버지의 이
미지다. 아버지의 남루함 때문에 시적 자아의 '착실한경영'인 은혜와 사
랑은 '파랗게질려' 버린다. 이런 상황 속에서 시적 자아는 크리스트를
암살하지 않으면 '문벌'의 영향권을 벗어날 수 없다는 판단을 내린다.
시적 자아의 이러한 의도는 '끈적끈적한청각' 때문에 시도될 수 있는 것
도 아니다. 시적 자아는 아버지 상징적인 존재의 부재 속에서 암살까지
마음 먹어보지만 생각으로 그치고 만다.

가부장제 구조 속에서 아버지는 가정의 가장으로서의 위치가 정해져

---

17) 김명옥, 「이상 시에 나타난 현실부정 정신과 미학적 자의식 고찰」, 『청람어문학』
    17, 1997, 69-70면.

있다. 가족 구성원 사이에서 소속감을 확인하게 하는 역할이 아버지에게서 비롯된다고 할 때, 시적 자아가 속한 가족의 구성원들은 결속력을 상실한 상황으로 보인다. 가정 내부에서 결속력의 상실이란 가정의 파탄으로 이어진다. 이렇듯 개인적인 관점에서 보아도 아버지의 역할은 너무나 중요하다. 그러나 이것이 시간개념이 포함된 과거로 확대되고, 그 과거에 역사적인 인식이 녹아 들어가게 되면 아버지는 역사의 중심에 서는 주인이 된다. 현실 공간에서 아버지가 부재하는 것은 현실을 주도하고 적극적으로 살아가야 하는 시적 자아에게는 부담으로 작용한다. 왜냐하면 아버지는 시적 자아의 귀감이며 과거 역사적 현실을 바라보게 하는 매개물인데 그러한 매개물의 역할이 사라졌기 때문이다. 현재와 과거를 연결하는 매개물이 역사를 항상 현재적인 가치로 이해하게 하는 힘을 지니고 있다면, 매개물의 역할이 사라졌다는 것은 과거의 역사와 현실이 분리되어 현재에까지 이어지지 못함을 의미한다.

현실적인 공간과 역사적인 공간에서 아버지의 부재는 자기를 성찰할 수 있는 대상의 부재로 이어진다. 가족이라는 울타리에서 자기를 구성원으로 받아들이는 아버지의 자리가 비어 있고, 역사적인 공간에서 역사를 이끌어 가는 주체의 자리가 비어 있을 때, 시적 자아는 자기를 확인하거나 해명할 수 있는 길을 만나지 못하고 공전하게 된다. 아버지가 부재하는 공간에서 시적 자아는 아버지의 대리자가 된다. 이 대리자는 자기 판단의식에 따라 행해지는 역할을 의미하는 것이 아니라 아버지의 역할만을 대신하는 정도에 그친다. 아버지의 존재를 통해 세계를 이해하던 시적 자아에게 아버지의 부재는 세계를 이해할 수 있는 창을 상실한 것과 같다. 창이 있던 자리가 벽으로 변화되는 상황, 자기 확인의 과정에서 중요한 역할을 하던 아버지의 자리가 텅 비워질 때, 자기인식은 아주 중요한 대상을 상실하게 되는 결과를 낳는다. 자기 모색의 상황은 제자리에 머뭇거리게 되어 자기 확인과정 역시 제자리에 멈추어 설 수밖에 없다.

(2) 대상 인식의 부재와 차단된 전망

한계상황에서 차단된 전망은 시적 자아에게 대상인식의 부재를 유발한다. 자아가 주체적으로 구성된다는 것은 자아 단독의 일방성을 가리키는 것이 아니라, 자아와 대상의 상호관계성을 의미하는 것이다. 그러나 한계상황은 대상에 관한 인식을 차단하기 때문에 타자에 대한 이해가 없는 절망의 형태로 나타난다. 레비나스는 "타자는 오직 타자성이 절대 환원불가능 할 때만이, 즉 무한대로 환원불가능 할 경우에만 타자일 수 있다."[18]고 본다. 완전한 타자는 자아와의 관계가 부재하거나, 자아의 동일성에 묻혀버리는 타자를 가리킨다. 이상 시에서 타자는 레비나스가 의미하는 독재적인 동일성의 논리이기보다는 자아의 대상에 대한 인식부재로 봐야 한다. 그러므로 자아가 타자를 배제하는 입장이 아니라, 자아 스스로 닫혀 있는 존재자로 드러난다.

자아의 자유로움은 타자의 의지와 직접적으로 관계되어 있다. 우리가 '타자'라고 간주하는 대상은 자아에게 직접적으로 영향을 미치는 주체적인 자기 의식을 갖추고 있다. 그러므로 '타자의 자유는 나의 존재의 근거'[19]가 될 수 있다. 이상 시에서 설정된 타자는 사르트르가 주장하는 의미의 타자와는 정반대의 의미를 지니고 있다. 타자의 관계성은 이상

---

18) 앨렌 메길, 정일준·조형준, 『극단의 예언자들 : 니체, 하이데거, 푸코, 데리다』, 새물결, 1996, 491면. 이것은 타자를 동일자의 영역으로 편입시키려는 정치적인 입장에서 타자의 시선을 끝까지 보호하려는 그의 의지로 볼 수 있다. 타자를 언급하는 것은 동일자의 논리를 구하기 위한 것이며, 이것이 서양철학의 오랜 전통이라고 레비나스는 생각한다. 그의 주장을 따르면 타자를 동일자에 귀속시키려는 모든 것은 동일자의 독재이다.

19) 장 폴 사르트르, 손우성, <대타존재>, 『존재와 무』 Ⅱ, 삼성출판사, 1993, 95-98면. "의식이라고 하는 자격으로서 타자는 나에게 있어서 나로부터 나의 존재를 훔쳐간 자인 동시에, 나의 존재라고 하는 하나의 존재가 '거기에 있게'하는 자다.…… 나는 타자의 자유에 의해서 존재하는 것이기 때문에, 나는 어떠한 안전도 갖지 못한다. 나는 타자의 그 자유 속에, 위험에 놓여 있다. 타자의 자유는 나의 존재를 반죽해 만들어 내고, 나를 '존재하게 한다'. 타자의 자유는 나에게 많은 가치들을 부여하기도 하고, 또 그 가치들을 나로부터 제거하기도 한다."

의 작품에서 결여된 채 등장한다. 이것은 상호주관성의 결여를 일으킨다. 대상은 철저히 가려진 무대 뒤에 있을 가공적인 존재일 뿐이며, 자아의 세계에는 타자가 스며들지 못하는 '관계의 한계'[20]이다. 이러한 현상은 시적 자아의 의지 부족 문제가 아니라, 우연성에 기반한 존재의 내면이 보여주는 한계적인 상황 때문이다. 그러므로 한계상황은 설명이나 설득을 통해 극복될 수 있는 대상이 아니다.

> 너는누구냐그러나門밖에와서門을두다리며門을열라고외치니나를찾는一
> 心이아니고또내가너를도무지모른다고한들나는차마그대로내어버려둘수는
> 없어서門을열어주려하나門은안으로만고리가걸린것이아니라밖으로도너는
> 모르게잠겨있으니안에서만열어주면무엇을하느냐너는누구기에구태여닫힌
> 門앞에誕生하였느냐

— <正式IV> 부분

시적 자아에게 설정된 상황이란 닫힌 문 밖의 공간으로 이미 한계 속에 자리한다. 문 안과 밖의 차단된 조건은 실존적인 한계상황을 보여준다. 존재 자체는 인간에 의해 기획되는 것이 아니라 기투된 방식에 불과하다. 그것은 고립된 존재를 드러내는 방식이며, 그 세계 속에 놓인 시적 자아는 실존적인 상황에 직면해 있다. 그러므로 시적 자아는 자신의 내면 모습을 '너'로 대상화하여 한계 지워진 존재자의 모습을 드러내고 있다.

이 시는 누군가가 문 밖에서 문을 두드리나, 안팎이 모두 잠겨 있어서 시적 자아는 어떤 해결책도 마련할 수 없어 문을 열어주지 못한다. 시적 자아는 문을 두드리는 너(잠재된 자아)를 안타깝게 여겨 탄식하는 것으로 멈추고 만다. 이때 시적 자아는 실존적인 자아가 겪는 한계를 잘

---

20) 마르틴 부버, 표재명, 『나와 너』, 문예출판사, 1998, 130면. "이 세상에 있는 참된 관계는 개별화에 바탕을 두고 있다. 개별화는 관계의 기쁨이다. 왜냐하면 오직 개별화되어 있음으로 해서 다른 자를 서로 인식할 수 있기 때문이다. 그리고 개별화는 관계의 한계이다. 왜냐하면 타자를 완전히 인식하는 일도 인식되는 일도 불가능하기 때문이다."

보여준다. 실존적인 존재자는 존재의 근거를 이해할 수 있는 어떤 실마리도 만날 수 없으며, 그저 한계에 직면해서 존재해야만 하는 처지이다. 이것이 존재자가 갖는 한계의 상황이다.

시적 자아가 '너'로 명명하면서 대상화한 자신은 다음과 같은 모순을 갖고 있다. 자아가 안에서 문을 열면, 타자가 문을 열 수 없는 상황이 되고, 반대로 타자가 밖에서 문을 열면 자아가 문을 열 수 없는 상황이다. 이렇듯 모순으로 보이는 상황이 바로 존재의 조건이 갖는 한계이자 구속이다.[21] 인간은 존재 자체의 이유를 풀어낼 어떤 열쇠도 갖고 있지 않기 때문에 자기 존재에 직접적으로 개입이 불가능한 한계에 놓여 있다.

시적 자아가 지칭하는 '너'는 타자나 대상으로 존재하는 것이 아니라, 시적 자아가 갖는 내면의 모습이며, 시적 자아의 일부이다. 시적 자아는 스스로를 객관적으로 대상화하여 자기 존재의 한계를 드러내고 있다. '구태여닫힌문앞에탄생'하는 존재자로서 자기를 인식하는 자세에서 제한된 존재를 드러낸다. '닫힌문'은 존재자로서 기투되는 상황을 표현하는 시어로 절대 열리지 않는 문이며, 열릴 가능성이나 기미가 보이지 않는 문의 의미를 함축하고 있다. 이때 '닫힌문'이란 존재 자체를 열어 밝힐 수 없음을 암시하는 것이다.

인간존재가 실제로 존재한다는 것이 본질에 대한 검토나 숙고가 있은 후 존재하는 것이 아니듯, 존재 사건 그 자체로 존재자에게 던져진다. 그러므로 '너'는 아무리 문을 두드려도 문은 열리지 않으며, 심지어 시적 자아가 열어 보려고 하나, 근원적으로 닫힌 문으로 설정되어 있는 것이다. 존재자는 한계로 설정된 '문'을 절대 열 수 없으며, 실존의 장을

---

21) 이 시에서는 논리적인 오류가 발생하고 있다. 즉, 문이 안팎으로 잠겼다면 문 안쪽은 시적 자아가 열고, 문 밖은 타자가 열면 쉽게 해결되는 문제이다. 그러나 이 시에서는 시적 자아가 절대 타자의 요구를 들어주지 못하는 상황을 연출하려고 하다가, 논리적인 오류를 낳은 것으로 짐작된다. 그렇지 않다면 이상이 의도적으로 논리적인 오류를 유도했을 수도 있겠고, 자아와 타자의 상호관계성의 결여 양상을 맹목적으로 강조하다가 생겨난 문장일 수도 있다. 그러나 관용대로 '시적허용'의 관점에서 해석하기로 한다.

구성하는 실존의 문은 존재가 던져질 때 동시에 현상적으로 드러나는 것이다.

<正式Ⅳ>에서 보이는 시적 자아는 실존의 한계를 그대로 보여준다. "'문'의 이미지는 안과 밖을 연결하여 새로운 탄생을 가능케 하는 창조의 과정을 뜻하고 있는 것이라고 할 수 있다. 그런데 이 '문'이 안과 밖으로 모두 닫혀 있어서 통과할 수 없다는 절망적 상황을 진술하고 있다. 이것은 그 시대가 비록 존재하고 있는 하나의 사실적 공간이기는 하나 정상적인 가치가 모두 상실된 부정적인 공간임을 역설하는 목소리라고 할 수 있을 것이다."[22] 닫힌 문을 열지 못하는 자아, 그 실제 현실을 제대로 이해하고 자아의 대상화를 시도하지만 끝없는 미궁에 빠지는 자아, 이렇게 자아는 소극적인 면모를 보인다. 자아가 소극적인 까닭은 한계상황으로 규정된 우리의 존재조건이 의지에서 비롯되는 것이 아니기 때문이다. 그러므로 실존의 상황은 때로 우리를 고립시켜 우리 스스로를 모순의 반복에 놓이게 한다. 그렇다고 실존의 상황이 자아로 하여금 자동적으로 세계에 거주하게 하는 것은 아니다. 실존의 헤아릴 수 없는 무게에 짓눌린 채, 자기 존재의미를 계속해서 물어가기 때문에 우리의 존재는 단절되고 모순되는 과정에 놓이는 것이다.

> 門을암만잡아다녀도안열리는것은안에生活이모자라는까닭이다. 밤이사나운꾸지람으로나를졸른다. 나는우리집내門牌앞에서여간성가신게아니다. 나는밤속에들어서서제웅처럼자꾸만滅해간다. 食口야封한窓戶어데라도한구석터놓아다고내가收入되어들어가야하지않나. 지붕에서리가내리고뾰족한데는鍼처럼월광이묻었다. 우리집이않나보다. 그리고누가힘에겨운도장을찍나보다. 壽命을헐어서典當잡히나보다. 나는그냥문고리에쇠사슬늘어지듯매어달렸다. 門을열고안열리는門을열려고.

— <家庭> 전문

인간에게 빈곤한 상황은 자기한계를 확실히 드러내는 매개가 될 수

---

22) 이석, 「이상시의 의미분석」, 연세대 석사논문, 1993, 44면.

있다. 자신의 의지와 목표에 대한 선명한 방향성이 있더라도 빈곤이란 조건은 자아의 의지를 축소시키는 역할을 한다. 왜냐하면 생활인으로 살아가는 인간에게 빈곤은 결핍의 충격을 가하여 존재가 위태로워지게 하기 때문이다. <가정>에서 보여주는 빈곤가족[23]의 가장은 '밤속에들 어서서제웅처럼멸해' 간다. 식구들이 '봉한창호어데라도한구석터놓아' 주길 바라는 가장은 서리가 달빛을 받는 한밤중에 밖을 서성인다. 집 밖 을 서성이며 '우리집이앓'고 있음을 느낀다. 이런 가장의 무거운 어깨에 '힘겨운도장을찍'는 것 역시 가족임에 틀림없다. 그러므로 시적 자아는 가족 구성원에게 인정받지 못하고 소외된 것이라고 생각한다. 이러한 소외는 시적 자아에게 자기자각을 가질 수 없도록 만들어 자기 모멸을 느끼게 만든다.

<가정>에서 읽을 수 있는 가족 구성원은 시적 자아를 향해 어떤 소 외감도 주지 않는다. 다만 가장이라는 책임감에 시달린 시적 자아 스스 로가 겪는 자괴적인 소외감을 드러낸 것이다. '식구야'라고 부르면서 창 호라도 열어달라고 애원하는 부분은 자신의 책임을 다하지 못하는 것에 대한 미안한 마음을 표시하는 것이다. '우리집내문패앞에서여간성가신 게아니다'라는 표현에서 시적 자아는 자신의 이름이 붙은 대문 앞에서 그 대문을 열고 들어가지 못하는 자신의 처지를 '성가신' 것으로 드러낸 다. '문패'는 그 대문 안의 사람을 대표하는 상징성을 갖는다.

아예 '생활이모자라는까닭'으로 열리지 않는 대문 앞에서 시적 자아 의 성가신 처지를 떠나 '우리집이앓나보다'라고 가족을 걱정한다. 밤은 자꾸만 깊어가는데 시적 자아가 집으로 들어갈 문은 모두 봉쇄되어 있

---

23) "빈곤은 물질적 자원의 부족만을 의미하는 것이 아니라 교육, 의료, 지위이동의 기회 등 여러 가지 불평등한 사회적 가치의 분배를 포함하는 개념이다. 뿐만 아 니라 개인의 성취동기, 열망수준, 자아실현 등의 심리적 차원에서의 박탈과 문화 적 가치로부터의 소외 등을 의미하기도 한다. 그리고 물질적 자원의 결핍과 다 양한 사회구조 그리고 가치관은 상호영향을 미치는 관계에 있기 때문에 생산과 정에의 참여 성격과 노동력 재생산의 관점에서 통합하여 이해할 필요가 있다." (한국가족학회 편, 『현대가족과 사회』, 교육과학사, 1994, 138면)

다. 문패가 달려있는 대문은 물론이고 창호 어디에도 빈틈이 없다. 새벽 서리는 침과 같이 내리고 그 추위 속에서 집이 앓고 있다는 사실에 절망은 계속된다.

가족이 빈곤한 처지에 놓여 있고, 그 가족을 이끌어 가야하는 가장의 자리에 있는 시적 자아는 자신의 무능함에 부딪히게 된다. 도저히 자신의 힘으로는 빈곤한 상태를 벗어나기 어렵다는 사실을 시적 자아는 알고 있다. 그러나 시적 자아는 열리지 않는 문에 매달려 희망을 포기하지 않은 채 계속해서 문을 열고 있다. 여기서 '열리지않는문'은 가족이 잠근 문이 아니라 시적 자아가 책임질 수 없는 가족의 부양에 대한 부담감이다. 시적 자아는 끝없이 문을 열고자(=가족의 빈곤을 해결하고자) 시도하지만 문은 끝내 열리지 않는다. 시적 자아는 집에 대한 고민과 자기 책임 때문에 열리지 않는 대문을 열려고 애쓰는 의지만큼 소외감에 휩싸인다. 이 시에서 시적 자아는 자신의 집 대문을 열 수 없는 존재이다. 대문에는 시적 자아의 문패가 걸려 있음에도 불구하고 집안으로 들어오는 것은 허락되지 않는다. 그것은 자기자각과 확인의 과정에서 가장과 가족의 구성원의 거리감으로 나타나고, 그 거리감은 한계적인 상황을 드러낸다.

내가치던개(狗)는튼튼하대서모조리實驗動物로供養되고그中에서비타민E를지닌개(狗)는學의未及과生物다운嫉妬로해서博士에게흠씬얻어맞는다. 하고싶은말을개짖듯이배앝아놓던歲月은숨었다. 醫科大學허전한마당에우뚝서서나는必死로禁制를앓는(患)다. 論文에出席한억울한髑髏에는千古에氏名이없는法이다.

— <禁制> 부분

시적 자아는 금기사항에서 벗어나지 못해 답답해한다. 즉 시적 자아는 생을 구애받지 않고 자유로이 살아가고 싶은데 현실은 도덕과 법이라는 이름으로 규제를 가해온다. '하고싶은말'을 '개짖듯이' 뱉을 수 있는 시간도 지나고 없다. 이 부자유스런 제도 앞에서 철저히 자아는 감금

당한다. <위독>에서 그려지는 '개'는 실험용이다가, 무슨 막말이든 할 수 있는 비유어가 되기도 한다. 시적 자아의 일방적인 대상인식으로 그려진 개는 어떠한 전망도 제시하지 못한다. 그러므로 '개짖듯이' 말을 할 수 없는 것이다. 그 규제가 도덕적이든 법적이든 풍속적이든 자유의지를 지닌 인간에게는 또 다른 구속을 의미하는 것은 당연하다. 특히 이 시의 시적 자아는 그 부자유함에 구속당하여 가슴앓이를 한다. 인간이 자유롭고자 하는 의지가 바로 신이 내린 천형이라고 할 때, 이것은 인간은 절대자유의 상태에 도달하지 못함을 인정하는 말이 된다. 자유롭고자 하는 자기자각의 정도는 구속받고 있다는 생각과 비례관계가 성립한다.

> 久遠謫居의地의 一枝· 일지에피는현화· 특이한사월의화초· 삼
> 십륜· 삼십륜에전후되는양측의명경· 맹아와같이희희하는지평을향하
> 여금시금시낙백하는만월· 청간의기가운데만신창이의만월이의형당하여
> 혼연하는· 적거의지를관류하는일봉가신· 나는근근히차대하였더라·
> 몽몽한월아· 정밀을개암하는대기권의소요· 거대한곤비가운데의일년
> 사월의공동· 반산전도하는성좌와성좌의천열된사호동을포조하는거대한
> 풍설· 강매· 혈홍으로염색된암염의분쇄나의뇌를피뢰침삼아침하반과
> 되는광채임수한망해· 나는탑배하는독사와같이지평에식수되어다시는기
> 동할수없었더라· 천량이올때까지

— <詩第七號> 전문

시적 자아의 삶의 자리는 구원의 손이 닿지 않는 귀양살이의 땅이다. 이곳에서 피는 화초는 밤하늘의 만월과 별들이 전부이다. 이런 달과 별은 자연의 흐름에 따라 이지러지고 자라는 법이므로 만월도 곧 시들어간다. 산골짜기에서 만신창이로 비형을 당하며 귀향살이하는 시적 자아는 자신의 한 몸을 어떻게 굴신하지 못하여 잦아들고 사라져가게 된다. 이 상태에서는 추위를 겨우 가리며 '근근히' 사는 것 이상의 방법은 없다. 끝없이 고요하면서도 빈곤한 상태의 지속은 죽음의 세계와 이웃하고 있는 것이다. 흙비가 내리는 곳에서 탑에 갇힌 독사처럼 꼼짝 못하고 있는 처지이다. 이 상황에서 시적 자아가 헤어나올 수 있는 방법은 하늘

의 도움뿐이다. 이 가능성은 곧 희박성으로 변한다.

　인간의 의지로는 해결할 수 없는 한계에 시적 자아는 봉착해 있다. 갇힌 자로서의 대상인식은 주위의 사물에 계속적인 고립과 죽음의 의식만을 투영하고 있다. 만월과 월아의 대조적인 이미지도 결국 시들어가는 만월과 흐린 초생달로 죽음의 이미지를 추구한다. 이런 지향은 '사고동'이라는 시어에서 죽음이라는 의미로 확실하게 드러난다. 갇힌 자로서의 상황에 대한 해결의지도 하늘의 도움으로 기대되는 희망이 아니라 가능성의 희박을 암시한다. 그러므로 시적 자아는 어떤 전망도 제시하지 못한다.

(3) 제한적인 세계를 드러내는 방법적인 역설

　우리가 어떤 한계상황에 직면해 있다는 것은 제한적인 상황 속에서 알 수 있다. 상황적인 존재인 우리는 결국 공간이 주는 제약과 상황마다 변화하는 시간의 폭에 따라 운신을 달리하며 그 구속에서 자유롭지 못하다. 이렇듯 공간이나 시간은 인간에게 한계상황을 제시하는 근본구조가 된다. "초월자를 제외한 모든 존재하는 것들은 그가 존재하기 위해서는 좋던 싫던 시간과 공간이라는 두 차원의 제약에서 자유스러울 수 없다. 시간의 개념은 인간 의식의 문제로 귀착하게 되는데 죽음의 문제도 시간의 문제이다."[24]

　시간은 유한한 존재를 풀어내는 개념이며, 그 유한성을 담아내는 것이 공간이기 때문에 시간과 공간은 나누지는 것이 아니라, 존재자의 한계성을 드러내는 구조라고 할 수 있다. "시의 시간성은 장르적인 측면과 인간의 의식이 시간의 여러 양상과 결합되는 방식에서 찾을 수 있다. 즉, 과거, 현재, 미래가 서정적 자아의 정신 속에서 회감되거나 인간 의식의 단절과 지속에 의해서 이미지의 형태로 시간의 스펙트럼을 구현하

---

24) 오세영, 『문학연구방법론』, 이우출판사, 1988, 56-70면.

는 것이다."25) 존재자는 상황이 한계 지우는 제약 때문에 절망으로 치달지만 절망으로 추락하는 것이 아니라, 사실은 역설을 통해 절망의 한가운데에 거주한다. 이것이 존재자의 실존의 구조가 된다.

세계에 존재하면서 제한을 통과하는 과정에서 역설은 적극적인 하나의 방법이 된다. "시인은 어떤 한계 내에서 그의 뜻대로 언어를 구사해야만 한다.…… 용어를 고정시키고, 엄밀한 외연으로 응결시킬 필요가 있는 것이 과학의 경향이라면, 시인의 경향은 이와는 대조적으로 분열적이다. 시인의 용어는 꾸준히 상호수식하면서 그 사전적인 의미를 파괴"26)하면서 직접적인 표현을 피해나간다. 역설이 간접적인 표현 방법으로서 의미를 가지게 될 때, 제한에 직면한 존재자의 존재방식은 역설의 상상력을 통해 드러나게 된다.

> 벌판한복판에 꽃나무하나가있소. 近處에는 꽃나무가 하나도없소 꽃나무는 제가생각하는 꽃나무를 熱心으로 생각하는 것처럼 熱心으로 꽃을 피워가지고 섰소 꽃나무는 제가생각하는 꽃나무에게갈수없소 나는 막달아났소 한꽃나무를爲하여 그러는것처럼 나는참그런 이상스러운흉내를 내었소.

— <꽃나무> 전문

존재 자체가 안고 있는 제한성이 <꽃나무>를 통해 드러나고 있다. 존재의 구속성을 존재자들은 인정하면서 그 한계 때문에 자기 존재를 부정으로 몰아가거나, 현실 속에서 회피의 형태로 삶을 일관하기도 한다. <꽃나무>27)에서 보이는 시적 자아는 자기 존재를 꽃나무에 투영하여

---

25) 송기한, 「전후 한국시에 나타난 시간의식 연구」, 서울대 박사논문, 1996, 12면.
26) 클리언스 브룩스, 이경수, 『잘 빚어진 항아리―시의 구조에 관한 분석』, 문예출판사, 1997, 21면. "역설은 시인의 언어의 속성 자체에서 생겨난다. 그런 언어에서는 내포가 외연만큼 큰 역할을 한다. 그렇다고 해서 내포가 눈앞의 실제적 사물에다 어떤 종류의 장식품, 즉 외형적인 그 무엇을 제공하기 때문에 그것이 중요하다는 것은 아니다."
27) "외부로 향하려는 꽃나무의 욕망은 열려 있는 것처럼 보이면서 꽃나무의 존재론적 조건에 의해서 차단되어 있다. 꽃나무는 또 다른 꽃나무를 욕망하지만 외부

그 제한성을 극복하고자 노력하고 있으나 역시 자기가 처한 제한된 상황을 극복하지 못하는 존재의 한계상황을 보여준다.

이 시는 시적 자아가 꽃나무에 자기를 투영하는 방식으로 자기 존재의 한계상황을 역설적으로 드러내고 있다. 꽃나무는 벌판에 혼자 서 있으며 근처에는 다른 꽃나무가 보이지 않는다. 꽃나무는 '벌판한복판'에 혼자 서 있는 상황이다. 혼자 있는 상황은 실제로 존재가 깃들 수 있는 계기를 마련해준다. 혼자라는 자기자각을 출발로 존재자들은 실존적으로 존재하게 된다. 이렇듯 꽃나무가 서 있는 공간은 실존적으로 고독한 상태이다. 존재자 자체가 혼자이며 혼자일 수밖에 없는 실존의 조건을 혼자 서 있는 꽃나무를 통해 보여 주고 있다.

꽃나무는 자신의 정열과 노력으로 자기를 가꾸어 갈 수 있으나, 자기가 생각하는 꽃나무에게는 갈 수 없다. 꽃나무의 의지는 지속되나 이상적으로 그려진 존재의 세계에는 닿지 못한다. 이것이 존재의 상황적인 제한성을 나타낸다. 꽃나무가 스스로 생각하는 나무에게로 갈 수 없다는 시적 자아의 판단은 상황에 놓인 한계성을 스스로 진단한 것이다. 꽃나무는 잠재된 시적 자아이기 때문에 꽃나무의 상황은 시적 자아의 상황에로 연결되어 있다. 혼자 우뚝하니 선 꽃나무는 자신이 생각하는 꽃나무에게로 갈 수 없다는 의미가 그러한 것인데, 이것은 자기 지각을 통한 자기다움의 확인단계에까지 이르지 못하는 결과를 낳는다.

이 한계상황을 시적 자아는 무조건 수용하는 것이 아니라 역설의 방법을 통해 존재의 한계를 벗어나고자 한다. 그 역설의 방법으로 '시적 자아의 달아남'은 실존의 공간을 벗어나서 이루어질 수 없기 때문에 순

___

로의 전개가 차단된 이상, 그 욕망 실현은 불가능하다. 그렇지만 꽃나무는 자신의 욕망 실현을 포기할 수 없다. 꽃나무의 욕망은 이제 내부로 향한다. 그것은 자신이 욕망하는 대상을 내부에서 찾으려 하는 것이다.…… 주체의 외부세계와의 결합관계나 내부세계의 결합관계가 그 가능성을 완전히 상실한 절망적인 상황을 보여준다. 꽃나무는 결합관계에 대한 강렬한 욕망을 가지고 있지만 꽃나무에게 그것이 실현될 가능성은 없다. 이상이 주목한 것은 바로 이 절망적인 상황이며 그 구조적 틀이다."(최학출, 「1930년대 한국 모더니즘시의 근대성과 주체의 욕망체계에 대한 연구」, 서강대 박사논문, 1994, 245-247면)

간적인 환기로 그치고 만다. 그러므로 시적 자아의 달아남은 꽃나무를 이상스럽게 흉내낸 것을 인정하는 것으로 마무리된다. 이때 달아남은 시적 자아의 자각을 드러내는 것이지만, 그것은 자기한계에 대한 절감을 통해 자기 존재 자체를 부정하거나 존재를 비하하는 것으로 나아간다. 꽃나무의 한계상황은 시적 자아가 갖는 한계상황을 에둘러서 드러내는 방식이다.

> 꽃이보이지않는다. 꽃이香기롭다. 香氣가滿開한다. 나는거기墓穴을판다. 墓穴도보이지않는다. 보이지않는墓穴속에나는들어앉는다. 나는눕는다. 또꽃이香기롭다. 꽃은보이지않는다. 香氣가滿開한다. 나는잊어버리고 再차거기墓穴을판다. 墓穴은보이지않는다. 보이지않는墓穴로나는꽃을깜빡잊어버리고들어간다. 나는정말눕는다. 아아. 꽃이또香기롭다. 보이지도않는꽃이-보이지도않는꽃이.

— <絶壁> 전문

<절벽>에서 역설적인 상황의 변화란 어떠한 인과관계도 성립하지 않는 것이다. 상황은 던져진 우연성에 따라 그렇게 변화해 간다. 향기로움과 보임은 이미 다른 국면에 놓인 상황이므로 인과관계가 성립될 수 없다. 꽃의 향기로움과 묘혈을 파는 것의 관계도 개별적으로 따로 기투된 형태이다. 그러므로 꽃이 보이지 않는데 향기로운 것과 묘혈을 파는데 묘혈이 보이지 않는 것은 한계상황이 주는 제약성을 역설적으로 드러내는 표현이다. 심지어 시적 자아가 파내려가고 있는 묘혈도 보이지 않는다. 이미 묘혈을 파던 일차적 상황은 마무리되고, 새로운 상황은 묘혈이 보이지 않는 국면으로 옮겨온 것이다. 그리고 보이지 않는 묘혈에 '나는정말눕는다'고 표현하면서 그 존재가 안은 제약을 인정하고 있다.

여기에서는 시간의 추이가 물리적인 과정을 밟아 변화의 단계를 거쳐 가는 것이 아니라, 주관적인 시간성을 주축으로 매 상황이 변화하는 대로 진행되는 것을 볼 수 있다. 그러므로 보이지 않는 묘혈에 앉을 수 있고, 누울 수 있는 것이다. "이 세계 속에서는 보이지도 않는 꽃에서 향

기가 만개하고, 보이지도 않는 묘혈을 파서 그 속에 '나'는 드러눕는다. 이 어긋나고 모순된 세계의 구축에서 이상이 강조하고자 하는 것은 '부재의 세계'"[28]이다. 시적 자아는 반복해서 이 과정을 되풀이하며 절벽에 있는 자신을 느끼게 되는 것이다.

이때 <절벽>은 한계상황의 극단적인 형태를 표현하는 내용이 된다. "그 심상들은 자아에 대한 세계이며, 그 가운데 묘혈은 세계를 상실한 자아가 유폐되어 있는 영역이다. 이 시의 구조는 지극히 단순한 상상의 반복으로써 이루어져 있으며, 그것은 무한한 반복의 연속을 의미한다.…… 두 가지 시적 의미에서 하나는 '전혀 보이지 않는 세계'에서 세계상실의 의미를 얻을 수 있으므로 묘혈의 심상에서 유폐된 자아를 묵시적으로 암시받을 수 있으며, 다른 하나는 이와 같이 연속적인 반복으로 무한히 비상할 수 있는 상상력은 시인의 심리적인 충동과 갈등으로부터 비롯된다는 사실이다."[29] 즉, 극도로 한계 지워진 상황에 놓여 있는 자기를 드려다 보는 중이지만, 자기 드려다 보기가 상황마다 다른 형태로 나타난다. 그래서 시적 자아마저 자기라고 규정할 수 있는 근거를 놓치고 만다. 이런 상황의 변화는 시적 자아를 제한하는 존재의 한계로 제시되고 있다.

2. 거울의 허구적인 이미지와 부조리한 세계

존재자는 어떤 형태로든 자기 존재의 반영을 지속하며 존재한다. "세계내의 모든 존재자는 내가 나의 존재를 투사하는 한에서만 나에게 의미를 갖는 것이며, 나의 세계 속에 수단의 복합체인 하나의 질서를 이룬

---

28) 김현호, 「이상시 연구—이상의 해체의식과 그의 시에 나타난 포스트 모더니즘적 특성을 중심으로」, 중앙대 석사논문, 1992, 58면.
29) 이기서, 「1930년대 한국시의 의식구조 연구」, 고려대 박사논문, 1983, 61-62면.

다."30) 세계에 존재하는 존재자의 의미 추구는 모든 사물에 자기를 투사하면서 가능해지지만 자기를 반영해내는 과정에서 부조리한 상황에 직면하게 된다. 이러한 '부조리의 벽'은 자아의 반영과 투사를 의미로 연결시키지 못한다. "내가 나의 존재에 대해 가지고 있는 확실성과 이 확실성에 내가 부여하고자 하는 내용 사이에 있는 구렁은 결코 메울 수 없는 것이다. 영원히, 나는 나 자신에 대해 이방인"31)으로 존재할 뿐이다. 이렇듯 '사이'의 존재32)로서 주체와 대상 사이에 빈 공간을 채우지 못하는 존재자는 거울이라는 매체를 통해 구체적으로 드러난다.

거울은 이미지를 표상하고 대상화하는 매체이다. "이미지는 이성의 언어가 도달할 수 없는 세계의 우연성과 불확정성을 드러내"33)는데, 거울면의 허구적인 이미지는 모순의 거울을 통해 구체적으로 알 수 있다. "'거울'은 나를 반영하여 나와 거울 속의 나의 접촉을 가능하게 하는 연결자의 기능과 그러나 鏡面의 유리와 금속의 저항에 의해 결합을 거부한다는 분리자의 기능을 동시에 갖고 있다. 이중성을, 이율배반을 지닌 모순의 거울이다."34) 이런 거울의 속성은 존재자가 한계상황 속에서 겪

---

30) 신오현, 『자유와 비극』, 문학과지성사, 1999, 184면.

31) 알베르 카뮈, 김혜숙, 『시지프스의 신화·비평에세이·표리』, 청하, 1994, 37-40면. "세계가 그 자체에 있어 이성적이 아니라는 것, 이것이 우리가 말할 수 있는 전부이다. 그러나 부조리란 곧 비이성적인 것과 인간의 가장 깊은 곳에 호소하는 명석함에 대한 격렬한 욕망과의 대결이다. 부조리는 이 세계에 속하고 있는 만큼 인간에도 속한다. 지금으로서는 이 부조리만이 그들을 얽어매는 유일한 끈이다. 부조리는 증오만이 인간을 서로 얽어맬 수 있는 것과 같이, 이 양자를 서로 밀착시킨다."

32) 우리사상연구소 엮음, 『우리말 철학사전』 1, 지식산업사, 2001, 363면. "우리의 있음의 근간을 이루고 있는 구조는 '사이에-있음'이다. 사이에 있는 것은 그 사이를 사이로서 이루어 주고 있는 그 가능조건에 얽매여 있을 수밖에 없다. 인간은 어쩔 수 없이 그러한 사이에 내던져져 있는 존재이다."

33) 이미지가 드러내는 그 우연성은 삶의 불가시적이고 신비주의적인 비밀을 안고 있다. 이미지는 권력적 언어 체계로는 도달하기 어려운 언어의 내면, 역사 이면에 웅크리고 있는 다른 역사를 거울처럼 비춰 보게 한다. 이미지는 부드럽고 연약하지만, '내면'을 비추게 한다는 점에서 견고하고 강렬하다.(신범순·조영복, 『깨어진 거울의 눈―문학이란 무엇인가』, 현암사, 2000, 289-290면)

34) 김승희, 「접촉과 부재의 시학―이상시에 나타난 '거울'의 구조와 상징」, 서강대

게 되는 부조리한 측면으로 해석할 수 있다. 거울의 투사와 반영은 전도된 '부조리한 벽'으로 세계-내-거주자의 한계를 드러낸다. 구체적으로 드러나는 부조리적인 양상은 우연성에서 비롯되는 근거없는 인식이나 사건의 인과성 부재, 동기 부재, 자기 행동에 대한 원인을 알지 못하는 경우들이다. 우리는 실존의 현장에서 이러한 현상들과 만나게 된다. 개인은 철저히 내면으로 침잠하고 자기의식은 인과성 부재로 분열의 형태를 갖게 된다. 이러한 부조리의 양상이 거울의 허구적인 이미지를 통해 어떻게 드러나는지 살펴보고자 한다.

(1) 허구적인 이미지가 일으키는 혼란한 자기인식

존재자는 자기 근원성을 모색하는 가운데 존재한다. 이때 근원성은 실존의 세계가 갖는 우연적인 속성의 표현이다.[35] 자기관계의 법칙을 따를 이 논리와 반대로 자기 존재를 이탈하고자 하는 의지에 충실할 때 존재자는 이미 존재의 불안에 접어들게 된다. 이러한 불안이 자기분열로 이어지고, 그러한 양상이 거울에서 전도된 이미지로 제시된다. 거울이 있는 실내는 기존의 공간과는 달리 반영된 이미지로 구성된 세계이다. 즉, 존재자들이 근원적인 것이라고 규정하는 것으로서, 그것에 대한 탐구의 형태가 전도된 형태로서 제시되는 공간이다. 이러한 이미지는 존재자가 겪는 분열상태에 대한 접근의 한 형태이다.

거울이미지로 드러난 전도된 모습은 시적 자아의 분열된 모습[36]이다.

석사논문, 1980, 46면.

35) 미셸 겔번, 김성룡, 『존재와 시간 입문서』, 시간과공간사, 1991, 217면. 하이데거 입장에서 본래성은 '본래적 실존'이다. "어떤 근원으로부터 자신의 본래적 자아에 직접적으로 주목하게 될 때 그 근원은 하이데거에 따르면 양심의 소리"라고 할 수 있다.

36) "이상은 부조리한 외부세계를 거부하고 자신의 내면세계에 몰두한 시인의 유형에 속한다. 어쩌면 그는 자신의 내면 풍경에 몰두했다기보다는 자신이 체험한 외부세계를 고스란히 내면으로 옮겨 놓은 것인지도 모른다."(이종대, 「이상 시의 세계인식 연구」, 『작가연구』 3, 새미, 1997, 257면)

결국 전도된 이미지는 부조리적인 상황과 연결되어 있다. 이상 작품의 시적 자아가 거울에 자신을 투사하거나 반영하여 갖는 자기의식은 일상의 상태를 벗어나 무의미하고 인과성이 빈약하거나 부재한 상태를 보여준다. 이것은 부조리한 존재의 조건에서 시적 자아의 의식을 보여준다. 이상 시에서 거울을 장치로 삼아 드러내는 부조리의 양상은 존재자의 단절양상을 보여준다.

1

나는거울없는室內에있다. 거울속의나는역시外出中이다. 나는至今거울속의나를무서워하며떨고 있다. 거울속의나는어디가서나를어떻게하려는陰謀를하는중일까.

2

罪를품고식은寢床에서잤다. 確實한내꿈에나는缺席하였고義足을담은軍用長靴가내꿈의白紙를더럽혀놓았다.

3

나는거울있는室內로몰래들어간다. 나를거울에서解放하려고. 그러나거울속의나는沈鬱한얼굴로同時에꼭들어온다. 거울속의나는내게未安한뜻을傳한다. 내가그때문에囹圄되어있드키그도나때문에囹圄되어떨고있다.

4

내가缺席한나의꿈. 내僞造가등장하지않는내거울. 無能이라도좋은나의孤獨의渴望者다. 나는드디어거울속의나에게自殺을勸誘하기로決心하였다. 나는그에게視野도없는들窓을가리키었다. 그들窓은自殺만을爲한들窓이다. 그러나내가自殺하지아니하면그가自殺할수없음을그는내게가르친다. 거울속의나는不死鳥에가깝다.

5

내왼편가슴心臟의位置를防彈金屬으로掩蔽하고나는거울속의내왼편가슴을겨누어拳銃을發射하였다. 彈丸은그의왼편가슴을貫通하였으나그의心臟은바른편에있다.

6
模型心臟에서붉은잉크가엎질러졌다.　내가遲刻한내꿈에서나는極刑을받
았다.　내꿈을支配하는者는내가아니다.　握手할수조차없는두사람을封鎖한
巨大한罪가있다.

― <詩第十五號> 전문

시적 자아는 자기를 투영해 자신을 돌아보고자 하는 의지가 없는 상
태이다. 차라리 자신이 거울에 반영될까봐 두려워하는 상태이다. 거울
속의 나에 대한 두려움은 음모 때문이다. 시적 자아가 거울에 반영/투사
된다고 해서, '거울속의나'가 음모를 꾸밀 수는 없다. 또 그 음모가 어떤
이유 때문에 가능한지 아무런 근거가 없다. 시적 자아는 자신을 반영할
의지조차 없이 반영된 이미지를 상상하면서 그 두려운 구속감에 쩔쩔매
고 있다. 시적 자아는 스스로를 점검해 낼 방법이 없다. 내가 내 꿈에서
'결석'하고, '외출'한다는 것은 의식적인 결석과 외출의 의미만을 담고
있는 것이 아니다. '거울속의나'는 시적 자아가 스스로를 거울에 반영시
킨 모습인데, 이 거울 속의 자아는 일상적인 자아의 상이 아니라, 시적
자아가 자신을 스스로 대상화한 자아이다. '나는 역시 외출중'이나 '내
꿈에 나는 결석하였고'에서 드러나듯 인과성이 부재한 상황의 나열뿐이
며, 그 이미지가 시적 자아를 투사한다는 사실인식을 시적 자아는 하지
못한다.

　"이상의 텍스트 거울은 '또다른 나'를 발견하게 하는 도구가 된다. 하
지만 거울로 인한 세계의 단절은 '거울속의 나'와 '거울밖의 나'를 나누
어 '나'를 분열시키고, 혼란을 겪는 '나'로 하여금 '또다른 나'에 대한
두려움과 섭섭함으로 괴로워하게 만든다."37) 거울 속의 나를 두려워하
던 시적 자아는 꿈 속에서도 자신을 드러내거나 이야기하지 못하고, 의
족의 군용장화의 꿈만 꾸었다. '내꿈에결석한나', '의족을담은군용장화'
는 부조리한 존재의 양상을 보이는 시어들이다. 내가 내 꿈에 결석한 것

---

37) 이진숙, 「이상 텍스트의 주체 연구」, 한양대 석사논문, 1999, 19면.

은 의족이 담긴 군용장화 때문이다. 이것은 구체적인 설득력 없이 막연하게 자신의 두려움을 담아내는 것이다. 1연에서 시적 자아는 자아를 거울에 투사해, 존재가 갖는 무의미성을 짚어볼 의지를 갖고 있지 않으나, 2연에서 군용장화가 내 꿈을 방해하는 상황에 이른다. 이것은 존재의 상황을 논리적으로 설명해내지 못하는 예를 보이는 것이다.

시적 자아는 거울의 영상이 주는 구속감을 떨쳐내려고 자신을 투사하기 시작한다. "먼저 거울이 있고 영상(거울속의나)이 있고 영상이 생긴 다음 비로소 그 영상에 비쳐진 내가 있다. 따라서 거울의 영상을 그보다 더 근원적인 아이 자신의 내재성의 복사가 아니다. 자기가 아닌 것에서 아이는 자기를 얻어와야 하는 것이다. 아이의 자기 동일성은 영상을 통해 구성된 동일성이고, 따라서 거울의 영상은 자기자신으로 동일시하는 과정(오인)을 떠나서는 그 자체로 따로 존재하는 주체란 존재하지 않는다."38) 드디어 거울 속의 나를 만나기 위해 자신을 투사한다.

이 만남은 시적 자아가 해방될 수 있는 만남인데 시적 자아가 침울한 것처럼 거울 속의 나도 역시 침울함 그대로이다. 시적 자아가 침울하면 자아의 반영물인 거울 속의 자아도 역시 침울할 것은 당연하다. 반영된 영상은 주체에 의해서 비쳐진 그림자이다. 도리어 '거울속의나'인 반영물이 나에게 미안해한다. 시적 자아는 '그가 영어됨'이 나로 인한 것이면서, 동시에 '내가 영어됨'은 그로 인한 것이라고 간주한다. '나를 거울에서 해방'하려하거나 '내가 영어되어 있어 그도 영어되어' 있다. 이것은 시적 자아와 반영물의 관계는 상대방 때문에 구속되어 있는 것이 아니라 거울이라는 매체에 의해 투사될 뿐이다. 1연에서 시적 자아는 거울 속의 나를 의식하며 두려워하다가, 3연에 오면 서로에게 구속을 주는 상황으로 변하지만 두려워하는 관계 자체도 모호해진다.

4연에 오면, 거울에 자신을 투사하면서도 자기 존재는 구체성을 띠지 못하고 자신의 존재는 부재상태가 된다. '내가결석한 꿈', '내위조가없는

---

38) 김승희, 「이상시 연구」, 서강대 박사논문, 1991, 35-36면.

거울' 등은 고독의 갈망자가 된 거울 속의 나에게 생존의 마지막 방식을 소개한다. 그것은 바로 '시야없는들창'으로 표현되고. '거울속의나'는 시적 자아가 자살하지 않으면 자살할 수 없음을 잘 보여준다. 4연은 반영물의 속성을 벗어난 요소는 하나도 없는데, 거울에 투사된 '거울속의나'에게 어떤 변화도 없다는 것은 시적 자아에게 아무런 변화가 없다는 것과 같다.

시적 자아는 존재가 갖는 근원적인 모순에 자살이라는 수단으로 반항[39]을 시도한다. 그러나 나는 어떻게 나라고 규정될지 모르기 때문에 어떤 나가 자살해야 하는지 선택하지 못한다. 거울은 항상 위치가 '반대'인 영상을 제시한다. 거울은 시적 자아와 시적 자아를 둘러싼 주변과의 불일치를 자연스럽게 드러낸다. '탄환은 왼편 가슴을 관통'하나 '심장은 바른편'에 있는 상황이 그것이다. 심장을 겨누어 탄환을 쏘았지만 탄환은 오른편 심장과는 반대 위치를 관통한다. 이러한 불일치가 바로 부조리한 존재의 양상을 드러내는 것이다. 거울에 반영된 거울 속의 나는 항상 나와 전도된 이미지를 갖는다. 거울에 반영된 주체의 모습 그대로 거울면에 투사되나 그 위치는 전도되는 것이 특징이다.

권총에 맞은 심장에서 붉은 잉크가 나오며, 내 꿈에서 나는 극형을 받고, 악수가 차단된 두 사람을 봉쇄한 죄로 내 꿈에서 나는 극형을 받아 내 꿈을 지배하는 자는 내가 아니다. 시적 자아는 자신의 꿈에서 구경꾼이거나 소외된 자였다. 존재하는 상황에서도 존재자들은 자기 존재의 주인이기보다는 이미 근원적으로 구성된 형식에 맞춰져 자기 삶을

---

39) 알베르 카뮈, 신일철, 『반항적 인간』, 일신사, 1986, 26-38면. "반항적 인간이란 무엇인가? 그것은 「아니다」(non)라고 말하는 인간이다. 그러나 거부는 해도 단념은 하지 않는다.…… 모든 반항에는 침해자에 대한 반감과 아울러 그 자신의 어느 부분에 대한 인간적이며, 전적이고, 순간적인 집착이 있는 것이다.…… 침묵을 지키는 것은 아무런 판단도 하지 않고, 아무것도 원치 않는 것이라고 사람들로 하여금 믿게 한다.…… 반항자(le revolte)는 어원 그대로, 방향을 바꾸는 자(faire volte-face)인 것이다.…… 자신속에 보존해야 할 영구적인 것이 없다고 한다면 무엇 때문에 반항하는 것일까?…… 형이상적 반항이란, 인간이 그의 조건에 대해서, 그리고 모든 창조에 대해서 대항하는 행동인 것이다."

지배할 수 없게 된다. 이런 나와 나 아닌 것의 헷갈림은 계속된다. 이것은 나를 규정하지 못하는 혼란스러운 상태를 보인다. 나를 두고 벌어진 이중적인 규정이 드디어 모형심장에 의해 드러난다. 그러나 나의 존재를 결정짓는 우연성은 또다시 우연성의 근원을 찾아 헤매게 된다.

시적 자아는 이중적인 상황에 우연하게 놓여 있다. 외출 중인 나와 거울에 반영된 나는 자기와의 관계를 통해 근원적인 존재의 우연성에서 벗어나고자 한다. 시적 자아는 '거울없는실내'와 '거울있는실내'에 동시에 설정된다. 이때 시적 자아는 대립구조를 띠지 않는다. 왜냐하면 영상을 포착하는 과정 중에 동시적으로 나타나는 현상이기 때문이다. '거울없는실내'는 거울에 비춰진 대상의 세계만을 의미하는 허구적인 영상들의 세계이다. '거울있는실내'는 거울에 비춰진 세계와 그 대상이 공존하는 실재영상들의 세계이다. 거울이 있/없는 세계의 허구적인 영상은 동일한 비중을 가지고 있으나, 영상과 실재 대상의 상관성이 구체적으로 표명되는 여부에 따라 거울이 있고 없음으로 나누어지는 세계이다.

자기 존재의 이중적인 거리를 좁히지 못하고 꿈속에서 존재의 우연성은 상실되어 가는 것처럼 느껴진다. 존재의 우연성을 확실하게 풀어보고자 시도하는 시적 자아는 자기와의 관계를 풀어내지 못하고 다시 우연성에 묶이게 된다. '거울 없는 실내'에서 시적 자아는 자기가 전부인 세계이기 때문에 자기를 두려워한다. 그러나 '거울 있는 실내'로 옮겨오면 시적 자아는 자기가 두려워하고 떨고 있는 이유를 알아내고 그런 '나'를 해방하려는 의욕을 보인다. 거울 없는 실내의 '나'가 나 속에 갇혀 있는 상황이라면, 거울 있는 실내의 '나'는 나의 구속을 해방하려는 의지를 보인다.

이미지의 세계에서 시적 자아는 자기인식 또한 상상적으로 갖게 되므로, 의식적인 차원에서의 자기인식은 결여되어 있는 셈이다. '나는 역시 외출중'이나 '내 꿈에 나는 결석하였고'에서 드러나듯 허구적인 영상만이 존재할 뿐, 그 이미지가 시적 자아를 투사한다는 사실인식이 결여되어 있다. 내가 내 꿈에서 '결석'하고, '외출'한다는 것은 의식적인 결석과 외출의 의미만을 담고 있는 것이 아니다. 시적 자아의 의식적인 작용을 떠나서 존재 가능한 영상적인 우연성의 세계를 드러낸다.

존재의 우연성을 막연히 인정하는 단계로 접어들지만, 존재가 갖는 근원적인 모순에 자살이라는 수단으로 반항을 시도한다. 그러나 나는 어떻게 나라고 규정될지 모르기 때문에 어떤 나가 자살해야 하는지 선택하지 못한다. 거울의 허구영상은 항상 위치가 '반대'인 영상을 제시하는 것에 있다. 거울은 시적 자아와 시적 자아를 둘러싼 주변과의 불일치를 자연스럽게 드러낸다. '탄환은 왼편 가슴을 관통'하나 '심장은 바른편'에 있는 상황이 그것이다. 심장을 겨누어 탄환을 쏘았지만 탄환은 오른편 심장과는 반대 위치를 관통한다.

(2) 일방적인 시선에서 오는 동일성의 거리

거울에 투사된 영상은 객관적 사실로 제시되는 것이 아니라, 이미지로 비취는 환상을 보여준다. 거울에 비춰진 영상은 현실에서 실존적인 자아가 절망을 미루며 살아 있게 하는 것과 유사한 관계이다. 거울에 비친 영상도 실재가 아니며 실재의 한 순간을 반영하나 그것조차 전도된 이미지를 담아낸다. 거울면에 비친 영상은 일방적인 시선으로 작용하고, 관계적인 의미는 단절되어 있다. 거울의 적극적인 작용을 설명하기 위해서, 거울에 시선을 개입시켜 '비춤에서 응시'에로 전이된 상황을 설정하였다. 거울의 비춤은 일반적인 속성이지만, 거울의 응시는 거울을 주체적인 관점에 두고, 거울에 시적 자아의 의지적인 판단을 개입시킨 경우이다. 이것은 시적 자아의 시선이 거울로 옮아가서 사물을 볼 때, 거울의 작용 또한 의식적인 행위로 읽을 수 있는 가능성을 시사한다. 거울의 비춤을 '응시'라는 관점으로 볼 때, 거울에는 주체적인 시선이 포함되어 있다.

일방적으로 바라보기만 하는 시적 자아의 시선은 동일성으로 규정되는 존재자에게 차이와 거리감을 던져준다.[40] 동일성은 자아와 대상의

차이와 구분에서 시작되어 그 구분과 차이를 좁혀가는 작업이다. 동일
성이 지향하는 것은 모든 의식 지향자들에게 있어 공통적인 현상이다.
근원적으로 내가 너와 닮았다고 끝없이 주장하는 것이 모든 의식지향의
원래 모습이다. 내가 너와 닮거나 같다는 의식은 자기 존재를 위무하며
안심하게 한다.[41] 그것이 결여된 상태가 실존의 한계상황으로 나타난다.

   절망은 실존이 갖는 한계의 구체적인 한 형태이다. 이런 처지에 놓여
진 존재자는 거울이 제시하는 상상적인 세계로의 안주를 통해 절망을
견디며 존재하게 된다. 절망을 이겨내거나 극복하는 여부를 묻는 것에
관심을 두는 것은 부조리를 제대로 이해하는 것이 아니다. 절망이 일어
나는 근원적인 모순에 대해 시적 자아가 어떻게 대응하는가가 우리 존
재의 부조리성을 물어가는 올바른 방향일 것이다. 시적 자아가 순간순
간에 견디며 존재하는 것은 부조리의 현실을 살아가는 구체적인 예를
제시하는 것이다.

　　　거울속에는소리가없소
　　　저렇게까지조용한세상은참없을것이오

　　　거울속에도 내게 귀가있소
　　　내말을못알아듣는딱한귀가두개나있소

　　　거울속의나는왼손잡이오

---

40) "동일시의 단계는 아직 비현실적인 것으로 유희적이며 일시적이며, 존재를 규정
　　하는 것으로서의 의미"(박아청, 『아이덴티티의 탐색』, 정민사, 1984, 14면)를 지
　　니기 때문에 정체성을 찾아가는 과정으로서의 의미가 있다. 그러므로 "자아정체
　　성의 형성은 그야말로 정서적, 정신적 고투가 따르는 하나의 '성찰적 기획'"(앤
　　소니 기든스, 권기돈, 『현대성과 자아정체성』, 새물결, 1997, 17면)이 된다.
41) 마르틴 부버, 표재명, 『나와 너』, 문예출판사, 1998, 142-43면. "사람은 '너'에게
　　접함으로써 '나' 된다. 마주 서는 자는 나타났다가 사라진다. 이 '나'라는 의식은
　　아직도 여전히 관계의 짜임 속에서만 나타난다. 즉 '너'에 대한 관계 속에서만
　　나타나며, '너'를 잡으려고 손을 뻗치지만 '너' 아닌, 식별될 수 있는 것으로 나
　　타난다. 그러나 이 '나'라는 의식이 점점 세차게 나타나게 되면 마침내 '나'와
　　'너'의 맺어짐이 깨지고, '나'는 자기 자신, 곧 분리된다."

내握手를받을줄모르는 —— 握手를모르는왼손잡이오

거울때문에나는거울속의나를만져보지를못하는구료마는
거울아니었던들내가어찌거울속의나를만나보기만이라도했겠소

나는至今거울을안가졌소마는거울속에는늘거울속의내가있소
잘은모르지만외로된事業에골몰할께요

거울속의나는참나와는反對요마는
또꽤닮았소
나는거울속의나를근심하고診察할수없으니퍽섭섭하오

— <거울> 전문

이미지의 세계가 갖는 속성[42]은 기본적으로 실재 사물과 그것이 투사되는 영상과의 만날 수 없는 거리감이다. 허구적인 이미지는 실재의 사물에 대해 아주 무관하면서 투사된 영상의 세계에 편향된 시선이다. 이러한 영상은 이미지로 사유할 수 있는 범위와 한계를 보여준다. '거울 속의 귀, 거울 때문에 나를 만져보지 못한다는 것, 외로된 사업, 근심하고 진찰할 수 없으니 섭섭한 것' 등은 영상 자체가 갖는 정적인 세계이자 한계점이라고 할 수 있다. '거울 속에는 소리가 없소, 거울 속의 나는 왼손잡이요, 거울이 아니면 나를 만나지 못한다는 사실, 반대이미지, 닮았소' 등은 영상세계가 갖는 특징적인 면모이다.

"<거울>에서는 '거울단계'가 보여주는 청각, 촉각, 근육운동적 감각의 소외와 시각적 통합성이라는 양가치적 모순성에 의해 발생한 자신의

---

42) 존 버거·伊藤俊治, 편집부, 『이미지—시각과 미디어』, 동문선, 1996, 24-29면. "우리들이 보고 있는 것과 알고 있는 것과의 관계는 항상 불안정하다. 우리들이 사물을 보는 시각은 무엇을 알고 있는가 또는 무엇을 믿고 있는가에 깊은 영향을 받고 있다. 시각에서의 상호성은 대화에서의 상호성보다 훨씬 근본적인 현상이다. 모든 이미지는 사물의 보는 방법을 구체화하고 있다든지 그 이미지에 관한 판단이나 지각은 우리들 자신의 견해에 의존하고 있다는 것을 잊어서는 안 될 것이다. 부재상태인 것을 부르려는 목적에서 이미지가 만들어졌다."

분열, 소외를 받아들이고 '반대/유사'로서 상징계/상상적 동일시를 모두 인식하면서도 분열된 나, 소외된 나를 "진찰할수없어섭섭하다"는 정도의 초연한 감정을 보인다. 이 시 안의 주체는 '자리잡기−분리하기−동일시하기'의 과정을 거쳐 정립국면에 도달하여 분열과 결핍된 관계로서의 나를 승화된 태도로 받아들인다."[43] 이렇듯 <거울>의 시는 이러한 두 가지 요소를 고루 갖추어 허구적인 이미지의 세계를 그려내고 있다.

'거울속의나'의 설정은 이미지 세계가 추구하는 자아의 자기 동일시 현상을 드러낸다. 시적 자아는 이미지의 세계를 '조용한세상'으로 규정지으면서, 자신의 시선이 일방적인 바라봄에 있음을 보여준다. 시적 자아가 거울 영상을 통해 일방적으로 하는 말들은 아무런 반응이 없이 제자리에 머문다. 시적 자아의 말을 알아듣지 못하는 귀, 악수할 수 없는 왼손잡이, 외로된 사업을 하는 또 다른 나를 근심할 수 없음 등은 자아가 바라보는 시선에서 나올 수 있다. 그러므로 시적 자아는 거울이 자신을 비춘다는 의식이 완전히 배제된 평면적인 인식을 하고 있다. 이러한 자기 비춰짐의 인식 부재는 거울표면의 영상이 자신임을 자각하지 못하기 때문에 동일시의 의도는 차이를 일으키는 거리감으로 드러나게 된다.

'거울 속의 귀, 거울 때문에 나를 만져보지 못한다는 것, 외로된 사업, 근심하고 진찰할 수 없으니 섭섭한 것' 등은 실존 자체의 세계이자 부조리의 상황이라고 할 수 있다. '거울 속에는 소리가 없소, 거울 속의 나는 왼손잡이요, 거울이 아니면 나를 만나지 못한다는 사실, 반대이미지, 닮았소' 등은 거울이미지가 갖는 특징적인 면모이다. 이렇듯 <거울>의 시는 이러한 두 가지 요소를 고루 갖추어 존재가 겪는 무의미와 허무적인 노력을 그려내고 있다. "시의 화자가 인식하는 '거울 속의 세계'는 한마디로 거울밖에 존재하는 화자와 교통이 불가능한 세계라는 것, 그리하여 그 세계는 조용하며, 바꾸어 말한다면 이는 거울 밖의 세계가 매우 소란스러움을 의미한다. '거울 속의 나'와 '거울 밖의 나'가 서로

---

43) 김승희, 「이상시 연구」, 서강대 박사논문, 1991, 51면.

교통할 수 없는 이유는 '거울' 때문이라고 하면서 또한 '거울'이 없었다면 '거울 속의 나'를 만날 수도 없다는 것이다."44) <거울>은 일방적인 투사와 반영이 지속되는 정적인 세계이다.

대상을 투사하는 거울면은 '소리'가 부재하는 세계이다. 소리는 물체의 진동에 의해 일어나는 음의 파장이 귀청을 울리는 현상인데, 이 음파가 귀청을 울리면서 세상의 법과 질서를 부여하기 시작한다. 이때 소리는 거룩한 '말씀'이 된다. 이러한 상징적인 말씀이 거울의 세계에는 전무하다. 거울 속의 귀는 <명경>에서 보이듯 장미처럼 접혀져 소리를 듣지 못한다. 내 말을 알아듣지 못하는 딱한 귀는 실재 세계가 아닌 영상, 즉 이미지만의 세계임을 드러내는 것이며, 귀는 소리의 수용기능만을 갖고 있다. 딱한 귀가 두 개나 있음의 이미지는 자아의 귀를 그대로 반영하고 있지만, 그것은 실재가 아니기 때문에 당연히 소리를 듣지 못한다. 거울면에 투사된 자아의 말을 듣지 못하는 귀가 있을 뿐이다. 시적 자아가 반영된 '거울속의나'에게는 두 개의 귀가 있으나 전혀 소리를 듣지 못한다. 이렇게 시적 자아가 소리를 못 알아듣는다는 것은 존재현상이 존재자의 의지와 무관하게 일방적으로 진행됨을 암시하는 것이다.

실재와 전도된 이미지가 드러나는 부분은 '거울 속의 나는 왼손잡이'라는 표현이다. 왼손잡이는 거울에 반영된 이미지의 뒤집어진 현상을 가리키는 것이고, 악수를 받을 줄 모르는 것은 실재와 영상의 세계가 구분되어 있음을 드러낸다. "거울에 의해서 형상되는 세계가 본질적으로 모순되게 나타난다는 사실을 말하면서 이 모순에 대해서 속수무책임을 고백하고 있다. 그 모순은 대립성―이질성과 유사성―동질성이 동시에 형상되는 데에 있다.…… 이상은 그 가능성 자체에 대해서는 비관적이고 절망적인 전망 위에 서 있는 것 같다. 그러나 그는 그러한 절망적인 전망에도 불구하고 유일한 가능성을 거울의 모순성을 끊임없이 보여주는 데에서 찾고 있는 듯하다."45) '왼손잡이는 악수를 할 줄 모른다'라

---

44) 문영석, 「현대시에 나타난 거울의 상징성 연구―이상, 윤동주, 서정주 시를 중심으로」, 서강대 석사논문, 2001, 15-16면.

는 표현에서 <거울>은 실재세계가 부재한 영상 자체의 세계임을 알 수 있다.

<시제십오호>에서 내 꿈에 결석하는 나, <명경>에서 소리를 듣지 못하는 귀, <거울>에서 악수할 수 없는 왼손잡이 등은 실재가 부재하는 영상 중심의 세계를 보여주는 시적 자아의 증후이자 파편들이라고 할 수 있다. "<명경>은 <거울>, <오감도 15호>보다 뒤에 나온 시이나, 그 발표연도의 후발성 때문만은 아니겠지만 (<거울>이 <오감도 15호>보다 앞서 나왔으니까) 상징계 안에서의 3자적 관계 속의 자아정립 이후에 보이는 승화와 향수의 감정을 노래하고 있다."46) 실재 부재의 표현양상이 신체의 한 부분을 통해 이루어지는 것은 시적 자아가 대상을 인식하지 못하는 상황에서 자기를 대상화하는 나르시스의 양상이 나타나기 때문이다.

시적 자아의 자기 반영적인 목소리는 '나를 만지지는 못하지만, 나를 내가 볼 수 있는' 의미로서의 자기 반영성이다. 이것은 시적 자아에게 그의 실재 이미지를 인식하게 하는 역할을 한다. 자기를 드러내 대상화하는 과정이 타자와의 관계형성 이후 전개되는 것이 아니라, 대상관계를 형성하지 못하기 때문에 자기를 대상화하는 단계로 머물고 만다. 이때 자기반영성은 타자와의 관계성에서 구성되는 것이 아니라, 타자부재의 자기애적인 관점에서 그려져 있다. 그래서 접촉이 불가능하고 대상과는 단절된 자기애를 보인다. 거울면에 투사된 실재영상들은 시적 자아의 자기애와 근본적인 연결고리가 있다. 그러므로 시적 자아가 반영성을 갖고 있더라도 악수할 수 없고, 들을 수 없는 주체가 된다. 그러한 나르시시즘의 공간은 '외로된 사업'일 수밖에 없다.

내면적으로 거울은 자기반영과 반성의 매체이므로 자기 점검의 중요한 도구가 된다. 시적 자아와 그 자아의 반영물의 관계는 동일하거나 본

---

45) 최학출, 「1930년대 한국 모더니즘시의 근대성과 주체의 욕망체계에 대한 연구」, 서강대 박사논문, 1994, 228면.
46) 김승희, 「이상시 연구」, 서강대 박사논문, 1991, 53면.

체와 그림자처럼 동시적이라고 할 수 있다. 그러나 시적 자아는 자기가 투사된 반영물을 통해 자기를 점검하는데, 이것은 존재자가 처한 세계의 부조리를 드러내는 방식이 된다. 반영물은 주체적인 동력이 전무하기 때문에 시적 자아의 의지가 어떠하냐에 따라 달라질 수밖에 없다. 이것을 시적 자아도 결국은 시인하는 상황에 이른다.

(3) 촉각의 무감각과 내용이 비어 있는 공간

존재한다는 것이 세계 안에서 대상을 바라보는 일이라면 보는 방식에 따라 존재 양상은 달라진다. 하이데거에 따르면 대상을 보는 방식은 '둘레를 살펴보기', '뒤돌아보기', '들여다보기'로 나누어진다. 내가 나 스스로를 볼 때는 "내가 나 자신을 볼 때에는 '들여다보는' 것"[47]에 해당한다. 내가 나를 '들여다보는' 행위란 나를 대상화시켜 스스로를 발견해내는 일이라고 할 수 있다. 그러나 한계상황은 세계에 거주하는 존재자에게 스스로를 들여다 볼 수 있는 길을 열어 놓지 않는다. 존재자는 스스로의 의지로 어떠한 돌파구나 희망을 마련하지 못한다. 이 과정에서 존재자는 스스로를 들여다 볼 수 없는 부조리한 상황에 놓이게 되는 것이다. 그러므로 실존론적인 입장에서 접촉의 부재는 자기와의 관계가 성립되지 않는 상황을 드러내는 것이다.

<명경>에서 보이는 귀, 코, 촉각은 각각 무감각의 상태로 드러나고, 급기야는 책장이 넘겨지지 않는 표지와 같다. 귀는 울음이라는 소리에 대한 반응이 부재하는 것을 가리키고, 코는 소리가 부재하기 때문에 냄새 또한 맡지 못하는 상황을 표현하고 있다. 더욱이 '촉진'이 이루어질 수 없이 단지 차단의 형태로만 나타난다. 이렇듯 <명경>에서는 거울이 사물의 반영을 직접 표현하지만, 거울이 반영하는 사물은 관계성이 부재하고 일방적인 형태를 띠고 있다. 또한 책의 표지처럼 모든 내용을 포

---

47) 미셸 겔번, 김성룡, 『존재와 시간 입문서』, 시간과공간사, 1991, 88-89면.

장하고 있는 거울은 책장처럼 넘겨지지 않는다. 이것은 반영된 사물과
의 관계성의 부재를 잘 보여주는 것이다.

> 여기 한 페-지거울이 있으니
> 잊은 季節에서는
> 얹은 머리가 폭포처럼 내리우고
>
> 울어도 젖지 않고
> 맞대고 웃어도 휘지 않고
> 薔薇처럼 착착 접힌
> 귀
> 들여다 보아도 들여다 보아도
> 조용한 世上이 맑기만 하고
> 코로는 疲勞한 香氣가 오지 않는다.
>
> 만적 만적하는대로 愁心이 平行하는
> 부러 그리는 것 같은 拒絶
> 右편으로 옮겨앉은 心臟일 망정 고동이
> 없으란 법 없으니
>
> 설마 그러랴? 어디 觸診…… 하고 손이 갈 때
> 指紋이 指紋을 가로 막으며
> 선뜩하는 遮斷 뿐이다.
>
> 5月이면 하루 한번이고
> 열번이고 外出하고 싶어 하더니
> 나갔던 길에 안 돌아오는 수도 있는 법
>
> 거울이 책장 같으면 한장 넘겨서
> 맞섰던 季節을 만나련만
> 여기 있는 한 페-지
> 거울은 페-지의 그냥 表紙—

— <明鏡> 전문

<명경>은 상상적으로 형성되는 이미지들을 통해 접촉이나 교감이 부재하는 세계[48]를 보여준다. 상상적인 구성에서는 타자로서의 대상인식이 드러나지 않기 때문에, 이 시에서도 이미지는 실재세계와의 거리를 둔 채 상상적으로 구성되어 있다. 여기서 이미지의 역할은 미약하게 거울면에 등장하는 것이 전부이다. 그러나 거울에 투사된 이미지는 허구적인 영상이다. 실재가 부재한 상황은 시적 자아의 설정도 모호하게 만들어 시적 자아를 관찰자로 남게 한다. 이 시에서 시적 자아는 직접 문장 속에서 등장하지 않고 관찰자로 남아서 거리를 유지하고 있다.

1연에서 설정된 거울은 얹은 머리가 폭포처럼 흘러내린다. 책의 페이지를 펼쳐 놓은 듯 거울은 폭포와 같은 이미지를 드러낸다. 그러나 거울은 책의 페이지처럼 펼칠 수 있는 기능이 없다. 단지 거울은 투사된 대상을 비출 뿐이다. 거울이 존재자가 실존에 처한 상황과 유사한 점은 존재한다는 것 역시 책의 페이지처럼 다양한 페이지를 동시에 가질 수 없다.

거울의 세계는 감정이 전혀 움직이지 않는 무감각한 마음과 전혀 들리지 않는 귀와 피로한 향기도 맞지 못하는 코가 있다. 제 기능을 제대로 하지 못하는 귀, 코, 마음은 시적 자아의 정서와 귀와 코가 반영되어 나타나는 것이다. 거울은 귀와 책장으로 비유되어 시적 자아와 단절된 상황을 보여준다. '울어도 젖지 않고/맞대고 웃어도 휘지 않고/薔薇처럼 착착 접힌/귀'라는 구절에서 울거나 웃을 때의 상황도 시적 자아의 상황을 담아내는 것이다. 시적 자아의 역할이 구체화되어 있지 않지만 먼 거리를 둔 관찰자의 시선임을 짐작할 수 있다. 장미의 꽃잎처럼 층층이 접혀진 귀는 세상의 소리와 차단된다. 귀는 세상의 소리에 대해 열려있지 못하기 때문에 존재에 대한 인식을 얻지 못한다.

<명경>에서 시적 자아는 거울면에 비친 영상을 통해 자기 확인의 재

---

48) 김승희, 「접촉과 부재의 시학—이상시에 나타난 '거울'의 구조와 상징」, 서강대 석사논문, 1980, 149면. "'거울'은 반영자로서의 역할을 함으로써 영원한 양가치성을 노정하고 있고, 또한 '거울' 때문에 나를 만나보지만 '거울' 때문에 나를 만져보지는 못하는 결합의 불가능성이 나타난다."

도전을 시작한다. 시적 자아의 역할조차 관찰자로 퇴색되어 있기 때문에, 거울이 고립되는 징후는 더욱 선명해진다. 시적 자아는 존재가 겪는 시름을 달래고자 하나, '거울속의나'는 일부러 그러는 것 같아 거절한다. 물론 '거울속의나'에게 있는 오른쪽 심장은 역시 박동을 멈추지 않는다. <명경>에 오면, '右편으로 옮겨 앉은 心臟일 망정 고동이/없으란 법 없으니'로 그려진다. 역시 불일치의 논리는 동일하게 작용하는데, <명경>에 오면 위치의 전도성에 역동성이 첨가되는 현상을 읽을 수 있다. <명경>에서는 좌·우편 어느 쪽이든 고동이 남아 있다는 것은 불일치의 논리를 뛰어넘는 의미의 세계로의 진입을 암시한다.

시적 자아는 실제로 거울에 손을 대어보지만, '거울속의나'는 시적 자아가 접촉한 손의 지문을 막는다. 이때 시적 자아는 선뜩한 차단을 경험한다. 거울이 차단한 것은 시적 자아와 '거울속의나'의 상호적인 교감들이다. 이 교감의 차단은 존재자들의 실존의 양상과 유사한 것이다. 마지막 연에서 시적 자아는 거울이 차라리 책장 같으면 한 장씩 넘길 수 있으나 단지 한 페이지로 이루어져 차단이 일어난다고 본다.

영상 세계의 고립은 실재와의 차단[49]에서 발생한다. '촉진'하려는 손의 '지문'을 가로막는 차단작용 때문에 실재가 작용하지 않고, 시적 자아는 관찰자로 거리를 유지하게 된다. 거울에 비춰진 영상은 감각적인 과정을 거치는데 귀 → 코 → 지문으로 연결되나 결국은 차단된다. 장미처럼 착착 접힌 귀, 피로한 향기가 가지 않는 코, 지문을 가로막는 지문 등은 청각, 후각, 촉각의 지각조차도 거울면의 영상과 차단된 상황을 보여준다. 거울의 차단성은 거울을 책장으로 여기기보다는 책의 표지로 간주하면서 마무리된다. 책장과 표지의 관계를 통해서 거울이 표지와 유사한 성격을 지녔음을 쉽게 알 수 있다.

---

49) 문영석, 「현대시에 나타난 거울의 상징성 연구-이상, 윤동주, 서정주 시를 중심으로」, 서강대 석사논문, 2001, 22면. "거울은 추억의 실체와의 구체적 실체와의 만남을 허용할 수 없는 허망한 단절자이다. 이 시에서는 거울 세계에로의 불가입성(不可入性), 거울 속의 분리된 세계에로 들어감에 대한 차단이 그려져 있다."

<명경>50)에서 시적 자아는 거울면에 비친 영상을 통해 자기 확인의 재도전을 시작한다. 실재와 영상의 세계가 갖는 거리감은 시적 자아의 시선과도 상관관계가 있다. 자아는 영상세계에 반영된 이미지들을 바라보는 시선을 일관한다. 시적 자아의 일관된 시선에 따라 실재와 영상의 거리감은 계속 유지되고, 시적 자아는 자신을 비추는 거울의 시선을 인식하지 못한다. 그러므로 영상세계에서의 자기이해는 오해로 머물 수밖에 없다.

실재와 차단의 원인은 거울단계의 상상적인 질서인 '불일치'에서 비롯된다. 이것은 실재에의 인식이 부재한 상황에서 시적 자아가 나르시시즘에 입각한 이미지의 세계를 형성할 때 발생하는 현상이다. <명경>에서는 시적 자아의 역할조차 관찰자로 퇴색되어 있기 때문에, 영상세계의 고립의 증후는 더욱 심해진다. <명경>에 오면, '右편으로 옮겨 앉은 心臟일 망정 고동이/없으란 법 없으니'로 그려진다. 역시 불일치의 논리는 동일하게 작용하는데, <명경>에 오면 위치의 전도성에 역동성이 첨가되는 현상을 읽을 수 있다. <명경>에서는 좌·우편 어느 쪽이든 고동이 남아 있다는 것은 불일치의 논리를 뛰어넘는 의미의 세계로의 진입을 암시한다. 상상적인 불일치의 논리는 부조리의 의미를 드러내기 위한 장치이다.

'촉진'하려는 손의 '지문'을 가로막는 차단작용 때문에 시적 자아와 반영물의 관계는 차단되고, 시적 자아는 관찰자로 거리를 유지하게 된다. 거울에 비춰진 영상은 감각적인 과정을 거치는데 귀 → 코 → 지문으로 연결되나 결국은 차단된다. 장미처럼 착착 접힌 귀, 피로한 향기가 가지 않는 코, 지문을 가로막는 지문 등은 청각, 후각, 촉각의 지각조차도 거울면의 영상과 차단된 상황을 보여준다. 거울을 책장으로 여기기

---

50) "<명경>은 한국어의 상징적 질서인 띄어쓰기 규범이 지켜지고 있고 그만큼 에고가 정립되어 있으며 말하는 주체의 자기결핍과 분리의 고통 역시 에고의 통제로 초연하고 승화된 양상을 보인다."(김승희, 「이상시 연구」, 서강대 박사논문, 1991, 56면)

보다는 책의 표지로 간주하면서 마무리된다. 책장과 표지의 관계를 통해서 거울이 표지와 유사한 성격을 지녔음을 쉽게 알 수 있다. 거울의 차단성은 부조리한 존재의 조건이 존재의 의미를 무화해 가는 과정으로 볼 수 있다.

3. 세계에 의도적으로 무의지를 표방하는 단독자

　무의지를 표방하는 존재자는 세계에 대해 관심이 전무한 경우이기보다는 세계의 상황[51]을 판단하고 자기를 양보한 결과의 모습이다. 그러므로 세계에 자기의지를 드러내지 않는다. 자기 의지를 표명하는 것은 세계와의 관계를 맺는 것이기 때문에 의도적으로 의지를 피해다니며 개별자 혹은 단독자의 모습을 보인다. "자의식의 분열이 자생적인 것이 아니라 매우 의도적인"[52]이다. 왜냐하면 "현실은 지탱될 수 없고 해결될 수 없는 이율배반들로─예를 들어 인간의 절대적인 것, 영원한 것에 대한 염원과 죽음, 덧없음에 대한 경험 등으로─특징지워진다. 이 이율배반은 '통일성에 대한 향수'와 현존재의 다양성 내지는 균열 사이에도, 분명함과 확실함에 대한 타오르는 열정과 세계의 비합리성 사이에도 있다."[53] 이러한 세계에 대한 이해와 판단에 기반해 있기 때문에 현실인식 역시 의도적으로 회피한다.

---

51) 여종현, 「시간 지평에서의 '세계'의 이해」, 서울대 철학과 박사논문, 1993, 101면. "현존재의 존재가 개시성으로 구성되어 있으므로, 양자는 별개의 것이 아니라 등근원적이며 동일하다. 이는 현존재가 먼저 존재하고 나서 나중에 자신을 개시하는 것이 아니라 현존재가 존재하는 것 자체가 자신을 개시함을 의미한다. 그런데 현존재는 본질적으로 세계-내-존재이므로, 현존재의 자기 개시는 동시에 세계 개시이다. 즉 현존재가 존재하는 한, 현존재는 자신과 세계를 개시하는 것도, 그 역도 아니다."
52) 소광희, <현상학적 자아론>, 『현상학이란 무엇인가』, 심설당, 1983, 43면.
53) 이기상, 『존재의 바람, 사람의 길』, 철학과현실사, 1999, 163면.

키에르케고르54)의 단독자의 개념은 본래 종교적인 범주에서 의의를 갖고 출발했으나, 단독자의 개념은 정치와 사회의 문제로 확대해서 이해해야 한다. "단독자는 모든 사람 중의 오직 한 사람을 의미하는 동시에 누구나를 의미하는 것이다.…… 단독자의 길동무가 될 수 있는 것은 그 어떤 사람도, 대중도, 지상적인 그 무엇도 아니며 오직 자기자신뿐이다."55) 이상 작품의 시적 자아를 단독자로 설정한 이유는 외부와 차단된 자아, 의식적 관계를 철저히 부정한 자아의 설정 때문이다. 지식인을 "자기의 내부와 사회 안에서 또 실용적인 진리 탐구(그것이 내포하는 규범까지 포함하여)와 지배자의 이데올로기(그 전통적 가치체계를 포함하여) 사이의 대립을 의식하는 사람"56)이라고 한다면 단독자란 현실을 의식적으로 회피하는 지식인일 뿐이다. 그러므로 단독자는 엄밀한 의미에서 개별자

---

54) 박종남, 「키에르케고르의 실존론적 인간이해」, 외국어대 철학과 석사논문, 1988, 53면. "키에르케고르는 인간의 문제를 '전체', '집단'. '체계' 속에 묻혀버린 인간을 그 속에서 끄집어 내어진 실존적인 인간이 어떻게 집단이 아닌 개별적 인간으로서 주체적으로 불안과 절망 그리고 죄를 부등켜안고 신 앞에 외톨이로 서서 그러한 인간의 실존의 문제를 극복할 수 있는가 하는 인간의 내면성의 문제를 진지하게 묻고 있다."

55) 표재명, 『키에르케고어 연구』, 지성의샘, 1995, 184-197면. "키에르케고어가 단독자의 범주로서 드러내고자 한 것은 단독자가 정신의 범주이며 정신의 각성을 위한 범주라는 것 그리하여 수천, 수만의 사람들이 조소와 홍소 가운데 하나가 되었을 때 또 다른 웃음의 그 바깥에 서서 그들의 정신이 저마다 가야 할 하나의 길이 있다는 것을 일러주려는 것이었다."에서 볼 수 있듯이 '단독자'를 신 앞에 있는 존재자로 보는 것이 아니라, 엄밀하게 자기 자신으로서 존재하는 개별자의 관점에서 봐야 한다.

56) 장 폴 사르트르, 박정자, 『지식인이란 무엇인가』, 인간, 1979, 35-78면. 사르트르는 작가와 글쟁이의 구분(바르트의 입장)의 예를 들면서 작가가 지식인일 수밖에 없는 상황을 설명한다. "작가의 현실 참여는 공통의 언어에 포함되어 있는 전달 차단의 부분을 개발하면서 소통 불가능한 것(세계적 존재의 체험)을 소통시키는 것이다. 그리고 전체와 부분의 긴장, 종합과 종합화 사이의 긴장, 그의 작품의 의미를 이루는 '세계 내 존재'와 외부 세계 사이의 긴장을 유지시키는 것이다. 그는 자신의 일 바로 그 자체에 의해 특수와 보편 사이의 모순을 자기 것으로 한다. 다른 지식인들은 그들의 직업이 요구하는 보편성과 지배계층이 요구하는 특수성 사이에서 직업적인 모순(갈등)을 느끼는 것으로 시작되지만, 작가는 그의 본래적 임무에 의해 본질적으로 모순을 내포하고 있는 사람이다. 이런 의미에서 그는 다른 지식인들처럼 우연히 형성되는 지식인이 아니라 본질적인 지식인이다."

로 존재하는 것이며 고립된 자기를 추구하기 위한 의도와 의지를 구현
한다.[57)

(1) 의도적인 무의지와 의미의 부재

시적 자아는 현실에 대한 정확한 판단과 문제를 인식하고 해결방안을
모색하는 입장에 주도적으로 서 있지 못하고, 세계와 갈등을 피해 다니
며 자신의 의지를 배제시켜버린다. 시적 자아는 싸움에 대한 인식이나
싸움 자체가 가지고 있는 속성을 파헤치는 것이 아니라, 단지 싸움할 수
도 있고 그것을 구경할 수도 있다는 싸움이 드러내는 현상의 요소 중에
서 하나만을 언급하면서 의미를 완전히 회피하고 있다. 이것은 세계를
바라보는 시적 자아의 의식이 무의지로 일관하고 있음을 보여준다. 따
라서 "자기의 현존재의 의미와 목적과 사명을 묻기 위해 인간 실존의
허무성과 유한성과 은유성과 그리고 그것의 무의미성"[58)]을 전제하는 것
이다. 실존의 무대에서 개별적인 자아의 세계인식은 자신의 의지를 갖
지 못하고 자신을 회피하는 것으로 드러난다.

---

57) 단독자와 유사한 논의를 살펴보면 배정은(「아웃사이더적 의식에 비추어 본 이상,
  손창섭, 장용학의 작품고」, 이화여대 석사논문, 1973)은 이상 시를 아웃사이더적
  의식으로 규정한다. 아웃사이더는 상황 밖에 존재하면서 내면의 깊은 사유를 하
  며, 일상성을 거부하는 부정의 정신이자 현상의 부조리하고 어두운 면을 파헤치
  는 자로 정리한다. 하창로(「국외자적 성격으로 본 이상 시의 변모 양상」, 경북대
  석사논문, 1996, 57-59면)는 이상 시 자체가 근대와 전근대 모두에 대한 부정,
  이들에 대한 인식까지도 부정하기 때문에 국외자적인 성격을 띤다고 평가한다.
  그의 국외자는 타자의 영역에서 동일자에 대한 성찰을 가리키며, 이것은 단지
  외부에 위치하는 것만 아니라, 그 내부에 대한 인식과 비판을 포함한다고 본다.
58) 강학철, 『무의미로부터의 자유―키에르케고어의 역설적 인간학』, 동명사, 1999,
  20면. "그의 (키에르케고어) 실존적인 물음은 '나는 무엇을 알 수 있는 것일까?
  나는 무엇을 행해야 하는 것일까? 나는 무엇을 바라도 좋은 것일까?' 등의 물음
  을 종합한 '인간이란 무엇인가?'라는 철학적 인간학으로는 해결할 수 없었고, 또
  한 절대정신의 제사장인 헤겔의 사변적·변증법적 인간학으로도 실존적 자기의
  존재 의미를 발견할 수 없었다."

싸움하는사람은즉싸움하지아니하던사람이고또싸움하는사람은싸움하
지아니하는사람이었기도하니까싸움하는사람이싸움하는구경을하고싶거든
싸움하지아니하던사람이싸움하는것을구경하든지싸움하지아니하는사람이
싸움하는구경을하든지싸움하지아니하던사람이나싸움하지아니하는사람이
싸움하지아니하는것을구경하든지하였으면그만이다.

— <詩第三號> 전문

이 시에 그려진 세계는 싸움하는 자와 그것을 구경하는 자로 적확하
게 나누어진 세계가 아니라, 싸움하는 자도 싸움 구경을 하고, 싸움 구
경을 하는 자도 싸움을 할 수 있다. 이러한 경계가 모호한 논리에는 시
적 자아의 특별한 제안이 담겨 있다. 싸움으로 구체화되는 갈등 자체에
대한 의미를 분산시켜가면서 자신의 실존적인 의지를 의도적으로 회피
하기 위한 것이다. 세계에 거주하되 개별적인 자아로 남아 존재자의 미
약한 상태를 보여준다.

위의 시에서 설정된 싸움은 싸움의 내용과는 아무런 상관이 없이 싸
움하는 자의 입장에 대한 기술이다. <시제3호>는 시적 자아를 표면화
시키지 않고 내면화하고 3인칭의 화자를 표면화시킨다. 3인칭의 화자가
전하는 객관적인 어투에 이끌려 싸움의 논리가 객관적인 설득력을 지니
고 있는 것처럼 비춰질 수 있다. 이러한 표현은 객관성을 빙자하여 시적
자아의 판단을 감추는 표현방법이라고 볼 수 있다. 일방통행으로 성립
할 수 없는 싸움의 세계에서 싸움이 차지하는 의미는 사라지고 싸움에
대한 주변이야기만 무성하게 논의된다. 이승훈은 <시제3호>의 주제인
싸움을 일상적인 삶과의 관계성에서 찾아낸다. "시에서 진술되는 시의
상황은 싸움이라는 명제로 집약되는 일상적 삶의 풍경이며 그것은 대체
로 축어적 의미와 비유적 의미로 나뉘어 고찰될 수 있다. 축어적 의미로
는 일상적 삶과 싸움의 관계를 진술한 것이고, 비유적 의미로는 일상적
삶과 싸움의 내포성과의 관계를 진술한 것"59)으로 정리한다.

---

59) 이승훈, 「이상 시 연구—자아의 시적 변용」, 연세대 박사논문, 1983, 80면.

싸움의 의미가 어떻게 배제되는지 살펴보자. 싸움하는 사람이 싸움하는 것을 구경하고 싶어하는 것은 동시에 성립할 수 없는 바람이다. 싸움하는 사람의 구경의 범위는 처음에는 싸움하지 않던 사람이 싸우는 것을 구경하는 것이고, 두 번째는 이 사람이 구경하는 것을 구경하든지 상관하지 않는다. 무관심은 구경 자체의 의미를 흐리는 원인이다. 구경 주체와 구경 대상이 동일한 것은 구경을 성립시키지 못한다. 그러므로 구경의 실제적인 의미가 흐려지고 구경 자체의 의미는 없어진다. 이 시에서 구경의 의미는 아무런 볼거리나 새로운 정보를 제공하지 못하고, 구경하는 사람이면 갖게 되는 호기심과는 거리가 먼 구경이 설정되어 있다. 구경이 성립하기 위해서는 자아의 주체적인 자각이 기본적으로 선행해야 한다. 그런데 시적 자아는 단지 싸움하거나 하지 않는 사람이며 그 대상 또한 동일한 구도를 갖추고 있다. 이 시에서 설정된 구경은 구경 자체의 가치를 상실한 구경이다.

때묻은빨래조각이한뭉텅이空中으로날라떨어진다. 그것은흰비둘기의떼다. 이손바닥만한한조각하늘저편에戰爭이끝나고平和가왔다는선전이다. 한무더기비둘기떼가깃에묻은때를씻는다. 이손바닥만한하늘이편에방망이로흰비둘기의떼를때려죽이는不潔한戰爭이始作된다. 空氣에숯검정이가지저분하게묻으면흰비둘기떼는또한번이손바닥만한하늘저편으로날아간다.

— <詩第十二號> 전문

이 시에서도 역시 전쟁에 대한 가치판단은 전혀 나타나지 않는다. 이상의 글쓰기 방식[60]은 의미에 대한 의도적 회피에 있기 때문에 <시제

---

60) 김주현(「이상 소설의 글쓰기 양상 연구」, 서울대 박사논문, 1998)은 이상의 글쓰기를 세 가지로 분류한다. 일상언어를 통한 자전적인 성향, 심층언어로 무의식의 세계에 대한 글쓰기, 메타언어를 통한 상호텍스트적 글쓰기가 그것이다. 우정권(「이상의 글쓰기 양상」, 서울대 석사논문, 1993)은 자신의 유폐된 자의식을 그대로 옮긴 양상과 지성으로서 새로운 세계를 구축하고자 한 양상으로 분류한다. 이들의 연구에서도 드러나듯이 이상의 글쓰기의 양상은 무의식적 세계와 자의식 세계라는 구도 속에서 쓰여진 '의도된' 것임을 알 수 있다.

12호>에서도 역시 전쟁의 시어만 언급되어 있는 정도이다. 전쟁에 대한 인식이나 전쟁으로 인한 존재의 상실이나 파괴에까지 의미를 연결짓지 않는다. 단지 전쟁의 구체적인 묘사는 비둘기를 죽인다는 것과 공기가 더러워진다는 표현이 전부이다. 비둘기를 죽인다는 묘사는 평화를 빼앗기게 되는 것을 의미하는 것이며, 동시에 보이지 않는 힘의 논리에 의해 평화가 사라지게 되는 것을 드러낸다.

이 묘사 자체를 가지고 전쟁에 대한 시적 자아의 가치판단을 이야기한다면 일반적인 전쟁의 결과를 드러내는 정도에 그친다. 단지 공기가 더러워진다는 의미에서는 전쟁에 대한 가치 개입이 좀 보이는 듯하나 엄청난 폭력인 전쟁을 두고 해석하는 의미로는 너무 소극적인 표현이라고 할 수 있다. 전쟁은 인간을 피폐하게 만드는 정도를 벗어나 철저히 존재자를 불안에 떨게 하는 인간존재의 극한상황이다.

지배자의 입장에서 전쟁은 정복을 향한 극단적인 방법이나 세계의 확장으로 읽혀질 수도 있겠으나, <시제12호>에 설정된 전쟁은 피지배자의 입장이 중심을 이룬다. 피지배자의 상황은 자신의 인격의 손상이나 두려움에서 그치는 차원이 아니라, 존재의 기반 자체가 불안에 놓인다. 이러한 상황은 존재자로 하여금 자신이 처한 상황을 고민하게 한다. 전쟁으로 비롯되는 죽음 앞에서 대부분 피지배 민중은 자기정체성의 행보를 상실하게 되어 불안에 휩싸인다. 그러므로 전쟁에 대한 가치판단이 이 시의 중심내용이 될 수 없으며, <시제12호>의 잠재적인 시적 자아는 어떠한 판단도 내리지 못한다. 폭력 상황에서 시적 자아는 역사에 대한 스스로의 판단을 끊임없이 유보하면서 자기 연민에 기반한 의미 배제를 지속한다. 전쟁이 인간에게 가하는 폭력적인 영향에 대한 의미는 배제되고 '비둘기를때려죽이는' 전쟁의 참혹상의 나열에서 그치고 만다.

그사기컵은내해골과흡사하다. 내가그컵을손으로꼭쥐었을때내팔에서는 난데없는팔하나가접목처럼돋히더니 그팔에달린손은그사기컵을번쩍들어 마룻바닥에메어부딧는다. 내팔은그사기컵을사수하고있으니 산산이깨어

진것은그럼그사기컵과흡사한내해이다. 가지났던팔은배암과같이내팔로기
어들기전에 내팔이혹움직였던들홍수를막은백지는찢어졌으리라. 그러나
내팔은여전히그사기컵을사수한다.

— <시제십일호> 전문

이 시 전체구도는 나의 실제 팔은 사기컵을 꼭 쥐고 있고 접목된 팔
은 사기컵을 던져버리는 대립적인 양상이다. 이와 더불어 내 팔은 사기
컵을 유지하지만 접목된 팔은 사기컵을 깨뜨린다. 사기컵과 해골이 흡
사하다고 본다면, 이렇게 깨진 사기컵은 나의 해골이 깨진 것과 유사해
진다. 이 시에서 시적 자아는 사기컵이 박살난 것과 자신의 해골이 깨진
것 사이의 혼란 속에 있다. 시적 자아는 팔 하나의 접목을 통해 의미를
지워가면서 세계 안에서 유사하지만 동일하지 않는 대상에 대한 무의지
를 표방한다.

시적 자아는 이 분열스런 조짐을 사기컵을 통해 정리한다. 겹겹이 쌓
인 자기세계를 어떻게 규정하지 못한 혼란함이 나타난다. 시적 자아가
해골과 유사한 사기컵을 잡자, 컵을 잡은 팔에서 팔이 접목된다. 접목된
팔에서 나온 손이 해골과 닮은 사기컵을 마루바닥에 던져버린다. 이때
사기컵은 시적 자아의 팔이 지키고 있으니 깨진 것은 해골이 아닌가라
고 반문하고 있다. 이런 상황에서 깨진 것은 사기컵인지 아닌지 명확하
게 제시하지 않는다. 당연히 마루바닥에 던져진 것은 사기컵이지만 시
적 자아는 해골이 깨어졌을 가능성을 제시하면서 팔과 사기컵의 관계를
뒤섞으면서 의미를 혼란시킨다. <시제13호>에 나타나는 팔은 '면도칼
을든채로끊어져떨어'졌고, 이것을 '나는촉대'로 세워 방안에 장식을 해
둔다. 이 상황을 '얇다란예의'로 간주하여 '화초분보다' 사랑스럽게 여
긴다고 시적 자아는 적고 있다. <시제13호>에서는 떨어진 팔이 촉대가
되고, <시제12호>에서는 접목된 팔이 사기컵을 던지게 되는 이러한 상
황은 모두 시적 자아의 의지와는 무관한 바탕 위에 이루어진다. 이러한
비논리성은 무의지를 표방하는 시적 자아의 입장으로 관철된다.

죽고싶은마음이칼을찾는다. 칼은날이접혀서펴지지않으니날을노호하는
초조가절벽에끊치려든다. 억지로이것을안에떠밀어놓고또간곡히참으면어
느결에날이어디를건드렸나보다. 내출혈이빽빽해온다. 그러나피부에상채
기를얻을길이없으니악령나갈문이없다. 가친자수로하여체중은점점무겁다.

― <침몰> 전문

<침몰>의 의미는 죽음이라고 할 수 있는데, 시적 자아에게는 죽고자
하는 의지조차 자유롭게 허락되어 있지 않다. '칼은날이접혀' 있어 '펴
지지' 않는 상황이 그것이다. 죽음은 세계와의 모든 관계를 끊는 것이며
의미가 단절되는 것이다. 자의식이 철저히 고수되다가 마침내 모든 것
을 포기하는 자살의 단계에 이른 상황이지만 이 자살마저 자유롭지 못
하다. 이때는 어떤 타협이나 위로가 도움이 되지 않는다. 그대로 침묵하
고 싶은 자아에게 죽으려고 하는 의지조차 제한받아야만 하는 실정이다.
시적 자아는 '칼'을 찾아 결단을 내릴 의지가 있으나 상황이 의지를 가
로막고 있다. <침몰>은 상황이 시적 자아의 의지를 수용하지 못한다.
그러므로 '간힌자수'가 자유로운 자수로 옮아가지 못하고 '체중은점점무
거'워져 가고, 시적 자아는 침몰할 뿐이다.

(2) 실존적인 관계성에 기반한 역사성

실존론적으로 개인은 운명, 숙명, 유산과 깊은 관련 속에서 역사성을
인식한다. "역사는 시간 안에서 일어나는, 실존하는 현존재의 특수한 생
기이며, 그래서 서로 함께 있음에서 '지나가버린' 그리고 동시에 '전수
된' 그리고 계속 영향을 미치는 생기가 강조된 의미에서 역사로 통용된
다."[61] 그러므로 하이데거는 존재론적으로 역사는 지나가버린 것이 아
니라 '거기에' 있었던 것이라고 설명한다. "역사적인 것이란 가까이―현
존하고 있는 실존에 불과한 것이 아니라 세계와의 실존론적 관련을 의

---

61) M. 하이데거, 이기상, 『존재와 시간』, 까치, 1998, 496면.

미한다."62) 실존하는 존재자의 관계의 집단성이 역사라는 이름으로 규정지어진다. 그러나 세계는 존재자에게 한계적인 구도로 제시되어 있기 때문에 역사 자체도 실존적인 관점에서 보아야 한다.

> 여기는어느나라의데드마스크다. 데드마스크는盜賊맞았다는소문도있다. 풀이極北에서破瓜하지않던이수염은絶望을알아차리고生殖하지않는다. 千古로蒼天이허방빠져있는陷穽에遺言이石碑처럼은근히沈沒되어있다. 그러면이곁을生疎한손짓발짓의信號가지나가면서無事히스스로와진다. 점잖던內容이이래저래구기기시작이다.
>
> ― <自像> 전문

<자상>의 전반적인 내용은 죽은 얼굴을 본떠 만들어진 가면(데드마스크)을 통해 시적 자아의 상황을 추정해보는 것으로 구성되어 있다. 죽은 자의 상황은 생식할 수 없으며 그의 유언은 함정에 빠져 비석처럼 굳어져 있다. 그 곁으로 많은 사람들의 인적이 지나가도 여전히 그 상태를 유지한다. 이미 죽은 사람에게 어떤 변화나 움직임이 있다는 것은 불가능한 현실이기 때문이다. 데드마스크는 존재자에게 절대적인 한계를 보여주는 죽음의 세계이다. 이 한계를 넘어서거나 극복할 수 있는 존재자는 실존적인 거주자일 수 없다. 이런 상황 속에 실존적으로 거주한다는 것은 자기 의지를 지우는 결과를 낳는다.

막연하게 '어느나라'라고 표현되고 있지만 시적 자아가 발 딛고 서있는 공간을 벗어난 세계는 아니다. 그 세계를 상실한 주체로서의 시적 자아는 세계상실의 충격에서 벗어나지 못하게 된다. 그래서 시적 자아의 '점잖던 내용이 구겨지게' 된다. 이것으로 미루어보면 실존의 조건이 어떤 상황을 제시하느냐에 따라 개개인은 직접적으로 영향을 받게 된다. 데드마스크로 설정된 나라의 주인으로 존재하는 것은 '점잖함의 손실'

---

62) 미셸 겔번, 김성룡, 『존재와 시간 입문서』, 시간과공간사, 1991, 276면. 역사와 운명을 동일선상에서 바라보는 하이데거의 입장은 세계의 한계성 아래에서 역사를 바라보는 것이다.

차원으로 언급하기에는 미진한 점이 상당히 많다. 점잖함과 그렇지 못함을 논하는 자리는 필수적인 생존조건에 아무런 문제가 없고 형식상의 문제에 접근할 경우가 대부분이다. 그러나 나라가 데드마스크가 되어버린 상황에서 시적 자아가 점잖함의 여부에 신경을 곤두세우는 것은, 데드마스크에 대한 인식을 회피하기 위한 것이라고 짐작할 수 있다. 이러한 표현에서 우리는 시적 자아의 의도적인 현실회피를 느낄 수 있다.

<자상>의 전반적인 내용은 죽은 얼굴을 본떠 만들어진 가면(데드마스크)을 통해 시적 자아의 상황을 추정해보는 것으로 구성되어 있다. 죽은 자의 상황은 생식할 수 없으며 그의 유언은 함정에 빠져 비석처럼 굳어져 있다. 그 곁으로 많은 사람들의 인적이 지나가도 여전히 그 상태를 유지한다. 이미 죽은 사람에게 어떤 변화나 움직임이 있다는 것은 불가능한 현실이기 때문이다. 그러나 데드마스크는 '죽은 사람의 얼굴'이라는 단순한 의미만 담고 있는 것이 아니다. 어느 나라의 데드마스크라는 의미는 데드마스크가 되어버린 나라를 나타내거나, 혹은 어느 나라에 있는 데드마스크를 나타내는데 두 경우는 나라 자체를 의미하거나 나라에 있는 데드마스크라는 것이다. <자상>에서 시적 자아는 직접적으로 표면에 드러나지 않지만, 시적 자아는 '데드마스크'라는 공간에 내재하면서 암묵적으로 자기를 드러낸다. 데드마스크는 죽은 자의 구체적인 실물이 아니며 그 모습을 형상화한 가면에 불과하다. 이러한 가면의 상태는 시적 자아가 놓여진 공간이며 이러한 상황에 놓인 시적 자아는 자기의 모습과 일치함을 느낀다. 데드마스크 같은 공간이란 이미 생명력이 끝났고, 죽음의 그림자가 가면처럼 남아 있는 상징적인 공간으로 볼 수 있다.

식민지 현실에 대한 시적 자아의 인식여부는 <자상>[63]의 전체적인

---

63) 유원춘의 <자상>에 대한 기본적인 이해는 식민지 역사현실에 기반하고 있다. "시인의 역사적 현실은 풀도 자라지 못하는 추운 조국(망국)이고 수염도 자라지 못하는 데드마스크와 같을 뿐만 아니라 유서조차 자신의 뜻대로 쓸 수 없는 형극의 땅이다. 생명력이 상실된 데드마스크같은 망국의 현실이 곧 시인의 자화상(자상)이라고 할 수 있다."(유원춘, 「李箱 詩의 隱喩硏究」, 서울대 석사논문, 1991, 80면)

흐름에서 볼 수 있다. 나라를 데드마스크로 설정한 것, 그것조차 잃어버렸다는 것, 북극에서도 자라던 풀이 성장을 멈추었다는 것, 유언도 알지 못한다는 것, 타인들의 관심도 아무런 도움이 되지 않는 것, 등으로 짐작해 볼 수 있다. 북극에서 풀이 자라날 수 없는 것처럼 데드마스크가 된 장소는 생명력이 약동할 수 없고, 많은 모함과 음모에 치여 함정에서 허우적거려야 한다. 막연하게 '어느나라'라고 표현되고 있지만 시적 자아가 발 딛고 서있는 공간을 벗어난 세계는 아니다. 그 세계를 상실한 주체로서의 시적 자아는 세계상실의 충격에서 벗어나지 못하게 된다. 그래서 시적 자아의 '점잖던 내용이 구겨지게' 된다. 이것으로 미루어보면 역사적인 현실의 조건이 어떤 상황이냐에 따라 개개인인 역사구성원은 직접적으로 영향을 받게 된다. 데드마스크로 설정된 나라의 주인으로 존재하는 것은 '점잔함의 손실'[64] 차원으로 언급하기에는 미진한 점이 상당히 많다. 점잔함과 그렇지 못함을 논하는 자리는 필수적인 생존조건에 아무런 문제가 없고 형식상의 문제에 접근할 경우가 대부분이다. 그러나 나라가 데드마스크가 되어버린 상황에서 시적 자아가 점잔함의 여부에 신경을 곤두세우는 것은 데드마스크에 대한 인식을 회피하기 위한 것이라고 짐작할 수 있다. 왜냐하면 나라가 데드마스크가 된 상황에서 점잔함을 우선적인 해결과제로 보기는 곤란하기 때문이다. <자상>에서 시적 자아는 식민지적 현실을 데드마스크로 암시하면서 역사 공간의 생명성의 부재를 자괴감에 기반해서 밝히고 있다.

　　　　古城앞풀밭이있고풀밭위에나는帽子를벗어놓았다. 城위에서나는내記憶

---

64) "일제하 상황하에서는 정치나 제도의 압박과 규제에 대응하기 위하여 직설적인 것을 피하여 상징이나 풍자 또는 여성적인 취향이나 역사소설 등으로 간접적인 우회의 기법을 취한 것이다. 이는 문학예술로서 일제의 횡포한 정책에 응전하는 방법으로서 바람직한 것으로 식민지시대 문학의 두드러진 특성의 하나를 이루고 있다."(이명재, 『식민지시대의 한국문학』, 중앙대출판부, 1991, 132면) 이상의 시 <자상>에서 역사적인 판단이 자명하게 드러남에도 불구하고 시적 자아가 그 결과를 점잔함으로 일축시키는 현상은 현실적인 압박을 벗어나기 위한 의도로 읽을 수 있다.

에꽤무거운돌을매여달아서는내힘과距離껏팔매질을첬다. 抛物線을逆行하는歷史의슬픈울음소리. 문득城밑내帽子곁에한사람의乞人이장승과같이서있는것을내려다보았다. 乞人은城밑에서오히려내위에있다. 或은 綜合된歷史의亡靈인가. 空中을向하여놓인帽子의깊이는切迫한하늘을부른다. 별안간乞人은 慄慄한風彩를허리굽혀한개의돌을내帽子속에치뜨려넣는다. 나는벌써氣絶하였다. 心臟이頭蓋骨속으로옮겨가는地圖가보인다. 싸늘한손이내이마에닿는다. 내이마에는싸늘한손자국이烙印되어언제까지지어지지않았다.

— <詩第十四號> 전문

<시제14호>에 오면 현실에 대한 막연함이 대부분 사라지고 역사적인 판단을 중심에 둔 현실인식을 하게 된다. 그러나 역사에 기반한 자기 성찰의 과정은 역시 관념 자체로 포장되어 있기 때문에 현실인식의 상황이 정확하게 드러나지 못한다. 이 시는 역사적인 영향력과 그것이 현재성으로 고성 주변에 있는 시적 자아에게까지 미친다는 사실을 보여준다. 성은 그 주변을 둘러싸고 있는 마을과 사람들을 보호하기 위한 울타리이자 역사적인 상징물로서의 의미를 지닌다. 성이 있는 장소는 누군가의 이익을 위해서 치러지던 전쟁의 격정지라고 할 수 있다. 이러한 관점에서 보면 고성은 역사적인 측면에서 의미를 지니게 되고, 시적 자아에게 고성이 역사적인 의미로 읽혀질 수 있을 때 현재적인 가치를 갖게 된다.

역사에 묻혀버린 고성 주변에서 시적 자아는 돌팔매질을 한다. 그 돌팔매질과 역사는 역행하여 움직인다. 역사가 가야 할 방향을 잃고 역행하는 상황에서 시적 자아는 참담한 자기를 인식한다. 또한 시적 자아가 벗어놓은 모자에 걸인이 돌을 던지자 시적 자아는 심장이 놀라고 머리에 심한 자각현상으로 기절하게 된다. 화려했던 과거를 되새기게 하는 고성에서 역사를 더듬는 것은 시적 자아의 역사현실에 대한 판단을 보여준다. 시적 자아는 고성을 둘러보며 과거의 역사와 돌팔매질하는 현실의 공간이 역행하고 있음을 이해한다. 이것은 역사와 현실적인 상황

이 정반대로 흐르고 있다는 것을 암시한다.

시적 자아는 이 시에서 역사적인 아픔을 비교적 솔직하게 드러내고 있다. 시적 자아의 현실인식은 아픔에 대한 솔직한 고백에 머무르고 있을 뿐, 역사인식의 단계로 나아가지 못한다. 김옥순은 은유적인 분석을 통해 <시제14호>의 의미를 구체화한다. "李箱이 살던 1930년대의 일제 식민지 상황에서 개인이 모자를 벗듯이 국가는 백성을 버리고 하늘은 돌을 버렸다는 매개물의 패러다임으로 나타난다. 추상 개념으로 바꾸어 보면 그것은 기억을 버리고 역사를 버리고 자연의 뜻을 버렸다는 의미 계층이 된다. 다시 말해서 모자를 버리면 벗은 모자가 되고, 백성을 버리면 걸인이 되고, 돌을 던지면 던져진 돌이 된다."[65] '포물선을역행하는역사의슬픈울음소리'와 '종합된역사의망령인가'라는 시어에서 구체적으로 드러나고 있다. 역사의 어느 시점에서 치러진 전쟁들은 인간의 존재를 파멸시키고 강자가 약자를 무력하게 굴복시키는 삶의 자리였을 것이다.

위의 시에서 시적 자아는 역사현실이 역행하는 가운데 역사적인 책임감을 구체화시키지 못했다. 자신의 내면세계의 불안을 감지하고 역행하는 현실에 대해 자각을 했지만 그것이 실천적인 의지로 연결되지 않고 겉돈다. 식민지라는 모순된 상황 속에 역사 흐름의 역행은 개인을 관념적인 현실인식에 멈추도록 만든다. 역사적인 기반이 안정을 찾지 못하면, 곧 개인의 내면세계도 역시 불안으로 휩싸일 수밖에 없다.

> 불길과같은바람이불었것만불었건만얼음과같은水晶體는있다⋯⋯ 歷史
> 冊비인페이지를넘기는마음은平和로운文弱이다⋯⋯ 雪糖과같이淸廉한異
> 國情調로하여假睡狀態를입술위에꽃피워가지고있을즈음繁華로운꽃들은모
> 두어데로사라지고이것을木彫의작은羊이두다리를잃고가만히무엇엔가귀기
> 울이고있는가⋯⋯ 수탉아, 되도록이면巡査가오기前에고개를숙으린채微
> 微한대로울어다오,

— <LE URINE> 부분

---

65) 김옥순, <언술 은유와 李箱의 역사 의식>, 『한국문학이론과 비평』 2, 예림기획, 1997, 56면.

자기를 둘러싸고 있는 상황의 탐구와 관찰은 세계에 거주하는 존재자의 방식이다. 이상의 시에서 등장하는 시적 자아는 막연한 자기 감추기를 주로 하거나 은유적인 표현으로 실제를 감추는 경향이 지배적이다. <LE URINE>에서 시적 자아는 독설적인 표현과 직접적인 언어구사로 현실에 대한 관찰자의 자리만 고집하는 느낌이 사라지게 되고, 좀더 적극적인 존재의 형태를 드러낸다. 그러나 현실 참여적인 상황에 이르면 날카롭고 냉소적인 의식이 구체화되지 못하고 의식 자체로 멈추는 한계를 갖는다.

유원춘의 <LE URINE>에 대해서 "강점기간 동안 우리의 역사를 일제가 좌지우지하므로 일제를 구축하는 직접적인 투쟁이나 현실적 대안이 없는 글 자체로는 약할 수밖에 없고 역사의 공백기를(비인페이지) 소극적으로 보내고 있는 허약한 자신을 자책한다.……'수탉아……울어다오'에서 고개를 숙으린채 우는 수탉은 존재하지 않지만 닭이 고개를 수그린 채라도 작은 소리로 울어주기를 간절히 기대하고 태양도 떠오른 후 오래 머무르기를 희망하는 것은 소극적인 저항의 의지를 미미하게 드러내는 구절"66)이라고 요약한다.

시적 자아는 역사를 지식으로 받아들이고 이해하게 되면 역사는 죽어버린 과거의 사실일 뿐, 현재의 공간에 살아 있는 역사가 되지 못한다고 생각한다. '역사책비인페이지를넘기는마음은평화로운문약이다' 라는 표현에서 보면, 과거 사실에 대한 지식은 정확하다고 할 수 있겠으나, 그러한 평화로움은 문약에서 나온다는 것을 시적 자아는 지적해내고 있다. 이것은 당대 역사의 공허함으로 인해 실존의 기반이 혼란스러워졌음을 표현한 것이다.67)

---

66) 유원춘, 「李箱 詩의 隱喩硏究」, 서울대 석사논문, 1991, 82면.

67) 이상의 유고 작 <悔恨의 章>은 그의 다른 작품과 달리 통사체계가 지켜지고, 분행, 분연을 고루 갖추고 있다. 이 작품을 통해 우리는 실존적인 한계상황 속에서 이상이 의도적인 글쓰기를 시도했음을 짐작할 수 있다. 이 시는 한 사나이로서 여성을 버리고, 직무를 회피하며, 역사의 책임을 털고, 읽기를 그만 두고, 모든 이해를 포기하고, 완전히 비겁해진 모습이었던 스스로를 후회하는 모습을 담

'번화로운꽃들은모두어데로사라지고이것을목양의작은양이두다리를잃고 가만히무엇엔가귀기울이고있는가'에서 목양은 시적 자아의 심정을 암시한다. 설탕처럼 달콤했던 이국적인 분위기는 어디론가 사라져버리고 두 다리도 없는 목양이 어디에 귀를 기울이고 있다. 무조건적인 이국분위기의 수용이 그 터널을 모두 지나가고 나면 허무한 결과에 이르게 됨을 보여준다. 익숙한 것보다 새로운 것을 맹목적으로 추구하는 시적 자아의 성향이 허무함을 부르는 원인이 된다. 이것이 현실을 '오줌'(=URINE)이라고 냉소적으로 정의할 수 있게 한다. 외국분위기의 낯설음에 무조건 쫓아다니다 두 다리를 잃어버린 채, 다시 관심을 갖게 되는 목양의 신세는 존재의 본질에 대한 깊은 고민을 하게 한다. 7연에서 '수탉아, 되도록순사가오기전에고개숙으린채미미한대로울어다오'라는 표현에서 닭이 순사가 오기 전에 미미하게 울기를 바라는 시적 자아에게서 적극적인 현실의지는 볼 수 없다. 시적 자아는 역사의 상황을 인식하고 있으나 전면적으로 피해 있으면서, 막연히 역사의 복원을 희망한다.

시적 자아는 직접 어둠을 헤쳐나갈 생각을 한다기보다는 누군가 어둠을 몰아내 주기를 바랄 뿐이다. 수동적인 자세를 넘어서지 못하고 현실을 무대 위에 올려놓고 자신의 양심과 가치관을 개입하지 않고 변화해가기를 바라고 있을 뿐이다. 시적 자아는 시대적인 암울함에 갇혀 있으면서 자신의 의지를 철저히 배제시킨다. 그것은 명확한 의도가 한 줄에서 표현되는가 싶으면 다른 관점으로 읽혀질 수 있는 언어들로 자신의 생각을 감추고 있다. 시적 자아는 역사의 상황을 인식하고 있으나 전면적으로 피해있으면서, 막연히 역사의 복원을 희망한다. 단독자의 세계관에서 역사적 이해란 과거사실에 대한 평가정도에 머물러 있을 뿐이지, 현재와 과거의 중요한 관계맺음으로 이해할 수 있는 여지는 전무하다고 할 수 있다.

고 있다.

제 3 장

무상한 세계에 거리를 두는 허무적 자아 – 백석

백석의 시 작품의 내면적 경향을 허무적이라고 평가하는 것은 매우 의아스러운 일일 수 있다. 이것은 내면성을 소극적으로 볼 수 있는 여지도 제공하기 때문에 내면적인 특징에 대해 부언을 한다. 작품의 전개과정에서 드러나는 강인한 의지나 현실과의 밀접한 관련 아래 빚어지는 판단력은 내면적인 양상이라고 보기 어렵다. 이런 결과적인 행동력이 기반해 있는 내면의 질서가 있는데 여기에는 스스로를 객관화시키는 장치로서 허무성이 놓여 있는 것이다. 이것은 대상을 부정하거나 무시하는 것이 아니라 대상을 있는 그대로 보기 위한 겸허함의 표현이다.

이런 내면적 공간을 가진 시작품이 백석의 경우만은 아닐 것이다. 시인의 시정신에서 겸허함이나 혹은 겸손함의 미덕은 작품 곳곳에서 스며나기 마련이다. 그런데 백석 시인의 시를 중심에 두고 허무적인 내면성을 찾아보고자 하는 의도는 다음과 같다. 지역어를 사용하고 일상적으로 친밀한 시적소재를 사용했다고 시의 맥락을 무조건 적극적으로 읽어가는 것은 너무 시적 질서가 가진 내면세계를 무시하는 처사라고 생각한다. 세계와 거리를 통해서 허무함의 내면성을 획득한다고 평가할 수 있다.

세계 안에서 존재함이 무의미함으로 다가올 때 존재자는 허무함을 느긴다. 존재가 무의 이면이라는 자각은 냉철한 이성이 길러낸 세계에 대한 이해라고 할 수 있다. 이것으로부터 존재의 이면으로서의 무를 실감하면서 자기 사유는 시작된다. 사르트르는 "무는 그 근원을 부정적 판단에서 끌어내는 것이며, 무는 이런 모든 판단들에게 초월적 통일을 세우는 개념일 것이며, 존재의 '안에' 있"[1]는 것으로 간주한다. 하이데거 역시 "무의 근원적인 현시성 없이는 자기 존재(자아)도 자유도 없다.…… 무는 어떤 대상도 아니요, 또 어떤 존재자도 물론 아니다. 무는 처음으로 존재자에게 대립개념을 제공하는 것이 아니고, 근원적으로 존재자의 본질 자신에 속하여 있다."[2]고 본다.

존재자에게 허무를 유발하는 '무'는 존재 안에서 의미를 가진다. 존재와 변별되는 무를 통해서 존재의 근원을 이해할 수 있게 된다. "하이데거는 무상감을 계시하는 무의 본질을 무화라고 생각하였다. 말하자면 무는 정적인 상태로서 고착된 것이 아니고 동적인 행위로서의 의미를 함의하고 있는 셈이다.…… 무를 통한 마음의 자각을 통하여 인간이 일상성에의 함닉으로부터 탈피할 수 있기 때문에 본래성의 회복은 곧 무의 청명함과 부드러움을 마음으로부터 잃지 않을 때 가능하다."[3] 그러므로 무상함은 자기 존재의 본래적인 면모를 찾아가는 데 긍정적인 동인이 되지만, 현실을 회피하고 자기 내면으로 침잠하는 결과를 낳는다.

백석 시는 세계를 무상성으로 이해하고 있다. 이러한 무상성은 덧없거나 허무한 존재의 실상을 이해하기 위한 논리적인 설득력을 갖는다.[4]

---

1) 장 폴 사르트르, 손우성, 『존재와 무』 I, 삼성출판사, 1993, 94-101면. "부정은 존재의 거부이나, 부정에 의해서 하나의 존재(또는 하나의 존재방식)가 세워지고, 이어서 무 속으로 던져진다.…… 부정은 있지 않다는 판단행위의 '말단'에 있는 것이지만 존재 '안'에 있는 것이다."

2) M. 하이데거, 최동희, 『형이상학이란 무엇인가』, 서문당, 1999, 67-68면.

3) 김형효, 『하이데거와 마음의 철학』, 청계, 2000, 206-218면.

4) 김윤식은 "백석의 시선은 삶의 현장을 엿보면서 빗겨가고 있다."고 보고 그 정신을 '허무의식'으로 규정한다. 이 "허무의식에 빠진 백석의 시란 민중의 삶이나 조선의 고유한 토속적 세계의 탐구와는 거리가 먼 것으로 다만 풍물의 정확한 인식 그 자체"일 뿐이라고 보았다.(김윤식, <허무의 늪건너기>, 『근대시와 인식』, 시와시학사, 1991, 142-152면)

"표현되지 않은 말들의, 미완성이고자 하는 의도의 그 <지긋지긋한 안-밖> 속에서, 존재는 자신의 내부에서 제 허무를 서서히 소화한다. 그의 無化는 <수 세기 동안> 지속할 것이다."5) 백석 시에 나타난 시적 자아는 무상한 세계를 부정하는 것이 아니라, 무상한 세계를 이해하는 하나의 방식으로 허무적인 관점을 선택한다. 그것은 '유년으로의 회귀'와 '유랑을 통한 자기 드려다 보기' 방식6)으로 구체화되어 나타난다. 이런 존재 방식은 세계와의 거리두기로 일관하는 것이 아니기 때문에 시인의 관점은 세계라는 대상에서 자기 내면으로 돌아온다. 그 관점은 깊이를 가진 신념으로 단단하게 자리를 잡지 못하고 허무한 세계로 가는 길을 열어준다. '거리 두기'에는 자기를 대상화시켜서 객관적으로 바라보려는 의도가 담겨 있는 것이지 무상성을 극복하려는 것으로 보이지 않는데, 이것은 직접적으로 부정적인 현실인식을 드러내지 않으면서 존재의 무상성을 표현하는 방식이 된다.

---

5) 가스통 바슐라르, 곽광수, 『공간의 시학』, 민음사, 1994, 378-383면. "존재의 연구를 위해서는 존재 차원의 여러 경험들이 이루는 모든, 존재의 에움길들을 따라가 봄이 더 나을 것 같다.…… 존재에 갇혔다가는 언제나 빠져나와야 할 것이다. 존재에서 빠져나왔으면, 그러자마자 언제나 되들어가야 할 것이다. 이리하여 존재에 있어서는 일체가 순환이며, 일체가 둘러감이고 돌아옴이고 계속되는 담론이며, 일체가 이어지는 체재들이며, 일체가 끝없는 노래의 후렴이다.…… 그러니 인간 존재는 얼마나 긴 나선인가! 이 나선 속에 역전하고 역전하는 얼마나 많은 힘들이 있는가! 우리들은 우리들이 중심으로 달려가고 있는지, 빠져나가고 있는지, 곧 알지 못한다. 이와 같은, 존재의 망설임이라는 것의 존재를 시인들은 잘 알고 있다."

6) 김진성, 『베르그송 연구』, 문학과지성사, 1985, 102-103면. "무관심한 순간에 있어서는 우리는 살기보다 나의 존재를 꿈꾸는 입장에 처하게 되며 이때 이제까지 까맣게 잊고 있던 과거의 전체성을 지각할 수 있다.…… 우리의 참다운 실재를 파악하는 사람은 평소 행위의 세계에 매어 있지 않은 명상가나 예술가의 소관사임을 여러 곳에서 밝히고 있다." 생에 주의를 부르는 현상으로서 거리두기는 무관심의 의식에 기반하고 있다. 인간문제에 대한 무관심의 시선은 적극적인 인간 이해의 해법이 될 수 있다. 왜냐하면 무관심이야말로 현재적인 자기 문제를 벗어날 수 있는 유일한 길이 되며, 진실하게 생에 몰두할 수 있는 여유를 주기 때문이다.

1. 존재 이해가 부족한 유년시절의 낭만적인 현실

시적 자아가 유년으로 회귀하는 기반에는 존재의 무상성7)이 강하게 작용하고 있다. 존재 자체의 무상성은 존재자에게 허무의식을 갖게 하는데 이때, 시적 자아는 현재와의 거리 두기를 통해 허무한 자기를 드러낸다. '회상'8)은 과거로 돌아가는 현상으로 현실보다 정화되고 다듬어져서 평화롭고 아름다운 시간의 느낌을 받게 한다. 그러므로 "유년의 세계는 평명하고 무후한 세계이며, 미래에 대한 밝은 꿈이 간직돼 있는 세계다. 아울러 유년의 세계는 일체의 현실적 갈등이 내재돼 있지 않으므로 인간에게 진정한 안정을 가져다 줄 수 있는 화해의 장이라고 할 수 있겠다."9)

무상성은 존재자의 현재성에 내재해 있는 존재 자체의 한 양상10)이

---

7) 무상성이란 "모든 현상은 변화무상해서 세상에는 고요히 상주하거나 영원불변한 사물이 없다는 말이다.…… 인생이 무상하다고 생각하고 이 때문에 일체가 모두 고통이라고 한다.…… 그 안에는 어떠한 불변하는 일이나, 어떤 기분 좋은 일도 없다. 이것으로 인생이 무한한 괴로움의 역정임이 설명된다."(방입천, 유영희, 『불교철학개론』, 민족사, 1989, 129-130면) 이러한 무상성 때문에 인간은 허무를 느끼게 된다. "니힐리즘으로 불리는 허무감의 본질은 '중심의 상실', '무와의 조우', '권태로부터의 탈출 불능', '적합한 생활 철학의 결여' 등으로 비교적 명백하게 설명된다. 대부분의 저술가들은 니체가 말한 의식과 목적의 상실, 모든 가치의 평가절하, 허무감과 같은 말을 상기하고 있다."(고드스블롬, 천형균, 『니힐리즘과 문화』, 문학과지성사, 1993, 42면)

8) M. 하이데거, 소광희, 『시와 철학』, 박영사, 1975, 110면. "회상은 하나의 회상이 도래하고 있는 것을 앞질러서 생각하는 그러한 사유인 것이다. 회상이 무엇을 앞질러 생각하는 예상이라고 한다면, 회고도 또한 '과거의 것'에 대한 생각이 아니며, 과거의 것에 대해서는 다만 다시 소환할 수 없다고 하는 결정이 주어질 뿐일 것이다."

9) 정은희, 「백석 시 연구─장르 분석과 공간·시간의식을 중심으로」, 중앙대 석사논문, 1996, 59-65면. "객관적인 시간의 영원함과 인간 존재의 유한성이 문학작품 속에서 '회귀'의 형태로 드러나는 것을 지적한다."

10) 송기한, <空 혹은 無의 세계>, 『문학비평의 욕망과 절제』, 새미, 1998, 188면. "이러한 사유들이 불교적 세계관에서 흔히 볼 수 있는 것이긴 하지만, 꼭 불교적인 관념이라고만 할 수 없다. 無慾, 虛心 등 空과 無로 수렴되는 이런 비욕망적 사유들은 인류의 영원한 이상인 까닭에 어떤 특정한 종교적 이념으로 귀속시킬

다. 그러므로 무상성은 극복되는 것이 아니라, 자기 상황에 따라 의지의 변용된 형태로 드러날 뿐이다. 백석 시에서 드러나듯이, 자기 의지를 통해 무상성을 수용하는 형태의 하나가 바로 유년을 회상하는 방식이다.[11] 유년은 현재와의 거리감에 기반하여 따뜻한 위안으로 작용하게 된다. 과거 회상의 대상은 유년시절의 고향, 이야기, 놀이 형태 등으로, 이 공간 속의 유년은 아름다운 시절로 그려진다. 이렇듯 유년의 일상을 추억하는 일은 현실과 거리를 두면서 자신을 대상화시키는 것이다. 존재의 무상성은 시적 자아로 하여금 허무한 인식을 일으켜 유년을 회상하도록 하는 근원이 된다.

(1) 자기 존재의 터전으로서 고향

도시감각이 거의 드러나지 않는 백석 시는 산촌 풍경이 대부분을 차지한다.[12] 백석 시에서 산촌 배경이 시인의 기획 형태로 선택되었다기

수 없다."

11) 가스통 바슐라르, 곽광수, 『공간의 시학』, 민음사, 1994, 116-131면. "추억이 아름다워 보이는 것은 상상력이 추억, 즉 과거의 이미지를 그것이 지향하는 바, 즉 원형으로 변화시켜 나가기 때문이다.…… 어린 시절의 추억이 추억들 가운데 가장 아름답게 느껴지는 것은, 어린 시절의 추억 자체의 아름다움과, 거기에 포함되어 있는 그때에 느꼈던 아름다움, 이 이중의 아름다움으로 하여 어린 시절은 그 자체가 정녕 인간의 이상향, 그 자체가 인간의 상상력이 지향하는 원형이 된다고도 할 수 있을 것이다.…… 어린 시절이 우리들 내부에 살아 있어서 시적으로 유용하게 남아 있는 것은, 사실의 차원에서가 아니라 몽상의 차원에서인 것이다. 바로 이 영원한 어린 시절에 의해 우리들은 과거의 시를 유지하는 것이다."

12) 오세영은 백석 시를 식민지 치하의 농민시의 한 분야로 <목가적 농민시>에 포함시킨다. 참고로 목가적 농민시란 ① 농민의 삶을 어떤 목적 의식 없이 묘사하는 시, ② 농민의 건강하고 도덕적인 삶을 묘사한 시, ③ 삶의 이상으로서 농촌을 제시한 시이다. 이것은 현실적으로 존재하는 농촌이 아니라 낭만적으로 상상된 유토피아로서의 전원이다. 그것은 비현실적이며 관념적인 세계이지만 식민지의 상황이 그만큼 고통스럽고 비극적인 까닭에 자폐적 공상의 세계로 퇴행하였던 것이다.(<식민지 시대의 농민시>, 『한국 근대문학론과 근대시』, 민음사, 1997, 280-287면)

보다는 1930년대의 일반적인 상황을 자연스럽게 담아내는 것이라고 볼수 있다. 백석은 서구 모더니즘의 영향을 받았을 것이고, 일본 유학을 통해 충분히 도시감각13)을 익혔음에도 불구하고, 작품에서 그 경향이 드러나지 않는다. 백석 시는 전반적으로 전통적인 정서가 강하게 나타나는 것이 특징이다. 그러나 기행시 일부에서 근대적인 문물과 소회가 드러나고 있다. 그런데 기행시 자체는 존재의 무상성에 기반해 있어서, 서구 문화에 대한 관심보다는 떠도는 자의 쓸쓸한 삶을 표현하는 데 초점이 맞춰져 있다. 그것은 유년의 추억에 기반한 글에 도시풍경이 담길 이유가 없기 때문이다.

유년을 추억함에 있어서 고향은 시간과 공간을 동시에 불러낸다.14) 그러므로 시적 자아가 유년을 추억하면 산촌풍경은 자연스럽게 재현되는 것이다. 유년시절의 고향은 자기 존재의 터전으로서 의미가 있다. 여기서 존재의 터전이란 현재의 자기를 구성해낸 추억의 중요한 일부이며, 시적 자아의 정서적인 기반을 가리킨다. 유년을 회상하는 시적 자아는 현재의 자신을 감추거나 미루고 싶어하는 의지를 표현한다.

山턱 원두막은 뷔었나 불빛이 외롭다
헌겊심지에 아즈까리 기름의 쪼는 소리가 들리는 듯하다

잠자리 조을든 문허진 城터
반딧불이 난다 파란 魂들 같다

---

13) 김용직은 '반도시 산촌 성향'(『한국근대시사』 2, 한국문연, 1996, 385면)이라고 표현하지만, 백석 시에서 '반도시'를 표방한 적이 있다고 단언할 근거가 발견되지 않는다. 전통적인 정서를 지닌다고 그 정서가 도시를 반대하는 것으로 파악하는 것은 곤란하다. 이국적인 정서나 도시 정서를 지닌다고 반전통적이라고 평가하는 것은 도시와 산촌을 대립구도에서 이해하기 때문이다.

14) 이숭원은 백석 시에서 고향의식을 고향에 대한 순수한 그리움, 고향의 상실감, 고향상실을 극복하기 위한 심리적 방법 등 세 가지로 나누어 설명한다. 또한 그는 "현실세계와의 단절감이 유년시절의 충족된 공간에 관심을 갖게 하며 역으로 유년시절에 대한 강렬한 그리움이 현실세계와의 합일을 가로막는다."고 본다. (『20세기 한국시인론』, 국학자료원, 1997, 180-181면)

어데서 말 있는 듯이 크다란 山새 한 마리 어두운 골짜기로 난다

헐리다 남은 城門이
한울빛같이 훤하다
날이 밝으면 또 메기수염의 늙은이가 청배를 팔러 올 것이다.

— <定州城> 전문

　시적 자아는 고향인 정주성[15]을 떠올리며 지난날을 회상하고 있다. '헐리다 남은 성문'이 '한울빛'을 훤하게 보이는 것은 이미 성문이 무너졌음을 의미한다. 이미 무너진 성은 헐려버렸지만, 옛 시절에는 청배 파는 장사들이 드나들던 융성했던 곳이기도 하다. 성터만 남아 있고 옛날의 흥성스러운 면모는 어디론가 사라져버린 고향에 대한 아쉬움에는 존재의 무상감이 녹아들어 있다. 과거의 풍요로움을 상실한 정주성을 돌아보면서 유년의 한때를 그려본다.

　여름 과수원을 지키는 '산턱 원두막'은 산의 경사진 부분이 내려오다가 멈춘 곳에 있기 때문에 계곡이 깊은 산골짜기에 있다. 이 산골 원두막에 인적이 있을 까닭 없고, 그 적막함에 여름밤 과수원을 지키는 '불빛'은 '외롭'게 타들어 가고 원두막도 비어 있다. 불빛의 외로움은 '헌겊심지에 아즈까리 기름'이 졸아 들어 '쪼는 소리'가 들리는 것 같다. 산골짜기 원두막은 '헌겊심지'의 졸아드는 소리에 외로움과 쓸쓸함이 더욱 커져간다.

　'산턱의 원두막'처럼 '문허진 성터'에는 낮 동안은 '잠자리'가 졸뿐이다. '반딧불이'가 나는 것도 '파란 혼'처럼 스산한 기분이 든다. 무너진 성터에 인적은 보이지 않고 졸음에 겨운 잠자리와 밤이 되면 파란 혼으로 보이는 '반딧불이'가 날아다닌다. '뷔었나', '외롭다', '파란 혼' 등은

---

15) "조선왕조 말기에 대권찬탈의 꿈을 안고 난을 일으킨 홍경래의 일은 이 성과 불가분리의 상관관계를 가진다. 홍경래는 거병 후 얼마 못되어 패퇴했고, 그 최후를 정주성에서 맞은 배경이 있다."(김용직, 『한국현대시사』 2, 한국문연, 1996, 390면)

허물어진 정주성을 묘사하면서 영원히 지속되는 것이 없는 존재의 무상함을 표현한다. 이 적막한 골짜기에 말16)이 있는 듯 '크다란 산새 한 마리'가 '어두운 골짜기'로 날아오른다. 불빛이 외롭게 졸고, 헝겊 심지가 타 들어가는 소리만 들리는 정막한 상황에 갑자기 큰 산새의 날아오르는 소리는 그 고요와 정적을 깨트린다.

갈부던 같은 藥水터의 山거리
旅人宿이 다래나무지팽이와 같이 많다

소와 말은 도로 山으로 돌아갔다
염소만이 아직 된비가 오면 山개울에 놓인 다리를 건너 人家 근처로 뛰여온다

벼랑탁의 어두운 그늘에 아츰이면
부헝이가 무거웁게 날러온다
낮이 되면 더 무거웁게 날러가 버린다

山너머 十五里서 나무뒝치 차고 싸리신 신고 山비에 촉촉이 젖어서 藥물을 받으러 오는 山아이도 있다

아비가 앓는가부다
다래 먹고 앓는가부다

아랫마을에서는 애기무당이 작두를 타며 굿을 하는 때가 많다

— <山地> 전문

<산지>17)는 깊은 산 속에서 자란 시적 자아의 유년이 담긴 작품이

---

16) 김영익은 <정주성>의 '어데서 말 있는 듯이 크다란 山새 한마리 어두운 골짜기로 난다'에서 '말'을 마을로 해석한다.(「백석 시문학 연구」, 충남대 박사논문, 1998, 32면)

17) <三防>은 <산지>의 작품에서 1연, 5연, 7연과 시어 몇을 생략하면 완전히 일치한다. <산지>가 먼저 쓰여졌고, <산지>의 많은 시어들을 압축하거나 생략하

다. 산 속에서 흐르는 냇물은 이름 모를 벌레소리를 내고, 훤한 대낮에
도 승냥이의 울음소리가 들리는 곳이다. 대낮에 승냥이 울음소리가 개
울물 소리처럼 계속 들리는 곳이란 낮에도 사람이 다니기에 무서우리만
큼 숲이 우거진 곳이다. 이런 승냥이의 울음소리에 '소와 말은 도로 산
으로' 돌아가 버리고, 들에서 살 수 없는 '염소만이' '인가 근처'로 온다.

먼길까지 싸리신 신고 뒤웅박 차고 약물을 받으러 오는 산 아이는
'아비가 앓'는 것이 분명하다. 산 속에서 자생하는 '다래 먹고 앓'는 것
같다. 아픈 아비를 위해 '십오리'를 걸어서 약수를 뜨러 오는 '산아이'는
산 속에서 산처럼 살아가던 시적 자아의 유년을 보여준다.

'약물'을 받는 일과 '아랫마을에서는 애기무당이 작두를 타며 굿18) 을
하는 때가 많다'에서 볼 수 있듯이 '작두를 타'는 일은 환자의 치유를 위
한 목적으로 치르는 굿이다. 환자의 완쾌를 위해 무당이 치성을 드리는
굿은 우리의 전통적인 종교의식이다. 인간의 병을 자연에 의지하여 풀어
보고자 했던 전통적인 방식은 시적 자아에게 추억 속에 머물러 있다.

> 호박잎에 싸오는 붕어곰은 언제나 맛있었다

> 부엌에는 빨갛게 질들은 八모알상이 그 상 우엔 새파란 싸리를 그린
> 눈알만한 盞이 뇌였다

> 아들아이는 범이라고 장고기를 잘 잡는 앞니가 뻐드러진 나와 동갑이
> 었다

> 울파주 밖에는 장꾼들을 따러와서 엄지의 젖을 빠는 망아지도 있었다

> ― <酒幕> 전문

면서 <삼방>을 쓴 것으로 보인다. 1연에서 '나무그릇'이 첨가되었고, 5연은 '山
아이'가 '두멧 아이들'로 표현되었고, 7연은 완전히 동일하다.

18) "작두타기는 작두를 쌍으로 나란히 놓고 화랭이(男巫)가 맨발로 이 작두 위에 올
라서서 낫 2개, 식칼 2개, 도끼 2개, 놀이칼 2개를 양손에 갈라 쥐고 춤을 추면서
무가를 창한다."(김태곤, 『한국무속연구』, 집문당, 1982, 104면)

　　고향 주막집의 가재도구들은 추억 속에 묻혀 있다. 그것은 시적 자아와 동갑이던 추억의 '범이'를 불러낸다. 그 '범이'는 유년의 터전이던 고향을 불러온다. '범이'에 대한 추억은 시적 자아의 유년의 모습을 그대로 담고 있는 것이다. 시적 자아는 그 주막집의 풍경을 통해 깊은 산촌에서 자란 유년을 추억한다. 시적 자아에게는 주막집에서 '호박잎'에 싸서 내오는 '붕어곰'은 항상 맛이 있었던 것으로 기억된다. 그릇이 흔한 시절이 아니었으니 호박잎은 그런 곰을 한 음식을 담아내는 데 좋은 그릇이었을 것이다.

　　주막집 부엌에는 '빨갛게 질들은 팔모알상이', '그 상 우엔 새파란 싸리' 그림이 그려진 '눈알만한 잔'이 놓여 있다. 빨간 팔모상 위에 얹힌 눈알만한 파란 잔은 색상도 보색으로 대비되어 이미지를 선명하게 부각시킨다. 주막집 아들의 인상은 후한 인심을 짐작하게 한다. 울타리 밖 '장꾼들'을 따라온 '망아지'는 어미의 젖을 빤다. 먼길을 온 장꾼들은 여독을 풀고, 망아지는 어미의 젖을 빠는 한가함을 보여준다. <주막>의 풍경은 특색 있는 음식, 술잔이 진열된 상, 주막집 아들 아이, 망아지들로 구성되어 시적 자아의 유년에 깊은 인상으로 남아 있다.

　　　　박을 삶는 집
　　　　할아버지와 손자가 오른 지붕 우에 한울빛이 진초록이다
　　　　우물의 물이 쓸 것만 같다

　　　　마을에서는 삼굿을 하는 날
　　　　건넌마을서 사람이 물에 빠져 죽었다는 소문이 왔다

　　　　노란 싸릿잎이 한불 깔린 토방에 햇춤방석을 깔고
　　　　나는 호박떡을 맛있게도 먹었다

　　　　어치라는 山새는 벌배 먹어 고흡다는 골에서 돌배 먹고 알픈 배를 아
　　　이들은 열배 먹고 나었다고 하였다

　　　　　　　　　　　　　　　　　　　　　— <여우난골> 전문

<여우난골>은 여우가 나서 살 정도로 깊은 산골 이야기를 그리고 있다. '박을 삶는 집'의 '할아버지와 손자'는 하늘빛까지 '진초록'인 지붕 위에 오른다. 이때 '진초록' 박은 하늘빛까지 초록으로 물들이고, 덩달아 '우물의 물'마저 쓸 것 같은 느낌이 들게 한다. 시적 자아는 초록빛이 맑고 진하게 도는 박을 삶아먹던 시절을 떠올리고 있는 것이다. 먹을 것이 귀한 시절에 삶아 먹던 박은 유년의 자리를 만드는 추억거리가 된다. 할아버지와 손자간의 깊은 정은 하늘빛을 진초록으로 물들이고, 우물의 물맛까지도 쓴 느낌이 들게 한다. 먹을 게 귀한 시절이지만 싸릿잎 깔린 토방에 새 칡 방석을 깔고 호박떡을 먹었던 시절은 모두가 정겨운 추억으로 남아 있다.

'마을에서 삼굿을 하는 날', '건넌마을서 사람이 죽었다'는 소문이 돈다. 소문은 삶과 죽음이 동시적으로 일어나는 사건의 연속 속에서 들리는 이야기이다. 소문은 살아 있는 자들을 둘러싸고 죽음과 관련된 이야기를 빚어낸다. 그러나 유년의 시적 자아에게 죽음은 소문이지, 충격으로 다가오지 않는다. '노란 싸릿잎이 한불 깔린 토방'에 '햇츩방석'(햇칡)을 깔고, 그때 '나는 호박떡을 맛있게도 먹었'던 유년에 머물러 있는 것이다. 산골에는 '어치라는 산새'가 '벌배 먹어' 곱다는 골에서 '돌배' 먹어 배 아픈 '아이들은', '열배 먹고 나았다'는 이야기가 있다. '벌배', '돌배', '열배'19)는 모두 배를 가리키는 이름들이다. 마을에서 사람이 죽은 소문이 돌아도 '호박떡'을 맛있게 먹었던 시적 자아의 유년은 철없이 아름다울 수 있었다.

(2) 유년의 실감을 구성하는 이야기

백석의 서술시는 유년의 상황을 재현하기 위한 설득력 있는 장치이

---

19) 벌배 : 산야에 저절로 나는 야생 들배나무의 열매, 돌배 : 야생하는 산돌배나무의 열매, 열배 : 아직 채 다 익지 아니한 풋배(이동순의 『백석시전집』의 낱말풀이를 참고함)

다.[20] "백석 시세계에서 다양한 서정적 자아가 등장하거나 그들의 의식이 서사적 언술을 타고 전개되는 것은 이와 같은 전형성의 창조와 보다 현실적인 의미 형성·전달에 효과적인 방법이라는 점 때문일 것이다."[21] 이야기는 대화를 나누듯 교감을 이루는 특징을 가지고 있지만, 시 장르 속에서 효과적인 역할을 한다. 이야기는 운문의 범주 안에서 운문을 더욱 구체성 있게 구성하는 역할을 한다. "산문성은 이전의 전통적인 시적 규범을 따르는 서정계열의 시들이 담아내지 못했던 다양한 리얼리티를 의미화하여 그 영역을 확대할 뿐 아니라, 이질적인 타 담론과의 소통을 가능케 하는 대화적 담론으로서 자리하게 된다."[22] 이것이 서술시가 갖는 특징이다. 이러한 양식적인 특징으로 인해 백석의 서술시는 시적 화자를 유년으로 돌려놓을 수 있고, 유년을 회상하는 데 훨씬 설득력을 갖추게 된다. "우리 서술시의 경우 이야기 표상의 시와 사건 표상 형태"[23]로 나눠진다고 볼 때, 백석 서술시의 "백석의 주된 표현대상은 사건이며 생각과 이미지와 감정에 의해 확산되는 경향"[24]을 보인다.

백석 시는 유년으로의 회귀 형태이며, "어긋난 현실에 대응하는 하나의 방법"[25]이지 동시가 아니다. 이야기 시는 어린시절의 이야기들을 들

---

20) 산문시는 자유시와 함께 시형식과 관련된 장르개념으로, 이야기시는 서경, 서정시와 함께 시내용에 관련된 장르개념으로 나눈다. 이야기시는 화소의 개입과 산문화 경향이 강한 시로 프랑스 상징주의 시에 그 연원을 둔다.(김영철, <산문시·이야기시란 무엇인가>, 『현대시』 7, 한국문연, 1993 ; 김준오, <서술시의 서사학>, 『시와 사상』, 빛남, 1996 여름호)

21) 남기택, 「백석 문학 연구─소설과 시의 공간적 특성을 중심으로」, 충남대 석사논문, 1996, 45면.

22) 서지영, 「한국 현대시의 산문성 연구」, 서강대 박사논문, 1998, 19면.

23) 신범순, <백석의 공동체적 신화와 유랑의 의미>, 『한국현대리얼리즘시인론』, 태학사, 1990, 155-157면. 서술시의 성패는 "시 장르가 갖는 서정성과 낭만성을 얼마나 극복하고 승화시킬 수 있겠느냐에 성패가 달려 있는 것으로, 시가 서정성·낭만성을 살리면서도 어떻게 대상의 객관적 현실을 반영하고 총체성을 획득할 수 있느냐"에 따라 좌우된다고 본다.

24) 최두석, 「1930년대 시의 표현에 관한 고찰」, 서울대 박사논문, 1982, 120면.

25) "이것은 현실에 대한 하나의 대응방법이 될 수도 있는 것으로, 단순히 유년기적

려주는 형식을 띠면서 오래된 이야기를 효과적으로 들려준다. 이런 형식이 시 속에 반영되면서 이야기시 혹은 서술시로 불리는 것이다. 이야기 들은 것에 대한 기억의 형태가 아니라, 유년시절에 보고 듣고 느낀 경험에 기반한 추억을 시적 자아가 이야기로 엮어내고 있다. 그러므로 이야기는 시적 장치가 되는 것이다. 백석 시에서 이야기는 유년을 재구성하여 내용 전달을 용이하게 한다. 일반의 서정시가 갖는 형식에서 이야기 방식을 취하게 되면 유년의 추억이 훨씬 구체적으로 드러나는 점이 있다.

이야기로 표상되는 이들 시는 동화라고 느껴지기보다는 시적 자아가 이미 어른이 되어 유년의 이야기를 들려주는 형태를 취하고 있다. 즉, 어린아이가 직접 말하는 방식이 아니라, 추억 속에 담긴 유년을 어른이 된 화자가 이야기를 재구성하여 들려주는 형식이다. <여우난곬족>에서 보이는 사람들에 대한 묘사는 도저히 아이의 눈을 통해 구성되는 것이라고 하기 어렵다. 어른이 되어 유년의 명절과 친척들을 떠올리고 어른의 판단력에 기반한 이야기를 드러낸다. 그러므로 서정시 틀 속에 이야기체가 들어와 서술시로 구체화되는 것이다. 이런 이야기 형식은 유년을 추억하는 데 훨씬 효과적인 방법이 될 수 있다. 이야기를 통해 유년을 좀더 실감있게 구성한다는 것은 과거의 상황을 현장감 있게 전달하기 위한 것이다. 또한 이야기를 시 장르에 절충시켜 리듬과 이야기가 만나서 드러내는 리듬감 있는 이야기의 형태를 보이기도 한다.

이야기로 구성된 시의 내용은 대부분이 명절날의 즐거움과 먹을거리에 관한 것들이다. 먹을 것이 귀하던 시절에, 명절이나 큰 잔치를 준비하

동화의 세계속에서 현실의 힘겨운 삶의 조건들을 망각하고자 하는 것은 아니다. 그렇기에 백석의 유년회상은 개인적인 것이라기보다는 민족집단의 시간여행이라 할 수 있는 것이며, 그러한 시간여행을 통해서 잃어버린 과거의 건강한 삶의 모습이 스스로 드러나, 새로운 삶의 방향을 가늠해 볼 수 있게 한다.…… 영문학에서의 'narrative poem'에 대해 김종길은 '설화시' 김우창은 '이야기시' 오세영은 '서술시' 염무웅은 '서사시'로 부른다." 또, 김지하는 '담시'로 부른다.(김요안, 「백석 시 연구」, 한양대 석사논문, 1993, 23-33면)

는 가운데 맛보았던 많은 먹을거리는 행복한 유년으로 남아 있게 한다. 또한 이 시 속에 등장하는 많은 사람들의 삶살이의 다양한 모습은 어린 시절 시적 화자의 눈에 들어와 강한 인상을 남겨 두고 있다. 실제의 일인 양, 누군가에게 이야기를 들려주듯 하는 시적 화자의 목소리를 통해 유년의 기억이 현재에 그대로 옮겨오고 있는 듯한 인상을 준다. <여우난곬족>, <고야>, <가즈랑집>, <고방> 등은 유년의 흥성스런 기억들이 중심을 이루지만, 그 내면의 이야기를 추스려보면 슬픔이 묻어 있다.

> 명절날 나는 엄매아배 따라 우리집 개는 나를 따라 진할머니 진할아버지가 있는 큰집으로 가면
>
> 얼굴에 별자국이 솜솜 난 말수와 같이 눈도 껌벅거리는 하로에 베필 한 필을 짠다는 벌 하나 건너 집엔 복숭아나무가 많은 新里고무 고무의 딸 李女 작은李女
> 열여섯에 四十이 넘은 홀아비의 후처가 된 포족족하니 성이 잘 나는 살빛이 매감탕 같은 입술과 젖꼭지는 더 까만 예수쟁이 마을 가까이 사는 土山 고무 고무의 딸 承女 아들 承동이
> 六十里라고 해서 파랗게 뵈이는 山을 넘어 있다는 해변에서 과부가 된 코끝이 빨간 언제나 흰옷이 정하든 말끝에 설게 눈물을 짤 때가 많은 큰골 고무 고무의 딸 洪女 아들 洪동이 작은洪동이
> 배나무접을 잘하는 주정을 하면 토방돌을 뽑는 오리치를 잘 놓는 면섬에 반디젓 담그려 가기를 좋아하는 삼춘 삼춘엄매 사춘누이 사춘동생들
>
> 이 그득히들 할머니 할아버지가 있는 안간에들 모여서 방안에서는 새옷의 내음새가 나고
> 또 인절미 송구떡 콩가루차떡의 내음새도 나고 끼때의 두부와 콩나물과 뽆은 잔디와 고사리와 도야지비계는 모두 선득선득하니 찬 것들이다
>
> — <여우난곬族> 부분

여우가 나는 골에 살았던 유년시절의 친척들은 명절이면 하나 둘 큰집으로 모여든다. 시적 자아도 개를 데리고 '엄매아배 따라', '큰집'으로

간다. 큰집에 모여 든 친척들은 모두 강한 인상을 갖고 있다. 큰집에 모인 '신리', '토산', '큰골' 고모와 그 아이들, 그리고 삼촌과 삼촌 어머니와 사촌들이 왁자지껄 모여 명절의 분위기를 자아낸다.

'얼굴에 별자국이 솜솜 난 말수'처럼 눈 깜박거리는 하루에 '베 한 필을 짠다는', '신리 고무'는 딸이 둘이 있다. 하루에 베 한 필 정도는 쉽게 짜는 고모는 '얼굴에 별자국이 솜솜 난' 곰보이다. '벌 하나'를 건너 있는 고모 집에는 복숭아나무가 많이 있다. '성이 잘 나는 살빛이 매감탕 같은 입술'과 '젖꼭지는 더 까만', '토산 고무'는 딸과 아들을 하나씩 두고 있다. '토산' 고모는 '열여섯에 사십이 넘은 홀아비'의 후처가 되었다. 성을 잘 내고 까무잡잡한 피부를 갖고 있는 '토산' 고모는 늙은 홀아비의 시중을 들며 살아간다. '과부가 된 코끝이 빨간', '큰골 고무'는 딸 하나, 아들 둘을 뒀다. '육십리'나 멀리 떨어진 바닷가 근처에 사는 '큰골' 고모는 과부가 되었고, 흰옷을 깨끗하게 입고 눈물을 잘 흘려 코끝이 빨갛게 되었다.

고모와는 달리 삼촌의 가족들은 삼촌, 할머니, 사촌누이, 사촌 동생들로 대가족을 이루고 산다. '주정을 하면 토방돌을 뽑는 오리치를 잘 놓'고 '먼섬에 반디젓 담그려 가기를 좋아하는', '삼춘 삼춘엄매 사춘누이 사춘 동생들'에서 보이는 삼촌은 배나무 접 붙이는 기술이 있고, 술 마시고 주정을 하면 토방의 돌을 뽑아버릴 정도로 엄청난 힘이 생긴다. '오리치'도 잘 놓고, 먼 섬까지 '반디젓'을 담그러 가기 좋아하는 삼촌은 잡일을 마다하지 않는 가장의 모습을 보여준다.

세 명의 고모와 삼촌은 사는 일이 힘겹지만 명절을 준비하고, 친척들 간의 우애도 돈독하다. '할머니 할아버지가 있는 안간'에는 '새옷' 냄새가 나고, 그 '안간'에 다들 모인다. '인절미 송구떡 콩가루차떡' 냄새, '두부와 콩나물과 뽂은 잔디', '고사리와 도야지비계'는 모두 '선득선득하니 찬' 음식들이다. 명절이 다가오는 기분은 음식에서도 잘 드러난다. 평소에 잘 볼 수 없었던 맛있는 떡과 고기, 나물 뽂은 것들을 통해 시적 자아는 아주 인상적인 느낌을 갖고 있음을 알 수 있다. 이들이 모인 큰

집에서의 오랜만의 풍성한 먹거리는 시적 자아의 유년을 풍요롭게 장식
하고 있다.

　　아배는 타관 가서 오지 않고 山비탈 외따른 집에 엄매와 나와 단둘이
서 누가 죽이는 듯이 무서운 밤 집뒤로는 어늬 山골짜기에서 소를 잡어
먹는 노라리꾼들이 도적놈들같이 쿵쿵거리며 다닌다

　　날기멍석을 져간다는 닭보는 할미를 차 굴린다는 땅아래 고래 같은 기
와집에는 언제나 니차떡에 청밀에 은금보화가 그득하다는 외발 가진 조
마구 뒷山 어늬메도 조마구네 나라가 있어서 오줌 누러 깨는 재밤 머리
맡의 문살에 대인 유리창으로 조마구 군병의 새까만 대가리 새까만 눈알
이 들여다보는 때 나는 이불속에 자즈러붙어 숨도 쉬지 못한다

　　또 이러한 밤 같은 때 시집갈 처녀 막내고무가 고개너머 큰집으로 치
장감을 가지고 와서 엄매와 둘이 소기름에 쌍심지의 불을 밝히고 밤이
들도록 바느질을 하는 밤 같은 때 나는 아릇목의 삿귀를 들고 쇠든밤을
내여 다람쥐처럼 밝어먹고 은행여름을 인두불에 구어도 먹고 그러다는
이불 우에서 광대넘이를 뒤이고 또누어 굴면서 엄매에게 웃목에 두른 평
풍의 새빨간 천두의 이야기를 듣기도 하고 고무더러는 밝는 날 멀리는
못 난다는 뫼추라기를 잡어달라고 조르기도 하고

　　내일같이 명절날인 밤은 부엌에 째듯하니 불이 밝고 솥뚜껑이 놀으며
구수한 내음새 곰국이 무르끓고 방안에서는 일가집 할머니가 와서 마을
의 소문을 펴며 조개송편에 달송편에 쥐뜨기송편에 떡을 빚는 곁에서 나
는 밤소 팥소 설탕 든 콩가루소를 먹으며 설탕 든 콩가루소가 가장 맛있
다고 생각한다
　　나는 얼마나 반죽을 주무르며 흰가루손이 되어 떡을 빚고 싶은지 모른다

　　섣달에 냅일날이 들어서 냅일날 밤에 눈이 오면 이 밤엔 쌔하얀 할미
귀신의 눈귀신도 냅일눈을 받노라 못 난다는 말을 든든히 녀기며 엄매와
나는 앙궁 우에 떡돌 우에 곱새담 우에 함지에 버치며 대냥푼을 놓고 치
성이나 드리듯이 정한 마음으로 냅일눈 약눈을 받는다
　　이 눈세기물을 냅일물이라고 제주병에 진상항아리에 채워두고는 해를

묵여가며 고뿔이 와도 배앓이를 해도 갑피기를 앓어도 먹을 물이다

─ <古夜> 전문

밤에 대한 추억을 소재로 하고 있는 이 시는 세 가지 기억으로 나누어져 있다. 아버지가 출타하고 어머니와 단둘이 있던 무서운 밤, 막내고모의 치장감으로 옷을 만들던 정겨운 밤, 명절이 하루 앞으로 다가온 즐거운 밤으로 분류된다.

'아배'가 타지방으로 가서 돌아오지 않은 '산비탈 외따른 집'에 시적 자아는 '엄매'와 단둘이 있다. '누가 죽이는 듯이 무서운 밤'을 엄마와 둘이서 보낸 것이다. '집뒤로', '산골짜기에서 소를 잡어먹는 노나리꾼'이 '도적놈'같이 쿵쿵거리며 돌아다닌 밤에 시적 자아는 곧 죽음이 덮칠 것 같은 두려움으로 밤을 보낸다. 이런 밤에 '시집갈 처녀 막내고무'가 고개를 넘어 큰집으로 '치장감'을 가지고 와, '엄매와 둘이 소기름에 쌍심지의 불 밝히고' 밤이 새도록 바느질을 한다. 시적 자아가 고모에게 '메추라기'를 잡아 달라고 떼를 쓰던 유년은 구김살 없는 모습을 담아낸다.

명절이 내일로 다가오면 '부엌에 째듯하니' 불이 훤히 밝아진다. 곰국이 '솥뚜껑이 놀으며 구수한 내음새'를 내며 무르익고, 방안에는 '마을의 소문을 펴며 조개송편에 달송편에 죈두기송편'을 빚는 일가집 할머니, 그 옆에서 시적 자아는 '밤소 팥소 설탕 든 콩가루소'를 먹는데 그 중에서 '설탕 든 콩가루소'를 가장 맛있게 먹는다. 그 송편의 소를 먹으면서 시적 자아는 '반죽을 주무르며 흰가루손이 되여 떡'을 빚고 싶어하였다. '엄매와 나는 앙궁 우에 떡돌 우에 곱새담 우에 함지에 버치며 대냥푼을 놓고 치성이나 드리듯이 정한 마음으로 냅일눈 약눈'을 받는 것이다. 이것은 '이 눈세기물을 냅일물'이라고 하여 '해를 묵여가며', '고뿔'에 '배앓이'에 '갑피기'에 먹는 약물이 된다.

시적 화자는 무서웠던 밤, 정겨웠던 밤, 먹거리 푸짐한 밤에 대해 회상하고 있다. 무서움은 존재에 대한 무상을 불러내는 무서움이 아니라,

유년시절의 어둠에 대한 막연한 두려움이다. 이 밤에 막내고모를 통해 장난을 치며 흥겹게 보낸 밤은 시적 자아에게는 특별한 밤이 된다. 결혼을 앞둔 막내고모의 바쁜 일손을 어머니와 나누던 밤은 정겨움이 가득한 밤으로 그려진다. 또, 명절 전날 밤은 평소 구경도 하지 못했던 먹거리들이 푸짐한 가운데 어른들의 일에 방해꾼으로 등장하여 즐거움을 만끽하는 시적 자아의 장난스러움을 볼 수 있다.

승냥이가 새끼를 치는 전에는 쇠메 듦 도적이 났다는 가즈랑고개

가즈랑집은 고개 밑의
山너머 마을서 도야지를 잃는 밤 즘생을 쫓는 깽제미 소리가 무서웁게
들려오는 집
닭 개 즘생을 못 놓는
멧도야지와 이웃사춘을 지나는 집

예순이 넘은 아들 없는 가즈랑집 할머니는 중같이 정해서 할머니가 마을을 가면 긴 담뱃대에 독하다는 막써레기를 몇대라도 붙이라고 하며

간밤엔 섬돌 아래 승냥이가 왔었다는 이야기
어느메 山골에선간 곰이 아이를 본다는 이야기

나는 돌나물김치에 백설기를 먹으며
녯말의 구신집에 있는 듯이
가즈랑집 할머니
내가 날 때 죽은 누이도 날 때
무명필에 이름을 써서 백지 달어서 구신간시렁의 당즈깨에 넣어 대감님께 수영을 들였다는 가즈랑집 할머니

언네나 병을 앓을 때면
신장님 단련이라고 하는 가즈랑집 할머니
구신의 딸이라고 생각하면 슬퍼졌다

토끼도 살이 오른다는 때 아르대즘퍼리에서 제비꼬리 마타리 쇠조지
가지취 고비 고사리 두릅순 회순 山나물을 하는 가즈랑집 할머니를 따
르며
　나는 벌써 달디단 물구지우림 둥굴레우림을 생각하고
　아직 멀은 도토리묵 도토리범벅까지도 그리워한다

　뒤울안 살구나무 아래서 광살구를 찾다가
　살구벼락을 맞고 울다가 웃는 나를 보고
　밑구멍에 털이 몇자나 났나 보자고 한 것은 가즈랑집 할머니다
　찰복숭아를 먹다가 씨를 삼키고는 죽는 것만 같어 하로종일 놀지도 못
하고 밥도 안 먹은 것도
　가즈랑집에 마을을 가서
　당세 먹은 강아지같이 좋아라고 집오래를 설레다가였다

— <가즈랑집> 전문

가즈랑 고개에 사는 할머니는 무당으로 외딴 '가즈랑집'에서 홀로 살
아간다. 시적 자아가 떠올리는 무당인 할머니는 귀신의 딸이 아니라, 따
뜻한 할머니이다. '가즈랑 고개'는 '승냥이가 새끼를 치'고, 도적이 나타
날 정도로 험한 곳이다. 가즈랑 고개 밑의 산 넘어 있는 마을에 '도야지
를 잃는 밤'에는 짐승 쫓는 '깽제미' 소리가 무섭게 들려온다. '닭 개 즘
생'을 풀어놓고 키우지 못하는 이 고개를 '멧도야지와 이웃사춘'은 섞여
지나다닌다.

시적 자아는 이 가즈랑 고개에 사는 할머니를 가즈랑집 할머니라 부
른다. 가즈랑집 할머니는 예순이 넘었고, 아들도 없이 '중같이 정해서'
할머니는 '독하다는 막써레기' 몇대라도 붙인다. 가즈랑집 할머니의 외
로움과 고적함이 '막써레기' 담배에 고스란히 묻어난다. '간밤에 섬돌
아래 승냥이'가 왔다는 이야기, '산골에선가 곰이 아이를 본다'는 이야
기는 가즈랑 고개의 험준함을 담고 있다. 대감님께 수영든 죽은 누이와
시적 자아의 유년에는 이중의 이야기가 숨어 있다. 이 이중의 이야기가
유년의 추억을 더욱 다채롭게 한다.

가즈랑집 할머니는 유년의 시적 자아에게 스산한 산촌 마을에서 이야기를 들려주는 분이었고, 맛있는 떡과 김치를 주시고, 수영을 들어준 무당이었다. 정작 그분은 늘 외로운, 자식 하나 없는 홀몸으로 독한 담배를 피우고 지내셨지만, 시적 자아의 유년을 넉넉하게 받아주고 다듬어주신 분으로 시적 자아에게는 기억되는 것이다. 험한 고개도 '가즈랑' 할머니의 따뜻함 때문에 즐거움이 가득한 곳이 되었다.

낡은 질동이에는 갈 줄 모르는 늙은 집난이같이 송구떡이 오래도록 남
어 있었다

오지항아리에는 삼춘이 밥보다 좋아하는 찹쌀탁주가 있어서
삼춘의 임내를 내어가며 나와 사춘은 시큼털털한 술을 잘도 채어 먹었다

제삿날이면 귀머거리 할아버지 가에서 왕밤을 밝고 싸리꼬치에 두부
산적을 께었다

손자아이들이 파리떼같이 모이면 곰의 발 같은 손을 언제나 내어 둘렀다

구석의 나무말쿠지에 할아버지가 삼는 소신 같은 짚신이 둑둑이 걸리
어도 있었다

녯말이 사는 컴컴한 고방의 쌀독 뒤에서 나는 저녁 끼때에 부르는 소
리를 듣고도 못 들은 척하였다

— <고방> 전문

먹을 것이 가득 차 있던 '고방'에 대한 이야기이다. 고방에는 먹을 것들이 가득 들어 있었다. 먹을 것들로 가득한 고방은 유년의 시적 자아의 관심을 사로잡아 어른들 몰래 고방으로 숨어 들어가 먹을 것들을 탐색하게 하였다. 그 중에서도 삼촌이 좋아하던 '찹쌀탁주'를 훔쳐, 그 '시큼털털한' 술을 맛보기도 했다. '질동이'에 '송구떡'이 오래 들어 있었고, '오지항아리'에는 '찹쌀탁주'가 있었다. 이 찹쌀탁주는 삼촌이 '밥보다

더 좋아하는' 것이었다. 삼촌을 흉내내며 나와 사촌은 '시큼털털한 술'을 잘 '채어' 마셨다.

제삿날이 되면 귀 먹은 할아버지 댁에서 '왕밤'을 치고, '두부산적'을 끼는데, 손자들이 모여들면 '곰의 발 같은 손'을 내저으며 물리치셨다. 할아버지의 곰발처럼 크고 굳은살 박힌 손은 할아버지의 인생을 고스란히 담고 있었다. 그런 손으로 제사를 준비하는 할아버지는 손자들이 몰려 올까봐 벌써 경계를 표시하시는 것이다. 할아버지는 그 곰발 같은 손으로 짚신을 삼으셨는데 그 집 벽의 구석에는 아이의 눈에는 '소신'처럼 큰 '짚신'이 걸려 있었다.

고방은 음식물을 모아두는 공간이므로 시적 자아는 어른들의 눈을 피해 그곳으로 가지 않을 수 없었다. 시적 자아도 유년의 호기심과 먹을 것에 대한 집착으로 고방으로 달려가곤 했다. 고방에 아무도 몰래 들어갔다가 '쌀독 뒤'에서 저녁 밥 먹으라는 소리를 듣고도 못 들은 척 하였다. '컴컴한 고방의 쌀독 뒤'에서 '저녁 끼때에 부르는 소리'를 못들은 척 하는 것이다. 이렇듯 시적 자아는 저녁 밥 먹으라고 부르는 소리를 외면하고 고방에 있는 먹거리에 정신을 쏟았던 추억이 있다.

(3) 일상 속에서 더불어 즐기던 놀이

백석 시에 나타나는 놀이는 혼자서 즐기는 것이 아니라, 항상 더불어 나누는 것이었다.[26] 놀이는 표현이라는 이상과 공동 생활이라는 이상을 만족시키는 것으로 아이들의 놀이는 놀이에서 한 축을 구성한다. "놀이의 기원이나 기초를 과잉된 생명력의 발산, 모방 본능의 충족, 긴

---

26) 로제 카이와(이상률, 『놀이와 인간』, 문예출판사, 1994)는 놀이의 존재나 영향을 인식하지 못한 곳에서 놀이를 발견한 최초의 사람으로 호이징하를 평가하면서 놀이 자체에 대한 서술과 분류를 당연한 것처럼 고의적으로 빠뜨렸다고 본다. 카이와는 그의 저작이 놀이에 대한 연구가 아니라 문화영역에서의 놀이정신의 창조성에 대한 탐구라고 본다.

장완화에 대한 욕구로 본다. 놀이는 생활이 요구하는 뒷날의 중요한 일에 대비하여 젊은이들을 훈련시키는 것으로 보기도 한다.······ 놀이의 특징을 나눠보면, 놀이는 자유스러운 것, 일상적인 혹은 실제의 생활이 아니라는 것, 장소와 지속성에 의해 일상적인 삶과 구분되는 것으로 나눈다."27)

또한 놀이가 아이들의 몫으로 완전히 나누어지기보다는 어른들의 일상 속에서 아이들이 찾아낸 자기 나름의 즐거움이 놀이의 형태로 나타나는 것을 볼 수 있다. "아동 세계는 그 자체가 놀이로 이루어진다고 해도 지나치지 않는다. 아동의 놀이는 성인의 그것과 달리 일상·비일상의 구분없이 평상시에 유지된다. 놀이 방식은 혼자이거나 둘 이상의 상대적이거나 간혹 또래끼리 집단적으로 이루어진다."28) 유년시절을 회상할 때 빠질 수 없는 항목 중의 하나가 친구들과 더불어 나누던 즐거운 놀이이다. 특별한 장난감 없이 더불어 즐기는 일상적인 놀이는 시대적인 풍경을 그대로 드러낸다.

놀이에 대한 시 <오리 망아지 토끼>, <초동일>, <하답> 등의 작품에서는 여름철의 개구리, 뱀잡이 놀이와 한가한 겨울을 지내면서 고구마 먹기와 다양한 놀이가 등장한다. 왜냐하면 농촌 사회에서 여름, 가을은 농번기이므로 아이들은 어른들의 일손을 도우면서 그 가운데 놀이를 찾아내기 때문이다. <여우난곬족>29)의 시는 다양한 놀이의 형태가 나오는데, 특별한 날 친척 또래들과의 어울림은 즐거운 놀이로 기억된다.

---

27) J. 호이징하, 김윤수, 『호모 루덴스』, 까치, 1996, 10-24면.

28) "놀이 종류로는 신체단련형 놀이(주로 운동이면서 재미있게 노는 행위), 경합쟁취형 놀이(승부를 염두에 두고 상대적으로 노는 것), 모의재현형 놀이(어떤 것을 변형시켜 이를 이용하거나 새로운 형상을 만들면서 노는 경우와 아동의 순수심리에서 발상된 측면이 있다. 이런 놀이를 통해 그들만의 동심세계를 표출하거나 현실을 인지하고 사회화된다)가 있다."(민속학회, 『한국민속학의 이해』, 문학아카데미, 1995, 440-442면)

29) <여우난곬족>은 가족들이 명절을 준비하며 음식도 장만하고 부산스러운 이야기로 구성되어 있다. 그러나 4연에서는 명절을 맞이하러 모여든 아이들의 다양한 놀이가 포함된다.

오리치를 놓으려 아배는 논으로 나려간 지 오래다
오리는 동비탈에 그림자를 떨어트리며 날어가고 나는 동말랭이에서
강아지처럼 아배를 부르며 울다가
시악이 나서는 등뒤 개울물에 아배의 신짝과 버선목과 대님오리를 모
다 던져버린다

장날 아츰에 앞 행길로 엄지 따러 지나가는 망아지를 내라고 나는 조
르면
아배는 행길을 향해서 크다란 소리로
—매지야 오나라
—매지야 오나라

새하려 가는 아배의 지게에 지워 나는 山으로 가며 토끼를 잡으리라고
생각한다
맞구멍난 토끼굴을 아배와 내가 막어서면 언제나 토끼새끼는 내 다리
아래로 달어났다
나는 서글퍼서 서글퍼서 울상을 한다

　　　　　　　　　　　— <오리 망아지 토끼> 전문

시적 자아의 놀이는 아버지의 깊은 사랑 속에서 만들어진다. <오리
망아지 토끼>에서의 놀이는 아버지의 이해와 배려에서 비롯한다. 아버
지의 오리치 놓기, 장보기, 나무하기라는 일상 속의 일들이 시적 자아에
게는 중요한 놀이가 된다. 아버지의 일 속에서 시적 자아가 만나는 동물
들은 오리, 망아지, 토끼인데, 시적 자아의 유년의 모습은 귀여운 동물
의 이미지와 조화를 이루어내고 있다.

'오리치'를 놓으러 논으로 나가신 '아배'는 논으로 내려간 지 한참이
지나도 오지 않는다. '아배'가 '오리치'를 놓기 위해 논에 있을 동안 '오
리는 동비탈에 그림자를 떨어트리며 날어'가 버린다. 이때 시적 자아는
'동말랭이에서 강아지처럼', '아배를 부르며 울'어 버린다. 산꼭대기에서
오리가 날아가는 것을 본 시적 자아는 조바심이 심해져 울음을 참아내
지 못하고 터트려 버리는 것이다. 시적 자아의 아쉬움은 울음으로 그치

지 않고 '시악'으로 번져, '아배의 신짝과 버선목과 대님오리'를 개울물
에 던져버린다.

장날 아침이 되면, 시적 자아는 '엄지 따러 지나가는 망아지를' 내놓
으라고 아버지께 떼를 쓴다. 이때 시적 자아의 투정은 아버지에 대한 자
기 방식의 말걸기이며 이것은 놀이형태로 나타난다. 어미를 따라가는
망아지를 내놓으라고 시적 자아가 조르면 '아배는 행길을 향해서', '매
지야 오나라' 하고 소리를 지르며 맞장구를 쳐주신다. 아버지는 어린아
들의 투정에 박자를 맞추어 '망아지야 나오라'고 소리를 질러준다. 장을
보러 가는 아침임에도 불구하고 아버지는 떼를 쓰는 아이의 입장을 이
해하고 아이의 마음을 받아들이는 너그러움을 보여준다.

'새하러 가는 아배의 지게'에 올라앉은 시적 자아는 '토끼를 잡'을 수
있다는 기대를 안고 산으로 간다. 나무하러 가는 아버지의 지게에 앉아
산으로 가면서 토끼를 잡을 수 있으리라는 생각은 시적 자아 자신만의
생각일 뿐이다. 산토끼를 잡는 일보다 먼저, 지게 위에 올라앉아 흔들거
리며 산을 오르는 그 자체가 이미 즐거운 놀이가 된다. 정작 산에서 토
끼를 잡기 위해 토끼굴을 막고서도 토끼를 놓치는 것은 시적 자아이다.
토끼잡이를 쉽게 할 수 있으리라는 기대는 민첩한 토끼의 도망으로 깨
지고 만다. 결국 시적 자아가 토끼를 놓친 셈이다.

> 흙담벽에 볕이 따사하니
> 아이들은 물코를 흘리며 무감자를 먹었다
>
> 돌덜구에 天上水가 차게
> 복숭아낡에 시라리타래가 말러갔다
>
> — <初冬日> 전문

가을걷이가 끝나고 어른들의 일손도 한가해질 때면, 아이들은 초겨울
날씨 속에서 햇볕쬐기를 하면서 '물코를 흘리며 무감자'를 먹는다. 겨울
이 다가올 때, 아이들에게 햇볕쬐기는 아주 요긴한 놀이가 된다. 쌀쌀한

날씨 속에서도 어울려 노는 모습은 아주 정적인 형태이다. 농번기라면 아이들도 덩달아 여유가 없겠지만, 겨울에 접어드는 <초동일>이면 '흙담벽에 볕이 따사'한 것을 즐길 시간적인 여유가 충분하다. 따뜻한 햇볕을 쬐면서 아이들은 흐르는 콧물을 닦을 겨를 없이 고구마를 먹는다. 이때 고구마 먹는 일은 아이들에게 먹는 일로 그치지 않고 놀이로 확대된다. 왜냐하면 고구마 먹는 즐거움만 있는 것이 아니라, 햇볕을 같이 쬐는 친구들과 있음이 공동의 즐거움으로 번지기 때문이다.

'돌덜구에 天上水가 차'진 초겨울, '복숭아닢에 시라리타래가 말러'가는 것은 겨울이 되면서 추워진 날씨를 표현하는 것이다. 내린 빗물이 차가워진 것은 겨울이 시작되었다는 표시이다. 복숭아나무에 엮어서 걸어둔 시래기타래가 마르는 모습은 겨울나기가 준비된 여유로움을 잘 드러낸다. 봄이면 아름다운 꽃을 피울 복숭아나무에 시래기 타래가 걸려 잘 마르는 것이다.

> 짝새가 발뿌리에서 닐은 논드렁에서 아이들은 개구리의 뒷다리를 구어먹었다
>
> 게구멍을 쑤시다 물쿤하고 배암을 잡은 늪의 피 같은 물이끼에 햇볕이 따그웠다
>
> 돌다리에 앉어 날버들치를 먹고 몸을 말리는 아이들은 물총새가 되었다
>
> ― <夏畓> 전문

<하답>은 아이들의 놀이에서 먹는 일이 얼마나 많은 부분을 차지하는지 잘 드러내는 작품이다. <초동일>이 '햇볕쬐기'나 '고구마 먹기'로 아주 정적인 놀이의 형태를 갖는다면, <하답>에서의 놀이는 아주 동적임을 볼 수 있다. 여름 논은 모내기가 끝나고 벼가 한창 자라는 과정에 있다. 이때 '짝새', '개구리', '뱀', '날버들치', '물총새' 등이 벌레를 잡

아먹기 위해 논으로 날아온다. 이것을 알고 있는 아이들은 기회를 놓치지 않고 논으로 몰려간다. 물론 <하답>에서도 아이들의 놀이는 단순한 즐거움으로 끝나는 것이 아니라, 먹을 것을 구해 먹는 것까지 이어진다. 아이들의 놀이에는 먹을 것이 중요하게 관련되어 있음을 볼 수 있다.

짝새가 찾아든 논두렁에서 '아이들은 개구리 뒷다리를 구어' 먹는다. 아이들은 '논드렁'으로 몰려가, '짝새'의 '발뿌리에서' 개구리를 잡아서 구어 먹는다. 또 아이들의 놀이는 뱀잡이로 이어진다. '게구멍을 쑤시다 물쿤하고 배암을 잡'는데 그 뱀이 있는 늪은 '피 같은 물이끼'로 더운 여름 햇볕을 더욱 따갑게 만들었다. 뱀을 잡기 위해 늪으로 가서 구멍을 쑤시다가 뱀을 잡는 순간, 그 늪의 물이끼는 햇볕을 찬란하게 받아내고 있기 때문에 아이들의 눈을 부시게 만든다. 뱀잡이가 끝나면 돌다리에 앉아 '날버들치를 먹고', 뱀을 잡느라 젖은 '몸을 말리는 아이들은 물총새'가 된다. 젖은 몸을 말리면서 아이들은 '날버들치'를 먹으며 조용히 앉아 있지 못하고, 물총새의 흉내를 내면서 놀이는 지속된다.

> 저녁술을 놓은 아이들은 외양간섶 밭마당에 달린 배나무동산에서 쥐잡이를 하고 숨굴막질을 하고 꼬리잡이를 하고 가마 타고 시집가는 놀음 말 타고 장가가는 놀음을 하고 이렇게 밤이 어둡도록 북적하니 논다
> 밤이 깊어가는 집안엔 엄매는 엄매들끼리 아르간에서들 웃고 이야기하고 아이들은 아이들끼리 웃간 한 방을 잡고 조아질하고 쌈방이 굴리고 바리깨돌림하고 호박떼기하고 제비손이구손이하고 이렇게 화디의 사기방등에 심지를 몇번이나 돋구고 홍게닭이 몇번이나 울어서 졸음이 오면 아릇목싸움 자리싸움을 하며 히드득거리다 잠이 든다 그래서는 문창에 텅납새의 그림자가 치는 아츰 시누이 동세들이 욱적하니 흥성거리는 부엌으론 샛문틈으로 장지문틈으로 무이징게국을 끓이는 맛있는 내음새가 올라오도록 잔다

> ─ <여우난곬族> 부분

<여우난곬족>[30)]은 이야기의 형식을 잘 갖춘 작품으로 앞에서 이야기 부분만을 골라 다루었고, 여기서는 놀이 부분을 중심으로 아이들의

놀이를 드러내려고 한다. 이제까지 살펴본 놀이의 형태와 <여우난곬족>에서 보이는 놀이는 성격이 좀 다르다. 위에서 본 놀이는 일상을 함께 하는 아이들끼리의 어울림이라면, 여기서의 놀이는 명절이라는 특별한 날에 만난 친척들 간의 놀이이다. 아이들이 모여들면 놀이는 자연스럽게 생겨나기 마련이다. 명절 전날 밤, 친척들이 분주하게 모인 큰집에서의 아이들의 놀이는 제법 그럴듯하다. 먹을 것에 대한 걱정도 잠시 잊고 놀이에 전념하는 모습을 볼 수 있다.

저녁밥을 먹고 '저녁술을 놓은', '아이들은 외양간섶 밭마당에 달린 배나무동산'에 모여 '쥐잡이', '숨굴막질', '꼬리잡이', '가마 타고 시집 가는 놀음', '말 타고 장가가는 놀음'을 하면서 밤이 늦도록 즐겁게 논다. 오랜만에 만난 친척들과의 이런 어울림은 아이들이 아니고는 불가능한 일이다. 배나무동산은 큰집 밭마당이기 때문에 어둡지만 아이들은 마음을 놓고 놀 수 있는 것이다.

밤이 너무 깊어지면 '엄매들끼리 아르간'에서 '웃고 이야기'하고, 아이들은 아이들끼리 '웃간 한방을 잡고' 즐겁게 놀이를 한다. 배나무동산에서 하던 놀이는 뛰어다니던 놀이라면, '웃간'으로 옮겨온 놀이는 공간이 좁아졌기 때문에 마음껏 뛰어다닐 수 없는 놀이들이다. '조아질', '쌈방이 굴리기', '바리깨돌림', '호박떼기', '제비손이구손이' 등의 놀이는 '사기방들의 심지를 몇번이나 돋구'면서 지속된다. 공기놀이, 거꾸로 매달기, 주발두껑 돌리기, 말타기, 다리를 마주 끼고 노는 놀이 등의 놀이는 제한된 공간에서도 충분히 가능하다. 오랜만에 만난 친척 형, 동생들과의 어울림을 쉽게 끝내지 못한 아이들은 졸음이 올 때까지 논다. 또 '홍게닭'이 몇 번이나 홰를 칠 때까지 그 즐거운 놀이는 계속되다가 졸음이 오면 '아릇목싸움', '자리싸움'을 하며 '히드득' 거리다 드디어 잠이 든다. 아이들은 졸음이 와도 놀이의 즐거움을 떨쳐내지 못하고 아랫목 싸움, 자리싸움을 한다. 아랫목을 서로 차지하려는 '싸움'도 사실은

---

30) <여우난곬족>은 이야기의 형식을 잘 갖춘 작품으로 앞에서 이야기 부분만을 골라 다루었고, 여기서는 놀이 부분을 중심으로 아이들의 놀이를 고찰한다.

따뜻한 자리를 차지하기 위한 자기 주장이기보다는 더불어 부대끼며 노는 놀이의 형태로 드러난다. 밤새 놀이의 피곤함이 가시지 않았기 때문에 아침이 되어 '장지문틈으로 무이징게국' 냄새가 올라오도록 잠을 잔다. 밤이 늦도록 장난을 치며 놀이를 즐긴 까닭으로 아침에 피곤함이 그대로 남아 있고, 이것은 늦잠으로 이어진다. 그러나 민물새우를 넣은 무국 냄새가 문틈으로 스며들면 잠을 깨기 시작한다.

아이들의 놀이에는 개인적인 목적이 따로 있지 않으며, 항상 더불어 나누는 것이 특징이다. 개인적인 취미와 관심이 결국 전체의 관심 취미로 연결되기 때문에 이 시기 농촌에서 아이들의 놀이는 먹을거리와 어른들의 일손돕기와 완전히 구별되는 것이 아니라, 그 와중에 즐거움을 주는 것으로서 역할을 하는 것이었다. <여우난곬족>을 제외하면 그러한 상황이 잘 드러나고 있다고 본다. 위의 시들에서 본 것처럼 시적 자아는 유년의 다복했던 시절을 회상하면서 그 즐거웠던 시절에 대해 추억을 더듬고 있는 것이다. 이러한 과거로의 회귀는 현재의 자기 존재의 무상감으로 인해 번지는 것으로 보인다. 존재 자체의 무상감은 극복되는 것이 아니라, 존재의 무상성을 이해하고 스스로를 설득하는 가운데 자기이해의 폭을 넓힐 수 있다.

2. 유랑하는 존재자의 거주 방식

거주의 방식에는 한 공간에 거주하는 양식만이 있는 것은 아니다. 존재자는 한 곳에 거주하지 않고, 닻을 내리지 않고, 다른 곳을 향해 끊임없이 떠나는 형태를 통해 떠도는 자의 존재방식을 보여준다. 이때 백석 시의 시적 자아의 거주방식의 형태는 구심점이 결여된 장소, 통로가 단절된 공간, 장소 전환의 모호성 등으로 나타난다. 장소의 역할은 '내부'로서 고유한 체험을 갖도록 하는데 있으나, 유랑의 존재방식에서는 공간에 대한 내부적인 체험이 연속적이기보다는 단편적인 경향에 머물러 있다. 이것은 인간과 공간이 분리될 수 없는 존재방식과는 달리, 목표와 중심을 상실한 방랑자가 거주하는 모습을 담고 있다.

거주방식에 대한 이해는 '주거 속에서 인간이 자기 동일성을 갖게 되는 것이며, 나아가 세계-내-존재임을 이해하는데 이르는 것'에 있다. "「집」이라는 말은 어떠한 사람이라도 그 사람의 개인적인 세계에는 중심이 있다는 것을 간명하게 나타내고 있다.…… 어떤 일이 일어난다는 것을 어떤 일이 「장소를 차지한다」고 말하는 것이다. 장소는 실존의 의미작용을 갖는 사건을 체험하게 되는 목표 혹은 초점이지만, 또 우리 자신을 定位시키고 환경을 소유하게 되는 출발점이기도 하다. 이 「소유한다」는 것도 찾아내기를 「기대하거나」 갑작스레 「발견하는」 장소와도 관련되어 있다."31)

"어떤 공간에 보금자리치면서도 늘 고향을 떠나지 않을 수 없는 나그네의 신세가 사람의 처지이다."32) 여행을 삶에 비유할 때가 바로 이 경우이다. 유랑은 "망각된 자아이어서 역사적 운명으로부터 아무런 운명도 이제는 받아들이지 못한 채, 다만 비겁하게 자기의 고유한 본질근원으로부터 도피하면서 그저 일어나는 일 가운데 휩쓸려 다니는 것"33)의 형태를 말한다. "'한 시인의 영혼의 방랑성'…… 유년기를 회상하는 시편들 속의 자아가 보편적 인간의 과거적 체험과 합치됨으로써 시의 주체가 집단적 주체로까지 확대될 수 있음에 대해서, 다분히 방랑자의 모습

---

31) C. Norberg-Schulz, 김광현, 『실존·공간·건축』, 태림문화사, 1997, 35-36면.
32) 신오현, 『자아의 철학』, 문학과지성사, 1996, 26면.
33) M. 하이데거, 소광희, 『시와 철학』, 박영사, 1975, 123-124면. "망각이란 무엇인가? 대개는 더 이상 어떤 것에 대하여 생각하지 않는 것으로 알고 있다. 그것은 회상의 일종과도 같은 것이다. '망각'은 우리가 무엇을 유실함 내지 유실했음을 의미한다고 말할 수 있다. 또는 우리가 무엇인가를 유실케 하는 것, 염원에서 추방하는 것이라고도 말할 수 있다. 망각은 때로는 상실이요, 때로는 추방이요, 또 때로는 그 양자 다이기도 하다. 우리가 무엇을 망각함으로써 우리로부터 멀리할 때, 망각된 그 무엇은 곧 우리를 사로잡고 있는 것 속으로 도망쳐 나오기 일쑤이며, 그 결과 우리는 그때 '우리를 망각'하고 마는 것이다."

을 띠고 나타나는 여행 시편의 자아는 더 이상 집단적 주체의 경험으로 확대될 수 없는 개인의 자족적인 경험의 시의 모습을 띤다."34) "백석은 여행을 통해 그의 모세계를 대신해 줄만한 세계를 찾아 나서는 시적 여정을 거친다. 이는 주로 여행이라는 수단을 통해서인데 여행이란 끊임없이 새로운 것을 갈구하는 욕망이다. 그것은 현존하는 삶의 흔적을 지우면서 동시에 보다 나은 세계를 암시한다."35)

백석의 기행시는 "단순하고 진부한 감상의 노출이 아니라, 현실의 가능성이 부정된 상황에서의 시대적인 자아를 자각하려는 성찰의 아픈 몸짓이다. 그리하여 수많은 기행시를 통해서 드러나는 표랑의식 또한 우리에게는 황폐한 시대의 정주가 없는 삶의 불가피함으로 승인된다."36) 백석 시에서 일반적으로 알려진 여행시 혹은 기행시들에는 존재자의 거주하는 모습이 다른 각도에서 조명된다. 어딘가에 정착하는 것을 목표로 삼는 것이 아니라, 늘 떠돌면서 상황을 그대로 받아들이면서 표류하는 방식을 존재의 방식으로 선택하고 있다. 떠도는 가운데 자기를 찾아가는 모습에서 자기를 놓지 못하는 실존의 자아를 볼 수 있다.

(1) 구심점이 상실된 장소로서의 장(날)

장날이 지니는 고유의 의미와 역할은 구심점이 상실되어 장소로서의 제 기능을 보여주질 못한다. 장소를 지향하는 중심이 결여된 상황이기 때문에 장날의 본래 의미가 드러날 수 없다. 전통적인 생활과 풍속 속에

---

34) 김승구, 「백석 시의 낭만성 연구」, 서울대 석사논문, 1997, 39-41면. "백석 시에서 시적 주체는 대체로 한 곳에 정착한 인간이 가질 수 있는 안정감을 상실하고 있으며, 시에 등장하는 주체의 모습은 대체로 타자적 현실을 들여다보는 존재로 설정되어 있다."
35) 김미경, 「백석시 연구―시적 욕망의 전이과정을 중심으로」, 서울대 석사논문, 1993, 35-36면.
36) 김명인, 「1930년대 시의 구조연구―정지용 · 김영랑 · 백석 시를 중심으로」, 고려대 박사논문, 1985, 179면.

서 장날의 의미와 역할은 분명히 중요성을 가진다. 그것은 필요한 물품을 구입하고, 다양한 정보도 나누고, 사람과의 친분을 다지는 역할을 했을 것이다. 백석 시에서 보이는 방랑자, 유랑의식은 뿌리부터 새로운 관점에서 출발하는 전복의 방법이 아니라, 무상성에 기반한 배회이다. 배회의 근원을 조국, 고향이나 어려운 삶의 모습을 극복하기 위한 의지로 볼만한 시는 거의 없다. <팔원>은 그렇게 봐도 타당하나 다른 작품에서는 찾아보기 힘들다. 백석 시는 풍물을 읊고, 그 감상을 적은 것이 대부분이기 때문에 기행시의 시적 자아의 의식을 무상성에 기반한 것으로 본다. 교통과 통신이 발달하지 않은 농경사회에서 장은 이렇게 중요한 기능을 가지고 있었다. "장터란 집 바깥 어느 곳보다 그러한 유대감을 확인할 수 있는 생생한 사회공간의 중심"[37]이다. 존재와 공간의 관계를 적극적인 의미로 읽게 되면 '장터'는 생활공간으로서의 현장감을 지니게 된다.

백석 시에서 보이는 시장의 이미지는 한곳에 터를 마련해 농사를 짓고 사는 사람들이 바라보는 장이 아니다. 떠도는 자의 눈에 비친 장날이기 때문에 일상적인 것이 아니라 낯선 구경거리로서의 장날이다. 그러므로 지나가거나 통과하는 유랑자의 눈에 들어오는 장날이다. 필요한 물건을 사는 모습이 보이거나 생필품을 구입하고 생활 도구를 사는 모습은 보이지 않는다. 백석 시에서 그려지는 장(날)은 모두 지나치는 풍물로서 등장하고 있지, 삶의 현장을 진솔하게 드러내는데 초점이 맞춰져 있는 것이 아니다. 시적 자아는 장거리를 배회하며 구경하고, 낯선 시장 거리를 돌아다니기도 한다. 그러나 시적 자아는 끊임없이 쓸쓸해하는

---

37) 박태일은 "사람은 자신이 머물고 있는 환경에 대해 각별한 사랑을 기울이고 남다른 뜻을 부여할 뿐 아니라, 특정 장소에 강한 집착을 보이"는 것을 가리키는 말을 '장소사랑'으로 풀이한다. 이 개념은 "Yi-Fu Tuan(Space and Place, Univ. of minnesota Press, 1979)이 쓴 말로 바슐라르에게 있어서는 순수 이미지현상 쪽에서 행복한 공간, 곧 적대적인 힘에서 방어되며 사랑받는 공간에 대한 인간적 가치를 규명하는 내면 심리적 연구"를 뜻하는 것이다.(「한국 근대시의 공간현상학적 연구」, 부산대 박사논문, 1991, 87-98면)

자기의 연민을 버리지 못하고 계속되는 물음을 갖고 있다. 이러한 존재의 허전함이 한 곳에 정착하지 못하게 하는 근원으로 보인다.

統營장 낫대들었다

갓 한닢 쓰고 건시 한접 사고 홍공단단기 한감 끊고 술 한병 받어 들고

화륜선 만져보려 선창 갔다

오다 가수내 들어가는 주막 앞에
문둥이 품바타령 듣다가

열이레 달이 올라서
나룻배 타고 판데목 지나간다 간다

— <統 營－南行詩抄 2> 전문

통영장에 가서 갓은 사서 쓰고, '건시' 곶감 한접 사고, '홍공단단기' 붉은 공단천으로 만들 댕기감 한감 끊고, 술 한병을 산다. 갓, 곶감, 댕기감 등은 전통적인 풍속을 고스란히 담은 것들이다. 거기다 술 한 병까지 곁들인다. 생활용품을 사서, '화륜선 만져보려 선창'을 간다. 쉽게 볼 수 없는 신기한 증기기선을 구경하기 위해 부두가로 간다. 돌아오는 길에 '가수내 들어가는 주막' 앞에 이르러 '문둥이 품바타령'을 구경한다. 신문물인 증기기선을 구경하고 오면서 전통놀이인 품바타령을 주막 앞에서 듣는다. 장날은 낯선 증기기선과 익숙한 품바타령이 혼재하는 구경거리로 가득하다. 장날 장꾼이거나 물건을 매매하는 자가 아니기 때문에 장날의 풍경은 다양하고 신기한 볼거리로 메워져 있다.
통영장에 나온 시적 자아는 '화륜선'과 '품바타령'을 구경하다 '열이레 달'이 오르자, '나룻배 타고 판데목'을 지나간다. '판데목'은 임진왜란 때 왜군이 달아나기 위해 만든 수로라고 하니, 그 수로로 다시 일본군이 지나다니고, 시적 자아는 그 길을 나룻배를 타고 지나가고 있다.

통영의 장날은 이 '판데목'을 가기 위해 지나쳐 온 것인지도 모른다. 또한 '열이레의 달'은 보름이 이틀 지난, 기울기 시작하는 달이다. 이지러지기 시작하는 달빛 아래 부둣가의 증기기선에 비해 초라하고 자그마한 나룻배 타고 '판데목'을 지난다.

'화륜선'과 '품바타령'은 장날의 흥취를 돋구는 구경거리이나 '화륜선'은 장날과 관계가 없다. 우람한 '화륜선'은 일본에서 통영으로 들어온 배이다. '화륜선'은 장날과 관련없이 필요에 따라 부둣가에 정박하고 있는 것이다. 장을 보러 나왔다가 주막집으로 들어가기 전, 엄청난 규모의 '화륜선'을 만져본다. 그 '화륜선'은 '판데목'을 지나다니는 '화륜선'인 것이다. 화륜선은 아무 장에서나 볼 수 있는 풍경이 아니라 이국적이며 낯선 볼거리로 등장한다. 시적 자아는 통영장에서 단순히 장 구경에 만족하는 것이 아니라, '화륜선'이 지나다니는 '판데목'을 나룻배로 직접 지나가 본다. 그 배를 만져보고, 그 배가 지나는 길을 똑같이 지나가 보는 것이다. 통영은 신문물 유입이 잦은 항구이다. '열 이레의 달'에서도 알 수 있듯이 우리의 생활풍속은 하나도 변함이 없다. <통영장>을 통해 시인은 이지러지는 달빛을 받고 나룻배 타는 심정을 토해내고 있다.

固城장 가는 길
해는 둥둥 높고

개 하나 얼린하지 않는 마을은
해밝은 마당귀에 맷방석 하나
빨갛고 노랗고
눈이 시울은 공기도 한 건반밥
아 진달래 개나리 한참 퓌었구나

가까이 잔치가 있어서
곱디고운 건반밥을 말리우는 마을은
얼마나 즐거운 마을인가

어쩐지 당홍치마 노란저고리 입은 새악시들이
웃고 살 것만 같은 마을이다

— <固城街道－南行詩抄 3> 전문

 ‘고성장 가는 길’에는 해가 높이 뜬 한가로운 마을이 있다. 개 한 마리 얼씬 하지 않는 조용한 마을에는 가지런히 정리된 ‘마당귀’에 건반밥이 널려 있다. ‘맷방석’ 위에서 높이 뜬 해를 받아 마르는 건반밥은 눈이 부실 정도로 고운 꽃 같다. 진달래, 개나리가 한참 핀 것 같다. 이렇듯 잔치가 다가오는 마을은 건반밥을 말린다. 건반밥을 말릴 수 있는 마을은 먹을 것이 부족한 마을이 아니다. ‘당홍치마 노란저고리’를 입은 ‘새악시들이’ 웃고 살아갈 것 같은 풍족한 마을이다. 고성장을 찾아가다가 건반밥 말리는 광경을 보며 시적 자아는 풍족하게 살고 있는 마을을 지나간다. 꽃처럼 아름다운 건반밥 색깔은 마을의 고운 아가씨들을 연상시키고, 청소된 마당귀에 건반밥이 널린 것은 먹거리가 풍족함을 보여준다.

 <고성가도>의 시는 장날의 배경이 별로 없다. 단지 고성장 가까이 이르러 본 풍족한 마을 이야기가 전부이다. 시적 자아는 장날을 벼르는 장꾼도 아니고 필요한 물건을 사기 위해 벼르는 생활인도 아니다. 단지 이곳저곳 발길이 닿는 곳으로 떠돌다, 장거리를 만날 뿐이다. 그러기 때문에 장날의 물건들에 메이지 않고 고성장을 가는 도중의 풍족한 마을을 세심하게 드려다 볼 수 있는 것이다. 어느 마을의 풍족한 집을 보고 혼자 인상적인 즐거움에 빠질 수 있는 것도 목적없이 장을 떠돌기 때문에 가능하다. 장으로서의 기능은 구경거리로만 남아 있다.

거리는 장날이다
장날거리에 녕감들이 지나간다
녕감들은
말상을 하였다 범상을 하였다 쪽제피상을 하였다
개발코를 하였다 안장코를 하였다 질병코를 하였다

그 코에 모두 학실을 썼다
돌체돋보기다 대모체돋보기다 로이도돋보기다
넝감들은 유리창 같은 눈을 번득거리며
투박한 北關말을 떠들어대며
쇠리쇠리한 저녁해 속에
사나운 즘생같이들 사러졌다

— <夕陽> 전문

해질 무렵 장날의 인상을 담은 작품이다. '말상', '범상', '쪽재피상'의 다양한 인상과 넙적한 '개발코', 안장 모양의 '안장코', 거친 '질병코'는 모두 다리를 접을 수 있는 '학실' 안경을 그 코 위에 쓰고 있다. '넝감'들의 안경은 모두 돋보기로 '돌체돋보기', '대모체돋보기', '로이도돋보기'들이다. 이 돋보기 안경은 테를 어떤 재질로 하느냐에 따라 붙여진 이름이다. 할아버지들이 '유리창 같은 눈을 번득거리'는 까닭은 돋보기가 빛에 반사되기 때문이다. 돋보기를 쓴 채 '北關말'을 와자지껄하게 내놓으니 시끌시끌한 상황이 연출된다. 시적 자아에게 장날 거리의 할아버지들은 구경의 대상이 된다. 장을 보러 나온 할아버지들의 인상착의는 시장풍물과 더불어 장거리의 볼거리가 된다. 시골 노인들에게 장날은 분명히 무언가 특별한 일이 있는 날이다. 불편한 걸음으로 멀리서 장을 온 할아버지들의 인상은 장거리를 떠도는 시적 자아에게는 아주 재미있는 볼거리를 제공한다. 시적 자아는 장날의 풍물보다는 할아버지의 인상착의에 관심이 쏠려 있을 뿐이지, 장날의 분위기에 대해 어떤 것도 이야기하지 않는다.

저녁해가 마지막 눈부신 햇살을 뿌려대며 '쇠리쇠리' 하게 기울자, '사나운 즘생같이' 사라진다. 해가 기울기 시작하자 할아버지들은 시끌시끌한 북관 사투리로 뭐라 지껄이며 사나운 짐승처럼 떠나는 것이다. 시적 자아는 북관 사투리를 쓰는 할아버지들의 어수선한 대화는 하나도 알아듣지 못하고 그저 와자지껄 소란스런 소음으로 느낄 뿐이다. 이런 할아버지들은 '사나운 짐승'처럼 해질 무렵 시장을 빠져나간다. 늙은 할

아버지를 영감으로 표현하면서 그들의 돋보기와 북관말씨를 인상깊게 바라본다. 저녁 무렵, 시적 자아는 파장이 된 시장을 빠져 나오는 할아버지들을 관찰하면서 귀가하는 표정을 담아낸다.

'自是東北八〇粁熙川'의 팻말이 선 곳
돌능와집에 소달구지에 싸리신에 옛날이 사는 장거리에
어니 근방 山川에서 덜거기 껙껙 검방지게 운다

초아흐레 장판에
산 멧도야지 너구리가죽 튀튀새 났다
또 가얌에 귀이리에 도토리묵 도토리범벅도 났다

나는 주먹다시 같은 떡당이에 꿀보다도 달다는 강낭엿을 산다
그리고 물이라도 들 듯이 샛노랗디 샛노란 山골 마가술 볕에 눈이 시울도록 샛노랗고 샛노란 햇기장 쌀을 주무르며
기장쌀은 기장차떡이 좋고 기장차랍이 좋고 기장감주가 좋고 그리고 기장쌀로 쑨 호박죽은 맛도 있는 것을 생각하며 나는 기쁘다

— <月林장−南行詩抄 4> 전문

여기서부터 동북쪽으로 80킬로미터 희천이라고 '팻말이 선' 곳은 바로 월림장이 열리는 곳이다. '八'자와 '粁'자 사이의 '〇' 표시는 지워진 글씨를 가리킨다. 아마도 팔십 킬로미터는 훨씬 넘는 거리일 것으로 추정되나, 수치를 정확하게 파악할 수 없다. '희천'은 월림에서 80킬로나 떨어진 지역으로 다음 장이 서는 곳임을 암시하는 문구다. '장돌뱅이'가 의미하듯 돌아다니는 장꾼을 통해 재래의 5일장은 지속된다. 지워진 글씨는 사람들이 많이 다니지 않는 한적한 시골장임을 암시한다. 이정표가 세월에 지워져도 누구 하나 고쳐 써놓지 않는다. 왜냐하면 장꾼에게는 아주 익숙한 길이기 때문이다. 이런 시골에서의 장은 지역 사정에 익숙한 장꾼이 5일을 주기로 돌면서 필요한 물품을 실어 나를 것이다.

'돌능와집'에 살고, '소달구지'를 끌고, 싸리신을 신는 월림장 사람들

은 옛 모습 그대로 살아간다. '근방 산천'에 사는 '걸거기'인 늙은 장끼는 '껙껙 검방지게' 울어댄다. 초아흐레의 '장판'은 초아흐레마다 열리는 장날을 가리킨다. 산 멧도야지, 너구리가죽, 튀튀새, 가얌, 귀이리, 도토리묵, 도토리범벅 등이 장에 나와 있다. 나는 '주먹다시 같은 떡당이에 꿀보다도 달다는 강낭엿'을 사고, '샛노랗디 샛노란 산골 마가슬 볕에 눈이 시울도록 샛노랗고 샛노란' 햇기장 쌀을 주무르면서, 떡, 차랍, 감주, 호박죽의 맛을 떠올려본다. '기장쌀은 기장차떡이 좋고 기장차랍이 좋고 기장감주가 좋'으며 '기장쌀로 쑨 호박죽은 맛도 있는 것'을 생각만 해도 기뻐진다. 시장에 풍성하게 나온 옛 물건들과 먹을거리를 사고, 보면서 장거리의 풍물을 구경하고 즐기고 있는 것을 볼 수 있다.

(2) 항구도시 배회에서 보이는 통로의 단절

이 통로를 통해 거주지로 돌아갈 수 있는데 이 통로는 중심이 상실된 상황이다. 나누어진 혹은 독립된 의미나 장소, 또는 구역을 이어주는 중요한 역할을 통로가 한다. 그런데 이 통로의 연결이 순조롭지 못해 시적 자아는 항구도시를 배회할 뿐이다. 이것은 목적없이 돌아다니는 유랑자의 거주방식이 된다.

"매일매일 이어지는 복잡한 운동의 통로를 따르는 점들이다. 이 점들은 세계를 조직화하는 장소, 중심들이다. 습관적 이용의 결과, 통로 그 자체는 장소의 특징적 모습인 강한 의미와 안정성을 요구한다."38) '통로'는 길을 지나는 과정으로 직선적인 통로와 진자적인 통로가 있으며, 각 장소를 연결하는 역할을 한다. 이렇듯 통로는 항상 다음 지점으로 연결을 지향하기 때문에 장소의식이 담겨 있다.

"백석의 유랑은 현실공간으로부터의 탈출이며 보다 본질적으로는 자신을 '길' 위에 던짐으로써 다시금 존재를 발견하고자 하는 시도"39)이

---

38) Yi-Fu Tuan, 정영철, 『공간과 장소』, 태림문화사, 1999, 226면.
39) "유랑으로의 공간 이동은 현실로부터 도피하고 있다는 사실에서 위안감과 해방

다. 현실의 삶에서 대안이 보이지 않을 때 자기 삶에 대해서 스스로 구
경꾼이 된다. 자기 삶의 내면을 드려다 보기 위한 방법으로서 유랑의 모
습은 백석의 기행시를 구성하는 존재방식이다.

　바다를 끼고 있는 해안도시들을 중심으로 떠돌아다니는 모습을 보여
준다. 새롭고 낯선 도시문물의 수입에 대한 주관적인 감상만이 강하게
비치고 있는 작품들이다. 식민지 상황에서 통영, 창원, 삼천포 등의 항
구도시40)들은 일제의 계획 아래 항구도시의 기능을 했다. 그러나 작품
에서 그런 의미를 완전히 배제하고 있기 때문에 작품에 충실하게 도시
문물과 낯선 거리풍경 등을 중심으로 유랑자의 면모를 찾아보고자 한다.

　　舊馬山의 선창에선 좋아하는 사람이 울며 나리는 배에 올라서 오는 물
　길이 반날
　　갓 나는 고당은 갓갓기도 하다

　　바람 맛도 짭짤한 물맛도 짭짤한

　　전복에 해삼에 도미 가재미의 생선이 좋고
　　파래에 아개미에 호루기의 젓갈이 좋고

　　새벽녘의 거리엔 쾅쾅 북이 울고
　　밤새껏 바다에선 뿡뿡 배가 울고

　　자다가도 일어나 바다로 가고 싶은 곳이다

감을 체험하지만 세계의 한 '구석'에 자신이 있다는 느낌으로 존재를 응시하게
된다."(이형선, 「백석시의 공간현상학적 연구」, 동국대 석사논문, 1997, 31-32면)
40) "1938년경 일본은 삼천포항을 축항하고, 김삼선철도(김천-삼천포)를 부설하여, 제
　3의 대륙교통로를 계획하다 2차대전으로 중단한다.…… 1910년 이래로 일본은
　웅천군·거제군의 일부지역에 군항을 설치할 목적으로 도시계획에 착수하였으
　나, 그 규모를 축소하여 1916년 진해에 해군요항부를 설치하였다. 1905년 러일전
　쟁 중 일본이 군용철도로서 마산선을 부설, 1926년 진해선(창원-진해)을 개통하
　였다."(한국정신문화연구원, 『한국민족문화대백과사전』(1992) 11권, 424면·21
　권, 703면)

집집이 아이만한 피도 안 간 대구를 말리는 곳
황화장사 령감이 일본말을 잘도 하는 곳
처녀들은 모두 漁場主한테 시집을 가고 싶어한다는 곳
山너머로 가는 길 돌각담에 갸웃하는 처녀는 錦이라는 이 같고

蘭이라는 이는 明井골에 산다든데
明井골은 山을 넘어 柊栢나무 푸르른 甘露 같은 물이 솟는 明井샘이
있는 마을인데
샘터엔 오구작작 물을 긷는 처녀며 새악시들 가운데 내가 좋아하는 그
이가 있을 것만 같고
내가 좋아하는 그이는 푸른 가지 붉게붉게 柊栢꽃 피는 철엔 타관 시
집을 갈 것만 같은데
긴 토시 끼고 큰머리 얹고 오불고불 넘엣거리로 가는 女人은 平安道서
오신 듯한데 柊栢꽃 피는 철이 그 언제요

녯 장수 모신 낡은 사당의 돌층계에 주저앉어서 나는 이 저녁 울 듯
울 듯 閑山島 바다에 뱃사공이 되여가며
넝 낮은 집 담 낮은 집 마당만 높은 집에서 열나흘 달을 업고 손방아
만 찧는 내 사람을 생각한다.

─ <統營> 전문

구마산의 선창은 자다가도 가고 싶을 정도로 그리운 장소이다. 선창
의 아쉬운 이별이 끝나고 반나절 배에 몸을 싣고 달려 당도하는 '고당'
은 이별의 아쉬움을 계속 간직하게 한다. 헤어진 아쉬움을 반나절 동안
되씹으며 뱃길 위에 서성거린다. 그리움은 지속되기만 하는 것이 아니
라 점점 공허한 자리를 크게 만들기도 한다. 구마산부터 갓이 나는 고당
까지는 '물길이 반날'이 되는 먼 거리이다. '좋아사는 사람이' 울면서 내
린, 그 '배에 올라서 오는' 길이 반나절이나 걸리는 뱃길이다. 배를 타고
'갓 나는 고당'으로 오면 고당은 물건의 종류가 여러 가지로 많아 '갓갓
기도' 하다.

바다에서 부는 '바람'은 '맛도 짭짤'할 것이고, 물맛 역시 짭짤하다.

짭짤한 바다 바람은 '전복에 해삼에 도미 가재미의 생선'을 신선하게 자라게 하고, '파래에 아개미에 호루기의 젓갈'도 싱싱하게 먹음직스럽게 담글 수 있게 한다. '새벽녘의 거리에 쾅쾅 북이 울고 밤새껏 바다에선 뿡뿡 배가' 울면서 들어오고 나가는 배들이 항구도시의 어둠을 몰아내고 있다. 이런 곳은 '자다가도 일어나 바다로 가고 싶은 곳'으로 그려진다. 이 곳은 집집마다 '아이만한 피도 안 간 대구를' 말리는 곳이며, '황화장사 령감이 일본말을 잘도 하는 곳'이다. '처녀들은 모두 漁場主한테 시집을 가고 싶어한다는 곳'이다. 이곳의 장사꾼들은 일본말에 능통하고, 그것에 누구도 어색해하지 않는다. 또한 돈 많은 어장주를 부러워하여 처녀들이 시집을 가고 싶어하는 곳이다. 구체적으로 '산너머로 가는 길 돌각담에 갸웃하는' 처녀나, '마산 객주집의 어린 딸'은 어장주에게 시집가기를 바란다. '금', '란' 같은 처녀들이 그들이다.

통영으로 들어오는 일본의 문물은 모두 부러움을 사는 대상이 되고 있다. 황화장사, 어장주 등 모두 산골의 소박한 정서와는 다르다. 이런 이질감이 항구도시를 만드는 분위기이다. 이곳에 이르러 시적 자아는 고향에 두고 온 아름다운 사람이 더욱 그리워지기 시작한다. '란'이는 명정골에 사는데, '명정골은 산을 넘어 동백나무 푸르른 감로 같은 물이 솟는 명정샘'이 있는 마을이다. 샘이 있기 때문에 붙여진 이름이다. 그 샘터에 '오구작작 물을 긷는 처녀며 새악시들 가운데' 시적 자아가 좋아하는 그이가 있을 것 같다. 또 생각해보면 '푸른 가지 붉게붉게 동백꽃 피는 철엔 타관 시집을 갈 것'만 같기도 하다. '긴 토시 끼고 큰머리 얹고 오불고불 넘엣거리로 가는 여인은 평안도서 오신 듯한데 동백꽃 피는 철이 그 언제요'라고 회상에 젖는다. 혹시 그이가 동백꽃 피는 철에 타관시집을 가지 않은 건지 하는 마음이 앞서고 있다.

항구도시에 이른 시적 자아는 어장주에게 시집가고 싶어하는 '란', '금'이라는 처녀를 보며 '그이'를 생각한다. 샘터에 가득 모인 '물긷는 처녀며 새악시들' 속에 '그이'가 있을 것 같은 느낌을 가질 정도로 '그이' 생각이 간절하다. 어쩌면 '타관 시집을 갈 것' 같은 조바심까지 일어난

다. '큰머리 얹고 오불고불 넘엣거리로 가는 여인'은 '평안도서 오신 듯'
해 혹시 동백꽃 필 때 타관시집을 가버린 '그이'인가도 생각하게 한다.

충무공 모셔둔 '낡은사당의 돌층계에 주저앉아' 저녁무렵 한산도 뱃
사공이 되어 '울 듯 울 듯'한 착잡한 심사에 젖는다. '녕 낮은 집 담 낮
은 집 마당만 높은 집'에서 '열나흘 달을 업고 손방아만 찧는 내 사람을
생각한다' 열나흘의 달은 곧 보름을 기다리는 희망이 있는 달이다. 곧
만월이 된다는 기대는 떠난 사람이 돌아올 것이라는 기대와 동일하다.
시적 자아는 타향을 두루 돌아다니며 객창에 시달릴 때, 고향에 두고 온
그리운 '내 사람'을 생각한다. 그 열나흘의 달을 등에 업고 '손방아만
찧'을 사람을 가슴 깊이 그리워하고 있다. 객창에 앉아 한산도 앞바다의
뱃사공의 심정으로 '내 사람'을 그리워한다.

솔포기에 숨었다
토끼나 꿩을 놀래주고 싶은 山허리의 길은

엎데서 따스하니 손 녹히고 싶은 길이다

개 더리고 호이호이 회파람 불며
시름 놓고 가고 싶은 길이다

괴나리봇짐 벗고 땃불 놓고 앉어
담배 한대 피우고 싶은 길이다

승냥이 줄레줄레 달고 가며
덕신덕신 이야기하고 싶은 길이다

더꺼머리총각은 정든 님 업고 오고 싶은 길이다

― <昌 原 道-南行詩抄 1> 전문

여정 속에 묻어나는 사람에 대한 따뜻한 관심과 애정이 보이는 작품
이다. 사람의 발길이 귀한 산 속에서 시적 자아는 사람이 오기를 기대하

기보다는 짐승들과 어울리는 일들을 상상하며 외로운 길을 간다. 솔포기에 숨어 '토끼나 꿩을 놀래주고 싶은 산허리의 길'을 간다. 인적 드문 산허리쯤의 길에는 도리어 토끼나 꿩이 사람을 놀라게 하기 쉽상이다. 그 길을 가면서 놀란 마음은 차라리 '토끼나 꿩을 놀래주고 싶'어하는 장난스러움으로 변한다. 그런 길은 '엎데서 따스하니 손 녹히고 싶은 길'이기도 하다. 그 길에 엎드리면 따뜻해져 손이 녹을 것 같은 느낌이 드는 길이기도 하다.

그 길은 '개 더리고 호이호이 회파람 불며 시름 놓고 가고 싶은 길'이 된다. 개와 더불어 시름을 벗어 던지고 걸을 수 있는 길은 여유로운 길이다. '괴나리봇짐 벗어 땃불 놓고 앉어' 여독을 달래며 '담배 한대 피우'며 다리를 쉴 수 있는 길이다. 여기서 '승냥이 줄레줄레 달고' 가는 일은 무서운 일이 아니라 아주 정겨운 일로 그려져 있다. 인적 드문 산 속에서 승냥이를 만나는 일도 반가운 일이다. 그 승냥이와 '덕신덕신 이야기하고 싶은 길'이 되는 것이다. 또한 '더꺼머리총각은 정든 님 업고 오고 싶은 길'이 된다. 혼자서 떠도는 길에서 옛 추억을 회상하며 걷는 것은 무거운 발걸음이 아니라 여유롭고 따뜻한 길이 된다.

> 졸레졸레 도야지새끼들이 간다
> 귀밑이 재릿재릿하니 볕이 담복 따사로운 거리다
>
> 잿더미에 까치 오르고 아이 오르고 아지랑이 오르고
>
> 해바라기 하기 좋을 볏곡간 마당에
> 볏짚같이 누우란 사람들이 물러서서
> 어늬 눈오신 날 눈을 츠고 생긴 듯한 말다툼소리도 누우라니
>
> 소는 기르메 지고 조은다
>
> 아 모도들 따사로히 가난하니
>
> — <三千浦－南行詩抄 4> 전문

봄 햇살을 받고 돼지새끼들이 지나가는 모습을 그리고 있다. '도야지새끼들이', '졸레졸레' 따라가는 모습은 햇볕이 '귀밑'을 찌릿찌릿하게 하는 '따사로운 거리'의 모습이다. 귀밑이 짜릿짜릿하도록 따뜻한 봄 햇살을 받으며 지나가는 돼지새끼를 구경하고 있다. 그 따사로움은 거리조차 따뜻하게 데우고 있다. '잿더미에 까치 오르'니 '아이'도 올라가고, '아지랑이'도 가물거리며 오른다. 봄이 오는 풍경이다. 마당 가장자리에 쌓여 있는 '잿더미'에 까치가 올라가자 아이도 따라 오르는데, 이미 봄이 부른 아지랑이가 먼저 올라가 있다. '잿더미'에 쏟아지는 봄 햇살이 '까치'도 '아이'도 그리로 오르게 하는 것이다. 따뜻한 봄 햇살의 아기자기한 모습을 그리고 있다.

'해바라기 하기' 좋은 '볏곡간'이 있는 마당에 '볏짚같이 누우란 사람들이 물러서' 있다. 따스한 햇볕쬐기를 하는 사람들의 여유를 보여준다. 봄 햇살은 겨울동안 추운 기운을 걷어내며 해바라기를 하게 한다. 그 모습은 '어늬 눈오신 날', '눈을 츠고 생긴 듯한', '말다툼소리'조차 누렇게 기억나게 한다. 벼가 든 곡간도 봄 햇살을 반기며 해바라기를 하기 좋아한다. 봄 햇살의 따뜻함을 노란색으로 비유해 눈 내린 겨울날 골목을 쓸다가 생긴 사소한 말다툼 소리도 따뜻함을 불러일으키는 노란색으로 연상된다. 봄이 대지에 내리자 따뜻한 햇볕은 곡간에 들어 있는 벼며, '볏짚같이' 누우런 사람들의 '말다툼소리'까지 따뜻하게 떠오르게 한다. 모두들 가난해도 따뜻할 줄 아는 사람들은 '따사로히 가난하'게 봄을 맞이하고 있다. 가난한 가운데서 따뜻할 수 있는 사람들의 여유로움, 일상이 가난으로 지속되는 사람들이 느끼는 행복이란 멀리 있는 것이 아니다.

봄은 겨울의 말다툼도 따뜻하게 녹인다. 봄을 맞은 낯선 항구도시가 정겨운 분위기로 변한다. 시적 자아는 봄의 새롭고 따뜻한 기운을 통해 낯선 거리를 '따사로운 거리'로 느낀다. '가난'을 따뜻하게 볼 수 있는 것은 떠도는 자의 입장에서 가능한 일이다. 목적지가 분명하지 않는 유랑자의 길은 그 자체로 머무는 것이지, 다음 장소로 이어지는 과정에 큰 의미를 부여하지 못한다. 물론 길은 길로서 연결되어 있는 것이지만, 유랑자는 그 과정을 목적을 두고 바라보는 것이 아니기 때문에 의식적으로 길의 연결성을 생각하지 않는다.

(3) 지속되는 낯선 장소에서의 배회

낯선 도시는 낯선 문화를 가진 장소이며, 이 공간에서 인간의 관계는 장소에 대한 인간의 감각으로 드러나는 것이다. 유랑하는 자에게 있어 낯선 도시는 통과지점이며, 일회성의 인간관계로 그려지기 십상이지만, 백석 시에서 보이는 인간관계는 낯선 도시의 일반성을 뛰어넘는 친밀한 관계로 드러난다. 이때 장소로서의 낯선 도시는 적극적인 가치를 담아내고 있다. "장소들은 절실한 가치의 중심지들인데, 그 중심지들에 있어서는 음식, 식수, 휴식, 생식 등과 같은 생물학적 요구들이 만족된다."[41] 이러한 장소가 낯선 공간으로 설정되어 존재의 무상함과 긴밀한 관계를 구성한다.

이미 잘 알고 있는 영역이란 것은 낯선 장소와의 변별 속에서 친숙한 것이다. 낯선 영역인 미지의 세계에 대해서는 상상으로 동서남북 방위를 정하고 지리적인 지식으로 상상하는 것이다. "인간은 의사결정자로서 자신의 행위를 공간에 투영"[42]하는데, 그것은 사람의 모든 행위와 공간이 분리되어 있는 것이 아니기 때문이다. "각 사람은 여전히 내부로 열려져 있으나, 역시 중심점만을 향하여 완전히 열려 있을 뿐이다. 이런 중심점에서 사람들은 결합된다. 그러나 그것은 개인이 고독하게 되어버리는 그런 식이 아니라, 오히려 다른 사람들의 마음을 향한 내적인 진정한 길은 중심을 지난다는 것"[43]이다.

백석의 기행시는 결국 존재의 의미를 스스로에게 묻는 과정으로 나타난다. 재미난 장날 풍경과 지방색이 유독 드러나는 도시를 지나면서 시

---

41) Yi-Fu Tuan, 정영철, 『공간과 장소』, 태림출판사, 1999, 8면.
42) 김인, 『현대인문지리학—인간과 공간조직』, 법문사, 1999, 25면.
43) C. Norberg-Schulz, 김광현, 『실존·공간·건축』, 태림문화사, 1997, 39면.

적 자아는 스스로의 존재에서 한 발도 떨어지지 못한다. 자기 존재의 의미를 쓸쓸한 마음을 달래며 끊임없이 물어본다. 그 물음에 명백한 대답이 내려지지 않는 것은 존재 자체가 갖는 무상감 때문이다. 그 무상성은 시적 자아의 발걸음을 한자리에 고정시키지 못하게 하고 계속 떠도는 유랑의 형태로 만들고 있다. 이러한 떠돎은 존재의 한 양식이라고 할 수 있다.

> 가난한 내가
> 아름다운 나타샤를 사랑해서
> 오늘밤은 푹푹 눈이 나린다
>
> 나타샤를 사랑은 하고
> 눈은 푹푹 날리고
> 나는 혼자 쓸쓸히 앉어 燒酒를 마신다
> 燒酒를 마시며 생각한다
> 나타샤와 나는
> 눈이 푹푹 쌓이는 밤 흰당나귀 타고
> 산골로 가자 출출이 우는 깊은 산골로 가 마가리에 살자
>
> 눈은 푹푹 나리고
> 나는 나타샤를 생각하고
> 나타샤가 아니 올 리 없다
> 언제 벌써 내 속에 고조곤히 와 이야기한다
> 산골로 가는 것은 세상한테 지는 것이 아니다
> 세상 같은 건 더러워 버리는 것이다
>
> 눈은 푹푹 나리고
> 아름다운 나탸샤는 나를 사랑하고
> 어데서 흰당나귀도 오늘밤이 좋아서 응앙응앙 울을 것이다.

— <나와 나타샤와 흰당나귀> 전문

‘가난한 내가 아름다운 나타샤’를 사랑하는데 ‘오늘밤은 푹푹 눈이’ 내린다. 사랑하는 나타샤 없이 ‘혼자 쓸쓸히 앉어 소주’를 마신다. ‘소주를 마시며 생각’해 보면 ‘나타샤와 나는’ 눈이 푹푹 내려 쌓이는 밤에 ‘흰당나귀 타고’ 산골로 들어가고 싶어진다. 하염없이 내리는 눈을 바라보며 시적 자아는 나타샤와 깊은 산골로 가서 오두막집을 짓고 살고 싶어한다. 나타샤를 생각하는 동안 나타샤는 내게 와 ‘고조곤히’ 속삭이듯 이야기를 한다. 세상이 싫어서 먼 산골로 들어가고 싶은 시적 자아는 나타샤가 이해할 것이라고 믿는다. 나아가서 자신을 이해하고 용기를 줄 것이라고 굳게 믿고 있다.

시적 자아의 마음을 다 헤아릴 것 같은 나타샤를 기다리며 눈을 행복하게 바라보고 있다. 그러나 흰당나귀의 울음은 행복에 겨운 울음이라기보다는 혼자서 눈밭을 걸어가야 하는 운명을 예감하는 울음이다. 나타샤와 더불어 깊은 산 속으로 도피해 행복한 삶을 꾸리고 싶어한다. 그 명분도 확실하고 나타샤도 충분히 이해할 것임에 의심이 없다. 그러나 하늘이 무너질 듯 내리는 눈 속에서 시적 자아는 흰당나귀의 울음을 발견한다. 그것은 자신의 울음임을 예감하기 때문이다.

나타샤를 사랑하는 나의 겨울밤은 눈이 푹푹 내린다. 혼자 소주를 마시며 흰당나귀 타고 산골로 들어가 나타샤와 함께 오막살이에서 사는 것을 생각하고 있다. 계속 눈은 내리고, 산골로 가는 것은 세상이 더러워서 버린다고 시적 자아는 말한다. 그 세상을 버려두면서 사랑하는 나타샤와 함께 살 수 있다는 기대는 아름다운 희망의 표시이다. 이국적인 ‘나타샤’, ‘흰당나귀’의 낯선 풍물은 시적 자아의 의지가 투영되어 있는 대상이다. 이 대상들은 ‘가마리’에로 장소이동을 목표로 하고 있다.

異邦 거리는
비오듯 안개가 나리는 속에
안개 같은 비가 나리는 속에

異邦 거리는

> 콩기름 쫄이는 내음새 속에
> 섶누에 번디 삶는 내음새 속에
> 異邦 거리는
> 도끼날 벼르는 돌물레 소리 속에
> 되광대 켜는 되양금 소리 속에
>
> 손톱을 시펄하니 길우고 기나긴 창꽈즈를 즐즐 끌고 싶었다
> 饅頭꼬깔을 눌러쓰고 곰방대를 물고 가고 싶었다
> 이왕이면 좁내 높은 취양梨 돌배 움퍽움퍽 씹으며 머리채 츠렁츠렁 발
> 굽을 차는 꾸냥과 가즈런히 雙馬車를 몰아가고 싶었다
>
> ― <安東> 전문

이방 거리는 이국적이다. 낯선 곳에서 안개비 내리고, 기름 쫄이는 냄새, 번데기 삶는 냄새, 도끼날 벼르는 소리, 광대 양금 소리 등, 낯선 거리감이 느껴진다. '손톱을 시펄하니' 기르고 '기나긴 창꽈즈'를 끌며, '만두고깔을 눌러쓰고 곰방대를 물'며 길을 걷고 싶어한다. '이왕이면 향내 높은 취향배 돌배', '움퍽움퍽' 씹어가며 '머리채 츠렁츠렁' 발굽을 차고 가는 '꾸냥'과 '가즈런히 쌍마차'를 몰고 가고 싶어한다. 중국식 긴 저고리를 끌고 싶어하고, 머리채 치렁치렁한 아가씨와 걷고 싶어한다. 낯선 장소에서 일회적으로 스쳐지나며 하고 싶어하는 일들을 생각한다. 이것은 이국의 땅에서 벌어지는 낯선 풍물에 대한 관심의 표명이라고 할 수 있다.

'이방 거리는', '비오듯 안개가 나리는 속에', '안개 같은 비가' 내려 온갖 사물이 명확하지 않고 비와 안개에 젖고 부풀어 있다. '이방 거리'는 '콩기름 쫄이는 내음새', '섶누에 번디 삶는 내음새'가 가득하다. 콩기름 쫄이는 냄새는 무엇인가 맛있는 음식이 풍족한 거리를 암시한다. 콩기름이 쫄아들면 맛있는 냄새가 사방으로 번진다. 섶누에 번데기를 삶은 구수한 냄새도 이방거리에는 가득하다. 또한 '이방 거리'는 '도끼날 벼르는 돌물레 소리', '되광대 켜는 되양금 소리'로 가득하다. 도끼날을 벼리

기 위해 돌물레를 돌리고, 되양금을 켜는 광대의 소리도 아름답다.

　시적 자아는 이국풍물에 대해 호기심과 부푼 기대가 가득하다. 현실적인 자기 상황을 모두 던져두고 낯선 곳에서 구경거리로만 만족하는 삶을 볼 수 있다. 그러나 이런 만족도 한시적인 상황에 불과할 것이다. 왜냐하면 이미 '이방거리'는 비 오거나 안개 내리는 뿌옇고 흐린 도시임을 시적 자아는 1연에서 보여준다. 이런 도시에서 중국 복식을 하고, 중국식 광대 복장을 두르고 멋있는 아가씨와의 만남을 노래하는 것도 안개와 비가 번갈아 내리는 도시에 휩싸인 자신의 감정일 것이다. 객창의 외로움이 낯선 도시를 피상적으로 바라보게 한다. 이 도시에서 완전히 다른 자신을 꿈꿔 보는데 역시 꿈으로서 고스란히 남을 뿐이다. 3연의 각 행마다 '－싶었다'로 계속 반복되는 어미에서도 시적 자아의 의지는 사실 낯선 도시에 대한 감상을 적고 있음을 드러낸다.

　　　나는 北關에 혼자 앓어 누어서
　　　어늬 아츰 醫員을 뵈어었다
　　　醫員은 如來 같은 상을 하고 關公의 수염을 드리워서
　　　먼 녯적 어늬 나라 신선 같은데
　　　새끼손톱 길게 돋은 손을 내어
　　　묵묵하니 한참 맥을 짚드니
　　　문득 물어 고향이 어데냐 한다
　　　平安道 定州라는 곳이라 한즉
　　　그러면 아무개氏 故鄕이란다
　　　그러면 아무개氏ㄹ 아느냐 한즉
　　　醫員은 빙긋이 웃음을 띠고
　　　莫逆之間이라며 수염을 쓸ㄴ다
　　　나는 아버지로 섬기는 이라 한즉
　　　의원은 또 다시 넌즈시 웃고
　　　말없이 팔을 잡어 맥을 보는데
　　　손길은 따스하고 부드러워
　　　故鄕도 아버지도 아버지의 친구도 다 있었다

　　　　　　　　　　　　　　　　　－ <故鄕> 전문

‘북관에 혼자 앓어’, ‘의원’에게 진찰을 받는다. 의원은 ‘여래 같은 상’을 하고 ‘관공의 수염을 드리워서’, ‘신선’처럼 앉아 있다. 의원은 ‘새끼손톱’을 길게 기른 손으로 ‘맥’을 ‘묵묵하니’ 짚어낸다. 그 맥을 짚는 가운데 ‘고향이 어데냐’고 묻는다. ‘평안도 정주’라고 대답하자, 그 고향의 ‘아무개씨르’ 아는지 묻는다. 그와는 ‘막역지간’이라고 말하며 수염을 쓴다. 의원의 막연지간인 사람을 시적 자아는 아버지로 섬긴다. 북관에서 혼자 병들어 신음하다, 찾아간 병원의 의원은 시적 자아의 고향의 어른과 친한 친구의 관계이다. 그 고향이 연결하는 사람간의 따뜻한 관계는 멀리 북관에도 인연이 닿아 있는 것이다.

고향은 떠나 있기에 더욱 그리운 곳이다. 고향에 그대로 머물러 있다면 그리움보다 익숙함에 더 길들여지는 것은 당연하다. 그러나 멀리 북관에서 타향의 사람을 통해 고향을 짚어가는 맛은 따뜻함으로 이어진다. 고향을 떠나 떠도는 시적 자아에게도 그의 고향을 느끼게 하는 사람 즉, 의원을 만난다. 낯선 장소에 ‘고향’의 ‘아버지도 아버지 친구도 다 있는’ 경우이다. 그는 고향의 사람들을 물어가며 그 사람들과의 친분을 나에게 전이시켜 꼭 그 사람을 만난 듯 대하며 기뻐한다. 타향을 돌아다녀도 고향의 그림자는 함께 있는 것을 볼 수 있다. 시적 자아는 먼길을 돌아 낯선 땅을 다니지만 결국 고향의 사람들에 의해 역시 규정되고 이해되고 있는 것이다. 결국 고향에 대한 생각들은 없어지거나 사라지는 것이 아니라 더욱 공고하게 자리잡는 것을 볼 수 있다.

3. 자기의지를 개진하지 못하는 신념의 허무함

존재한다는 것은 신념과 절망의 순환 속에서 있는 것이다. 존재자가 세계에 무의지를 표방하는 원인 중의 하나는 니힐리즘에 있다. “아무것도 아닌 것에 대항해서 존립하고 있음”44)의 존재방식이야말로 존재의 허무함을 잘 보여준다. 허무주의는 단순한 감정상태가 아니라 복합적인 상태로 나타나지만 비극 자체는 아니다. "비극성은 '존재' 자체에 있는 것이다. 존재하는 것은 부정에 있어서 존재하며, 부정에 의해 운동하고 있는 비극적인 것이 된다."45) 허무는 비극적인 사건 자체만으로 발생하는 것이 아니라, 존재의 토대가 갖는 무상함 때문에 일어난다. 그러므로 무상한 세계에 대한 허무의식은 신념의 허무함으로 연결된다. 이러한 상황에 직면한 존재자는 세계의 주변에 머물면서 자기판단을 유보하게 된다.

"모든 사건은 무의미하고 헛수고이며, 여하한 무의미하고 헛수고인 존재도 있어서는 안 된다고 확신하고 있다.…… 목적, 통일, 진리라는 개념으로서도, 생존의 총체적 성격을 해석될 수 없음을 알았을 때, 무가치성의 감정이 얻어졌던 것이다.…… 생존의 성격은 <참>이 아니라, 거짓인 것이다.…… 참의 세계가 있다고 자신을 설득할 근거는, 더 이상 전혀 없게 된다.…… 요컨대 우리가 세계에 가치를 부어넣어 온 <목적>, <통일>, <존재>라는 여러 범주는, 다시금 우리들에 의해 뽑혀 버려지고, 이제 세계는 무가치한 것으로 비처온다."46)

세계에 거주하되 구경꾼이거나 방관자의 자세를 갖는다는 것은 세계의 모든 책임과 의무에서 거리감을 두고 있는 것이다. "니힐리즘은 종래의 최고의 가치들이 무가치하게 되는 과정이다. 모든 존재자에게 가치를 부여하는 이러한 최고의 가치들이 무가치하게 될 경우 그것들에 근거하는 존재자들도 무가치하게 된다. 가치상실감과 모든 것이 공허하게

----

44) M. 하이데거, 박휘근, 『형이상학 입문』, 문예출판사, 1994, 323면.

45) "비극성은 '세계' 안에 자리잡고 있다. 이 경우, 세계의 비극성은 현상에 보편적인 부정이다. 곧 모든 사물의 유한성, 분열의 다양성, 존립과 우월을 위한 모든 현존재의 다른 현존재와의 투쟁, 우연성 등이다. 따라서 성립된 모든 것은 남김없이 파괴된다고 하는 세계의 움직임은 비극이다."(칼 야스퍼스, 황문수, 『비극론・인간론』, 범우사, 1990, 90면)

46) F.W. 니체, 강수남, 『권력에의 의지』, 청하, 1993, 27-104면. 니체는 존재의 가치나 원인의 무의미함으로 규정되는 니힐리즘은 페시미즘에서 비롯되었다고 평가한다. "생존의 지금까지의 가치 해석의 귀결로서의 니힐리즘, 니힐리즘의 그 밖의 여러 원인, 데카당스 표현으로서의 니힐리즘 운동, 무의미한 것이 영원히 계속되는 '위기, 니힐리즘과 회귀 사상'"으로 니힐리즘의 근원을 정리한다.

되는 상태가 발생하는 것이다.…… 모든 것이 무가치하다는 느낌으로서의 니힐리즘의 대두이다."[47] 시적 자아에게 있어 세계에 존재한다는 것은 자아 의지의 문제가 아니라, 해명할 수 없는 존재의 조건에 놓여 방황하는 형태이다. 그러므로 시적 자아는 세계에 자기를 개입시키지 않고 거리를 두는 구경꾼이자 방관자의 자세를 유지한다.

(1) 자기 존재의 무상함과 정서적인 반응

온전한 자기와의 만남에서 드러나는 정서적인 반응은 가장 솔직한 자기표현이다. 단순한 연민의 정이 아닌 쓸쓸함은 존재의 무상성에서 비롯되는 근원적인 정서이다. "정서라 하면 의식의 흐름에서 일어나는 움직임을 말한다.…… 정서는 공적이고 물리적인 세계에서 일어나는 발생 사건이 아니라 너 혹은 나만의 은밀한 정신적 세계에서 일어나는 발생 사건이라는 것이다."[48] 그러므로 정서는 감정의 형태로 구체화되는데 존재가 부르는 허무함이 적막한 상황 속에서 쓸쓸함으로 나타난다. 정서적인 측면에서 감정으로 지각[49]되는 쓸쓸함은 존재의 확인이다. 무상한 존재에 대한 정서적인 느낌과 감정으로서의 쓸쓸함임을 알 수 있다. 쓸쓸하다는 것을 자각하는 것이 존재한다는 것의 구체적인 형태라고 할 수 있다.

존재한다는 것의 무상함[50]은 적막한 존재 조건에서 잘 드러난다. 그러므로 백석 시에서 보이는 관계의 부재는 의도적인 회피나 부정적인

---

47) M. 하이데거, 박찬국, 『니체와 니힐리즘─니체에 대한 하이데거의 강의』, 지성의샘, 1996, 86-87면.

48) 길버트 라일, 이한우, 『마음의 개념』, 문예출판사, 1994, 103면.

49) 스티븐 프리스트, 박찬수 외, 『마음의 이론』, 고려원, 1995, 115면. "어떤 것이 존재한다고 말하는 것은 그것이 지각되거나 지각될 수 있다는 것을 의미한다."

50) 이경재, 「토마스 아퀴나스 형이상학의 실존(esse) 원리」, 연세대 철학과 박사논문, 1999, 223면. "존재는 무와 대립되는 것으로서가 아니라 변화와 대립되는 것으로 이해되며, 존재의 문제는 변화와 우연적 규정성에 대한 불변적이고 항구적인 규정성의 문제로 다루어진다."

자기의식에 있는 것이 아니다. 존재자가 처하게 되는 무상함에 대한 상황적인 형태가 바로 고요와 적막의 상태라고 할 수 있다. 허무를 부르는 존재의 국면에는 적막의 상태가 펼쳐진다. 왜냐하면 "니힐리즘의 본질은 존재 자신이 '아무것도 아니'라는 데 있"[51]는데, 이러한 부재의식은 적막한 상황에 처한 자기를 드려다 보면서 시작되기 때문이다. 적막은 고요 속으로 침잠된 상태이다. 백석 시는 쓸쓸하다는 탄식과 감정 유출로 끝나는 것이 아니라, 존재가 안고 있는 쓸쓸함을 자기 의지로 이해하고 있다.

> 신살구를 먹드니 눈오는 아츰
> 나어린 안해는 첫아들을 낳었다
>
> 人家 멀은 山중에
> 까치는 배나무에서 즞는다
>
> 컴컴한 부엌에서는 늙은 홀아비의 시아부지가 미역국을 끓인다
> 그 마을의 외따른 집에서도 산국을 끓인다

— <寂境> 전문

적경은 고요한 장소를 의미하는데 적막한 분위기가 그대로 드러나는 시다. '나어린 안해'가 '신살구를 먹드니', '눈오는 아츰', '첫아들'을 낳는다. 나이 어린 아내가 남편없이 아들을 낳자, 늙은 홀아비인 시아버지가 미역국을 끓인다. 남편 없이 아들을 낳은 어린 아내의 심정도 적막이 된다. 적막한 삶의 조건은 존재의 쓸쓸함을 드러내고 있다. '나어린 안해'의 적막은 구체적으로 그려져 있지 않지만, '늙은 홀아비의 시아부지'가 미역국을 끓이면서 잘 드러난다. 이 구절을 통해 외딴집에서 혼자 아들을 낳은 아내의 지독히 쓸쓸한 마음을 짚어볼 수 있다.

마을에서 멀리 떨어져 있는 집에도 기쁜 소식을 짖어대는 까치소리가

---

51) M. 하이데거, 최동희, 『형이상학이란 무엇인가』, 서문당, 1999, 178면.

들린다. 세상의 누군가가 아이를 출산하는 것은 당연한 일이기 때문에 다른 마을의 외딴 집에서도 해산한 사람의 미역국이 끓을 것은 정한 이치이다. 그러나 아들 낳은 반가운 소식조차 나눠 가질 수 없는 적막의 상태를 적나라하게 보여준다. 완전히 단절된 공간에서 살아가는 사람들의 삶은 기쁨도 나누지 못해, 큰 기쁨조차 삶 속의 무거운 부담으로 변한다.[52] 그 무게는 진지한 삶의 기반이 되기는 하나, 나누고 누릴 수 있는 관계의 기쁨은 되지 못한다. 결국 이러한 삶의 조건은 존재의 무상성을 담아낸다.

  아츰볕에 섶구슬이 한가로히 익는 골짝에서 꿩은 울어 山울림과 장난
을 한다

  山마루를 탄 사람들은 새꾼들인가
  파란 한울에 떨어질 것같이
  웃음소리가 더러 山밑까지 들린다

  巡禮중이 山을 올라간다
  어젯밤은 이 山 절에 齋가 들었다

  무리돌이 굴어나리는 건 중의 발꿈치에선가

― <秋日山朝> 전문

  아침볕에 섶구슬 열매는 산골짜기에서 익어가고, 그 골짜기에서 꿩은 적막을 깨뜨린다. 그러나 다시 적막한 산골짜기가 된다. 고요한 산 속에 '산울림'이 일어나는 것은 꿩의 울음소리 때문이다. '산마루를 탄' 사람들은 '새꾼들'이지 다른 사람들이 아니다. 그 나무하는 '새꾼들'은 '파란

---

52) 박주택, 「백석 시 연구」, 경희대 박사논문, 1999, 168면. "백석의 시에는 고립에서 오는 소외의 감정과 그로 인한 비극적 태도가 잘 그려져 있다. 동시에 그가 바라보는 대상 역시 소외되고 고립되어 있는 인물 군상들을 구조화시키고 있는 특징을 보이고 있다."

한울에 떨어질 것 같이' 가끔 웃음소리를 '산밑까지' 들려준다. 단지 그들의 웃음소리를 제외하면 산은 곧 적막이다. '순례중이 산'을 올라가는 것도 '산 절에 재'가 있었기 때문이다. 가을 산의 아침에는 인적이 드물다. 꿩이 울고, 고작 나뭇꾼 몇 있는 이 적막강산의 아침 산에 순례중이 오른다. 돌 굴러 떨어지는 소리는 '중'이 헛디딘 발꿈치에서 나는 소리이다.

꿩이 내는 산울림이나, 나무하는 사람의 웃음소리, 중의 헛디딘 발자취에서 들리는 돌 구르는 소리도 가을 아침산의 적막을 걷어가지 못한다. 산은 침묵하는 바위처럼 닫혀진 입으로 앉아 있는 것이다. 산으로 들어오는 사람 역시 입을 열지 않는 적막의 길을 걷고, 산 속에 얹혀 사는 짐승조차 미동도 하지 않는다. 인적 드문 산은 외부와의 단절을 키우며 가을 아침의 적막함을 뿜어내고 있다.

흙꽃 니는 이른 봄의 무연한 벌을
輕便鐵道가 노새의 맘을 먹고 지나간다

멀리 바다가 뵈이는
假停車場도 없는 벌판에서
車는 머물고
젊은 새악시 둘이 나린다

— <廣原> 전문

광원은 너른 들판, 광야를 의미한다. 너무도 광활한 평야에 젊은 색시 둘이 내리는데, 그것은 점과 같이 아련하게 느껴진다. 무연의 벌판에서는 철도도 노새가 된다. 경편철도는 기관차와 차량이 작고 궤도가 좁은 간단한 규모의 철도를 가리킨다. 너무나 광활한 광야에 깔려 있는 경편철도는 노새의 마음과 같다. 아주 넓은 광야에 깔린 철도는 임시 주차장 없이 멀리 바다가 보이는 곳에서 정차한다. 그 넓은 벌판에 젊은 색시 둘이 달랑 내린다. 철도는 광활한 광야에 비해 아주 작고 보잘것없다.

광원에 비한다면 앙징스러운 노새와 같은 걸음정도에 지나지 않는다. 이 넓고 광활하게 지평선이 트인 곳 아무데서 새색시 둘이 내리는 풍경은 적막한 공간에 점을 찍는 일에 지나지 않는다. 적막은 광원이 너무나 넓기 때문인데 그 적막은 깨지지 않는 적막이다. 그 적막의 상황에 흔들림이 잠시 일어도 이내 적막은 그 중심을 찾아가고 만다.

오이밭엔 벌배채 통이 지는 때는
산에 오면 산 소리
벌로 오면 벌 소리

산에 오면
큰솔밭에 뻐꾸기 소리
잔솔밭에 덜거기 소리

벌로 오면
논두렁에 물닭의 소리
갈밭에 갈새 소리

산으로 오면 산이 들썩 산 소리 속에 나 홀로
벌로 오면 벌이 들썩 벌 소리 속에 나 홀로

定洲 東林 九十여 里 긴긴 하로 길에
산에 오면 산 소리 벌에 오면 벌 소리
적막강산에 나는 있노라

― <적막강산> 전문

  '산에 오면 산소리'뿐이고 '벌로 오면 벌소리'뿐이다. 산으로 가면 '큰솔밭에 뻐꾸기 소리', '잔솔밭에 덜거기 소리'가 난다. 벌에 오면 '논두렁에 물닭의 소리'가 '갈밭에 갈새 소리'가 난다. 그런데 '산으로 오면 산이 들썩' 해도 그 '산소리 속에' 역시 '나 홀로' 있는 것이다. 또한 벌에 가도 '벌이 들썩 벌 소리 속에'서도 '나 홀로' 있을 뿐이다. 고향 정주

동림에서 '90여리' 떨어진 긴긴 하루 길에 혼자 떨어져 사는 시적 자아는 '산에 오면 산 소리 벌에 오면 벌 소리'만 듣고 '적막강산'에 혼자 던져져 있다. 산에서 나는 산 소리, 벌에서 나는 벌 소리에 지치지 않고 고향과는 멀리 떨어진 외딴 산 속에서 적막하게 살아간다.

<적막강산>은 고립된 존재가 보여주는 관계의 단절감을 잘 드러낸다. 산에서나 들에서나 오직 혼자 있어야하는 고적한 면모를 보이고 있다. 이런 단절감에 외로움과 쓸쓸함은 당연히 갖는 감정일 것이다. 그러나 이 작품에서는 그런 구체적인 감정은 모두 자제하고 적막의 상태에 처한 존재자의 건조한 삶을 그대로 보여주고 있다.

> 거적장사 하나 山뒷옆 비탈을 오른다
> 아— 따르는 사람도 없이 쓸쓸한 쓸쓸한 길이다
> 山가마귀만 울며 날고
> 도적갠가 개 하나 어정어정 따러간다
> 이스라치전이 드나 머루전이 드나
> 수리취 땅버들의 하이얀 복이 서러웁다
> 뚜물같이 흐린 날 동풍이 설렌다

— <쓸쓸한 길>53) 전문

거적장사는 혼자 '산뒷옆 비탈'을 올라간다. 산비탈을 오르는 거적장사의 뒷모습에 시적 자아는 한없이 쓸쓸함을 느낀다. 거적장사가 딛는 발걸음마다 쓸쓸해지고 있다. 단지 '산가마귀'만 울며 날아다니고, '도적개'같은 들개가 '어정어정' 따라갈 뿐이다. '이스라치'는 산앵두를 가리키는 말이다. 산길에서 볼 수 있는 앵두, 머루, 수리취, 땅버들의 하얀 솜털조차 서러움을 느끼게 하는 대상이다. '뚜물같이 흐린 날'은 뿌옇게 흐려진 날씨에 동풍까지 가세하여 가는 길을 더욱 쓸쓸하게 만든다. 거적장사에게 쓸쓸함은 자기와의 허무한 만남이 된다.

---

53) 시어의 의미는 박혜숙(『백석』, 건국대출판부, 1995, 76면)이 분류한 것을 토대로 함.

>   처마끝에 明太를 말린다
>   明太는 꽁꽁 얼었다
>   明太는 길다랗고 파리한 물고긴데
>   꼬리에 길다란 고드름이 달렸다
>   해는 저물고 날은 다 가고 볕은 서러웁게 차갑다
>   나도 길다랗고 파리한 明太다
>   門턱에 꽁꽁 얼어서
>   가슴에 길다란 고드름이 달렸다
>
>   ― <멧새 소리> 전문

  '처마끝'에서 말라가는 '명태'는 '꽁꽁 얼었다'가 다시 풀리곤 하는 '파리한 물고기'이다. 그 꼬리에는 '길다란 고드름'이 달려 있다. 명태를 말리는 과정이 잘 나타난다. '해는 저물'어 '날은 다 가고', '볕'은 서럽도록 차다. 명태 말리는 모습을 보며 시적 자아는 그 '길다랗고 파리한 명태'가 자기와 똑같다고 여긴다. 명태의 묘사는 시적 자아가 스스로 인식하는 자아이다. 자기 이해의 입장이 허무한 상황임을 보여준다. '문턱에 꽁꽁 얼어서', '가슴에 길다란 고드름'이 달려 있는 것처럼 느낀다. 이런 서럽도록 가슴 시린 느낌은 '멧새 소리'에 지나지 않는다. 자신의 처량한 심정은 의미없이 짹짹거리는 참새소리에 불과하다고 생각한다. 왜냐하면 자기와의 만남을 통해 존재의 허무함을 이해하고 있기 때문이다.

>   오늘 저녁 이 좁다란 방의 흰 바람벽에
>   어쩐지 쓸쓸한 것만이 오고 간다
>   이 흰 바람벽에
>   희미한 십오촉 전등이 지치운 불빛을 내어던지고
>   때글은 다 낡은 무명샤쯔가 어두운 그림자를 쉬이고
>   그리고 또 달디단 따끈한 감주나 한잔 먹고 싶다고 생각하는 내 가지
> 가지 외로운 생각이 헤매인다
>   그런데 이것은 또 어인 일인가

이 흰 바람벽에
내 가난한 늙은 어머니가 있다
내 가난한 늙은 어머니가
이렇게 시퍼러둥둥하니 추운 날인데 차디찬 물에 손을 담그고 무이며
배추를 씻고 있다
또 내 사랑하는 사람이 있다
어늬 먼 앞대 조용한 개포가의 나즈막한 집에서
그의 지아비와 마조 앉어 대구국을 끓여놓고 저녁을 먹는다
벌써 어린것도 생겨서 옆에 끼고 저녁을 먹는다
그런데 또 이즈막하야 어늬 사이엔가
이 흰 바람벽엔
내 쓸쓸한 얼골을 쳐다보며
이러한 글자들이 지나간다
______나는 이 세상에서 가난하고 외롭고 쓸쓸하니 살어가도록 태어
났다
그리고 이 세상을 살어가는데
내 가슴은 너무도 많이 뜨거운 것으로 호젓한 것으로 사랑으로 슬픔으
로 가득찬다
그리고 이번에는 나를 위로하는 듯이 나를 울력하는 듯이
눈질을 하며 주먹질을 하며 이런 글자들이 지나간다
______하눌이 이 세상을 내일 적에 그가 가장 귀해하고 사랑하는 것
들은 모두
가난하고 외롭고 높고 쓸쓸하니 그리고 언제나 넘치는 사랑과 슬픔 속
에 살도록 만드신 것이다
초생달과 바구지꽃과 짝새와 당나귀가 그러하듯이
그리고 또 '프랑시스 쨈'과 陶淵明과 '라이넬 마리아 릴케'가 그러하
듯이

— <흰 바람벽이 있어> 전문

'좁다란 방의 흰 바람벽에', '쓸쓸한 것만이 오고 간다'. 이 바람벽에
는 '전등이 지치운 불빛을 내어던지고', '때글은 다 낡은 무명샤쯔가 어
두운 그림자'를 쉬게 할 때, 시적 자아는 '달디단 따끈한 감주나 한잔

먹고 싶다'고 생각하는데 '가지가지 외로운 생각이 헤매인다'. 그런 가운데 '흰 바람벽'에는 '내 가난한 늙은 어머니'가 있는 것이다. 어머니는 '시퍼러둥둥하니 추운 날인데 차디찬 물에 손은 담그고 무이며 배추를 씻고' 있는 것이다. 거기에다가 '내 사랑하는 사람'도 있다. '내 사랑하는 어여쁜 사람이', '개포가의 나즈막한 집'에서 '지아비와 마조 앉어 대구국을 끓여놓고 저녁'을 먹는 것이다. 또 '이즈막하야', '흰 바람벽엔', '내 쓸쓸한 얼골'이 보인다. 시적 자아는 '이 세상에서 가난하고 외롭고 높고 쓸쓸하니 살어가도록 태어난' 자신의 얼굴을 본다. 이 세상을 살아가는데 '내 가슴은 너무도 많이 뜨거운 것으로 호젓한 것으로 사랑으로 슬픔으로 가득찬다'는 것을 새삼 느낀다.

'나를 위로하듯이 울력하듯이', '눈질을 주며 주먹질을 하며' 이런 글자들이 지나간다. '하눌이 이 세상을 내일 적에 그가 가장 귀해하고 사랑하는 것들은 모두', '가난하고 외롭고 높고 쓸쓸하니 그리고 언제나 넘치는 사랑과 슬픔 속에 살도록 만드신 것'이라고 쓰고 있다. 자기 존재의 한계를 초월하려는 의지를 비춰고 있으나 존재 자체의 무상함은 초월을 통해 극복될 수 있는 것이 아니다. 초월하고자 하는 의지이기보다는 존재의 무상성을 이해하려는 의지로 볼 수 있다. '초생달과 바구지꽃과 짝새와 당나귀'가 그러하고, '프랑시쓰 잼'과 '도연명과 라이넬 마리아 릴케'도 그러하다고 생각한다.

오늘은 정월보름이다
대보름 명절인데
나는 멀리 고향을 나서 남의 나라 쓸쓸한 객고에 있는 신세로다
넷날 杜甫나 李白 같은 이 나라의 詩人도
먼 타관에 나서 이 날을 맞은 일이 있었을 것이다
오늘 고향의 내 집에 있는다면
새 옷을 입고 새 신도 신고 떡과 고기도 억병 먹고
일가친척들과 서로 모여 즐거이 웃음으로 지날 것이연만
나는 오늘 때묻은 입든 옷에 마른물고기 한 토막으로

혼자 외로이 앉아 이것저것 쓸쓸한 생각을 하는 것이다
넷날 그 杜甫나 李白 같은 이 나라의 詩人도
이날 이렇게 마른물고기 한 토막으로 외로히 쓸쓸한 생각을 한적도 있
었을 것이다
나는 이제 어늬 먼 외진 거리에 한고향 사람의 조고마한 가업집이 있
는 것을 생각하고
이 집에 가서 그 맛스러운 떡국이라도 한 그릇 사먹으리라 한다
우리네 조상들이 먼먼 넷날로부터 대대로 이 날엔 으례히 그러하며 오
듯이
먼 타관에 난 그 杜甫나 李白 같은 이 나라의 詩人도
이 날은 그 어늬 한고향 사람의 주막이나 飯館을 찾어가서
그 조상들이 대대로 하든 본대로 元宵라는 떡을 입에 대며
스스로 마음을 느꾸어 위안하지 않었을 것인가
그러면서 이 마음이 맑은 넷 詩人들은
먼 훗날 그들의 먼 훗자손들도
그들의 본을 따서 이 날에는 元宵를 먹을 것을
외로히 타관에 나서도 이 元宵를 먹을 것을 생각하며
그들이 아득하니 슬펐을 듯이
나도 떡국을 놓고 아득하니 슬플 것이로다
아, 이 正月대보름 명절인데
거리에는 오독도기 탕탕 터지고 胡弓소리 뺄뺄 높아서
내 쓸쓸한 마음엔 자꼬 이 나라의 넷 詩人들이 그들의 쓸쓸한 마음들
이 생각난다
내 쓸쓸한 마음은 아마 杜甫나 李白 같은 사람들의 마음인지도 모를
것이다
아모려나 이것은 넷투의 쓸쓸한 마음이다

—— <두보나 이백같이> 전문

시적 자아는 정월 대보름 명절에도 고향에 있지 못하고 '남의 나라
쓸쓸한 객고'에 있는 신세이다. '넷날 두보나 이백 같은 이 나라의 시인'
도 역시 '먼 타관에 나서 이 날을 맞은 일이 있을' 것이다. 시적 자아는
유명한 시인들의 타향살이는 피해갈 수 있는 것이 아니라고 생각한다.

만약 이런 날 고향에 있다면 '새 옷을 입고 새 신도 신고 떡과 고기도 억병' 먹을 것이다. 거기다가 '일가친척들과 모여 즐거이 웃음'으로 지낼 것이다.

그러나 남의 나라에 있는 시적 자아는 '때묻은 입든 옷에 마른물고기 한 토막'이 반찬의 전부이다. '혼자 외로히 앉어 이것저것 쓸쓸한 생각'을 하고 있다. 시적 자아는 '옛날 두보나 이백 같은' 시인도 외로이 쓸쓸한 생각을 혼자 했었을 것이라고 생각해 본다. '어늬 먼 외진 거리에 한 고향 사람의 조고마한 가업집'을 떠올린다. 그 집에 가서 '맛스러운 떡국이라도 한 그릇' 사 먹을 생각을 한다. '우리 조상들이 먼먼 옛날로부터 대대로 이 날엔' 그렇게 해 왔듯이 말이다. 역시 두보나 이백도 '한고향 사람의 주막이나 반관'을 찾았을 것이라고 생각한다.

남의 나라의 정월 보름의 행사는 낯선 모습 그 자체다. '정월 대보름 명절'에 '거리에는 오독도기 탕탕 터지고 호궁소리 뺄뺄 높아'진다. 시적 자아의 쓸쓸한 마음에는 자꾸 '옛 시인들이 그들의 쓸쓸한 마음들'이 떠올라 온다. 시적 자아의 쓸쓸한 마음은 두보나 이백 같은 '마음이 맑은' 시인들의 마음일 것이다. 이 쓸쓸한 마음은 '옛투'의 쓸쓸한 마음 그대로이다. 시적 자아는 두보나 이백 같은 시인의 맑은 마음이 생각나서 더욱 쓸쓸해진다. 시적 자아가 느끼는 쓸쓸함은 타향에 있기 때문에 갖는 외로움으로 드러나고 있으나 두보나 이백에서 볼 수 있듯이 모국에서도 쓸쓸함의 깊이는 다르지 않다. 존재가 안은 무상함은 장소와 공간의 낯섦과 익숙함에 따라 덜어지는 것이 아니기 때문이다.

> 어느 사이에 나는 아내도 없고, 또,
> 아내와 같이 살던 집도 없어지고,
> 그리고 살뜰한 부모며 동생들과도 멀리 떨어져서,
> 그 어느 바람 세인 쓸쓸한 거리 끝에 헤매이었다.
> 바로 날도 저물어서,
> 바람은 더욱 세게 불고 추위는 점점 더해 오는데,
> 나는 어느 木手네 집 헌 삿을 깐,

한 방에 들어서 쥔을 붙이었다.

이리하여 나는 이 습내 나는 춥고, 누긋한 방에서,

낮이나 밤이나 나는 나 혼자도 너무 많은 것 같이 생각하며,

딜옹배기에 북덕불이라도 담겨 오면,

이것을 안고 손을 쬐며 재 우에 뜻없이 글자를 쓰기도 하며,

또 문밖에 나가디두 않구 자리에 누어서,

머리에 손깍지벼개를 하고 굴디고 하면서,

나는 내 슬픔이며 어리석음이며를 소처럼 연하여 쌔김질하는 것이었다.

내 가슴이 꽉 메어 올 적이며,

내 눈에 뜨거운 것이 핑 괴일 적이며,

또 내 스스로 화끈 낯이 붉도록 부끄러울 적이며,

나는 내 슬픔과 어리석음에 눌리어 죽을 수밖에 없는 것을 느끼는 것
이었다.

그러나 잠시 뒤에 나는 고개를 들어,

허연 문창을 바라보든가 또 눈을 떠서 높은 턴정을 쳐다보는 것인데,

이 때 나는 내 뜻이며 힘으로, 나를 이끌어 가는 것이 힘든 일인 것을
생각하고,

이것들보다 더 크고, 높은 것이 있어서, 나를 마음대로 굴려 가는 것을
생각하는 것인데,

이렇게 하여 여러 날이 지나는 동안에,

내 어지러운 마음에는 슬픔이며, 한탄이며, 가라앉을 것은 차츰 앙금이
되어 가라앉고,

외로운 생각만이 드는 때쯤 해서는,

더러 나줏손에 쌀랑쌀랑 싸락눈이 와서 문창을 치기도 하는 때도 있
는데,

나는 이런 저녁에는 화로를 더욱 다가 끼며, 무릎을 꿇어 보며,

어니 먼 산 뒷옆에 바우섶에 따로 외로이 서서,

어두어 오는데 하이야니 눈을 맞을, 그 마른 잎새에는,

쌀랑쌀랑 소리도 나며 눈을 맞을,

그 드물다는 굳고 정한 갈매나무라는 나무를 생각하는 것이었다.

— <南新義州 柳洞 朴時逢方> 전문

'아내도 없고', '살던 집도' 없어진 시적 자아는 '살뜰한 부모며', '동

생들'과도 멀리 떨어져 바람부는 거리를 헤맨다. 바람은 더욱 거세게 불어와 추위가 심해지자, 시적 자아는 '어느 목수네 집 헌 샷을 깐' 방에 들어갔다. 이 방은 '습내나는 춥고, 누긋한 방'이다. 이 방에서 시적 자아는 '낮이나 밤이나' 혼자서 너무 많은 것을 생각한다. 그러다가 '딜옹배기에 북덕불이라도 담겨 오면' 그것을 안고 손을 쬐고 재 위에 뜻없이 글자를 쓰기도 한다. 또 방문 밖으로 나가지 않으면서 자리에 누워 '손깍지벼개를 하고 굴기도 하면서' 슬픔과 어리석음을 '소처럼 연하여 쌔김질' 한다.

'가슴이 꽉 메어 올 적이며', '눈에 뜨거운 것이 핑 괴일 적이며', '화끈 낮이 붉도록 부끄러울' 때, '슬픔과 어리석음에 눌리어 죽을 수밖에 없는 것'을 느끼게 된다. 그러다가 고개를 들어 '문창을 바라보든가', '눈을 떠서 높은 턴정'을 쳐다본다. '내 뜻이며 힘으로, 나를 이끌어 가는 것이 힘든 일'인 것을 생각하고, '더 크고, 높은 것이 있어서, 나를 마음대로 굴려가는 것'으로 생각한다. 이런 생각을 하다보면 '슬픔이며, 한탄이며, 가라앉을 것은 차츰 앙금이 되어' 가라앉혀진다.

'외로운 생각'만 들 때, '싸락눈이 와서 문창을 치기도 하는' 때, '화로를 더욱 다가 끼며', '무릎을 꿇어 보며', '먼 산 뒷옆에 바우섶에 따로 외로이 서서', '굳고 정한 갈매나무'를 생각한다.[54] 외로움이 고개를 내밀자 시적 자아는 먼 겨울산에서 싸락눈을 맞고 섰을 갈매나무의 굳고 정한 면모를 떠올려 보는 것이다. 그 갈매나무는 시적 자아의 의지가 투영된 나무이다. 쓸쓸함과 외로움이 밀리면 밀리는대로 마음으로 부대끼며, 그 쓸쓸한 가운데 의지를 떠올려 보는 것이다. 허무한 존재의 면모를 그대로 받아들이고 있는 모습을 볼 수 있다.

---

54) 백석 시는 "현실 속에서 자신의 삶이 감당해야 했던 고통과 슬픔의 높이를 가장 솔직하게 보여 주고 있으며, 자신의 체념적이고 절망적인 운명을 지탱할 수 있는 길로 운명에 대한 긍정과 사랑을 다짐하고 있다."(차주연, 「백석의 시세계 연구」, 연세대 석사논문, 1991, 43면)

(2) 무상한 세계와 신념의 부재

인간은 근본적으로 자기를 문제삼고 존재에 진지하려는 의지를 소유하고 있으나, "인간의 삶은 그 자체에 있어서 방위상실이요 자기상실"[55]의 반복이다. 존재한다는 지속적인 과정은 허무함이 촉발되어 무상성에로 이어진다. 그러므로 존재의 무상함은 실존하고자 하는 의지를 무화시킬 수도 있다. "자기 자신을 문제로 삼을 때 인간은 자기와 관계 맺어져 있는 전체 우주를 문제"[56] 삼지만, 존재의 무상함에 다다르게 되면 자기의식에 기반한 주체적인 인식은 흔들리게 된다. 자기에게로 지향하고자 하는 의지가 허무함으로 귀결되면서 주체적인 자기 신념은 불안한 상황에 처하게 된다.

존재 자체가 갖는 '무상성'에 대해서 인간은 자신의 신념을 꺾이지 않으려고 투쟁한다. 그 신념의 형태는 개인적인 자기 의지의 실현으로 나타난다. 이때 의지적이고 강한 신념의 주체는 존재하고자 하는 인간이지만 무상성은 존재하는 인간의 본질적인 면모이다. "삶은 곧 역사에서 존재하며 이 역사적 삶에서 시작된다.…… 역사란 삶의 흔적이라고 말하기도 하고 삶의 발자취라고 말하기도 한다.…… 삶은 늘 흐르고 자기 소유와 존재를 원초적인 것으로 갖고 있으며, 생동성인 감성으로 존재하는 본질이기 때문에 역사는 곧 삶이라고 표현하는 것이 오히려 더 옳은 정의이다."[57]

백석 시의 시적 자아는 신념을 실현하고자 의도하지 않는다. 단지 무상한 세계에 대한 이해를 스스로 대상화하고 있을 뿐이다. 무상한 세계를 바라보는 시적 자아는 자신의 신념이 허무함을 인정한다. 자기의지를 세계에 구현하기 위해서는 의지의 확고함이 표면화되어야 하지만,

---

55) 오르테가·이·가셋트, 정영도, 『삶의 형이상학』, 문음사, 1982, 30면.
56) 서배식, 『실존철학의 같은 점과 다른 점』, 문음사, 1999, 143-144면. "실존은 자신을 문제로 하는 존재이다. 인간은 바로 자기의 존재 때문에 철학하는 존재이다."
57) 한숭홍, 『존재와 의식』, 장신대출판부, 1994, 35면.

시적 자아의 의지는 현실적으로 다져지지 못한다. 백석 시에 나타난 현실 인식은 지극히 낭만적이기 때문에 자아의 내적인 경험에만 집중할 뿐 외적인 현실에 대해 외면하고 있다. 그러므로 시에서 보이는 심미적 시각은 특유의 탁월한 감수성에 기반해 있다.58) 백석 시의 시적 자아는 존재의 무상성을 이해하기 위한 방식으로 유년의 회귀와 유랑의 삶을 보여주었다. 자기 신념을 확고하게 지켜내기 위한 의지적인 모습은 세계 자체의 무상성 때문에 허무한 자기이해로 귀결된다.

> 새끼오리도 헌신짝도 소똥도 갓신창도 개니빠니도 너울쪽도 짚검불도 가락잎도 머리카락도 헌겊조차도 막대꼬치도 기와장도 닭의짖도 개터럭도 타는 모닥불
>
> 재당도 초시도 門長늙은이도 더부살이 아이도 새사위도 갓사둔도 나그네도 주인도 할아버지도 손자도 붓장사도 땜쟁이도 큰개도 강아지도 모두 모닥불을 쪼인다
>
> 모닥불은 어려서 우리 할아버지가 어미아비 없는 서러운 아이로 불상하니 몽둥발이가 된 슬픈 역사가 있다

─ <모닥불> 전문

모닥불에 모든 것이 타고 있다. 모닥불의 만남은 아름다운 융합이나 어우러짐이 아니라, 흉이든 허물이든 뭐든 타 들어가 녹아버리는 위력을 갖고 있다.59) 이때 불은 역사라는 큰 흐름 속에 살아가는 사람들의 삶의 양상을 담아낸다. 어떤 자각이나 판단의식이 유보되어 막연히 살아가는 일상의 군중들의 모습이 드러나 있다. '새끼오리', '헌신짝', '소똥', '갓신창', '개니빠니', '너울쪽', '짚검불', '가락잎', '머리카락', '헌겊조각', '막대꼬치', '기와장', '닭의짖', '개터럭' 이 <모닥불> 안에서

---

58) 허병두, 「백석과 이용악의 시적 상상력 연구」, 서강대 석사논문, 1994, 33-44면.
59) 이형선은 <모닥불>의 시적 의미를 '모든 사물들과 융합을 꿈꾸는 합일정신'으로 본다.(「백석시의 공간현상학적 연구」, 동국대 석사논문, 1997, 39면)

모조리 타들어간다.

뭐든 녹여내고 태워버리는 모닥불을 쬐는 사람들은 이 땅의 모든 사람들이다. '재당', '초시', '문장늙은이', '더부살이 아이', '새사위', '갓사둔', '나그네', '주인', '할아버지', '손자', '붓장사', '땜쟁이' 등이다. 그뿐만이 아니라, '강아지'까지 모두 '모닥불'을 쬐는 것이다. 어른, 아이, 빈부귀천 가릴 것 없이 모닥불을 쬐는 것이다. "백석의 시는 왜곡된 현실을 체험한 한 개인의 새로운 현실을 지탱할 수 있는 자립적인 생명력을 발견(상상)해 냄으로써 보다 구체적인 삶의 방식을 찾아내고자 하는 다짐이다. 이러한 다짐은 막연한 의지와는 달리 직접적인 생활체험에서 얻어진 것이므로 내면세계로의 단순한 도피로 생각할 수는 없다. 그것은 비극의 절정에 선 개인의 환상이 아니라 비극적 상황을 온몸으로 받아낸 개인이 털어내는 온전한 삶에 대한 강경한 마음자세이다."[60] 모닥불과 관련해 시적 자아의 목소리에 강한 의지가 있다고 평가하는 입장도 있다.

그러나 이때 모닥불은 예외 없이 슬픈 역사를 살았던 사람들과 사물에 대한 인상을 그린 것으로 봐야 한다. 모든 사람들이 아무런 구분없이 쬐는 모닥불에는 '슬픈 역사'가 스며 있다. "역사적인 것은 가까이―현존하고―있는 단순한 실존에 불과한 것이 아니라 세계와의 실존론적 관련을 의미한다."[61]고 할 수 있다. '모닥불은 어려서 우리 할아버지가 어미아비 없는 서러운 아이로 불상하니도 몽둥발이'가 되어버린 슬픈 역

---

60) 김요안, 「백석 시 연구」, 한양대 석사논문, 1993, 63면.

61) Michael Gelven, 김성룡, 『존재와 시간 입문서』, 시간과 공간사, 1991, 276-284면. "역사란 실존론적으로 의의 있어야 한다. 그렇지 않으면 사람들은 역사와 관련하지 않는다. 실존론적 역사성에 대한 하이데거의 설명은 본래적 운명, 유산, 숙명에 근거하고 있는 데 이는 역사학이 어떻게 해서, 그리고 어째서 가능한지에 대한 존재론적 기반을 제공한다. 다시 하이데거의 분석에서 그러하듯이 관건은 실제적인 것보다는 가능한 것을 강조하는 데 있다. 실제적인 것은 인식할 수 있는 것이다. 그렇지만 가능한 것은 의의 있는 것이다. 따라서 과거는 더 이상 실제적이지 않으므로 그것이 우리에게 유용하게 되기 위해서는 그것이 의의 있게 가능한 것으로 보여져야 한다."

사를 가리키는 말이다. 딸려 붙어 있던 것이 떨어져나가고 달랑 몸뚱아리만 남은 물건 같은 역사가 우리 역사라는 것이다. 그 아픔이 서려있는 역사가 고스란히 모닥불에 담겨 있다. 시적 자아는 몽둥발이가 되어버린 서럽고 '슬픈 역사'적인 상황을 모닥불을 쬐며 생각하고 있다. 모닥불에 타들어가는 만물과 그 세상의 잡사까지 끼워서 태우는 모닥불을 쬐는 사람들은 서글픈 역사를 드려다 보는 것이다. 누구나 모닥불을 쬐듯이 그 '슬픈 역사' 속에 살아가야 하는 것이 암시되어 있다.

> 가무락조개 난 뒷간거리에
> 빚을 얻으려 나는 왔다
> 빚이 안 되어 가는 탓에
> 가무래기도 나는 모도 춥다
> 추운 거리의 그도 추운 능당 쪽을 걸어가며
> 내 마음은 우쭐댄다 그 무슨 기쁨에 우쭐댄다
> 이 추운 세상의 한구석에
> 맑고 가난한 친구가 하나 있어서
> 내가 이렇게 추운 거리를 지나온 걸
> 얼마나 기뻐하며 락단하고
> 그즈런히 손깍지벼개하고 누어서
> 이 못된 놈의 세상을 크게 크게 욕할 것이다

— <가무래기 樂> 전문

　시적 자아는 우쭐대고 기뻐하는데, 이유는 욕을 할 것이 분명한 맑고 가난한 친구를 떠올리는 즐거움 때문이다. '가무락조개'가 나는 '뒷간거리'에 가무락조개를 빚내러 왔는데 '빚이 안 되어' 돌아간다. 그때 '가무래기도 나도 모도' 추위에 떤다. 추운 거리에서 '그도 능당[62] 쪽을 걸어'가니 시적 자아의 마음은 우쭐댄다. 왜냐하면 '무슨 기쁨'이 일어났기 때문이다. '이 추운 세상의 한 구석에 맑고 가난한 친구'가 하나 있

---

62) 이동순의 『백석 전집』 속에 <낱말풀이>에는 '능당'은 '응달'로 '락단'은 '낙담'의 오식으로 적고 있다.

기 때문이다. '추운 거리를' 지나온 것에 대해 '기뻐하며 락단'할 그를 생각할 수 있기 때문이다. 그 맑고 가난한 친구는 '그즈런히 손깍지벼개하고 누어', '못된 놈의 세상을 크게 욕할 것'이기 때문이다.

'못된 놈의 세상'에 대해 '욕'을 할 수 있을 뿐이지, 구체적인 생각이 드러나 있지 않다. '빛'을 얻지 못하고 돌아가는 길에 위안이 되는 것은 '맑고 가난한 친구'를 떠올려 보는 일에 불과하다. 세상이 이상해져 살아가기 힘들어진 친구는 '깍지벼개하고 누어' 세상을 향해 욕하는 것에 그칠 뿐이다. 가난하지만 맑은 친구가 뱉어내는 '욕'은 욕으로서 그치는 게 아니라, 세상이 얼마나 '못된' 상황인지 알려준다. 그러나 '못된 놈의 세상'을 향해 욕하는 일에는 '맑고 가난한 친구'의 기상이나 의지가 드러나지는 않는다.

거리에는 모밀내가 났다
부처를 위하는 정갈한 노친네의 내음새 같은 모밀내가 났다

어쩐지 香山 부처님이 가까웁다는 거린데
국수집에서는 농짝 같은 도야지를 잡어 걸고 국수에 치는 도야지 고기
는 돗바늘 같은 털이 드믄드믄 백였다
나는 이 털도 안 뽑은 도야지 고기를 물구러미 바라보며
또 털도 안 뽑은 고기를 시꺼먼 맨모밀국수에 얹어서 한입에 꿀꺽삼키
는 사람들을 바라보며

나는 문득 가슴에 뜨끈한 것을 느끼며
小獸林王을 생각한다 廣開土大王을 생각한다

— <北 新-西行詩抄 2> 전문

맨모밀국수 위에 얹어 먹는 털 안뽑은 돼지고기를 바라보는 일은 가슴이 뜨끈해지는 일이다. 이 일을 바라보며 소수림왕과 광개토대왕을 떠올리는 일은 인과관계가 부족하다. 물론 이 대왕들의 통치시절의 강한 국가의 위용과 쫓기듯 먹는 음식은 삶의 조건을 잘 드러내는 시구이

다. 거리의 모밀냄새는 '부처를 위하는 정갈한 노친네'의 냄새와 같이 맑은 느낌을 준다. '향산 부처님'이 가까운 거리에 있는 '국수집에서는 농짝 같은 도야지'를 잡아 걸어 두고, 국수를 치고 있다. 향산이 가까이 있는 국수집에서 돼지를 잡고, '농짝 같은 도야지' 고기를 걸어두고 국수를 친다. 시적 자아는 부처가 근처에 있다는 생각에 '도야지' 고기를 불편하게 생각한다. 그 돼지고기에는 '돗바늘 같은 털이 드문드문' 박혀 있다.

시적 자아는 이 털도 안 뽑은 '도야지 고기'를 바라보며, 털도 안 뽑고 '시꺼먼 맨모밀국수에 얹어서 한입에 꿀꺽 삼키는 사람'들을 본다. 돼지를 잡고 국수 치는 것을 구경하는 시적 자아는 부처가 가까이 있다는 불편함은 이내 사라진다. 잡은 돼지고기에 그대로 박힌 '돗바늘' 같은 털을 그대로 먹는 사람들을 보고 생각이 바뀐 것이다. 그 광경을 보고 가슴에서 '뜨끈한 것'을 느끼며 '소수림왕'과 '광개토대왕'을 생각한다. 북방에 와서 정착한 이주민들의 팍팍한 삶은 돼지털이 그대로 박힌 '도야지고기'에 묻어난다. 특히 '맨모밀국수'에 그걸 그대로 얹어 먹는 사람들의 삶의 역정을 보여주고 있다. 그 먼 옛날 '소수림왕'과 '광개토대왕'이 살던 이 땅 사람들의 삶의 모습이 그대로 전해오는 듯한 착각을 느끼게 한다.

아득한 옛날에 나는 떠났다
夫餘를 肅愼을 渤海를 女眞을 遼를 金을
興安嶺을 陰山을 아무우르를 숭가리를
범과 사슴과 너구리를 배반하고
송어와 메기와 개구리를 속이고 나는 떠났다

나는 그때
자작나무와 이깔나무의 슬퍼하든 것을 기억한다
갈대와 장풍의 붙드는 말도 잊지 않었다
오로촌이 멧돌을 잡어 나를 잔치해 보내든 것도

쏠론이 십리길을 따러나와 울든 것도 잊지 않었다

나는 그때
아모 이기지 못할 슬픔도 시름도 없이
다만 게을리 먼 앞대로 떠나 나왔다
그리하여 따사한 햇귀에서 하이얀 옷을 입고 매끄러운 밥을 먹고 단샘
을 마시고 낮잠을 잤다
밤에는 먼 개소리에 놀라나고
아픔에는 지나가는 사람마다에게 절을 하면서도
나는 나의 부끄러움을 알지 못했다

그동안 돌비는 깨어지고 많은 은금보화는 땅에 묻히고 가마귀도 긴 족
보를 이루었는데
이리하야 또 한 아득한 새 녯날이 비롯하는 때
이제는 참으로 이기지 못할 슬픔과 시름에 쫓겨
나는 나의 녯 한울로 땅으로— 나의 胎盤으로 돌아왔으나

이미 해는 늙고 달은 파리하고 바람은 미치고 보래구름만 혼자 넋없이
떠도는데

아, 나의 조상은 형제는 일가친척은 정다운 이웃은 그리운 것은 사랑
하는 것은 우러르는 것은 나의 자랑은 나의 힘은 없다 바람과 물과 세월
과 같이 지나가고 없다

— <北方에서—鄭玄雄에게> 전문

북방에서 시적 자아가 갖는 감회는 남다르다. 이 북방이란 북쪽의 국
경변방보다는 중국에 정착한 우리 민족의 삶의 기반을 가리키는 것으로
보인다. 부끄러움, 회한, 후회 등이 겹쳐 있다. '부여를 숙신을 발해를
여진을 요를 금'은 우리 역사의 한 페이지를 장식하는 이름들이다. 그
다양한 나라들이 섰다가 사라지는 과정은 '범과 사슴과 너구리를 배반'
하는 일이며, '송어와 메기와 개구리를 속이고' 떠나는 일이 되었다. 그

런 속임으로 떠날 때, '자작나무와 이깔나무'가 슬퍼하던 것을 시적 자아는 기억한다. '갈대와 장풍'이 붙들던 말도 기억하고 있다. '오로촌이 멧돌'을 돌려 '잔치해 보내든' 것까지 기억한다. '쏠론이 십리길'을 따라와서 '울든 것'까지 기억한다.

신념을 실현하겠다는 의지가 전무한 백석 시의 시적 자아를 통해 세계의 무상함에 대한 이해를 시도해 보았다. 허무적인 자기이해로 귀결되는 시적 자아의 입장은 의도적인 개입이 전혀 없었다. 존재 자체가 갖는 '무상성'에 대해서 인간은 자신의 신념을 꺾이지 않으려고 투쟁한다. 투쟁의 과정에서 신념의 형태는 개인적인 자기 의지의 실현으로 나타난다. 그러나 백석 시의 시적 자아에게는 투쟁의지가 전혀 나타나지 않는다. 그것은 세계를 바라보는 관점에서 시적 자아가 이탈하지 않고 있다는 것을 보여주며 이것은 무상성이 존재의 세계에서 근원적인 측면임을 제시하고자 하는 의미를 갖는다.

제 4 장

존재 모색과 사유의 과정으로서 성찰적 자아 – 윤동주

문학창작에서 주류 흐름에 휩싸이지 않으면서 매우 개인적인 작품세계를 유지한 시인들이 현대문학사 안에서 아주 개성적인 문학적 평가를 받고 있다. 그들은 한용운, 이육사, 윤동주 등 유행하는 문학사조에도 특별히 관심이 없이 주관적인 창작의 열기를 지속한 사람들이다. 이들에게서 볼 수 있는 내면적인 특징은 성찰성으로 묶을 수 있는데 이 가운데 윤동주 시인의 작품을 중심에 두고 성찰성을 고찰하고자 한다. 윤동주의 경우에는 종교적인 목소리가 강하게 녹아 있는 까닭인지는 모르겠으나 성찰적인 자세를 어느 작품에서나 그대로 지속하는 특징이 있다. 내면적인 특징으로 성찰성은 개인의 반성과 자각을 통해 가능해진다. 서정장르의 고유한 내면성에 성찰성이 내재되어 있는 것은 윤동주 작품에서 가장 구체적으로 이해할 수 있을 것이다.

인간은 윤리적인 존재로 타고났다기보다는 윤리적이고자 하는 의지를 표방하는 존재이다. 이때 윤리적인 의지는 이성적인 판단의 다른 표현이다. 윤리적인 것에 대한 탐색을 하는 까닭은 세계 속에 이미 단독자로 거주하기 힘든 실존의 조건을 이해하고 받아들여 자신의 존재 방법을 터득하기 위한 자기 사유를 하기 때문이다. "도덕이 자연의 필연성이 아니라 인간의 근원적인 자유에 뿌리박고 있는 것인 한에서, 모든 시대는 도덕의 의미를 스스로 정립하지 않으면 안 된다.”[1] 그러므로 윤리적인 모색은 자기 사유를 하기 위한 중요한 지침이 된다.

인간은 도덕적인 가치 평가를 중심에 두고 자유와 구속의 경계를 넘나들며 살고 있다. 일상에서 도덕은 실존적으로 중요한 기준이 된다. 그러므로 윤리적인 존재에 대한 모색은 일상 속에 존재하는 자아가 갖는 아주 근원적인 물음의 형태를 띤다. 윤동주 시 세계에서 보여주는 윤리적 자아의 양상은 반성과 성찰의 형태, 선함의 형태, 사색자의 형태를 각각 갖는다. 시적 자아가 일상적으로 만나는 자기 반성은 가장 기초적이며 근원적인 자기 사색의 형식이라고 할 수 있다.[2]

“반성은 하나의 준인식으로 생각될 수 있다. 그러나 반성이 매순간 파악하는 것은 반성이 파악하는 구체적인 행위에 의해서 상징적으로 표현되는 것으로서의 대자의 순수한 기도는 아닌 것이다. 반성이 파악하는 것은 구체적인 행위 그것이다.…… 반성은 상징과 상징화를 동시에 파악한다. 반성은 확실히 전면적으로 근본적인 기도에 관한 존재론 이전적인 하나의 양해에 의해서 구성되는 것이다.”[3]

이런 반성이 윤리적으로 존재할 수 있는 기반을 마련해 준다. 또한 윤리가 추구하는 궁극적인 목표로서의 ‘좋음’ 혹은 ‘선함’은 존재자들의 목표이기도 하다. 물론 윤리적인 가치를 전제할 때, 이것은 구체적인 의미를 가질 수 있다. 자기 존재, 또는 현존재로서의 사유를 끊임없이 지속하는 주체로서의 시적 자아는 사색자로 명명할 수 있다. 이때 사색자

---

1) 김상봉, 『호모 에티쿠스─윤리적 인간의 탄생』, 한길사, 1999, 10면.
2) 르네 데카르트, 권오석, 『방법서설』, 홍신문화사, 1995, 91-196면. 데카르트의 성찰의 방법론에서 “회의는 선입관으로부터 해방시켜주고 정신을 감각으로부터 분리해 내기 위한 가장 손쉬운 길을 열어주는 것”으로 우리에게는 새로운 인식을 제시하는 역할을 한다. 그의 성찰은 회의, 인간정신의 우위성, 신의 존재, 참과 거짓, 사물의 기원, 사물과 정신의 구별 등 6 단계의 과정에 걸쳐져 있다. 그의 성찰의 근본적인 중심은 신의 존재를 객관적으로 증명하는 데 있다는 것이 우리의 성찰과는 거리감이 있는 것이 사실이다. 그러나 시대의식이라는 가치를 생각한다면 데카르트의 <성찰>에서 우리는 성찰하는 의식과 자세를 배울 수 있다.
3) 장 폴 사르트르, 손우성, 『존재와 무』 Ⅱ, 삼성출판사, 1993, 383-384면.

는 실존적인 존재 사유를 지속하는 형태를 띤다. 이런 각각의 개성이 윤리적인 자아로 묶일 수 있다. 이러한 양상을 통해 윤동주 시의 시적 자아의 윤리적인 사유의 모색과정을 고찰하기로 한다.

1. 자기 반성과 성찰을 통한 자기 확인

윤동주 시작품의 대표적인 특징 중의 하나는 자기성찰의 목소리에 있다. 서정시의 부분적인 경향인 시적 자아 중심의 내면적, 성찰적 목소리는 윤동주 시의 중요한 흐름을 지속하고 있다. 윤동주 시작품에서 존재와 사유의 모색 중에 드러나는 것은 자기반성에서 출발하여 자기성찰에 이르는 것이다.[4] 자기반성은 일회적인 사건으로 끝나지만 자기성찰은 반성의 단계를 거쳐 종합적인 자기인식에 다가갈 수 있게 한다. "매우 동적인 표상은 반성하는 의식을 싫어한다. 왜냐하면 그 의식은 말에 의해 쉽게 표현되는 명확한 구별을 좋아하고 공간 속에서 지각할 수 있는 것처럼 매우 명확한 윤곽을 가진 사물들을 좋아하기 때문이다. 그래서 반성하는 의식은, 다른 모든 것은 동일한 그대로 남아 있고, 어떤 욕망만이 계속적으로 증가하였다고 생각하게 되는 것이다."[5] 자기반성에서 성찰로 이어져 자기를 확인하는 형태는 비교적 부정적인 관점에서 자기를 대상화하는 경우이다.

스스로 완벽한 자기를 설정하고 거기에 다다를 수 있도록 자기 감시를 멈추지 않는 시적 자아에게 자기진단은 부정적인 결과를 초래할 수밖에 없다. 타자와의 비교대상 없이 자기를 대상으로 하는 경우, 자기

---

4) "헤겔 철학 방법의 이중성, 즉 현상 그 자체를 말하도록—이것을 '순수한 응시'라고 하는 데—하는 요청과 언제나 주체로서의 의식과 현상의 관계—이것은 성찰이라고 한다."(테오도르 아도르노, 최문규, 『한줌의 도덕』, 솔, 1995, 107면)
5) 앙리 베르그송, 정석해·정경석, 『시간과 자유의지』, 삼성출판사, 1993, 40면.

억압과 감시의 정도는 두 가지 현상으로 나타날 수 있다. 나약한 자기의 위로로 그치거나 자기를 억압하는 정도가 훨씬 강해지는 경우이다. 윤동주의 시에서 드러나는 자기반성의 목소리는 나약한 자기 위로에 그치지 않는다. 자기 위로나 달램보다는 자기의 감시와 억압으로 비춰지는 이 부분에서 우리는 자기성찰의 내면적인 의미를 파악할 수 있다.

윤동주 시 전편은 존재에 대한 끊임없는 사유의 과정으로 이루어져 있다. 이때 작품 속에 보이는 사유의 형태에서 반성의 측면은 자기의 사유에 대한 가장 기초적인 형태라고 할 수 있다. <서시>는 자기반성을 통한 성찰의 단계로 나아가는 구도를 밀도있게 갖추고 있다. <서시>는 작품성이나 작가정신의 반영면에서 볼 때, 윤동주 작품에서 대표성6)을 띠는 것으로 평가된다. <새로운 길>, <고향집－만주에서 부른>7) (새로이 발굴된 작품) 등이 그러한 요소를 내포하고 있으나, <서시>에서 가장 잘 드러난다. 그래서 <서시>를 중심으로 주제별 분류를 하고, 그 주제와 유사한 다른 시도 함께 거론하는 형태를 취하면서 자기확인의 과정을 고찰하고자한다.

(1) 부끄러움, 괴로움, 그리움의 실존적인 감정

시적 자아의 자기반성은 자기성찰의 단계로 나아간다. 그 과정에서 자기를 성찰하게 하는 양상은 부끄러움, 괴로움, 그리움의 감정들이다. 부끄러움, 괴로움, 그리움은 실존적인 감정들로서 우리 존재가 불안한

---

6) 이승훈은 <서시>를 대표작으로 삼는 이유를 두 가지 들면서 첫째, 많은 분들이 윤동주의 시를 논하면서 특히 <서시>의 가치를 높이 평가했다는 것, 둘째, 윤동주의 시정신을 집약하는 작품이기 때문이라고 한다.(이승훈, 「윤동주의 <서시> 분석」, 『윤동주 연구』, 문학사상사, 1997, 429면)

7) 1973년 『문학사상』 3월호에 윤동주의 미발표 시 8편을 실었으나, 전집에 수록하지 않고 있다가, 문학사상사가 주관한 윤동주 서거 50주년을 기념한 윤동주 전집 (권영민 편저, 『하늘과 바람과 별과 시』, 문학사상사, 1997)에서 8편 전부를 실었다. 그 8편의 작품은 <곡간>, <비애>, <장미 병들어>, <내일은 없다－어린 마음이 물은>, <비행기>, <호주머니>, <개>, <고향집－만주에서 부른> 등이다.

조건에 처하게 될 때 형성되는 것이다. 괴로움은 도덕적 가치기준을 위반했을 때 생겨나는 불안의 감정이며, 부끄러움은 스스로의 개인적인 이상형과 자신의 행동이 불일치할 때 느끼는 감정이며, 그리움은 대상의 존재가 현재적인 가치를 가지고 존재하지 않는 상태에 느끼는 감정이다.[8)]

감정은 막연하게 발생하는 것이 아니라 자신의 목표의식과 밀접한 관련을 맺으며 나타난다. "감정을 일으키는 데는 두 가지 동기 부여 요소들이 필요하다. 첫째, 어떤 사건 때문에 평범한 상황이 개인적인 해나 이익과 관련된 상황으로 바뀌어야 한다. 말을 바꾸면, 감정적인 상황은 우리가 일어나기를 원하거나 원하지 않는 뭔가를 건드린다는 것이다.…… 의미 있는 목표가 걸려 있지 않다면, 다른 사람이나 물리적 환경과 만나는 상황이라 해도 감정은 일어나지 않을 것이다.…… 둘째, 우리가 목표의 운명을 판단하는 방식에 따라 감정이 긍정적이냐 부정적이냐가 달라진다."[9)] 결국 감정은 인간이 목표로 하는 의식과의 관계성 속에서 상처나 보호를 받게 된다는 것을 알 수 있다. 또한 <감정의 논리>에서 보여지듯 감정은 이성에 의해 유발되어 이성의 통제를 받는다. 물론 이성의 통제를 벗어난 감정이 있으나, 감정은 항상 이성과 대립적인 위치를 점하는 것이 아니다.

<서시>에서의 부끄러움, 괴로움은 일회적인 사건을 통한 감정의 유

---

8) "불안-공포, 죄책감, 수치심은 실존적인 감정들이다. 이 감정들이 기초를 두고 있는 위협들이 우리 존재, 세상에서의 위치, 삶과 죽음, 삶의 질에 대한 의미와 개념들과 관련을 갖고 있기 때문이다. 우리는 삶의 경험과 문화의 가치들을 통해 우리 자신에 대한 이런 의미들을 구성해 왔다.…… 죄책감에서는 그 의미가 우리의 도덕적 잘못에 대한 것이다. 수치심에서는 우리가 우리 자신과 다른 사람들의 이상에 따라 행동하지 못한 것과 관련된다. 죄책감과 수치심이 비슷한 것은 둘 다 개인적 실패에 대한 인식과 관련이 있기 때문이다. 죄책감이나 수치심을 경험하려면 우리 자신을 평가할 내적 기준을 가지고 있어야 한다. 죄책감에서는 그것을 양심이라고 부른다. 수치심에서는 그것을 에고이상이라고 부른다."(리처드 래저러스·버니스 래저러스, 정영목, 『감정과 이성』, 문예출판사, 1996, 65면)

9) 리처드 래저러스·버니스 래저러스, 정영목, 『감정과 이성』, 문예출판사, 1996, 200-201면.

출로 단순하게 그려져 있는 것이 아니다. <서시>에서 시적 자아의 부
끄러움과 괴로움은 인간이 근원적으로 부끄럽고 괴로운 존재임을 드러
내고 있다. 근원적인 부끄러움과 괴로움은 모든 인간의 존재 조건으로
인간을 속박하고 억압하는 역할을 한다. 이러한 실존적인 자기성찰의
이면을 들여다보면 자기반성의 기제로서의 억압과 감시를 발견하게 된
다. 이것은 자기성찰이 지니는 부정적인 측면을 상기하게 한다. 인간존
재의 조건으로서의 부끄러움, 괴로움, 그리움은 성실한 자기성찰의 과정
으로 읽혀질 수 있다. 반성하는 자아와 반성되는 자아 사이의 갈등과 대
립은 윤동주에 지속적으로 형상화되고 있다. 자아는 외부세계를 내면화
하려는 시적 화자의 자아성찰과 의지가 개입되어 있다. 이러한 자아성
찰과 의지를 통해 시적 화자는 '그리움'과 '부끄러움'의 태도를 극복하
고 '기다림'과 '자랑스러움'의 태도를 표출하게 된다.10) 그러나 이러한
감정들은 자기억압과 감시의 기제가 유발하는 양상이기도 하다.

> 죽는 날까지 하늘을 우르러
> 한점, 부끄럼이 없기를,
> 잎새에 이는 바람에도
> 나는 괴로워했다.

— <序詩> 부분

이 시는 성찰적 자아가 깊게 드리워져 있어 언제나 자기 세계를 들여
다보면서 되돌아보기를 하는 모습을 담고 있다. 이런 경향의 시에서는
자기 세계에 대한 확실한 판단이 서 있는 시적 자아를 만날 수 있다. 그
럼에도 불구하고 시적 자아는 자기 지각과 확인과정에서 생겨나는 미진
함을 떨쳐버릴 수 없어 괴로워한다. 왜냐하면 시적 자아의 자기자각은
완벽한 틀로 짜여진 구조물이 아니라, 상황에 따라 변화하는 유동체이

---

10) 류찬열, 「윤동주 시 연구―자아 의식과 세계 인식을 중심으로」, 중앙대 석사논
　　문, 1997, 22-35면.

기 때문이다. 또한 시적 자아의 자기성찰의 상황은 자기확립과 직결된 통로가 아니라, 자기다움과 자기확인을 찾아내기 위한 과정이기 때문이다. 자기를 찾아가는 과정 중에 자기 완벽이라는 지향점에 이르기를 원하는 시적 자아는 스스로의 부족함에서 발생하는 부끄러움[11] 때문에 괴로워한다. 그러나 시적 자아는 그 부끄러움의 해결책으로 사랑을 터득하면서 불안한 자기 의지를 차츰 굳히게 된다.

위의 시에서 시적 자아의 심리적인 자세는 인생은 어떤 모범적인 표본이 있을 것이고, 거기에 정확하게 맞추어서 살아야 한다는 기계적인 합리성으로 비춰진다. <서시>[12]에서 볼 수 있는 시적 자아의 자기 확인은 결벽증에 가까운 자기성찰적인 면모를 지니고 있다. 자기반성은 자기성찰의 단계로 이어지고, 그 과정은 아주 심각하게 시적 자아의 내면에 각인된다. 시적 자아는 평생을 통해서 한 점의 부끄러움도 남겨서는 안 된다고 생각하는 강한 의식의 소유자이다. 인간이 지니는 근원적인 부끄러움이나 괴로움을 벗어나고자 하는 의도는 역력하나, 존재의 근원적인 부끄러움을 인간이 벗어날 수 있는 길은 능력 밖의 문제이다. 존재의 근원적인 조건으로서의 부끄러움은 존재하는 동안 공유하는 요소이기 때문에 누구도 예외가 될 수 없다. 무력한 개체로서의 인간이 완벽을 지향하고자 하는 의지 자체는 그 순간부터 부정적인 결과를 예상할 수밖에 없다. 인간에게 완벽의 세계는 이상향이지 숨쉬는 현실의 세계가 아니다. 시적 자아는 현실적인 모든 조건들은 배제하고 이상적인 단계만을 계속해서 구성하고 거기에 자신을 맞추어 가고자 한다.

완벽을 지향하는 시적 자아는 '잎새에 이는 바람' 소리에도 괴로워한

---

11) 김소정, 「윤동주 시 연구–시에 나타난 현실대응 양상을 중심으로」, 경상대 석사 논문, 1998, 12-19면. 그의 작품 전체에서 드러나는 부끄러움과 자책의 감정은 시대적 갈등 의식이 행동으로 표출되지 못하고 내면화된 결과이며, 윤동주의 부끄러움 인식은 죄의식으로 발전하게 된다.

12) 이승훈은 <서시>를 대표작으로 삼는 이유를 두 가지 들면서 첫째, 많은 분들이 윤동주의 시를 논하면서 특히 <서시>의 가치를 높이 평가했다는 것, 둘째, 윤동주의 시정신을 집약하는 작품이기 때문이라고 한다.(「윤동주의 <서시> 분석」, 『윤동주 연구』, 문학사상사, 1997, 429면)

다. 시적 자아는 완벽하고자 하는 무게만큼 괴로움을 느끼게 되는 것이다. 또한 시적 자아는 아주 사소한 일이나 일상에 대해 주의력을 가지고 있다. 부끄러움 없이 살아가겠다는 의지는 괴로움을 유발할 수밖에 없다. 그래서 부끄러움과 괴로움의 관계는 항상 맞물려 있다. 부끄러움이 많아지게 되면 괴로움에 이르게 되는 것은 당연한 결과이다. 그러나 <서시>에서 시적 자아가 괴로워하는 것은 부끄러운 사건, 그 자체로 인한 것이 아니라 자기자각이나 각성의 대상이 절대적인 세계를 지향하고 있기 때문에 시적 자아는 부끄러움을 한순간도 벗어날 수 없다. 즉 시적 자아가 괴로워하는 것은 실제 자신의 부끄러운 행동 때문이 아니라, 부끄러운 삶을 살아서는 안 된다는 자기감시의 기제 때문이다. 이러한 의식 자체가 시적 자아를 억압하기 때문에 한순간도 억압의 상황을 벗어나지 못한다. 시적 자아는 자신을 억압하고 감시하는 기제를 통해 자기성찰을 도모하는 까닭으로 괴로움에 빠지게 된다.

시적 자아에게 죽는 날까지 부끄러움 없이 살도록 강요하는 주체는 물론 자기자신이다. 그러나 자기자신을 둘러싸고 규정되는 것은 자기의 목소리이지만 거기에는 절대적인 대상이 포함되어 있다. 절대타자의 목소리는 변함없이 준수되어야 하는 법이나 관습의 다른 이름이라고 할 수 있다. <서시>에서 시적 자아가 대상화한 것은 객관적인 타자라고 할 수 없으며, 단지 자아가 절대적인 기준에서 벗어나지 못하는 상황을 지적하기 위해 절대적인 타자로서의 기준을 언급한다. 절대적인 가치에 합당한 자기를 발견하기 전까지 시적 자아는 자기 감시와 억압의 상태를 벗어날 수 없고, 자기에게 내재된 부끄러움과 괴로움의 무게에 시달리게 된다. 그것이 시적 자아에게는 자기성찰의 성실성으로 내화되어 나타난다.

부끄럼이나 괴로움은 자기가치를 중심에 놓고 주변가치를 따라가지 못할 때 생기는 상실감의 다른 형태라고 할 수 있다. 부끄러움은 자기지각의 상실 단계가 괴로움보다는 가볍지만, 결국 부끄러움이 계속 심화되면 괴로움으로 변화되는 것이 자괴감의 대부분의 과정이라고 볼 수 있다. 그러나 그리움은 자기가치에 훼손이나 손실이 생기는 현상은 아니다. 그리움이 깊어지면 마음의 상처는 생길 수 있지만, 자기가치가 흔들리는 감정상태로 발전하기는 어렵다. 그러므로 그리움은 부끄러움이나 괴로움처럼 직접적으로 자기확인의 지각에 관여하는 것은 아니며, 자기지각 과정에서 부수적인 조건으로 시적 자아의 존재와 공존한다. 그리움 자체의 동력은 너무나 미미하지만 인간 심리 기저를 휩싸고 있는 중요한 감정이다.

　<서시>에서는 시적 자아의 부끄러움을 통하여 자기 감시의 기제가 작용함을 알았으며, 그 기제에서 시적 자아는 자유롭지 못한 존재로 드러났다. 부끄러움의 양상만 그러한 것이 아니라, 괴로움과 그리움의 감정들도 같은 기제를 이루고 있음을 살펴보았다. 잎새가 미세하게 흔들리는 소리에도 자기확인을 해야 하는 시적 자아에게는 부끄러움은 일순간도 사라지지 않고 지속된다. 그러한 부끄러움은 항상 괴로움으로 연결되어 시적 자아의 자기성찰의 끈을 늦추지 못하게 만든다. 시적 자아가 느끼는 부끄러움이나 괴로움, 그리움은 자기 존재 확인의 감정적인 표현으로 볼 수 있다. 이러한 감정들은 자기 존재를 성찰하도록 시적 자아를 추궁할 것이며, 시적 자아는 상황 상황마다 새로운 느낌으로 존재 의미를 던지게 된다.

　부끄러움, 괴로움, 그리움의 감정은 하나하나 독립된 개체로서 감정을 가지기도 하지만, 시간적인 순서개념을 적용하기가 애매할 정도로 복합적으로 작용하기도 한다. 이러한 감정들은 어떠한 시간적인 개념이 없이 하나의 감정이 촉발되면 다른 감정들이 연쇄적으로 작동한다. 우리가 만나는 하나의 사건은 부끄러움과 괴로움을 동시에 던지면서 그 감정들이 소진될 무렵이면 그리움으로 번지게 된다. 이렇듯 우리의 감정은 중층적으로 접합되어 우리 존재를 둘러싸고 배회한다. 감정들의 중층성이란 다양한 감정의 층위가 여러 겹으로 동일한 공간에서 형성되어 복합적인 감정을 유발하는 현상을 가리킨다.

　중층적인 접합이 지닌 의미는 감정기제가 부끄러움, 괴로움, 그리움으로 각각 떠도는 것이 아니라, 감정융화의 상태로 복합적인 자기확인의 단계에 이르게 되는 것에 있다. <서시>에서 시적 자아는 부끄러움과 괴로움을 확연하게 나누어 경계를 세우기보다는 부끄러움과 괴로움의 층위가 한데 섞여 중층을 형성하게 되어 두 감정의 상호성이 생긴다. 그래서 <서시> 전체에서는 부끄러움과 괴로움은 정확하게 그 감정의 분포를 나누기가 힘들게 된다. 결국 이중적인 감정들의 기제가 접합되어 시 전체에 스며들어 있다.

자기성찰의 과정에서 부끄러움, 괴로움, 그리움의 기제는 자기확인의 작업을 구체화시키는 역할을 한다. 시적 자아가 절대적인 대상을 향해 갖는 부끄러움과, 부끄러움이 무거워져 겪게 되는 괴로움은 자기 스스로 성찰하게 하는 역할을 하면서 동시에 억압과 감시의 기제가 일으키는 작용으로 볼 수 있다.

> 헌 짚신짝 끄을고
>   나 여기 왜 왔노
> 두만강을 건너서
>   쓸쓸한 이 땅에
>
> 남쪽 하늘 저 밑에
>   따뜻한 내 고향
> 내 어머니 계신 곳
>   그리운 고향 집
>
> ― <고향집―만주에서 부른> 전문

이 시에서는 고향을 버리고 이국 땅 낯선 곳에 이주한 시적 자아의 쓸쓸함이 그대로 드러난다. 익숙한 삶의 자리를 두고 생소한 자리로 옮겨 올 수밖에 없었던 자신의 현실적인 조건은 시적 자아를 이국땅에 묶어두는 요인이다. 위의 시 <고향집―만주에서 부른>의 시적 자아는 불우한 상황에 처해 있다. 삶의 보금자리를 찾아 낯선 곳으로 떠나왔지만 새로이 정착한 곳은 쓸쓸하기 이를 데 없다. 그는 남쪽하늘을 향해 따뜻한 고향집과 그 집에 계신 어머니를 애타게 그리워한다. 그러나 시적 자아는 그 고향집을 마음 속으로 그려보는 데 그친다.

　자기 존재가 더 이상 인정받지 못하는 무대의 뒤에 머물러야 할 때, 시적 자아의 깊은 자기자각의 과정이 따르게 마련이다. 자기자각과 확인의 확실함이 있더라고 자기다움과 자기 터전이 쉽게 회복되는 것은 아니다. 자기확인의 지각이 만주라는 낯선 타국에서 쉽게 생겨날 수 없다. 여기에서 시적 자아는 물리적인 거리감으로 인해 철저한 자기자각은 있겠지만, 그것이 현실적으로 구체화되기는 힘들다. 또한 고향 상실은 영원한 마음의 고향과 은신처로 남아 있는 어머니마저 멀어지게 만든다. 이렇듯 보고 싶은 어머니는 시적 자아의 자기자각이 충분히 깨어 있음을 드러내는 중심 시어라고 할 수 있다. 물리적인 거리감은 너무나 멀리 떨어져 있지만 시적 자아의 마음에서는 그리움이 언제나 그 곳에 가 있게 된다.

　이 시에서 그리움은 <서시>의 부끄러움이나 괴로움의 자기성찰의 기제와는 성격에서 차이점이 있다. 부끄럼이나 괴로움은 자기가치를 중심에 놓고 주변가치를 따라가지 못할 때 생기는 상실감의 다른 형태라고 할 수 있다. 부끄러움은 자기지각의 상실 단계가 괴로움보다는 가볍지만, 결국 부끄러움이 계속 심화되면 괴로움으로 변화되는 것이 자괴감의 대부분의 과정이라고 볼 수 있다. 그러나 그리움은 자기가치에 훼손이나 손실이 생기는 현상이 아니다. 그리움이 깊어지면 마음의 상처는 생길 수 있지만 자기가치가 흔들리는 감정상태는 아니다. 그러므로 그리움은 부끄러움이나 괴로움처럼 직접적으로 자기확인의 지각에 관여하는 것은 전혀 아니다. 그것은 자기지각 과정에서 부수적인 조건으로 자기와 공존하면서 훨씬 자기다워지는 것들이라고 할 수 있다. 그리움 자체의 동력은 너무나 미미하지만 인간 심리 기저를 휩싸고 있는 중요한 감정이다. 이 시에서 시적 자아에게 주목할 점은 어머니를 향한 그리움으로 자기를 확인한다는 사실에 있다. 시적 자아에게 결핍된 존재인 어머니. 그 결핍으로 드러나는 대상에 대한 그리움이 지속되면 시적 자아는 자기자각을 그리움의 형태로 느끼게 된다. 이렇듯 자기자각은 자기 결핍의 대상을 통해서도 확인 가능하다.

(2) 자기절제와 속죄의식의 고통스러움

세계에 던져진 존재자로서의 존재 역시 공통의 관계망에서 가능하며 그 관계는 도덕적인 기준에서 마련된다. 그 기준이 인간의 존재에 양심이라는 이름으로 힘을 발휘하기 때문에 인간은 자기절제, 참회, 속죄의 형태로 도덕적인 내용을 구성한다. 인간에게 괴로움이란 자기책임이나 의무를 다하지 못하기 때문에 갖는 고통스러움이다. 그러나 그 의무와 책임은 어떤 기준에서 만들어지는가 하는 것이다. "<길들이기> 위한 울의 창살에다 몸을 부딪혀 상처투성이가 된 이 동물, 황야에의 향수에 지쳐 스스로 모험, 고문대와, 불안하고 위험한 황야에 몸을 내던지지 않을 수 없었던 이 궁핍한 동물, 이 바보, 그리움에 지치고 절망해 버린 이 죄수야말로 <양심의 가책>의 발명자가 된 것이다."13)

윤동주 시에서 자기반성과 성찰의 측면은 정서적인 측면에서 살펴보았고, 여기에서는 자기절제와 참회의 형태를 통해 자기성찰로 나아가는 과정을 고찰해보고자 한다. 책임의식에서 자유롭지 못한, 책임에 대해 의무를 다하려는 마음에서 양심은 시작된다. 이 책임에서 자유롭지 못하기 때문에 인간은 고통을 느끼며 살아간다. 그 고통이 바로 자기를 절제할 수 있는 힘이며, 그 절제의 적극적인 형태로서 속죄의식도 생겨

---

13) F.W. 니체, 김태현, 『도덕의 계보』, 청하, 1992, 93-169면. "'인간은 무엇을 위해 생존하는가?'라는 물음은 대답이 없는 물음이다. 인간과 대지를 위한 의지가 결여되어 있다. 모든 커다란 인간의 운명의 배후에는, 더 커다랗게 '헛되다'라는 후렴이 울리고 있다. 이것이 금욕주의적 이상이 의미하는 것이다. 무엇인가 결여되어 있다는 것, 인간은 무서운 공허가 인간을 둘러싸고 있다는 것―인간은 자기 자신을 정당화하고, 설명하고, 긍정하는 법을 알지 못했다. 인간은 자기 생존의 의미 문제로 괴로워했다. 인간은 주로 하나의 병든 동물이었다. 그러나 문제는 고통 자체가 아니었다. 문제는 '나는 왜 괴로워하느냐?'라는 물음에 대한 대답이 없다는 것이 진정한 문제였다."

난다. 자신을 드려다 볼 수 있는 힘은 자기를 반성하고, 성찰하는 가운데서 생기게 되는 자기각성으로 발전하는 것이다. <병원>, <懺悔錄>을 통해 시적 자아의 자기반성과 성찰의 과정을 파악하기로 한다.

> 나도 모를 아픔을 오래 참다 처음으로 이곳에 찾어 왔다. 그러나 나의 늙은 의사는 젊은이의 病을 모른다. 나한테는 病이 없다고 한다. 이 지나친 試鍊, 이 지나친 疲勞, 나는 성내서는 안된다.
>
> — <病院> 부분

시적 자아는 자신의 병명도 모른 채 아픔을 참다 병원을 찾아온다. 그러나 '늙은 의사'는 '젊은이'의 병을 진단해내지 못한다. '늙은 의사'는 아예 병이 없다고 말한다. 이 말에 '젊은' 시적 자아는 그 동안의 '지나친 시련'과 '지나친 피로'에도 불구하고 성을 내서는 안 된다고 다짐한다. '젊은이' 자신의 병명에 대해 '늙은 의사'는 절대 병명을 알 수 없다. 이 시가 보여주는 젊은이와 늙은이의 대립구도는 화해나 조화를 이루는 구조라기보다는 극단적인 대립으로 이어져 화해의 여지를 찾을 수 없다. 이 상황에서 '젊은이'는 '시련'과 '피로'가 더욱 심해진다. 그러나 시적 자아는 '늙은 의사'에게 성내지 않는다. 자신이 '젊은이'이기 때문에 겪을 수밖에 없는 '지나친 피로'와 '지나친 시련'임을 인식하고 있기 때문이다.

<병원>이라는 시에서 보이는 시적 자아는 '젊은이'의 병을 앓고 있으나 늙은 의사는 병을 알지 못한다. 병에 걸려 피로한 상태로 병원을 찾아오지만 그 병을 치료할 사람 아무도 없다. 이 힘든 상황에서 절제와 자제를 스스로 다짐하고 있다. 죄의식보다는 자기자제와 절제가 드러나는 시이다. 이러한 자제에 기반해 자기반성의 형태가 근원적인 형태를 띠게 되면 속죄의식과 참회의 형태를 갖게 된다.

> 파란 녹이 낀 구리거울 속에
> 내 얼골이 남어있는 것은

어느 王朝의 遺物이기에
이다지도 욕될까

나는 나의 참회의 글을 한줄에 줄이자
―滿二十四年 一個月을
　무슨 기쁨을 바라 살아왔는가

내일이나 모레나 그 어느 즐거운 날에
나는 또 한줄의 참회록을 써야한다.
―그때 그 젊은 나이에
　웨 그런 부끄런 告白을 했든가

밤이면 밤마다 나의 거울을
손바닥으로 발바닥으로 닦어보자

그러면 어느 隕石밑으로 홀로 걸어가는
슬픈 사람의 뒷모양이
거울 속에 나타나 온다.

― <懺悔錄> 전문

　자기반성은 참회의 형태로 나타난다. 구리거울은 시적 자아가 자기를 반성할 수 있는 매체가 된다. 특히 거울에 녹이 파랗게 끼어 있기 때문에 시적 자아는 거울에 비춰진 자신의 영상을 보는 것보다 거울표면의 녹을 먼저 본다. 그 파란 녹이 끼어 있는 것을 본 시적 자아는 자신의 반성이나 성찰을 더욱 부치길 '왕조의 욕된 유물'을 떠올리게 된다. 과거의 역사를 되돌아보면서 욕되다고 느끼는 시적 자아는 자신의 주변에서부터 반성하게 된다. 녹이 낀 거울 속에 시적 자아의 얼굴이 남아 있다고 판단한 시적 자아는 부끄러움의 단계를 지나 치욕스러움을 느낀다. 자신의 얼굴을 비치는 구리거울은 온전히 시적 자아를 비추지 못하고 구리거울은 녹이 슬어 있다.
　녹이 슨 거울로 자신의 얼굴을 드려다 보던 시적 자아는 '욕된 유물'

임을 자각하게 된다. 이 자각은 '만 24년 1개월'을 산 흔적을 '참회의 글'로 한 줄에 줄이게 된다. '무슨 기쁨을 바라 살아왔는가.' 어떤 희망과 기대를 걸고 24년의 세월을 보냈는가에 대해 자문하고 있다. 이 질문에는 어떤 기쁨도 그 동안 없었다는 답을 암시하는 것이다. 아무런 기쁨이 없이 살아온 24년의 세월을 도대체 왜 살았냐는 식의 스스로에게 가하는 채찍이라고 할 수 있다.

'만 24년'을 살아온 삶을 돌아보면 별 기쁨 없이 왜 살아온 지도 모를 건성의 삶을 살았음을 '무슨 기쁨을 바라 살아왔는가'로 일축하고 있다. 3연에 오면 또 다시 도래할 미래에 대해서도 회의적인 입장을 견지하고 있다. 시간이 흐른 미래 어느날 역시 참회록을 스스로 써야한다는 단정적인 시적 자아의 생각은 자기 규제가 아주 엄격함을 드러낸다.[14] 살아온 24년의 삶이 아무런 기쁨이 없었고, 또한 욕된 왕조의 유물까지 껴안은 본인으로서는 다가올 미래의 기쁨도 기대하지 못한다. 그러므로 먼 미래에서 과거를 돌아보면서 시적 자아는 24년의 시간대에서 '부끄런 고백'을 왜 했는지 묻게 될 것이다. 이 물음의 의미는 먼 미래로 가서 자신을 돌아봐도 역시 참회의 태도는 버리지 못할 자신의 또 다른 유물이 되었다는 것이다. 먼 후일, 24년 1개월의 삶에 대한 부끄런 고백이 삶에 마디나 힘이 된다. 그 고백이 계기가 되어 뒤를 돌아보면 그 고백이 또 다른 아름다움으로 승화될 때, 반성은 반성으로서의 역할을 하게 되는 것이다.

그러나 지금의 시적 자아는 현재의 욕된 유물과 자신의 기쁨 없음이 미래에도 그대로 지속될 것이라 체념하고 있는 상황이다. 물론 이러한 자세는 자신에 대한 끊임없는 절제를 통해 생겨나기도 한다. 그러나 반

---

14) 지현배, 「윤동주 시의 의식현상학적 연구」, 경북대 박사논문, 2001, 90면. "<참회록>에서 발견할 수 있는 시적 화자의 의식은 자기 존재 부정이라는 극단의 고뇌에 직면하고 있다. 그것은 자기가 선택한 길에 따른 결과이기는 하지만, 먼 훗날에도 쉽게 치유되지 않을 상처를 남기게 된다는 점이 고뇌의 뿌리이다. 이런 시적 화자의 고뇌는 현상학적 환원에 의하면 시인이 삶의 현실에서 경험하고 선택한 바로 그것이다."

성은 회의가 아니기 때문에 미래에 대한 긍정적인 비전을 통해 더욱 설득력을 갖는다. 이렇게 보면 시적 자아의 자기참회의 형태는 회의적인 성격을 강하게 표방하고 있다. 그러나 이 <참회록>에서 시적 자아가 회의로 일관하는 것이 아니라 건강한 반성의 자세를 일관하고 있는 것이 4연에서 보인다.

'밤이면 밤마다' 욕된 녹이 슬어 있는 거울을 닦으려는 의지를 갖는 데 있다. 녹이 끼었다고 그대로 방치하는 것이 아니라, 손이 모자라 발바닥으로까지 닦아보겠다는 것은 시적 자아의 의지의 표명이다. 이러한 의지의 표명은 자신의 참회의 형태가 회의적인 비관에 휩싸이도록 자포자기하는 것이 아니라, 자신의 삶에 애착과 의욕을 표방하는 태도이다. 비로소 4연에서 시적 자아가 왜 1연의 '이다지도 욕될까', 2연의 '무슨 기쁨을 바라 살아왔는가', 3연의 '또 한줄의 참회록을 써야한다' 등의 시적 자아가 자신에 대한 회의적인 자세를 일관하는 이유가 정리된다. 결국 녹이 슨 거울을 손과 발로 닦기 위한 점검의 형태였다는 것이다. 1연에서 3연까지의 그런 회의적인 의사표현은 표면적으로 드러나는 것일 뿐, 4연의 의미를 통해 내면의 세계를 드려다 보면 현재의 참회가 자기반성을 통해 자기를 성찰하게 해 준다. 시적 자아는 거울을 닦으며 자기성찰을 이루게 된다. 그리고 1연에서 3연까지의 회의적인 자문은 자신의 성찰을 위한 반성의 단계로 설명된다. 이 반성은 자기 규제나 절제의 엄격함 속에서 결과적으로 생겨난 현상이라고 볼 수 있다.

4연의 자기성찰은 기쁨으로 가득찬 성찰을 암시하는 것이 아니다. 손과 발로 닦은 거울 속에 정작 등장하는 시적 자아는 뒷모양을 보일 뿐이다. 특히 '슬픈 사람의 뒷모양'으로 거울 속에 나타난다. 이 슬픈 사람의 뒷모양은 '운석밑으로 홀로' 걸어가는 외로운 사람이기도 하다. 이때 슬픈 사람은 운석 밑으로 가는데 별똥별은 사람의 눈에 나타나는가 싶으면 이미 사라지고 없다. 그러므로 운석은 '슬픈 사람'의 뒷모양을 끝까지 비춰줄 수 있는 별이 못 된다. 어쩌면 '슬픈 사람'이기 때문에 '운석밑'으로만 지날 수밖에 없는 것인지도 모른다. 그런 '슬픈 사람'이 거울 속에 나타난다.

이때 거울 속에 나타난 사람은 1연에서 녹이 번진 구리거울 속에 남아 있는 '얼굴' 아니다. 시적 자아가 손과 발로 닦아낸 거울 속에 나타난 '슬픈 사람'의 뒷모양이다. 이 '뒷모양'의 주인공은 자기반성과 성찰을 겪고 자성적인 상태를 거울에 드러낸 것이다. 이미 자기성찰이 끝난 상태라기보다는 성찰의 단계가 진행 중이고 자기를 드려다 보고 반성하고 생각하는 과정 중에 있는 것이다.

(3) 자기성찰의 전형으로서의 길

길은 항상 무엇인가를 모색하게 하는 원천이며 새로운 세계를 열 수 있는 가능성을 시사하는 전형이다. 길은 자기를 묻고 모색하는 방식에서 원형적인 모습을 가지고 있다. 길을 모색한다는 것이 방법과 수단을 찾는 것으로 읽혀질 때, 길은 우리가 찾아가는 자기자각의 원형이자 기제가 될 수 있다. 그러므로 원형의 의미는 새롭고 다양한 변종들의 출발점이자 동시에 다양한 것들을 아우르는 근원이 된다. 길은 폐쇄적인 성격을 지니고 있지 않으며 언제나 다른 길에로 연결된 새로움을 지향하기 때문에 새로움의 토대가 된다. 이러한 관점에서 길은 자기모색의 원형적인 기제로 읽혀지게 된다. 길은 항상 길로 연결되어 있기 때문에 길 위에서 자기모색을 지속하게 한다.

그렇다고 길이 우리를 다른 세계로 안내하는 것이 아니라, 우리가 주체적으로 길을 통해 다른 세계로 옮겨간다. 우리가 가는 세계는 항상 길로 연결되어 있고, 그 길을 따라 우리는 자기확인을 하게 된다. 그러므로 우리가 새로운 세계와의 만남을 추구하고자 한다면 우선 새로운 길[15] 위를 서성거려야 한다. 새로움은 항상 익숙하고 편안한 세계를 벗

---

15) "길은 사유 자체이고, 이 사유 즉 이 무진장한 신비 주변에서 주장하는 모든 것이다.…… 길로 가는 것이 길의 인도를 따르는 것처럼, 본질적 사유는 존재의 명령에 따른다.…… 본질적 사유는 제한없이 자의적으로 빗나갈 수 없다."(하인리

어나서 낯선 세계로 지향하고자 하는 의지에서 태어난다. 새로운 길을
지향하려면 자기의지를 중심으로 모색이 지속되어야 가능하다. 자기의
지는 새로움에 대한 지향성이 계속되는 가운데 생길 수 있다. 길을 찾아
나섬은 그 전단계로서 자기의지를 토대로 하면서 지속되는 지향성을 소
유할 때 이루어진다. 시적 자아가 길에서 서성거림은 세계에로 연결되
고자 하는 의지의 표출이며, 길은 시적 자아로 하여금 모색을 계속하게
하는 전형으로서의 의미를 지닌다.

> 그리고 나한테 주어진 길을
> 걸어가야겠다.

— <序詩> 부분

　위의 시에서 보이는 시적 자아는 자신의 길을 주체적으로 선택한 모
습이 아니다. 그렇다고 보이지 않는 대상이 무조건적으로 던져놓은 길
을 가겠다는 의미의 표현이라고 볼 수도 없다. '주어진 길'에 대한 추구
를 결정한 전후사정을 보면 그 의미가 드러나기 때문이다. 시적 자아는
'죽어 가는 것'을 사랑하기로 한 후, 주어진 길을 받아들이기로 결정한
다. 즉, 시적 자아는 죽음에 대한 두려움과 낯설음을 벗어나서 죽음을
인정하고 수용할 수 있는 단계에 접어든다. 혼란한 판단이나 평가를 모
두 결정짓고 나서, 스스로 초연해진 상황 속에서의 '주어진 길'은 이미
시적 자아가 자신의 주체적인 기준을 바탕으로 자기 길에 대한 의사를
개입시킨 것이라고 보아야 한다. 시적 자아가 주어진 길을 갈 수밖에 없
는 상황은 우리의 실존적인 모습이다. 시적 자아는 자기와 이웃의 삶이
죽음과 맞닿아 있다는 것을 인식하고 난 후, 자신의 길에 대한 선택이
주어져 있음을 알게 된다. 우리가 죽음의 문제를 선택할 수 없다는 것은
삶의 문제도 동일하게 선택할 수 없다는 의미이다. 시적 자아는 자기 자

히 오트, 김광식, 『사유와 존재─마르틴 하이데거의 길과 신학의 길』, 연세대출
판부, 1995, 186면)

신의 길이라고 생각하는 그 길을 간다.16) 그런데 여기서 시적 자아는 자기에게 '주어진' 길에 대해 적극적인 의지를 드러낼 뿐이지, 자기 길을 찾아 나설 생각은 구체화되어 있지 않다. 왜냐하면 시적 자아의 길은 이미 죽음과 맞닿아 있어, 죽음을 배제하고 선택할 수 있는 것이 아니기 때문이다.

죽음의 문제 앞에서 인간은 나약하고 겸허해지게 된다. 인간의 의지를 넘어선 문제이기 때문에 우리는 죽음의식을 던져버리고 삶을 이야기할 수 없다. 죽음은 삶의 또 다른 이름이기도 하다. 위의 시에서 시적 자아는 죽음에 대한 생각을 떨쳐버리지 못하고, 죽음과 삶이 공존하는 '주어진 길' 위에 서성거린다. 이 시에서 '주어진 길'은 주어질 수밖에 없는 길이다. 죽음을 의식한 삶에 관한 지향은 인간에게 스스로의 선택만으로 길을 갈 수 있도록 놓아두지 않는다. 죽음이란 주어질 수밖에 없는데, 그것이 인간을 둘러싸고 있는 실존의 울타리이다. 죽음은 인간이 실존적으로 안고 있는 알 수 없는 미지의 세계이자 생명이 끝나는 장소이다. 그 장소를 인식하는 인간은 항상 불안해하면서 자기 한계를 갖게 된다. 그러므로 주어진 길은 사실 막연하게 주어진 길이 아니라 주어질 수밖에 없는 길로 보아야 한다. 제한된 공간에 묶이지 않고 항상 새로운 세계를 만날 수 있는 여지를 자기로부터 열어둔다는 것은 자기의지의 다른 표현이며 자기성찰의 방식17)이다.

---

16) 박종대는 윤동주 시에 나타난 '길찾기'는 시의 이미지를 설명하는 동시에 그의 시 정신을 설명할 수 있는 용어라고 한다. 길찾기의 과정은 현실의 모순을 어떻게 이해하고 자신의 삶의 방식을 어떻게 구성할 것인가라는 실천적인 고민에 관한 것으로 본다. 그러나 시적 자아의 실천적인 고민 역시 양가적인 감정 때문에 내면적인 자기의식 안에 멈춰 있다.(「윤동주 시의 '길찾기'에 관한 연구」, 연세대 석사논문, 2000, 11-38면)

17) 최명환, 「윤동주 시 연구」, 명지대 박사논문, 1992, 104면. 시에서 그려지는 '도덕성은 내면적 갈등을 통한 양심의 실천'이기 때문에 개인적 차원에서 세계를 이해하였으며 자신이 인식한 세계관으로 스스로의 행위를 규제하고 있음을 볼 수 있다.

내를 건너서 숲으로
고개를 넘어서 마을로

어제도 가고 오늘도 갈
나의 길 새로운 길

문들레가 피고 까치가 날고
아가씨가 지나고 바람이 일고

나의 길은 언제나 새로운 길
오늘도…… 내일도……

내를 건너서 숲으로
고개를 넘어서 마을로

— <새로운 길> 전문

이 시에서 시적 자아는 반복되는 하루하루의 일상을 과거, 현재, 미래에로 연결시켜서 항상 새로운 마음가짐으로 맞이할 자세를 취한다. 일상이 특별한 변화 없이 이어지는 삶의 양상이라고 본다면, 고여 있는 일상을 거둬내고 새롭게 삶을 인식하는 자세가 바로 새로운 길을 모색하는 것이다. 즉 일상적인 삶의 건조함을 새로운 관점에서 바라보고 그 자세로 생활을 일관하는 자아야말로 자기자신을 확실히 자각하고 확인하는 과정을 밟았다고 볼 수 있다. 이런 자각이 기반한 자아는 언제나 새로운 길 위에서 길을 걷게 된다. 이렇게 자기 자리를 새롭게 보는 인식 그 자체가 이미 일상을 벗어나서 새로운 길을 모색[18]하는 것이다. 그러므로 <새로운 길>의 시적 자아는 자기성찰의 기제로 길을 선택한다. 길은 항상 어딘가로 지향하며 그 지향성은 시적 자아로 하여금 새로운

---

18) 한명희, 「윤동주 시에 나타난 상징과 지향의식」, 중앙대 석사논문, 1988, 26-27면. 길의 찾음 행위는 그가 잃었던 대상들을 보상해 주는 극복의 의미로서 이해된다. 길의 이미지는 계속적인 시의 추구대상이 되고 있기 때문에 '새로운 길'은 자기에 대한 지속적인 모색과 갈등을 담아낸다.

길을 모색하게 하는 힘이 될 수 있다. 길은 우리를 어디론가 자꾸만 가도록 내몬다. 그 내몰림에 의해 우리는 우리가 지향하는 방향으로 자기 모색의 발걸음을 시작한다.

시적 자아는 숲과 마을로 모두 통하는 길을 선택하여 자연적인 세계와 인간적인 세계의 조화로움을 수용한다. 자연과 인간의 조화로운 만남 속에서 시적 자아는 새로운 길을 모색한다. <새로운 길>의 시적 성취를 살펴보면 긴장감이나 빠른 속도의 진취성은 전혀 발견할 수 없으며 일상적인 어투로 새로움을 시도하고 있다. 새로움에 대한 시도가 일상적인 공간을 통해서 생겨나게 된다는 중요한 사실을 지적이라도 하는 듯 하다. 숲은 내를 건너서 갈 수 있는 길이고, 마을은 고개를 넘어야 비로소 갈 수 있는 길이다. 새로운 세계로 지향했을 때 시적 자아는 내를 건너면서 숲으로 가게 되는 것이며, 힘든 고개를 넘어서야 마을에 다다를 수 있게 된다. 새로운 길이란 현재에만 지향하는 길이 아니라 돌아보면 어제도 왔었고 계속해서 현재에도 가고 있는 길을 의미한다. 시적 자아가 날마다 모색하는 새로운 길에는 시적 자아 혼자만이 길을 가는 것은 아니다. 그 길은 낮은 키의 민들레가 피어 있고, 반가운 소식을 전하는 까치가 날아다니고, 아름다운 아가씨가 지나다니고 바람도 부는 공존의 공간이다. 시적 자아는 길 위를 지나는 많은 사람과 아름다운 꽃과 자연적인 세계와 더불어 길을 간다. 이러한 주변환경은 새로운 길에 대한 시적 자아의 모색을 도와준다. 자기성찰의 공간에는 자기를 둘러싼 환경이 함께 있다는 사실을 시적 자아는 새로운 길을 찾아 나서면서 이해할 수 있게 된다. 새로운 길에 대한 꾸준한 지향성과 실천의지가 함께 만드는 것이 새로운 길이다. 새로운 길은 충전하는 의지에 머물러 있다고 생기는 것이 아니며 자기의지 없이 이루어지지 않는다.

<서시>가 죽음이라는 인간 실존의 조건을 통한 겸허한 자기 길의 선택이라고 한다면, <새로운 길>에는 반복되는 일상의 무미건조함을 이겨내고 늘상 만나는 사물을 새롭게 보고자 하는 의지가 담겨 있다. 그러므로 <새로운 길>의 시적 자아가 지나가는 길은 낯선 미지의 세계가

아니라 우리가 현실 생활 속에서 살아가는 길과 동일하다. 민들레가 피거나, 까치가 날거나, 아가씨가 지나다니고, 바람이 이는 일상의 길에서 시적 자아는 새로운 길을 모색한다. 과거의 자기로서 머물러 있다면 항상 현실은 배제된 추억 속의 자기 모습일 뿐, 자기다움의 의미는 휘발되기 쉽다. 시간과 공간에 얽매이지 않는 자기를 설정한다면 언제나 새로운 길 위를 서성거릴 수 있다. 자기모색의 한 가지 방법으로서 새로운 길의 모색은 자기를 늘 새로운 세계에로 창을 열어둬야 가능하다. 제한된 공간에 묶이지 않고 항상 새로운 세계를 만날 수 있는 여지를 자기로부터 열어둔다는 것은 자기의지의 다른 표현이다.

　＜새로운 길＞은 계속되는 아픔과 상실의 현실을 극복하기 위한 시적 자아의 의지를 보이는 작품이다. 구체적인 대안이나 방법이 제시된 것은 아니지만 길을 찾아 나서는 의지를 보이고 있다. 분명 상실한 것이 있고, 또 무엇을 상실했는지를 확실하게 인식하고 나서 현실모순을 정확하게 파악하며 길을 간다. 그 길에는 현실모순이 안고 있는 어려움이 동행하지만 의지를 꺾지 않고 꿋꿋하게 길을 모색한다. 시적 자아는 어려운 길을 찾아 나서면서 자신의 존재이유를 이해하기에 이른다.

잃어 버렸습니다.
무얼 어디다 잃었는지 몰라
두손이 주머니를 더듬어
길에 나아갑니다.

돌과 돌과 돌이 끝없이 연달어
길은 돌담을 끼고 갑니다.

담은 쇠문을 굳게 닫어
길우에 긴 그림자를 드리우고

길은 아츰에서 저녁으로
저녁에서 아츰으로 통했습니다.

돌담을 더듬어 눈물 짓다
처다보면 하늘은 부끄럽게 푸릅니다.

풀 한포기 없는 이 길을 걷는것은
담 저쪽에 내가 남어 있는 까닭이고,

내가 사는것은 다만,
잃은것을 찾는 까닭입니다.

— <길> 전문

　시적 자아는 자신이 상실한 것에 대한 자각과 그것을 복구하기 위해 길을 간다. 여기에서의 길은 고유한 길의 의미만 담긴 것이 아니라, 자신이 상실한 것을 회복해 가는 과정으로서의 의미가 강하게 포함되어 있다. 이러한 길 위에서는 꾸준한 자기 길을 지속하기 힘들기 때문에 '돌과 돌과 돌이 끝없이 연달어' 나타나기 마련이다. 상실을 회복하기 위해 가는 길에는 돌이 계속해서 나타나고 그 돌들이 담으로 이어지고 그 담장은 '쇠문'으로 잠겨져 있다. 그는 길을 가는 도중에 돌담을 만나고, 저녁과 아침이 교차하는 시간을 의식한다. 잃어버린 것을 복원시키려는 시적 자아의 의지와는 상관없이 장애는 다층적이자 복합적으로 길을 가는 과정의 시적 자아에게 나타난다. 비로소 시적 자아는 돌담을 더듬다 눈물을 흘리지만 자신이 찾고자 하는 것을 복원하지 못한 상태는 부끄러움이 가득할 수밖에 없다. 그 가운데 만나는 돌담은 쇠문으로 굳게 잠겨 있어 길 위에 있는 자아와 돌담 안에 있는 자아를 분리시킨다. 담 안에 남아 있는 자아는 길 위에 있는 자아의 의지력에 의해 표면으로 떠오를 수 있는 존재이다. 그러니까 담 안의 자아가 스스로 담 밖을 벗어날 수 있는 것이 아니라 길 위의 자아의 행동반경에 따라서 움직인다.

　즉, 담 안의 자아는 시적 자아의 내면의 자아로 볼 수 있고, 길 위의 자아는 의지적인 행위를 표면화하는 자아로 볼 수 있다. 상실의 시대를

사는 동안 시적 자아는 무엇을 어디에다 잃어버렸는지 도무지 알아낼 수
없다. 그러나 시적 자아가 이 시대를 사는 이유는 잃어버린 것을 찾아가
는 행위를 멈추지 못하는 것과 동일하다. 시적 자아는 자신이 잃어버린
것을 막연하게 찾기 시작하다가 드디어 상실한 것의 회복노력이 갖고 있
는 의미를 파악하게 되고 그것이 살아가는 존재의 의미가 된다. 이 시에
서도 시적 자아는 자신이 잃어버린 것에 대한 언급이 전혀 없다. 절대
발설할 수 없는 비밀스러운 무엇을 잃어버렸다는 것을 암시하기 위해서
상실한 대상을 회피한 것인지 알 수 없다. 그러나 시적 자아만큼은 무엇
을 잃어버렸는지 확연하게 알고 있지만 단지 말을 하지 않을 뿐이다.

2. 자기 배려를 위한 좋음과 선함의 모색 과정

인간이 선함을 추구하고자 하는 의지는 자기의 근본적인 존재이유를
윤리적인 관점에서 모색할 때 더욱 뚜렷해진다. 자신 스스로가 행위의
목적이 될 때 선의지는 자연스럽게 자리잡는다. 이러한 자기 배려의 상
황은 자기가 자기의 목적이 되었을 때를 말한다. "자기에게 몰두하기 위
해서는 다른 일에 신경을 쓰지 말아야 하며, 그렇게 함으로써 자기 자신
을 위해 자신을 비워둘 수 있으리라는 것이다. 그러나 이러한 <비움>
은 쓸데없이 시간을 낭비하지 말기를 요구하는 다양한 활동들, 또 <자
기 자신을 성장시키고>, <자기 자신을 변화시키며>, <자기에게로 되
돌아오는> 데 수고를 아끼지 않기를 요구하는 다양한 활동들로 이루어
진다.…… 자유롭고 이성적인―자유롭게 이성적일 수 있는―한, 인간은
자연 속에서 자기배려를 담당하고 있는 존재이다."19) 이때 선함의 추구

---

19) "자기에의 배려는 우리 자신을 우리의 모든 전념의 대상으로 삼도록 강요하면서
　　우리에게 자유를 보장해주는 특권이자, 의무이며, 선물이자, 구속이다."(미셸 푸
　　코, 이혜숙·이영목, 『성의 역사』 3권, 나남, 1996, 61-63면)

는 자기배려에서 우러나오는 것이다. 이러한 선함의 추구도 자기를 목적으로 하고 있지만, 단독자적인 자기에 대한 집착의 형태가 아니라, 타자와의 관계를 형성하고자 하는 의도가 밑바탕을 이루는 가운데 가능해진다. 그러므로 자기에의 배려는 자기 중심의 의미만을 갖는 것이 아니라, 자기 이해가 선행하는 윤리적인 바탕을 마련하는데 중요한 역할을 한다.

"실존 철학은 뚜렷한 윤리적 근본 태도를 내포하고 있으며, 그(야스퍼스)의 철학함의 형식과 내용은 분명한 윤리적 호소처럼 보인다.…… 실존은 윤리의 존재 근거이고, 윤리는 실존의 인식 근거라고 말할 수 있을 것이다."[20] 인간은 윤리적인 존재로 타고났다기보다는 윤리적이고자 하는 의지를 표방하는 존재이다. 이때 윤리적인 의지는 이성적인 판단의 다른 표현이다. 개인성 자체에 대한 고려에서나, 사회성 속에서 개인성을 찾아가는 경우에서도 얼마나 윤리적인 것인가 하는 문제는 선의지와 긴밀하게 연관되어 있다. 윤리적인 것에 대한 탐색은 세계 속에 이미 단독자로 거주하기 힘든 실존의 조건을 이해하고 자신의 존재방식으로 받아들이는 것이다. 그러므로 윤리적인 모색은 자기 사유를 하기 위한 중요한 지침이 된다.

윤리적인 가치 평가를 중심에 두고 우리는 자유와 구속의 경계를 넘나들며 살고 있다. 일상에서 도덕은 실존적으로 중요한 자기 기준을 암시한다. 그러므로 윤리적인 존재에 대한 모색은 일상 속에 존재하는 자아가 갖는 아주 근원적인 물음의 형태를 띤다. 윤동주[21] 시 세계에서 보여주는 윤리적 자아의 양상은 반성의 형태, 선함의 형태, 사색자의 형

---

20) 신옥희, 『일심과 실존─원효와 야스퍼스의 철학적 대화』, 이화여대출판부, 2000, 198-199면.

21) 마광수는 "지상선으로서의 양심과 항상 절대적 윤리에 자신을 비추어보며 부끄러워하고 있긴 하지만, 언제나 그는 희망을 버리지 않고 있다."(「윤동주 연구─그의 시에 나타난 상징적 표현을 중심으로」, 연세대 박사논문, 1983, 106면)고 정리한다. 마광수는 논문의 일부에서 '부끄러움'을 주제로 다루고 있는데, 부끄러움을 통해 윤리의식을 드러내고 있는 것으로 평가하고 있다.

태 등으로 나타나고 있다. 그 중에서 선의지를 모색하는 작품을 중심으로 이 글을 구성하고자 한다. 윤리가 추구하는 궁극적인 목표로서의 '선함'은 존재자들의 목표인 '최고선'22)을 지향하는 형태를 띤다. 최고선은 우리가 도달해서 경험한 공간이 아니라, 다가가기 위해 끊임없이 시도하고 지향하는 대상으로서 제시되어 있다.

니체가 말하고자 한 도덕적인 가치는 선/악, 우/열의 나뉨이 고대부터 현재까지 존재하는 모순에 대한 언급에서 시작된다. 선악으로 우열로 나뉘는 것은 귀족 도덕에서 출발한 힘의 논리이며, 귀족계급이 만들어 낸 계급적인 횡포의 결과라는 것이다. 우리는 자기 반성을 귀족도덕으로 하지 못한다. 자기가 좋은 것 그 자체이고, 선이라면 현실 공간은 도덕적인 논의나 물음이 필요치 않은 이상세계일 것이다. 어쩌면 니체가 말한 귀족 도덕은 이상적인 유토피아의 형태거나, 현실 정치의 맥락에서 패권과 연계된 도덕론이라고 할 수 있다. 어쨌든 우리는 좋은 것이란 그것을 최고선을 향한 쉼 없는 지향에서 찾아야 할 것이다.

(1) 동시가 갖는 근원적인 선함

동시 자체는 동심의 좋음과 선함의 세계를 지향하는 것이기 때문에 일반의 시 장르와 변별성을 갖는다. 그러므로 동시는 도덕적이며 도덕적인 성찰성이 항상 내용에 녹아 있다. "동시는 시가 갖는 조건 이외에 또 하나의 부대 조건이 있다. 시적 의미의 조정은 물론 언어의 정서적 기능의 결과, 시인은 어린이다운 마음을 바탕으로 하여 아동에게 새로운 경이와 호기심을 불러 일으키고, 복사적으로 아동으로 하여금 상상력의 세계를 이동 확대할 때 정신의 자기 전개를 전달할 수 있다."23) 얼

---

22) "최고선은 최종적으로 추구된 것, 추구할 최고의 가치가 있는 것으로 규정된다.…… 최고선은 오직 그 자체만을 위하여 추구되는 것, 추구될 가치가 있는 것, 궁극적인 선으로서의 최고선이다.…… 최고선은 인격과 세계 안에서 덕과 행복이 일치한 상태이다."(오트프리트 회페, 임홍빈 외, 『윤리학사전』, 예경, 1998, 496-497면)

마나 인간에게 선한 영향을 주며 좋은 의미를 담아내고 있는가가 동시의 생명력과 밀접한 관계에 놓여 있다. 그러므로 윤동주의 동시를 통해 그가 추구하던 선함과 좋음을 찾아가는 것은 시적 자아의 윤리적인 속성을 파악하는데 유익하다고 본다.

윤동주 시에서 좋음 혹은 선을 지향해가는 모습은 그의 동시에서 잘 드러나고 있다.[24] 의도적인 선의의 표방을 위한 글쓰기라기보다는 선함을 추구해야 하는 자기 당위에서 비롯되는 것이라고 할 수 있다. 소년의 목소리는 세상에 대한 호기심과 본래적인 희망에 뿌리를 둔다. 그러므로 동심은 희망찬 존재이며, 존재의 시작을 알리는 존재자이다. 동시는 아이의 세계를 담아내기 위해 존재하는 것이 일차적인 몫이다. 그 아이의 세계가 어른의 현실세계로 옮겨와 꿈의 근원과 꿈이 좋음에 기반해 있음을 깨우치는 데 있다. 이것이 동시의 기본적인 역할이다.

윤동주의 동시가 보여주는 특징은 일반적인 동시론과 별반 다르지 않다.[25] 본고에서는 일반적인 동시론을 다루기보다는 동시가 갖는 생명력의 의미를 근원적인 선과 좋음에 연결시키고자 한다. 사물의 의인화, 주체의 상호성, 희망의 굳건함, 세상에 대한 따뜻한 시선, 의성어, 의태어 등은 동시에서 볼 수 있는 일반적인 특징이라고 할 수 있다. 그러나 왜 동시가 생명이 움트는 것에 대한 기대와 희망을 끊임없이 노래하느냐의 문제는 동시 장르 자체가 갖는 중요한 특징에 대한 물음이라고 할 수 있다. 이런 물음을 구체적인 작품을 통해 제시하면서 존재가 근원적으

---

23) 석용원, 『아동문학원론』, 학연사, 1987, 222면.

24) 신현봉, 「윤동주 시의 동심지향성 연구」, 한양대 교육대학원 석사논문, 1986. 윤동주 시에 결정적인 생명력을 불어넣어 준 것은, 그가 괴로움과 부끄러움의 갈등 속에서도 인간이 지켜야 할 도리를 '동심지향성'의 성향을 통해 추구했다는 점이다.

25) 김열규(<윤동주론>, 『국어국문학』 27호, 1964, 671면), 김흥규(<윤동주론>, 『창작과비평』, 1974 가을호, 646면)는 윤동주의 동시를 '문학적 퇴행'으로 간주한다. 그러나 윤동주는 소학교 4학년시절부터 『어린이』, 『아이생활』 등의 아동잡지를 정기구독 했으며, 용정 광명학원 중학부 시절에 『카톨릭 소년』에 동시를 투고했다. 이런 아동잡지와의 인연은 그에게 동시를 쓰게 하는 중요한 매개 역할을 했을 것으로 보인다.

로 갖는 선함이 그 원인임을 밝히고자 한다.

그의 동시는 대부분 희망에 기반을 두고 있으나, 참고로 우울한 내용으로 쓰여진 동시도 있다. 윤동주의 동시 중에 <조개껍질>, <오줌싸개 지도>, <기왓장 내외>, <비둘기>, <해바라기 얼굴>, <애기의 새벽> 등은 어두운 이미지와 연결되어 있다. 그러나 이러한 우울하고 어두운 내용도 결국은 희망적인 의지를 더욱 강하게 드러내기 위한 과정으로 그려지고 있다. <병아리>, <봄>, <햇비>, <무얼 먹고 사나>, <밤> 등은 동심이 갖는 선의지를 잘 보여준다. 이 시에서 보이는 선의지는 의도적이라기보다는 자연스럽게 우러나오는 아이의 마음을 통해 선과 좋음은 인간이 생래적으로 지향하는 존재의 근본적인 의지임을 드러내고 있다. 이 시에 등장하는 시적 자아는 선과 좋음을 일관되게 지향하고 있는데, 이것은 선 자체를 지향한다는 것이다.

"뾰, 뾰, 뾰/엄마 젖 좀 주"/병아리 소리.

"꺽, 꺽, 꺽,/오냐 좀 기다려"/엄마 닭 소리.

좀 있다가/병아리들은/엄마 품 속으로/다 들어갔지요.

— <병아리> 전문

세상에 갓 나온 병아리들의 아름답고 귀여운 모습은 생명의 아름다움과 희망을 이야기한다. 생명의 탄생이 신비하고 축복 받아야 하는 현상임을 병아리를 통해 이해할 수 있게 한다. 병아리가 젖 달라 우는 소리인 '뾰, 뾰, 뾰'는 아주 어린 병아리 입에서나 나올 수 있는 생명의 소리이다. 이런 소리야말로 선함 그 자체를 지향하는 소리라고 할 수 있다. 그 병아리 소리에 '엄마 닭'은 '꺽, 꺽, 꺽' 어른 목소리로 울며 대답한다. '엄마 품 속으로' 들어가는 병아리는 세상의 소리에 아직 낯설고 엄마의 품이 병아리에게는 세계의 전부이다. 이때부터 생명의 의지는 선함과 좋음을 추구하고자 하는 의지가 함께 있는 것이다. 결국 병아리에게는 엄마가 세계이고 세계는 선함 그 자체가 된다. 그 세계에는 아무런 사건도 개입되지 않는 병아리와 엄마 닭만의 고유한 관계만이 성립되어 있기 때문에 근원적인 선함의 형태가 병아리에게는 일상이 된다.

> 봄이 血管속에 시내처럼 흘러
> 돌, 돌, 시내 가차운 언덕에
> 개나리, 진달래, 노오란 배추꽃,
>
> 三冬을 참어온 나는
> 풀포기처럼 피어난다.

— <봄> 부분

봄의 생명력을 개나리, 진달래, 배추꽃을 통해 보여주고 있다. 봄은 '혈관속'으로 시냇물처럼 흘러온다는 것이다. 봄의 소리는 '돌, 돌'거리는 시냇물 소리를 듣고, '개나리', '진달래', '노오란 배추꽃'이 핀다. 이 봄은 '삼동을 참어' 인내의 과정을 통해 피어난다.

<봄>에서도 생명의 약동을 중심으로 다룬다. 사계절의 순환 속에 봄은 항상 생명력을 뿜어낸다. 대지에 개나리, 진달래, 배추꽃을 피워내는 봄의 기운은 대지와의 '좋음'을 추구하기 때문에 가능하다. 봄이 언 땅을 그대로 두고자 한다면 얼음장 위로 연약한 새싹은 머리를 내밀지 못할 것이다. 돌돌 흐르는 시냇물도 생명을 피우기 위해서는 선한 의지가 필요함을 드러낸다. 선한 의지와 좋음의 추구에서 생명의 약동이 가능하기 때문이다. 봄을 피워내는 대지의 기운도 역시 선을 추구하는 근원적인 좋음의 의지에서 가능한 것이다.

> 우리 애기는/아래 발치에서 코올코올.// 고양이는/부뚜막에서 가릉가릉,//
> 애기 바람이/나뭇가지엣 소올소올// 아저씨 햇님이/하늘 한가운데서 째앵째앵.

— <봄> 전문

한가하고 조용한 봄 햇살은 대낮의 아기를 재우고, 고양이를 재우고 나뭇가지조차 재운다. 위의 <봄>이라는 시가 대지에서 솟아나는 생명력을 표방하는 것이라면, 이 <봄>은 봄의 기운을 마시며 자라는 애기들의 아름다운 모습을 다룬다. 애기의 '코올코올'이나 고양이의 '가릉가릉'은 선한 의지에서 생명을 받아 자라나는 귀여운 모습을 담고 있다. 새 생명의 잠을 깨울까 두려워 바람도 '애기 바람'은 '소올소올' 여리게 불고, '아저씨 햇님'도 '하늘 한가운데서 째앵째앵' 비추고 있다. 새로운 생명이 바람이나 햇님의 보호를 받는 것은 선한 의지 그 자체의 실현임을 보여준다. 생명 자체의 좋음을 표현하는 것이다.

> 아씨처럼 나린다/보슬보슬 해ㅅ비/맞아주자 다 같이//옥수숫대처럼 크게/닷 자 엿 자 자라게/햇님이 웃는다/나보고 웃는다.
> 하늘 다리 놓였다/알롱달롱 무지개/노래하자 즐겁게//동무들아 이리 오나/다 같이 춤을 추자/햇님이 웃는다/즐거워 웃는다

— <햇비> 전문

이 시의 제목인 <햇비>는 태양이 뿜어내는 뜨거운 햇살을 의미하는 것이 아니다. '햇'의 의미에는 '그 해에 새론 나온'이라는 의미가 있는데 위의 시의 내용과는 아주 밀접한 관계가 있다. 해가 바뀌고 봄이 되어 내리는 비는 '아씨처럼', '보슬보슬' 내린다. 그 '보슬보슬' 내리는 비를 맞으면 '옥수숫대처럼' 키가 '닷자엿자'가 자랄 것이란 기쁨에 웃음을 피운다. 봄을 맞아 생명이 움트는 데 비는 아주 중요한 역할을 한다. 햇비를 맞아 '옥수숫대처럼' 무럭무럭 자라기를 바라는 시적 자아의 마음이 즐겁게 묻어나 있다. 그 즐거운 마음은 '햇님이 웃는다'거나, '나보고 웃는다'는 표현에서 잘 드러난다.

봄을 맞아 '보슬보슬' 내린 보슬비가 그치고 하늘에 무지개가 생겼다. '알롱달롱'한 '하늘 다리'가 놓여 무지개가 된다. 새로운 생명을 틔워내는 보슬비와 비 그친 뒤, 아름다운 무지개는 시적 자아를 비롯한 아이들

을 신나게 만들어 '춤'을 추자고 한다. 이 아이들의 마음은 '햇님이 웃는'데서도 잘 드러난다.

(2) 친애의 굳건한 믿음과 자기의지

인간이 윤리성이나 도덕성을 지향하는 것은 선을 찾아가는 의지의 증거로 볼 수 있다. 이것이 실존에서 윤리적인 인간이 존재하게 되는 명백한 이유이다. 물론 니체처럼 선함을 추구하는 것 자체를 권력지향으로 보는 관점도 있을 수 있다. 니체의 좋음의 의미는 나쁨의 대립적인 구도에서 나오는 좋음이기 때문에 좋음은 권력 지향적이고 횡포를 일삼는 좋음의 의미를 갖는다. 그러나 생득적인 좋음의 의미는 그렇게 횡포의 도구가 될 수 없다. 인간이 실존의 상황에서 선함을 추구하는 것은 생래적인 선의지26)에서 나오는 것으로 봐야 한다. 선의지는 윤리의 궁극적인 가치를 만드는 중요한 역할을 한다.

선함과 좋음의 구체적인 형태는 친애의 정서를 유발한다. 친애의 마음은 대상과 따뜻한 관계를 맺고자 하는 의지에서 출현하며 세계에 존재하기 위한 관심의 한 표현이기도 하다. 그러므로 "친애는 필수적인 것일 뿐만 아니라 또한 고귀한 것이며…… 완전한 친애는 선한 사람들의, 그리고 덕에 있어서 서로 닮은 사람들의 친애이며…… 가장 참된 친애는 선한 사람들의 그것이다."27)로 간주된다. 이렇듯 친애의 마음은 선하

---

26) "'좋음'이라는 말은, 어원적으로 존재하는 자, 현실적인 자, 실제적인 자, 진실한 자를 의미한다."(F.W. 니체, 김태현, 『도덕의 계보』, 청하, 1992, 37면) 물론 니체도 '좋음' 자체는 어원적으로 선의지를 갖는다고 인정한다. 그러나 인간의 권력과 이데올로기는 선의지를 권력획득을 위한 양식으로 도구화했음을 역사를 통해 드러내고 있다. 이것은 도덕적인 선의지가 갖는 나약한 양심에 그 기원이 있기 때문임을 보여준다. 인간에게 양심은 아무런 규제를 가하지 못하기 때문에 권력에 노출된 자는 이미 자신을 속이기 시작했으므로 이 세상의 모든 존재자를 속일 수가 있는 것이다. 그러므로 '좋음'은 언제나 좋은 객관의 잣대를 지니지 못하고, 권력자에게 '좋은' 상황논리로 현실에 적용되어 있는 것이다. 그러나 이 글에서는 근원적인 '좋음'의 가치를 복원하는 의미에서 그 어원의 의미에 충실하고자 한다.

고자 하는 의지에서 비롯하며 상대에 대한 선한 의지를 믿음으로 승화
해 가는 관계를 말한다. 친애의 마음은 호의에서 시작된다.

　선함을 추구하는 의지가 존재의 근원적인 이유가 될 때 윤리적인 자
아는 성립한다. 존재의 근원이 선함에서 출발한다는 믿음은 미래에 대
한 희망을 지속시키는 자아의 의지를 만들게 된다. 이 과정을 통해 시
적 자아는 자기 의지에 대해 믿음이 확고하게 된다. <看板없는 거리>,
<별 헤는 밤>에서 시적 자아는 현실의 상황을 포기하는 것이 아니라,
친애의 정서와 희망적인 의지로 극복하려는 태도를 갖고 있다. 시적 자
아가 선함을 지향한다는 것은 자신의 의지를 굳건히 믿으면서 친애의
정서로 미래를 기대하는데 있다.

　　　停車場 푸랱폼에/나렸을 때 아무도 없어,

　　　다들 손님들뿐,/손님같은 사람들뿐,

　　　집집마다 看板이 없어/집 찾을 근심이 없어

　　　빨갛게/파랗게/불 붙는 文字도 없이

　　　모퉁이마다/慈愛로운 헌 瓦斯燈에/불을 혀놓고,

　　　손목을 잡으면/다들, 어진사람들/다들, 어진사람들

　　　봄, 여름, 가을, 겨울, /순서로 돌아가고.

　　　　　　　　　　　　　　— <看板없는 거리> 전문

　정류장은 늘 사람들로 분주하고 복잡하며, 들어오는 사람과 나가는

---

27) 아리스토텔레스, 최명관, 『니코마코스 윤리학』, 을유문화사, 1994, 402-440면.
　　"호의는 비활동적인 친애라 할 수 있으나, 또한 그것이 오랜 시일을 경과하고
　　상대방과 친밀한 데까지 이르게 되면 곧 친애가 된다고 말할 수 있을 것이다."

사람들이 주류를 이루는 공간이다. 이 시에는 시적 자아가 표면으로 등장하지 않고, 손님들을 눈여겨보면서 주변에 서성거리고 있다. '손님같은 사람들'은 시적 자아와 어떤 직접적인 관계가 없는 낯선 이방인일 뿐이다. 이런 낯선 손님들도 '손목을 잡으면', '어진 사람'이란 믿음이 생기게 되는 것은 친애가 일으키는 정서이다.

<간판없는 거리>에서 손님들이 내린 정류장은 빨간, 파랑의 간판도 없고, 그에 따라 손님들은 집을 찾아갈 걱정을 하지 않는다. 어둠은 이미 내렸고, 거리를 비추는 간판이 없는 곳임에도 불구하고 낯선 곳을 찾아온 손님은 집 찾기를 걱정하지 않는다. 왜냐하면 '헌 와사등'의 빛이 있기 때문이다. 비록 밝고 화려하게 거리를 비추는 것은 아니지만 와사등에서 뿜어져 나오는 은은한 빛은 낯선 거리를 찾아온 손님에게 안정감을 주고 있다. 화려한 네온사인 불빛이 없을 뿐, 낡은 '와사등'의 '자애로운' 불빛은 서로 손목을 잡을 수 있게 하고, 그 잡은 손목은 모두 '어진 사람들'이 된다.

간판에 불빛이 전혀 들어와 있지 않은 상태는 현실의 암담함을 보여준다. 간판에 불빛이 없어 불편했던 상황은 '와사등' 불빛으로 서로를 믿게 되는 계기를 만들어 준다. 그러나 이 상황은 '자애로운', '와사등'의 불빛으로 극복이 가능해지고, 손님들끼리 어질고 착한 심성을 느낄 수 있게 된다. 비록 시적 자아는 낯선 거리, 낯선 사람들 속에 있지만 그들과의 친애의 정서를 믿고 있다. 친애의 정서는 서로를 믿음으로 이끌어내는 힘이 있으며 나아가 선의지를 더욱 굳게 만든다. 낯선 거리에서 사람들이 서로간에 친애의 감정을 나누는 것은 시적 자아의 의지가 구체적으로 선의지에서 비롯되는 것을 보여주는 것이다.

> 季節이 지나가는 하늘에는
> 가을로 가득 차있읍니다.
>
> 나는 아무 걱정도 없이
> 가을 속의 별들을 다 헤일듯합니다.

가슴속에 하나 둘 새겨지는 별을
이제 다 못헤는것은
쉬이 아츰이 오는 까닭이오,
來日 밤이 남은 까닭이오,
아직 나의 靑春이 다하지 않은 까닭입니다.

별 하나에 追憶과
별 하나에 사랑과
별 하나에 쓸쓸함과
별 하나에 憧憬과
별 하나에 詩와
별 하나에 어머니, 어머니,

어머님, 나는 별 하나에 아름다운 말 한마디씩 불러봅니다. 小學校 때 冊床을 같이 했든 아이들의 이름과 佩, 鏡, 玉 이런 異國小女들의 이름과 벌써 애기 어머니 된 계집애들의 이름과, 가난한 이웃사람들의 이름과, 비둘기, 강아지, 토끼, 노새, 노루, 「푸랑시스·쨤」, 「라이넬·마리아·릴케」 이런 詩人의 이름을 불러봅니다.

이네들은 너무나 멀리 있습니다.
별이 아슬어 멀듯이,

어머님,
그리고 당신은 멀리 北間島에 계십니다.

나는 무엇인지 그리워
이 많은 별빛이 나린 언덕우에
내 이름자를 써보고,
흙으로 덮어 버리었습니다.

따는 밤을 새워 우는 버레는
부끄러운 이름을 슬퍼하는 까닭입니다.

그러나 겨울이 지나고 나의 별에도 봄이 오면
무덤우에 파란 잔디가 피어나듯이
내 이름자 묻힌 언덕우에도
자랑처럼 풀이 무성할게외다.

— <별 헤는 밤> 전문

　　시적 자아는 먼 타향에서 어머니와 고향의 어린시절 친구들에 대한 추억을 떠올리며 현재의 '그리움', '쓸쓸함', '외로움'을 견뎌내고 있다. 이때 시적 자아의 외로움, 고독, 그리움은 단지 고향을 떠나 있고, '어머니'를 만나지 못하기 때문이 아니다. '어머니'가 시적 자아에게 전부였던 유년의 아름답고 행복했던 시절을 돌이킬 수 없다는 데 있다. 유년의 그 아름다웠던 순간은 추억 속에서만 불러낼 수 있는 과거의 기억이 되어버린 것이다. 이 유년은 해맑은 친구들과, '프랑시스 잠' 또는 '라이넬 마리아 릴케'를 닮아가는 꿈이 가득한 시절로 그려져 있다. 이런 행복한 유년 시절이 지나갔지만 시적 자아는 추억을 회상하면서, 현재 자신의 부끄러운 이름에 새로운 생명이 돋아날 것을 굳게 믿고 있다. 이 표현에는 자신의 이름이 영원히 부끄러움으로 남을 것이라는 회의가 숨어 있는 것이 아니다. 시적 자아의 '별'에 '봄이 오면' 그의 '이름'에도 생명력이 가득할 것이라는 기대가 충만함을 드러낸다. 그러한 기대는 추억 속에 담겨 있는 친애의 정서에서 나타난다.

　　'계절이 지나가는' 것은 시간의 흐름을 가리키는 것으로 이 시간의 흐름은 가을에 와 있다. 맑고 높은 가을 하늘에 가득한 '별'이 훤하게 다 보인다. 가을 하늘 위에 떠 있는 별은 시적 자아의 '가슴 속에 하나 둘 새겨'지기 시작한다. 그러나 가을 하늘 가득한 별은 다 헤아릴 수 없이 무수하다. 무수한 별은 막연한 미지의 세계를 연상하기도 한다. 시적 자아는 '별 하나에 추억', '사랑', '쓸쓸함', '동경', '시'를 헤아리다, 마지막에 '어머니'를 떠올리게 된다. '멀리 북간도에' 계시는 '어머니'는 어린 시절 '소학교'(초등학교) 때 친구들, 이국 친구들, '프랑시스 잠', '릴케' 등의 시인들도 함께 떠올린다. 이런 시인들은 시적 자아가 즐겨 읽던 시작품을 쓴 시인들이며 유년의 세계에서 중요한 의미로서 자리잡고 있다.

시적 자아가 어머니를 떠올릴 때, 유년시절의 친구들, 이국(중국인) 친구들, 아름다운 시인들이 함께 떠오른다. 그 유년의 시절에 어머니는 절대적인 영향력이 있었으며, 그 '어머니'를 중심으로 친구들과 시인은 시적 자아의 삶에 지침이 되었을 것이다. 추억과 사랑, 쓸쓸함과 동경이 묻어 있는 그 시절을 추억 속에서 호출시켜 낸다는 것은 단순한 과거회상이 아니라, 현실에서 추억을 불러 놓고, 추억 속의 아름다움에 스스로가 잠기는 것이다.

그러나 어머니는 북간도에 계시고 시적 자아가 '별을 헤'던 곳은 추억 속의 자리이다. 시적 자아는 '북간도에' 있는 '어머님'과는 먼 거리에 있다. 친구들도 추억 속에 있을 뿐이다. 시적 자아는 스스로의 이름을 '별빛 나린 언덕 우에' 써보고 이내 '흙으로 덮어'버린다. 부끄러움 때문이다. 시적 자아의 부끄럼이 사라지기 위해서는 시적 자아가 거주하는 별에 봄이 와야하고, 그 봄이 파란 잔디를 피워내야 한다. 그러면 '이름자 묻힌 언덕우'에도 '풀이 무성'해질 것이라고 시적 자아는 믿는다.

<별 헤는 밤>에서 보여주는 시적 자아와 어머니, 시적 자아와 소학교 동무들, 시적 자아와 유명한 시인들은 모두 시적 자아의 친애의 정서를 불러내는 실제 했던 인물이거나 책을 통해 읽었던 인물들이다. 이러한 친애에 바탕한 시적 자아는 자신의 무덤에 자랑처럼 풀이 무성할 것을 믿는다. 그러므로 현재의 '부끄러운 이름'을 '흙으로' 묻어버려도 맑은 가을 하늘을 향해 추억 속의 이름들, 특히 '어머니'의 이름을 마음껏 부를 수 있는 것이다.

특히 어머니는 친애와 더불어 존재의 근원을 생각하게 하는 대상이기도 하다. 어머니의 존재는 시적 자아에게 친애의 정서를 유발하는 인물들 중에 가장 근원적인 대상이다. 시적 자아의 유년을 아름답게 구성했던 많은 인물들이 있다. 그 가운데는 소학교 동무들, 유명한 시인들, 아

름다운 자연환경 등이 있다. 물론 이러한 배경은 시적 자아에게 친애의
정서를 갖도록 하는 중요한 역할을 한 것은 분명하다. 그러나 소학교 동
무와 시인들과의 친밀함이 어머니의 친밀함과 비교 대상이 되지 못한다.
유년의 상황에서 어머니와의 친애에 기반한 정서가 소학교 동무, 시인
들로 이어지는 끈을 마련해 주었을 것이다. 친애의 정서를 가장 극명하
게 드러내주는 존재는 어머니이다.

(3) 암담하게 '처해 있음'의 희망적인 의지

존재자들이 놓인 상황을 '처해 있음'으로 이해하는 것은 하이데거의
입장이며, '처해 있음'의 의미는 존재자의 의지와 무관한 일상적인 상황
의 전반을 가리킨다. 본고에서는 존재자들이 놓인 상황 그 자체를 '처해
있음'으로 간주한다. 처해 있음은 비의도적인 상황을 가리키고, 이러한
상황에 놓인 개별자들은 그 상황에 적응하는 것으로 끝나는 것이 아니
라, 상황 극복을 위한 희망의 의지를 가지게 된다. '처해 있음'으로 머물
러 있기만 한다면 실존적인 결단이 필요하지 않을 것이다. 그러나 존재
는 그 '처해 있음'에 길들여지지 않기 위해 부단히 노력하기 때문에 자
기 배려를 멈추지 않는다. 이러한 의지는 자기를 배려하고 함양하려는
실존적인 판단에 따른 것으로 이해할 수 있다.

'처해 있음'은 실존적인 구속의 형태를 잘 드러내는 표현이며, 이 상
황을 벗어나고자 하는 의지의 형태로서 '희망' 역시 신의에 기초하고 있
다. "이 범주는 현존하는 사태가 아닌 가능성과 관계하기 때문에……
윤리적인 개념으로서 희망은 도덕적으로 선한 행위의 결과이며 따라서
행위의 간접적 조건으로서 이 행위에 의존적이다. 윤리적으로 희망은
신의에 기초한다. 즉 선한 행위에 기대되는 이익이나 염려되는 손해에
상관없이 적법성을 신뢰하고 도덕적 의무에 복종하는 것에 기초한다."[28]

---

28) 오트프리트 회페, 임홍빈 외, 『윤리학 사전』, 예경, 1998, 551-553면.

윤리성은 선함을 추구하는 것에 바탕을 두고 진행되는 희망적인 기대의 지속성을 보여준다.

현실의 암울한 상황은 극복의지를 지니고 실현하고자 의도하는 가운데 실마리가 풀린다. 실존적인 상황이 만드는 현존적인 구속은 얽매임으로 끝나버리는 것이 아니라, 극복하고자 하는 의지로 강하게 작용하게 된다. 윤리적인 자아의 관점에서 이런 극복의지는 선의지라고 할 수 있다. 힘든 상황을 극복해야 한다는 당위감보다는 세계를 향해 선함을 추구하는 윤리적인 자기의식에서 비롯된다. 자기를 둘러싸고 있는 배경의 불균형과 빗나감에서 오는 다양한 의기소침은 선의지를 통해 극복되는 것이다. 선함을 지향하고자 하는 의지는 절망적인 상황에서도 희망의 끈을 놓지 않는다. 현상의 악화로만 세계를 이해하는 것이 아니라, 현상이 호전되면서 다가올 시간에 긍정적인 평가를 잠재적으로 내릴 수 있는 기대감을 포기하지 않는다. 왜냐하면 존재자는 근본적으로 자기 존재를 끝까지 포기하지 않으며, 포기는 곧 죽음으로 이어지는 것이기 때문이다.

암담의 구체적인 감정상태 중 하나는 슬픔이다. <아우의 인상화>, <흐르는 거리>, <사랑스런 추억> 등의 시편에서는 시적 자아의 슬픔이 기본적인 정서를 이루고 있다. 암담에 처해있는 상태가 그대로 멈추는 것이 아니라, 그것을 극복하기 위한 시적 자아의 선의지가 개입되는 것을 볼 수 있다. 암담한 상황을 극복하겠다는 의지는 일상적인 상황을 벗어나겠다는 의지에서 비롯되며 시적 자아의 선의지의 구체적인 결과라고 할 수 있다.

> 봄이 오든 아츰, 서울 어느 쪼그만 停車場에서 希望과 사랑처럼 汽車
> 를 기다려,
>
> 나는 푸릇·폼에 간신한 그림자를 터러트리고, 담배를 피웠다.
>
> 내 그림자는 담배연기 그림자를 날리고,

비둘기 한때가 부끄러울것도 없이
나래속을 속 속 비춰 날었다.

汽車는 아무 새로운 소식도 없이
나를 멀리 실어다 주어,

봄은 다 가고－ 東京郊外 어느 조용한 下宿房에서, 옛거리에 남은 나
를 希望과 사랑처럼 그리워한다.

오늘도 汽車는 몇번이나 무의미하게 지나가고,
오늘도 나는 누구를 기다려 停車場 가차운 언덕에서 서성거릴게다.

－아아 젊음은 오래 거기 남어 있거라.

─ <사랑스런 追憶> 전문

<사랑스런 추억>에서 시적 자아는 제목에서 볼 수 있듯이 과거에 대
한 추억의 형태를 취하고 있다. 봄이 오는 아침의 이미지는 희망찬 생동
감을 제시하고 있지만, 이미 과거의 아침이다. 시적 자아는 '푸랱·폼'
에서 '희망과 사랑처럼' 기차를 기다리며 담배를 피운다. 그러나 시적
자아가 마음 졸이며 희망과 기대로 가득 차 기다리던 기차는 희망을 만
들 새로운 소식을 전해주지 않는다. '기차는 아무 새로운 소식 없이' 시
적 자아를 실어줄 뿐이다. '봄이 오든 아츰'의 희망차고 따뜻했던 기다
림은 새로운 소식 없는 기다림으로 그치고 만다.

시적 자아에게 있어서 '봄은 다 가고' 말았다. '조용한 하숙방'에서
지난 날, 그 봄날 아침에 '희망과 사랑처럼' 옛 거리에서 서성이던 자기
를 떠올리며 그리워하고 있다. 찬란했던 봄날 아침과 새로운 소식이 없
이 왔던 기차를 기억하고 있는 것이다. 물론 새로운 소식이 없더라도 지
나온 그 봄날 아침은 아름답고 사랑스런 추억으로 남아 있다. 오늘 역시
'기차는 몇 번이나 무의미'하게 지나친다. 어쩌면 시적 자아가 지난날
아침 이후, 기차에 어떤 의미도 싣지 않고 있다는 것을 보여주는 것이기

도 하다. 정거장으로 도착할 기차를 기다리는 일에서 어떤 의미도 찾지 못하지만 시적 자아는 기다리는 일을 그치지 못한다. '정차장' 가까운 '언덕에서 서성'대면서 누군가를 기다리는 사람이 된다. 기다리는 일을 포기하지 못하기 때문에 기차를 기다리는 일도 포기하지 못한다.

봄은 사라지고, 희망과 사랑으로 가득했던 기다림도 추억으로 남아버린 현재의 상황 속에서 시적 자아는 기다림을 포기하지 못한다. 시적 자아는 '기차'에 희망을 보이며 자기의지를 부여하고 있다. 반드시 희망과 사랑이 실려 전해질 것이라 믿는 시적 자아는 '정차장' 가까운 곳을 배회하며 기다림은 계속된다. 기다림이 포기되거나 지치지 않은 채 지속되는 이유는 기다림의 희망을 믿기 때문이다. 기다리는 주체인 시적 자아는 자신이 내렸던 정거장으로 나가 늘 새로운 소식을 기다리는 희망을 지니고 있다. 현실은 무의미하게 소식도 없고 오는 이도 없지만, 지나온 추억을 떠올리며 든든하게 자신의 자리를 지키고 있다. 젊음이 오래 남아 있을 것이라는 기대와 자기 확신에 찬 희망은 지속된다. 젊음에 대한 기대와 희망도 기차를 기다리는 일과 동일한 의미를 갖고 있다. 어쩌면 정차장 주변을 서성이면서 기차를 기다리는 일은 젊음의 기대를 저버리지 않기 위한 시적 자아의 의지를 드러내는 것이기도 하다. 몇 번씩 무의미하게 지나는 기차처럼 젊음은 매순간마다 의미를 드러내기 힘들 것이다. 그러나 시적 자아는 젊음은 오래 지속되면서 의지를 키워낼 수 있을 것이라는 기대를 가지고 있다. 그러한 기대와 기다림은 선함을 추구하는 시적 자아의 선의지에서 가능하게 된다.

붉은 이마에 싸늘한 달이 서리어
아우의 얼골은 슬픈 그림이다.

발거리 멈추어
살그머니 애딘 손을 잡으며
「너는 자라 무엇이 되려니」
「사람이 되지」

아우의 설흔 진정코 설흔 對쯤이다.

슬머-시 잡었든 손을 놓고
아우의 얼골을 다시 들여다 본다.

싸늘한 달이 붉은 이마에 젖어
아우의 얼골은 슬픈 그림이다.

— <아우의 印象畵> 전문

<아우의 인상화>에서 아우의 붉은 이마는 청년으로서 아우의 굳은 희망과 의지를 보여주는 부분이다. 그러나 이 '붉은 이마에 싸늘한 달이 서리어', '아우의 얼골은 슬픈 그림'이 되어 있다. 싸늘한 달은 아우를 둘러싼 상황의 비극적인 면을 보여준다. 아우의 붉은 이마와 싸늘한 달은 대비구조를 보이면서 아우의 실존의 상황을 드러내고 있다.

시적 자아는 '발거리(발걸음) 멈'추면서 아우의 '애딘 손'을 잡으며 '너는 자라 무엇이 되려니' 라고 묻는다. 이 물음에 아우는 '사람이 되지' 라는 퉁명스런 대답을 한다. 아우는 아직 어리기 때문에 '설흔' 대답밖에 할 수 없는 상황이다. 그러나 이 상황 자체가 비극 그 자체라고 할 수 없다. 당장은 싸늘한 달이 아우의 이마를 비추고 있을지라도, 아우의 손을 잡는 시적 자아는 아우의 설은 생각이 익어갈 것이란 믿음을 잃지 않은 형의 목소리이다. 아우의 얼굴은 슬픈 표정이다. 그 얼굴을 보고 시적 자아가 질문을 던지자, 아우는 사람이 된다고 대답한다. 청소년 시절의 반항기, 또는 무성의한 대답으로 볼 수 있으나 시적 자아는 설흔, 아직은 익지 않은, 성숙한 대답이 아니라고 한다. 아우의 대답에 잠재된 시적 자아인 형의 따뜻한 시선이 녹아 있다. 아직 설익은 아우의 말이지만 이미 형은 기대를 하기 시작한다.

시적 자아가 '슬머-시 잡었든 손을' 놓는 것은 설익었지만 씩씩하고 믿음직한 대답을 하는 아우의 얼굴을 자세히 드려다 보기 위한 것이다. '아우의 얼골을 다시 들여다' 보나, 역시 아우의 붉은 이마에는 '싸늘한 달이' 젖어 있어 '아우의 얼골은 슬픈 그림'으로 보인다. 아우의 '설흔' 대답을 믿을 수 있는 근거는 '아우의 붉은 이마'이다. 아우의 의지가 곧고 강한 기상을 지니고 있음을 '붉은 이마'는 잘 보여준다. 그러므로 그 이마에 '싸늘한 달'이 젖어 있어도 아우의 의지는 변함이 없을 것이다. '싸늘한 달'은 아우의 이마를 더욱 붉게 만드는 촉매의 역할을 하고 있다. 이렇게 기대가 든든하게 있다는 것이다. 그렇지만 현실은 아우의 얼굴을 슬프게 하고 싸늘한 달이 그의 이마를 적시고 있다. 그러나 아우는 이러한 일상에 발목이 묶이지 않았기 때문에, 의지가 강한 붉은 이마를 지니고 있다.

이 시를 근거없는 낙관으로 보는 것은 아니다. 현재의 부정적인 상황을 제대로 읽어내고, 그 상황에 대해 회피하지 않으면서 붉은 이마를 가진 아우의 의지를 믿는 과정으로 그려져 있는 것이지, 슬픈 상황에 빠져 헤어나지 못한다거나, 무조건 미래는 희망으로 그려진 그림이라고 생각하는 것은 아니다. 이 시에서는 싸늘한 달이 드리워진 상황 속에서 아우의 입장을 눈여겨볼 필요가 있다. '사람이 되지'라는 대답은 제대로 된 사람, 인격을 갖춘 사람이 된다는 의미와 시간이 지나면 어른이 되겠지라는 무성의한 대답의 두 가지 의미를 동시에 함축하고 있다고 볼 수 있다. 그러나 시적 자아에게 선의지가 있다고 판단된다면 전자의 의미로 읽혀지게 된다.

으스럼이 안개가 흐른다. 거리가 흘러간다. 저 電車, 自動車, 모든 바퀴가 어디로 흘리워하가는것일까? 碇泊할 아무 港口도 없이, 가련한 많은 사람들을 실고서 안개 속에 잠긴 거리는,

거리 모퉁이 붉은 포스트 상자를 붙잡고, 섰을라면 모든것이 흐르는 속에 어렴풋이 빛나는 街路燈, 꺼지지 않는것은 무슨 象徵일까? 사랑하는 동무 朴이여! 그리고 金이여! 자네들은 지금 어디 있는가! 끝없이 안개가 흐르는데,

「새로운 아츰 우리 다시 情답게 손목을 잡어 보세」 몇자 적어, 포스트

속에 떨어트리고, 밤을 세워 기다리면 金徽章에 金단추를 삐였고 巨人처
럼 찬란히 나타나는 配達夫, 아츰과 함께 즐거운 來臨,
　　이 밤을 하염없이 안개가 흐른다.

— <흐르는 거리> 전문

<흐르는 거리>의 시적 자아가 처한 현실은 정박할 항구없이 흐르는 안개처럼 부표하는 모습으로 그려져 있다. '으스름이 안개'가 흐르는 곳엔 거리도 함께 흘러가는 듯이 보인다. 거리의 '전차, 자동차'는 목적지 없이 바퀴를 굴리는 것이 아니라, 안개가 흐르듯 흐르고 있는 것이다. 그러므로 시적 자아는 그 전차와 자동차가 어느 곳으로 흐르는지 알지 못한다. 어딘가에 정박할 곳이 없이 막연히 흘러가는 가련한 사람들이 가득히 전차와 자동차에 실려 있다. '안개 속에 잠긴 거리'에서 수많은 사람들이 탄 전차, 자동차는 어디로 바퀴를 옮겨놓을 지 도대체 알 수가 없다. 이 막막함은 모두 안개가 흐르기 때문에 발생한다.

안개가 흘러 거리조차 흘러가기 때문에 시적 자아는 '거리 모퉁이 붉은 포스트 상자'를 붙잡고 서서 어디로 가야할 지 모른다. 뿌옇게 안개가 흐르는 거리의 '어렴풋이 빛나는 가로등', 이때 가로등은 꺼지지 않은 채 무슨 암시를 보여주고 있는 것 같지만, 안개가 흐르는 거리를 희미하게 비출 뿐이지 흐르는 거리를 환하게 밝히지 못한다. 거리의 가로등도 흐르는 안개 때문에 사물을 제대로 비추지 못하고 있다. 흐르는 안개로 거리도 함께 흐르고, 거리가 흐르면서 시적 자아는 박군, 김군 등의 '지금 어디 있는'지 모르는 옛 친구들이 떠오른다. 안개 탓으로 사물이 뿌옇게 흐려졌지만 지난날 소중했던 친구들이 궁금해지기 시작한 것이다. 또한 우체통을 부여잡고 있는 상황은 옛 친구의 근황에 더욱 궁금해지는 시적 자아를 드러내고 있다. 붉은 포스트 상자는 뿌옇게 흐린 가로등 사이로 옛 친구들의 근황을 궁금하게 만든다.

그러나 '새로운 날 아츰'을 기다리는 시적 자아의 의지는 전혀 흔들림이 없다. 지금 거리는 온통 안개로 자욱하지만 새로운 아침이 되면 분

명히 옛 친구들과 '정답게 손목을 잡'을 수 있을 것이란 기대를 버리지 않는다. 시적 자아는 그 기대감에 편지를 써, '포스트 속에 떨어트리'고 밤을 새워서 기다리다 보면 금단추를 단 우편배달부는 거인처럼 시적 자아에게 새로운 소식을 전해줄 것이라고 믿는다. 시적 자아에게 배달부는 '거인처럼 찬란히 나타'날 것이란 희망이 있다. 그런 배달부가 나타나는 아침은 '즐거운 내임'이 있을 아침임이 분명하다. 물론 '이 밤을 하염없이 안개가' 흐르고, 쏘다니는 어둡고 음침한 밤중의 거리일지라도 다가올 아침의 기대감이 시적 자아에게 희망을 단단히 부여잡게 해준다.

3. 본래적인 자기 존재를 찾아가고자 하는 사색자

사유는 존재자들의 본래성을 탐구하는 데 필요한 생각의 방식이다. "사유의 도덕은 엄격하게 행동하지 않고 탁월하게 행동하지 않으며, 또한 맹목적으로 행동하지도 않고 공허하게 행동하지도 않으며, 자동적으로 행동하지도 않고 필연적으로 행동하지도 않는 데 있다."29) 이렇듯 사유는 자기 존재의 근원으로써 본래성을 찾아가는 방법적인 생각의 형태를 띤다. "사유는 인간의 본질적 행위"30)이나, 본질은 늘 현실에서 쉽

---

29) 테오도르 아도르노, 최문규, 『한줌의 도덕』, 솔, 1995, 107면.
30) "'사유란 무엇인가?' 라는 질문의 길은…… 네 개의 명제로 표시할 수 있다. 1. 사유는 과학들처럼 어떤 지식에 이르지 못한다. 2. 사유는 유용한 삶의 지혜를 가져오지 못한다. 3. 사유는 세계의 수수께끼를 풀지 못한다. 4. 사유는 직접적으로 행동할 힘을 주지 못한다.…… 무엇이 우리에게 사유하라고 명하는가? 인간적 사유를 요구하는 명령은 어떤 것인가?…… 사유 자체가 하나의 길이다. …… 하이데거는 본질적 사유가 무엇이 아닌지를 말한다. 그 사유는 그 어떤 것에 대한 대답도 아니고 대답에 이르지도 않는다. 그 사유는 과학처럼 지식을 전달하지도 않고 세계의 수수께끼를 풀지도 않고 행위를 위한 윤리적 처방도 주지 않는다―반면에 그 사유는 하나의 본질적으로 명령된 것이고 명령에 결부되어 있고 명령에 유의한다. 셋째로 그 사유는 길의 성격을 가지고 있다. 그 길은 사유하는 질문을 수행하는 데서 놓여진다. …… 사유를 길로 표시하는 것이다. 본질

게 드러나는 부분이 아니기 때문에 존재를 성찰할 수 있는 사유의 힘은 감추어져 있다. 사유가 우리 존재의 애매함에 어떤 해결책을 가져다주는 것은 아니지만, 사유를 통해 실존에 대한 이해에 다가갈 수 있다. "본질적 사유는 "실존적" 성격을 가지고 있다. 그 사유 속에는 한 인간 전체 즉 실존의 총체가 연루되어 있는 것이지, 부분으로서의 이성(ration)만 연루되어 있는 것이 아니다. 본질적 사유는 인간의 본래적 "활동""31)이라고 할 수 있다.

현존재의 사유는 존재하는 근거를 찾는 사색의 형식을 갖추고 있다. 존재이유나 근원이 무엇인가에 대한 모색은 존재하는 자에게 실존적으로 '무거운 짐'이기도 하다. 그러나 존재에 대한 '왜' 혹은 '때문에'는 묻지 않을 수 없는 중요한 물음이다. 이러한 존재에 대한 모든 물음은 사유의 형식을 띠고 있다. 그러므로 사유는 존재와 함께 가는 동반자이며, 존재를 드러내는 곳에서 사유는 위력을 발휘하게 된다.

(1) 본래적인 자기에 대한 그리움

자아가 실존적이냐 일상적이냐를 기준으로 해서 실존적으로 자기 존재를 찾아가는 주체를 본래적인 자기라고 할 수 있다. "공식적인 사회생활의 경우에 현존재가 세상사람으로 변하게 된다.…… 공식화된 현존재의 일상성의 모습이 세론, 호기심, 애매모호성 등으로 채워지는 경우에, 그 모습이 바로 세상에 함닉된 모습…… 이런 함닉을 하이데거는 비본래성"32)으로 간주하였다. 이렇듯 세상에 함닉은 본래성이 결여됨을 드

적 사유는 하나의 길이요, 길놓기요, 도중에 있음이지만, 그 자체상 사유는 그냥 길에 서 있다든지 길을 관찰하는 것과는 구별되어야 한다.…… 사유 자체는 항상 도중에 있고 늘 그의 길을 가야 한다."(하인리히 오트, 김광식, 『사유와 존재 -마르틴 하이데거의 길과 신학의 길』, 연세대출판부, 1995, 182-185면)
31) 하인리히 오트, 김광식, 『사유와 존재-마르틴 하이데거의 길과 신학의 길』, 연세대출판부, 1995, 189면.
32) 김형효, 『하이데거와 마음의 철학』, 청계, 2000, 185면.

러내어 역설적으로 본래성의 의미를 구체화시켜 준다. "현존재가 자기 자신을 '그들' 속에 상실해버렸으니, 우선 먼저 자기 자신을 발견해야 한다. 도대체 자기 자신을 발견하기 위해서는 현존재가 그 자신에게 그의 가능한 본래성에서 "내보여져야" 된다. 현존재는 그가 가능성상 각기 그때마다 이미 그것으로 존재하는 그런 하나의 자기존재가능의 증거가 필요하다."33)

함닉된 상태를 벗어나기 위해 노력하거나, 함닉되지 않으려는 의지는 시적 자아가 본래적인 자기를 찾아가기 위해 자각하는 과정이라고 할 수 있다. 본래성이란 실존론적인 사실로 받아들일 때 성립되는 개념이다. 세상 사람들과의 관계를 통해서 본래적인 자기를 찾아가는 것이 본래성의 기본적인 관점이며, 이것은 세상 사람들의 함닉된 모습을 벗어나 스스로 지향해야 하는 존재의 본질이자 목적으로 설정되어 있다. 그러므로 자기를 규정하는 본래적인 개념이 존재한다기보다는 세상 사람들(Das Man)의 존재방식과 동일하게 내가 존재하게 되는 것을 경계하면서, 그 경계하는 주체가 자기 자신이 되고 그 상황이 본래적인 자기로 구체화되면서 근원적인 자기자각이 시작되는 과정에서 본래성을 찾을 수 있다.

"'나'는 고유한 자기의 의미에서 '존재하지' 않고 오히려 '그들'의 방식으로 타인으로 존재한다. 이러한 '그들'에서부터 그리고 이러한 '그들'로서 내가 나 '자신'에게 우선 '주어지게' 된다.…… 본래적인 자기 자신의 존재는 '그들'에서부터 분리된, 주체의 예외적 상태에 기인하는 것이 아니라, 오히려 본질적인 실존범주의 하나로서의 '그들'의 실존적인 변양태의 하나이다."34) 자기 자신은 타자를 통해서 만나게 되는 구조를

---

33) M. 하이데거, 이기상, 『존재와 시간』, 까치, 1998, 358면.

34) M. 하이데거, 이기상, 『존재와 시간』, 까치, 1998, 180-181면. 이기상은 본래성에 관하여 역주에서 다음과 같이 밝히고 있다. "일상의 현존재로 남아 있어서 '그들'의 보이지 않는 명령에 따라서 존재하게 될 때에는 본래적인 자기 자신으로 존재하지 못하게 되기에 그것을 비본래성이라고 칭하고, 그러한 '그들-자신'으로부터 자기자신을 되찾아 자신의 존재를 떠맡아 자기 자신으로 존재하는 양태를

갖고 있으므로 본래성이란 고유한 자기 속에 이미 타자의 영상이 박혀 있는 것을 가리킨다. 타자는 함닉되지 않으려는 의지를 시적 자아에게 끊임없이 상기시키는 역할을 한다.

산모퉁이를 돌아 논가 외딴우물을 홀로 찾아가선 가만히 들여다 봅니다.

우물속에는 달이 밝고 구름이 흐르고 하늘이 펼치고 파아란 바람이 불고 가을이 있습니다.

그리고 한 사나이가 있습니다.
어쩐지 그 사나이가 미워져 돌아갑니다.

돌아가다 생각하니 그 사나이가 가엾어집니다. 도로 가 들여다 보니 사나이는 그대로 있습니다.

다시 그 사나이가 미워져 돌아갑니다.

돌아가다 생각하니 그 사나이가 그리워집니다.

우물속에는 달이 밝고 구름이 흐르고 하늘이 펼치고 파아란 바람이 불고 가을이 있고 追憶처럼 사나이가 있습니다.

― <自畵像> 전문

<자화상>은 사나이가 미워서 돌아가다 다시 그리워지고, 그 그리움에서 추억같은 달과 바람을 함께 들여놓고 사나이를 이해하게 되는 과정을 밟고 있다. 결국 사나이에 대한 이해는 나의 이해와 나에 대한 생

본래성이라고 칭한다. 그러나 현존재에게 이 두 양태 중 하나를 택하고 하나를 버리는 식의 결단이 가능한 것은 아니다. 현존재는 그의 독특한 존재구조상 끊임없이 '더불어 있음'과 '자기 자신으로 있음'의 긴장 속에서 존재하고 있기 때문이다."

각의 폭을 넓혀가는 과정의 모습이다. 시적 자아는 '산모퉁이'를 돌아서, '논'을 지나 '외딴우물'을 혼자 찾아 나선다. 시적 자아에게 '우물'은 집 가까이 있는 식수의 원천이 아니라, 누구나 쉽게 가지 못하는 아주 '외딴' 곳에 있는 '우물'이다. 시적 자아는 그 '외딴' 곳에 있는 '우물'을 어렵게 찾아가서 그 '우물'을 그냥 들여다보기만 한다.

시적 자아가 찾아간 그 '우물' 속에는 '하늘'이 펼쳐져 있는데, 그 하늘을 배경으로 '달', '구름', '파아란 바람', '가을'이 함께 들어가 있다. '우물'에 비춰진 가을 하늘에는 밝은 '달'이 환하게 비추고, 가을의 높고 맑은 '달'은 '구름'의 흐름을 비추고 있다. 그 곳에 '파아란 바람'이 불고 있다. 이런 그림 같은 모습이 모두 '우물'에 비친 풍경이다. 아주 맑고 드높게 펼쳐진 가을 하늘이 '외딴우물'에 비춰지고 있는 가운데, '한 사나이'가 나타난다. 아름다운 가을 하늘이 품고 있는 구름과 달과 바람을 가르며 나타난 '사나이'가 시적 자아는 미워진다. 시적 자아는 그 '사나이'가 '미워져' '우물'을 뒤로하고 돌아간다.

시적 자아는 '사나이'가 미워져 돌아가다 '사나이'가 '가엾어'지기 시작했다. 그래서 다시 돌아가 '들여다보니' '사나이'는 그대로 있다. '사나이'에 대한 미련 때문에, '외딴우물'에 혼자 두고 오기가 가여워 돌아가 보니, '사나이'는 그대로 그 자리에 있다. 시적 자아는 다시 돌아가 보았지만, 또 다시 '그 사나이가 미워져' 돌아간다. 그러나 '돌아가다 생각하니', ' 그 사나이'가 가여운 것이 아니라, 이제는 그리워지기 시작한다. '외딴우물'에 있을 '그 사나이'의 생각이 간절하게 그리워지기 시작한 것이다. 다시 돌아온 그 '외딴우물'에는 여전히 '달이 밝고 구름이 흐르고 하늘이' 펼쳐져 있고 '파아란 바람'이 불고 있으며, 가을이 그대로 있다. 시적 자아는 사나이가 미워서 돌아가다, 다시 생각해보니 가여워서 우물로 되돌아왔지만 다시 미워져 돌아간다. 돌아가다 생각하니 '사나이'가 그리워지기 시작한 것이다. 드디어 시적 자아는 '사나이'의 존재를 자기의 존재로 받아들이기 시작했기 때문에 그리움을 가지게 된다.

사나이가 '추억처럼' 있다는 것에서 '추억'의 의미는 시적 자아가 처음 '사나이'의 모습을 보고 미워서 돌아갔고, 돌아가다 생각하니 가여워졌으며, 그래서 돌아와 사나이를 보니 또 다시 미워졌고, 그래서 돌아가다 생각하니 그리워진 것이, 사나이에 대한 추억이 되었다. 더욱이 이제 시적 자아는 사나이를 그리움의 대상으로 받아들이고 있기 때문에 그동안의 미움과 가여움의 교차는 그리움으로 가기 위한 과정에 불과한 아름다운 추억이 된 것이다. 그러므로 '외딴우물'에 비춰진 '추억처럼' 있는 사나이는 미움과 가여움의 반복이 그리움의 단계로 승화된 것을 가리키는 것이다.

<자화상>에서 '사나이'는 시적 자아의 본래적인 자기의 모습이다. 그 본래적인 자기를 쉽게 받아들이지 못하기 때문에 시적 자아는 미움, 가여움, 그리움의 단계를 밟게 된다. 자신의 실재적이고, 본래적인 모습이 무엇인지를 깨닫게 되는 과정 속에서 '외딴우물'에 비춰진 아름다운 가을 풍경은 자기를 찾아가는 과정에서 배경으로 전개된다. 고운 달과, 맑은 구름과, 파아란 바람은 사나이를 이해하기 위해 필요했던 가을 달밤의 풍경이다. 그 아름다운 가을밤을 배경으로 시적 자아는 자기 본래의 모습을 찾기 위해 부단한 고민과 갈등을 연속적으로 보여주고 있다.

> 故鄕에 돌아온날 밤에
> 내 白骨이 따라와 한방에 누웠다.
>
> 어둔 房은 宇宙로 通하고
> 하늘에선가 소리처럼 바람이 불어온다.
>
> 어둠속에 곱게 風化作用하는
> 白骨을 들여다 보며
> 눈물 짓는것이 내가 우는것이냐
> 白骨이 우는것이냐
> 아름다운 魂이 우는것이냐

志操 높은 개는
밤을 새워 어둠을 짖는다.
어둠을 짖는 개는
나를 쫓는 것일게다

가자 자자
쫓기우는 사람처럼 가자
白骨몰래
아름다운 또 다른 故鄕에 가자.

— <또 다른 故鄕>[35] 전문

시적 자아가 '고향'으로 돌아가는 것은 어두운 '밤'이다. 밝은 대낮이 아니라 깜깜한 밤에 남들의 눈에 띄지 않게 고향으로 조용히 돌아온 것이다. 이때 시적 자아를 따라온 '백골'은 나란히 '한방에 누워' 있다. '백골'이 '한방에누워' 있는 것은 시적 자아가 의식하는 '백골'이다. '백골'은 시적 자아가 본래적인 자기를 찾으려는 그 자체는 아니지만, 본래적인 자기를 잃어버린 상황을 잘 보여준다. 시적 자아가 스스로를 '백골'이라고 간주하고 관찰하는 상황은 잃어버린 자기를 그리워하는 의미를 담고, 고향에 돌아온 자신의 상황을 직접적으로 드러내는 표현이라고 할 수 있다.

'백골'과 나란히 누운 시적 자아의 '어둔 방'은 우주와 직접적으로 연결되어 있고, 그 우주와 소통되는 하늘에서는 바람이 분다. 시적 자아가 고향으로 돌아온 시점도 '밤'이고, 시적 자아가 누워있는 '방' 또한 어두운 공간이다. 밤의 이미지는 시적 자아를 둘러싸고 있고, 그 암담한 상황에서도 어둔 '방'에 누워 있는 시적 자아는 우주와 교감을 나누려

---

35) <또 다른 故鄕>의 시는 전집별로 연 구분이 다르게 나누어져 있다. 이건청(『나의 별에도 봄이 오면』, 문학세계사, 1983)이 펴낸 전집에는 5연으로 구성되어 있다. 권영민(『하늘과 바람과 별과 시』, 문학사상사, 1997)이 펴낸 전집에는 6연으로 구성되어 있다. 문제는 이건청 편에서 4연(4행)이 묶여져 있고, 권영민 편에서는 4연의 4행이 2행씩 나뉘어져 있는 것이다.

고 애쓴다. 그 교감의 구체적인 형태는 하늘에서 불어오는 바람소리로 들린다. 그러므로 시적 자아가 '어둔 방'에 '백골'과 누워 있지만, 이 '백골'은 송장의 살이 썩고 남은 흰 뼈의 의미에 머무는 것이 아니다. 이미 시적 자아는 스스로를 반성하는 정도가 가벼운 뉘우침을 넘어서 존재론적이고 본래적인 자기를 드려다 보고 있기 때문에 스스로를 '백골'로 은유한 것이다. 그러므로 시적 자아와 나란히 누운 '백골'은 시적 자아가 본래적인 자기를 찾아가는 과정에서 잃어버린 자기, 본래적인 자기와 만나기 위한 가교의 역할을 하는 것이다. 물론 '백골'에는 본래적인 자기를 잃어버린 것에 대한 시적 자아의 생각이 깔려 있다. 그러나 '백골'은 반성 자체로 멈추는 것이 아니라, 자기 찾기의 한 과정으로 볼 수 있다.

드디어 '백골'은 '어둔 방'에서 본래적인 자기를 찾아가기 위한 몸부림을 '풍화작용'으로 드러낸다. '어둠속에'서 '곱게', '풍화작용'을 시작한 것이다. '어둠'은 '풍화작용'을 만들어 낸 중요한 공간이 된다. '어둔 방'에서 가능하게 된 '풍화작용'은 시적 자아가 본래적인 자기를 찾아가는데 중요한 역할을 제공한다. 시적 자아는 '곱게 풍화작용'하면서 본래적인 자기를 찾기에 여념이 없는 '백골'을 드려다 본다. 그 때 그 '풍화작용'의 고요한 시작에서 '눈물' 흘리는 것은 시적 자아가 우는 것인지, '백골'이 우는 것인지, 또 다른 '아름다운 혼'이 우는 것인지를 알지 못한다.

백골의 '풍화작용'은 아주 '곱게' 시작되었으나 그 '풍화작용'이 곱고, 조용하게, 평온하게 지속되는 과정이 아님을 '눈물'에서 쉽게 읽을 수 있다. '풍화작용'이 시작되었다는 걸 감지하자, 어디서부터 흐르기 시작했는지 파악하기 힘든 '눈물'이 흘러내리는 것이다. 그 '눈물'의 근원은 시적 자아인지, '백골'인지 알 수 없다. 이 모호한 상황에서 시적 자아는 그 '눈물'은 원래부터 있었던 '아름다운 혼'이 우는 것은 아닌가 하고 반문하고 있다. '풍화작용'이 한참 진행되는 과정은 '눈물'을 수반하는 일이다. 이 상황에서 '지조 높은 개'는 '밤을 새워', '어둠'을 몰아내기 위해 짖는다. 그러나 그 '어둠'을 걷어내기 위해 짖는 '개'의 부르짖음도 시적 자아에게는 자신을 쫓아내기 위한 것으로 받아들여진다. 개조차 '어둠'을 몰아내기 위해 짖고 있지만, 시적 자아는 조용히 '풍화작용'을 시작하고, '눈물'을 흘리는 것이 전부이다. 어쩌면 '개'야말로 '어둠'을 소리내어 짖을 수 있는 것이다.

'지조 높은' 개의 짖음에 놀란 시적 자아는 '쫓기우는 사람' 마냥 밤에 돌아온 '고향'을 또 떠나가기로 스스로에게 다짐한다. 고향에 돌아온 날 '백골'이 몰래 시적 자아를 따라왔기 때문에 이제 '백골' 몰래 '다른 고향'으로 가려고 한다. 시적 자아는 자신을 쫓기 위해 짖어대는 '지조 높은 개'를 피해 달아나려고 한다. 이때 달아남은 '백골'조차 포기한 결행이다. 쫓기는 사람이 되어버린 시적 자아는 본래적인 자기를 찾는 일에 자신감을 상실한다. '백골' 조차 피해서 달아나야 하는 상황에서 시적 자아가 찾을 수 있는 '아름다운 또 다른 고향'이란 어떤 의미를 지닐 수 있는가.36) 처음 '고향에 돌아온 날' 밤에는 시적 자아의 '백골'이 '따라와 한방에 누웠다'. 그러나 '백골'은 '어둠' 속에서 '풍화작용'을 시작했고, 거기서 흘린 '눈물'은 시적 자아의 것인지, 백골의 것인지, 아름다운 혼의 것인지 알지 못했다. 도리어 '지조 높은 개'의 짖음에 시적 자아는 본래의 자기를 찾지 못한 상황을 회피하고 싶어한다. 그러나 '쫓기우는 사람'처럼 '또 다른 고향'으로 가자는 것은 완전한 자기와의 만남이다.

시적 자아는 자신의 본래성을 찾기 위해 '백골'과 '고향'으로 돌아오면서 부단히 노력을 한다. '백골'의 '풍화작용'은 그 한 양상으로 보여진 것이었으나, 자신의 본래성은 쉽게 드러나지 않았고, '개'의 짖어댐에 좌절을 맛보게 된다. 이때 시적 자아는 다시 본래적인 자기 찾기를 포기

---

36) 김의수, 「윤동주 시의 해체론적 연구」, 서울대 석사논문, 1991, 100면. '시에 있어서의 내면공간의 확보'라는 문학사적 의의를 획득한 윤동주 시는 '고향'의 공간개념을, 존재론적 근원의 고향이라는 자아개념의 고향으로 한 차원 승화시켰다.

하는 것이 아니라, '아름다운 또 다른 고향'을 꿈꾸며 자기 찾기를 새로이 시작하려는 의지를 내보인다. 왜냐하면 존재하는 동안, 자아는 자기 찾기를 지속하기 때문이다. 존재한다는 것은 자기 찾기의 연속이기 때문에 그 자기 찾기는 쉼없이 지속되는 것이다.

(2) 자기 존재의 사유방법으로서 '부름'과 '염려'

부름은 존재를 현전 상황으로 인식하게 하는 장치이다. 현전은 시·공간적으로 '지금 바로 앞'이라는 의미를 담고 있기 때문에 존재에 직접적인 영향이 행사되기 시작하는 지점을 말한다. 당장, 혹은 즉시 행위가 나타날 것 같은 그 상태의 시제가 바로 현전의 상황이다. 이 상황으로 존재를 데려오는 것을 '부름' 또는 '호출'이라고 할 수 있다. 하이데거는 부름의 주체를 신으로 보는 것이 아니라, 규정되어 있지 않은 것으로 간주하며, 그 부름의 유래는 '내던져진 개별화의 섬뜩함' 즉, '내던져진 상황'에서 맞이하는 아주 개별적인 상황에서 비롯한다고 본다. 그러므로 부름은 기투된 현존재가 자신의 개별성에 대한 실존적인 자각이 생겨나면서 발생하는 것이라고 할 수 있다.

"그들-자신을 불러냄은 가장 고유한 자기 자신을 그의 존재가능으로 불러세운다는 것을 의미하며 그것도 현존재로서, 다시 말해서 배려하는 세계-내-존재와 남들과의 더불어 있음으로서의 현존재를 불러세운다는 말이다.…… 부름의 열어밝힘의 성격은 우리가 그것을 앞에 불러내는 불러들임으로 이해할 때 비로소 온전히 규정될 것이다.…… 불러냄은 앞에 불러세우는 되부름이다.…… 현존재는 부름을 이해하며 자신의 가장 고유한 실존가능성에 귀를 기울이고 있는 것이다.…… 부름을 이해한다는 것은 곧 양심을 가지기를 원함을 말한다.…… 부름이 비록 아무런 정보도 주지는 않지만 그럼에도 부름은 비판적일 뿐만 아니라 긍정적이다. 부름은 현존재의 가장 근원적인 존재가능을 탓이 있음으로 열어 밝힌다."[37] 이와 같이 부름은 '존재가능'을 제시해 주는 역할을 하는 것으로 존재를 열어 밝힐 수 있게 하는 것이다. 부름에서 비로소 존재 자체가 스스로의 가능성을 가지게 되는 것을 볼 수 있다. 부름은 열어 밝히는 속성을 지니고 있다. 그러므로 존재를 부르는 일이란 존재를 열어 밝히는 일과 다른 것이 아니다. 존재를 열어 밝히는 것은 존재를 존재하게 하는 가능조건들을 가리키는 것과 동일한 의미를 갖는 것이다.

자기에 대한 점검의 긴장을 놓치지 않고 팽팽하게 유지하고 있을 때 염려가 발생하게 된다. 함닉되지 않기 위한 자기 점검의 구체적인 형태로써 드러나는 것이 바로 염려이다. 이때 염려는 자기에 대한 사유를 시작하는 중요한 통로가 되는 것이다. "실존성, 현사실성, 그리고 빠져 있음…… 하이데거는 이들의 단일성을 염려라는 용어로 파악하고, 그것을 그것이 존재적으로 의미하고 있는 걱정, 근심, 소원 또는 바람 등과 같은 존재 경향과는 구별한다. 실존 범주로서 염려는 현존재의 존재이며, 다음의 세 가지, 즉 자신을 앞서 나가 있음(실존성), 세계 내에 이미 존재함(현사실성), 세계 내부에서 만나는 존재자들에 머물러 있음(빠져 있음)을 포괄한다."38) 존재자는 스스로를 염려하면서 다듬어 가고, 그 가운데서 자기 존재의 본래성을 이해할 수 있게 된다.

자신의 본래성을 찾아가는 과정에서 자기를 염려하는 일은 자기 사유를 위한 중요한 시도라고 볼 수 있다. 스스로를 문제시하여 대상으로 삼고 자기에 대한 생각과 고민을 하는 과정에서 자기 존재의 설득력을 스스로 구할 수 있게 된다. "나의 실존은 나 자신도 임의로 모방하거나 연출할 수 없는 원초적 자발성"39)이기 때문에 염려 역시 자발적인 자기점검의 형식이 된다. 실존 자체가 이미 '던져진 존재'라는 설정된 인식 아래에서 가능해지는 것이기 때문에, 자기에 대한 염려의 형식 역시 본래적인 자기를 모색하는 과정이라고 할 수 있다.

자기에 대한 관심에서 출발하는 염려는 자신의 세계에 있으면서, 그

---

37) M. 하이데거, 이기상, 『존재와 시간』, 까치, 1998, 373-385면.
38) F. 짐머만, 이기상, 『실존철학』, 서광사, 1987, 192면.
39) 신오현, 『자아의 철학』, 문학과지성사, 1996, 305면.

세계에 빠져 있기도 하고, 그러한 자신을 앞서나가기도 한다. 염려는 이러한 자기 존재의 상황을 구체적으로 이해할 수 있는 중요한 역할을 한다. 하이데거는 염려를 존재의 본질적인 문제와 결부시키고 있고, 걱정이나 근심은 존재의 경향으로 구분한다. 그러므로 염려는 단순한 걱정과 근심의 형태가 아니라, 존재의 본질적인 의미에 가 닿는 관문이 되는 것이다. 이러한 염려를 통해서 실존적인 자각을 하게 되며, 자기의 본래성을 찾아가게 되는 것이다.

> 거 나를 부르는것이 누구요.
>
> 가랑잎 잎파리 푸르러 나오는 그늘인데,
> 나, 아직 여기 呼吸이 남어 있소.
>
> 한번도 손들어 보지못한 나를
> 손들어 표할 하늘도 없는 나를
>
> 어디에 내 한몸둘 하늘이 있어
> 나를 부르는 것이오.
>
> 일이 마치고 내 죽는 날 아츰에는
>
> 서럽지도 않은 가랑잎이 떨어질텐데……
>
> 나를 부르지 마오.

— <무서운 時間> 전문

<무서운 시간>은 역설적으로 자신의 존재를 드러내는 작품이다. 물론 역설이 갖는 기본적인 기능으로 이 시를 읽는다면 꼭 나를 불러달라는 간절한 애원으로 볼 수 있다. '거 나를 부르는것이 누구요'는 왜 아무도 나를 불러주지 못하는 거요? 아니면 왜 불러주지 않는 것이요? 나

는 이렇게 '호흡'이 그대로 남아 있는데도 말이요. 라고 자기를 불러 주지 않는 것에 대한 애절한 자기표현을 드러낸다. 자기 존재를 불러내기 위해 역설적인 방법을 사용한 것이다. 내 한 몸 둘 하늘도 없는 나, 손 들어 보지도 못했고, 그런 하늘도 없는 나, 고립되고 외따로 존재하는 시적 자아의 자기 회피의 모습은 진정한 포기가 아니다. '나를 부르지 마오'는 역설적인 표현으로 나를 불러 주시오의 절박한 표현이라고 볼 수 있다.

'가랑잎'은 마른 잎을 가리키는데, 이 가랑잎 떨어지고 그 자리에 '새 잎'이 푸르게 돋아나듯이, '나'는 아직 '호흡이 남'아 있는데, 나를 부르는 사람이 없다는 것이다. '가랑잎'처럼 매마른 '나'는 '한번도 손' 들어 보지 못했고, 손을 들어 봤자, 표시할 '하늘'도 없는 존재이다. '가랑잎'은 말라버린 활엽수를 가리킨다. 이 '가랑잎'처럼 말라버린 잎을 누가 푸른 잎으로 돋아나게 할 것이라 기대하는가. 그런 '가랑잎' 같은 존재가 '나'로 구체화되어 나타난다. 스스로 호출할 힘이나 의지가 전혀 없는 상태를 나타내고 있다. 이런 '가랑잎' 같은 상태로 있는 '나'를 누가 부를 리가 없다. '어디에 한몸둘' '하늘'도 없는 나를 누가 불러줄 것인가 하는 자문자답의 형태이다.

이런 부질없는 존재자로 살아 있다면 남은 일이 끝나는대로 죽어가리라는, 그 죽음에는 '서럽지도 않은' 가랑잎이 떨어지듯 '내' 죽음은 그렇게 있을 것이라는 추측을 한다. 그러나 시적 자아는 가랑잎 떨어지듯이 죽어가고자 하는 의지를 표방하는 것이 아니다. 자기 존재의 미미함과 무상함을 죽음이라는 실존의 극단적인 상황으로 제시하면서 자기 존재의 의미를 스스로에게 묻고 있는 것이다. 그러면서 '나를 부르지 마오'라고 단언한다. 이 말은 나를 꼭 불러달라는 역설의 표현방법이다. 시적 자아는 자기 존재를 찾기 위해 부단히 노력하는 모습을 보여준다. 이 모습은 전적으로 자기를 드러내려는 방법이 아니라, 자기를 낮추고 비하하고 죽음으로까지 데려가서, 더 이상의 자기 무시나 지우기가 없는 상황에서 자기를 다시 부르고자 의도한다. 자기를 낮추며 밑으로 내려가

는 과정에서 더 이상 내려가지 못하는 단계에 이를 때, 그때 자신은 본
래성으로 돌아가 있는 자기가 된다. 이렇게 본래성이 회복된 자리에서
새로운 자기에 대한 글쓰기를 하기 위한 시도라고 볼 수 있다.

순(順)아 너는 내 전(殿)에 언제 들어왔던 것이냐?
내사 언제 네 전에 들어갔던 것이냐?

우리들의 전당은
고풍(古風)한 풍습이 어린 사랑의 전당

순아 암사슴처럼 수정(水晶) 눈을 내려 감아라.
난 사자처럼 엉클린 머리를 고루련다.

우리들의 사랑은 한낱 벙어리였다.

성스런 촛대에 열(熱)한 불이 꺼지기 전
순아 너는 앞문으로 내달려라.

어둠과 바람이 우리 창(窓)에 부닥치기 전
나는 영원한 사랑을 안은 채
뒷문으로 멀리 사라지련다.

이제 네게는 삼림 속의 아늑한 호수가 있고
내게는 험준한 산맥이 있다.

— <사랑의 전당(殿堂)> 전문

　　<사랑의 전당>은 시적 자아가 자기 존재를 호출하기 위해 자신과 가
장 근사치의 거리에 있는 타자를 호출하는 것으로 자기의 존재를 사유
하는 것과 동일하게 구성되어 있다. '내 전에' 들어온 '순'이는 나를 존
재하게 하는 타자이자, 나의 존재를 사유하게 하는 매개자가 된다. '내
전'은 나의 전당이지만 동시에 '순'이가 들어와서 내 전당이 될 수 있는

것이다. 또 시적 자아가 '순'이의 전당에 들어가는 상호적인 관계에서 시적 자아는 자기 존재를 사유하게 된다. 시적 자아가 '순'을 호출하는 것은 '순'이를 부르기 위한 것이기보다는 '순'을 통해 자기 존재를 호출하려는 즉, 사유하려는 것이다. '순'은 시적 자아가 자기를 찾아가는데 타자로서 아주 밀접한 관계를 갖는 대상이긴 하나, 시적 자아 자체는 아니다. 그러므로 '순'이와 시적 자아에게는 '우리들의 전당'이 마련되며, 그 전당은 '고풍'스런 '풍습'이 그대로 남아 전하는 사랑의 '전당'이 된다. 여기서 '고풍'의 '풍습'은 두 가지 의미를 드러내는데, 역사적인 시간과 풍속적인 의미가 담긴 오래된 전당의 의미, 또 하나는 '순'이와 시적 자아가 만나 추억을 만들어낸 그들만의 개인적인 시간이 담긴 '사랑의 전당'의 의미를 담고 있다.

시적 자아에게 '순'은 '수정'처럼 맑은 눈을 내리 감고 있으며, 시적 자아는 '사자처럼' 갈퀴를 고른다. '순'의 맑고 단아한 용모와 '나'의 사자처럼 거친 태도는 '우리들의 사랑'을 '벙어리'로 만들어 버렸다. '수정'같은 눈망울과 '사자' 갈퀴는 서로를 확인하는 대화가 부재한 상태라는 것이다. 왜냐하면 시적 자아가 호출한 '순'은 대상으로서의 '순'으로 머물러 있지 않고, '나'를 인식하고 이해하기 위한 과정상에 머물러 있기 때문에 '순'은 시적 자아를 이해할 수 있는 매개자이자 시적 자아의 잠재된 자아이기도 하다.

성스러운 촛대에 촛불이 켜져 '성스런' 공간이 된다. '열'하다는 것은 '뜨겁다', 혹은 '활활 타는'이라는 말로 이해하면 무방할 것이다. 이런 '성스런' 공간에서 시적 자아는 '순'을 앞문으로 달아나라고 종용한다. 그리고 시적 자아는 '뒷문'으로 멀리 사라진다고 한다. '어둠과 바람이 우리 창에 부닥치기 전'에 시적 자아는 '순'에게 달아나라고 한, '앞문'이 아니라 '뒷문'으로 사라지겠다는 의지를 보인다. 비록 시적 자아는 '순'이와 반대로 '뒷문'으로 사라지고자 하나, '영원한 사랑'을 간직하면서 떠난다고 고백한다. 시적 자아는 자기 존재에 대한 의문과 탐색이 끝나지 않은 상태이기 때문에, '순'에게 '아늑한 호수'가 있는 '앞문'으로 힘껏 달리도록 한 것이다. 그리고 시적 자아에게는 '험준한 산맥'이 남아서 자기를 찾는 일의 힘겨운 상태를 드러내고 있다.[40] 시적 자아는 '순'을 통해 자기 존재를 직접 호출하지도 못하는 상황에 처해 있기 때문에 '순'과의 만남은 결별로 끝나고, 시적 자아가 자기 존재를 찾는 험난한 여로에 오르게 된다. 다음은 '염려'를 통해 자기 존재를 찾는 사유 방법을 살펴본다.

> 하로도 검푸른 물결에
> 흐느적 잠기고…… 잠기고……
>
> 저― 웬 검은 고기 떼가
> 물든 바다를 날아 횡단할꼬
>
> 낙엽이 된 해초
> 해초마다 슬프기만 하오.
>
> 서창(西窓)에 걸린 해말간 풍경화.
> 옷고름 너어는[41] 고아(孤兒)의 설움.
>
> 이제 첫 항해하는 마음을 먹고
> 방바닥에 나뒹구오…… 딩구오……
>
> 황혼이 바다가 되어
> 오늘도 수많은 배가
> 나와 함께 이 물결에 잠겼을 게오.

― <황혼(黃昏)이 바다가 되어> 전문

------

40) 마광수, 「윤동주 연구―그의 시에 나타난 상징적 표현을 중심으로」, 연세대 박사 논문, 1983, 113면. 윤동주가 지향하는 바를 '사랑'으로 제시하는 작품이다. 신, 조국 등에 대한 거창한 사랑이 아니라 모든 이웃들에 대한 연민의 정에 기반하는, 인간적이며 섬세한 사랑이다.

41) 권영민 편, 전집에서 이 시어의 의미를 "씹다, 빨다의 북도 사투리"로 각주를 달고 있는데, 함경북도를 가리키는 것으로 보인다.

하루의 일상이 마무리되는 것은 땅거미가 내리고 황혼이 피는 것에서 부터 시작된다. 일몰의 시간대에 지상의 모든 물상은 바다 위에 떠 있는 배가 되어 '황혼 바다'로 출렁거린다. 하루가 저물어 갈 무렵, 만물은 바다의 표면처럼 '흐느적 잠기'어 어둠 속으로 잠식되어 간다. 바다 위에서 하루가 마감되는 것은 검푸른 물결에서 감지된다. 하루는 늘 다른 하루로 하루하루가 지속성을 보이며, 오늘의 하루는 소멸되고 '흐느적'이며 '잠기'게 된다. 하루가 저물어가는 바다 위에서 시적 자아는 하루를 뒤돌아본다.

어둑한 바다 위에 '웬 검은 고기 떼'가 어두워가는 바다 위를 '횡단' 한다. 고기 떼는 '검은' 색으로 어두워지는 바다 위를 날아다닌다. 자세히 보니 그 날아다니는 '고기 떼'는 '낙엽이 된 해초'이다. 해질 무렵 해초가 낙엽이 되어 바람과 함께 시커멓게 파도에 휩쓸리는 모습이 '고기 떼'의 출몰로 보인 것이다. '낙엽이 된 해초'는 말라버린 지상의 생명체나 어둠이 밀려오자 생명이 소진되는 물상들을 가리킨다. 낮 동안의 강인한 생명력을 뿜어내던 긴장은 풀어지고 주변이 어둠에 가려지고 혼자만의 시간으로 옮아간다. 고기떼의 '검은 색', '낙엽'이 된 것은 시적 자아의 상실감을 드러내는 표현이다.

서쪽 하늘로 석양이 지자, 서창으로 일몰이 아름다운 '풍경화'로 걸린다. 서쪽 창으로 그려진 '풍경화'는 해말갛게 그려지는 저녁놀이다. 그 어두워지는 일몰 앞에 부모 잃은 고아는 서글피 '옷고름'을 씹고 있다. 어둠은 주변을 모두 잠재우며 시적 자아에게 자기 존재만을 걱정하도록 하는 풍경이 된다. 자기 존재만이 지상에 남아 있다는 생각은 곧 고아의식과 연결된다. "고독은 단순히 다른 인간과의 격리나 현실에서의 도피가 아니라 자기인식을 위한 일시적 퇴각이다. 고독은 하나의 자기 인식 방법이다. 자기를 알기 위해서, 나아가서는 타인을 이해하기 위해서, 의식적으로 자신을 고립시키는 것을 의미한다."[42] 자기 소외감이 팽배한

---

42) 남송우, 「윤동주 시에 나타난 자기의 문제—자기 분열에서 통합까지」, 부산대 석
  사논문, 1979, 9면.

상태에서 고독한 자기와의 만남은 자기에 대한 상실감만 확대시킨다.

저물 무렵 '첫 항해'하는 마음으로 저녁놀이 말갛게 그려진 서쪽 창이 난 '방바닥'에서 뒹굴고 있다. 방바닥에서 뒹굴며 혼자 남아 있다는 것은 혼자 남아서 아무 것도 하지 못하는 상태를 보여준다. 방바닥에서 뒹구는 것은 표면적으로 무기력하게 그려진 본래의 자기 존재와 만난 상태이다. 본래의 자기 존재와 만났을 때, 자기를 더 깊이 사유해 본다는 일은 쉬운 일이 아니다. 자기 존재의 무상함을 해지는 일몰에서 느낀 시적 자아는 방 안에서 '뒹굴기'를 한다. 이 뒹굶은 본래적인 자기의 낯설음에 대한 시적 자아의 자기 표현이다.

어둠이 곧 닥쳐올 시간이 되면 황혼은 바다처럼 출렁거려 바다를 가득 메운다. 이때 모든 저녁놀에 잠긴 물상은 '수많은 배'가 되어 황혼에 떠 있고, 시적 자아도 이 물결, 금물결에 잠겨든다. 본래적인 자기를 만나기 위한 대안의 막막함, 이것이 존재자로 하여금 스스로를 염려하게 하는 것이다. 이 사유와 염려는 일상적인 삶을 살아가는 존재자에게 본래적인 자기를 찾도록 고무시키는 역할을 한다. 어둠이 내리고 황혼의 배 위에 떠 있는 존재자들은 황혼 속으로 잠겨들어간다. 이 황혼은 현상적으로 드러나 있는 시적 자아의 존재 이외의 본래적인 존재가 무엇인가를 탐색하도록 하는 풍경이 된다. 아름다운 황혼에 젖어들면서 본래의 나와 주변이 어둠에 잠긴 상황에서 나를 돌아보게 하는 것이다. 그러므로 황혼은 시적 자아에게 본래적인 존재를 찾아가도록 추궁하는 밑그림이 되는 것이다. 그 밑그림은 서툴고 낯선 그림으로 그려지지만 자아의 본래성이 갖는 낯설음을 드러낸다.

괴로운 사람아 괴로운 사람아
옷자락 물결 속에서도
가슴속 깊이 돌돌 샘물이 흘러
이 밤을 더불어 말할 이 없도다.
거리의 소음과 노래부를 수 없도다.
그신 듯이 냇가에 앉았으니

> 사랑과 일을 거리에 맡기고
> 가만히 가만히
> 바다로 가자,
> 바다로 가자.

— <산골 물> 전문

　밤이 되자 시적 자아는 '더불어 말할 이'가 없다. '돌돌 샘물'이 흐르는 깊은 산골의 밤 중에 더불어 이야기 할 상대가 있을 까닭이 없다. 더욱이 '거리의 소음과 노래부를 수'도 없다. 도시가 뿜어내는 거리의 소음이 산골에서는 전무하다. 단지 길고 고요한 침묵 속에 샘물 흐르는 소리만이 있을 뿐이다. 이 산골에서는 '사랑과 일'도 거리에 맡겨두고, 도시의 일거리로 던져두고 '가만히 바다로' 나가면 되는 것이다. 이 '바다로' 가는 길에서 시적 자아는 자기 존재를 만날 수 있을 것이다. 이렇듯 자기 존재를 돌아보지 못하는 존재자들을 염려하는 한 방법으로서의 <산골 물>은 거리의 분주한 일상을 모두 던져두고, 시적 자아를 한밤중에 산골로 안내한다. 이 산골로 안내하는 주체는 분주하고 바쁜 가운데서 자기 존재를 염려하는 시적 자아의 목소리이다. '괴로운 사람'이라고 부르는 주체는 분명히 시적 자아이며, 그 대상도 역시 시적 자아를 가리킨다.

　시적 자아에게는 절대 잊어버릴 수 없는 '괴로운 사람'이 내면에 존재한다. 시적 자아는 '옷자락'을 따라 물이 흘러드는 산골에서도 '괴로운 사람'을 잊지 못한다. 왜냐하면 '괴로운 사람'과 시적 자아는 동일하기 때문이다. 더욱 '가슴속 깊이', '돌돌' 흐르는 샘물처럼 '괴로운 사람'은 함께 있다. 그러므로 시적 자아는 '거리의 소음과 노래부를 수' 없다. 왜냐하면 이 괴로운 사람은 시적 자아 자신이기 때문이다. '그신 듯이 냇가'에 앉아 있는 시적 자아는 꿈쩍하지 않고 있다. 시적 자아는 꿈쩍하지 않고 냇가에 앉아서 일상을 모두 비워내고 있다.

　시적 자아는 벗어던질 수 없는 '괴로운 사람' 때문에 '사랑과 일을 거리에 맡'겨 버린다. '사랑과 일'을 거리에 맡긴다는 것은 일이 이루어지면 이루어지는 대로, 멈추면 멈추는 대로 그대로 두겠다는 의미다. 즉, '사랑과 일'을 포기해버렸다는 것이다. '사랑'도 '일'의 범주에 포함시킬 수도 있다. 그렇다고 일상의 모든 '일' 즉, 모든 노동을 그대로 방치해버렸다는 것은 아니다. 분주한 일상을 모두 그대로 던져버리고 자기 존재를 찾아보는 일에 귀 기울인 것을 의미한다. 이런 본래적인 자기 존재에의 귀 기울임의 구체적인 형태는 '가만히 바다로 가자'는 것으로 드러난다.

"산골물은 바다 속에서 자신의 모습을 무화시킴으로써 궁극에는 재생(증발)이 가능하듯이 모든 것을 버리는 것은 곧 새로운 출발을 의미한다. 바다는 모든 물의 귀착지이자, 또 끊임없이 재생하며 순환하는 영원의 존재이다."[43] 괴로운 사람을 부르며 산골물 소리를 가슴까지 들었던 시적 자아는 이제 존재를 염려하면서 산골물이 모여 큰물을 이루는 바다로 나가려고 한다. 바다는 넓고 깊은 파도가 잠시도 쉬지 않는 변화의 세계이다. 시적 자아는 이 곳으로 가서 본래적인 자기 존재의 사유를 제안한다.

> 順伊가 떠난다는 아츰에 말못할 마음으로 함박눈이 나려, 슬픈것 처럼 窓밖에 아득히 깔린 地圖우에 덮인다.
> 房안을 돌아다 보아야 아무도 없다. 壁과 天井이 하얗다. 房안에까지 눈이 나리는 것일까, 정말 너는 잃어버린 歷史처럼 홀홀이 가는것이냐, 떠나기前에 일러둘말이 있든것을 편지를 써서도 네가 가는 곳을 몰라 어느 거리, 어느 마을, 어느 지붕밑, 너는 내 마음속에만 남아 있는 것이냐, 네 쪼고만 발자욱을 눈이 작고 나려 덮여 따라갈수도 없다. 눈이 녹으면 남은 발자욱 자리마다 꽃이 피리니 꽃사이로 발자욱을 찾어 나서면 一年 열두달 하냥 내 마음에는 눈이 나리리라.

— <눈 오는 地圖> 전문

---

43) 이상호, 「한국현대시에 나타난 자아의식에 관한 연구」, 동국대 박사논문, 1988, 84면.

‘순이’가 떠나는 아침에 시적 자아는 아무 말도 하지 못하고, 대신 하늘에선 함박눈만 ‘아득히’ 창 밖으로 덮인다. 함박눈은 하염없이 내려 순이가 가야하는 ‘지도’까지 덮어버린다. 지도가 덮여진 길을 ‘순이’는 ‘역사처럼 홀홀이’ 떠나간다. ‘방안을 돌아’봐도 아무 것도 없고, ‘벽과 천정’이 함박눈에 모두 하얗다. 방안에까지 눈이 내린 듯이 순이의 가는 길을 함박눈이 막고 서지만, ‘순이’는 ‘역사처럼’, 흐르는 냇물처럼 떠난다. 시적 자아는 ‘떠나기전’ 할 말을 전하지 못해, ‘편지를 써’도 ‘순이’가 간 거리, 마을이 어딘지, 어느 ‘지붕밑’인지 알 지 못해 전하지 못한다. ‘쪼고만’ 발자국조차 함박눈이 내려서 덮어 따라가지도 못한다. 눈이 녹으면 떠나버린 ‘순이’를 찾아가려고 하는 시적 자아의 마음에는 ‘순이’의 발자국마다 ‘꽃’이 필 것이라는 기대를 하기 때문에 일년 내내 마음 속에서 눈이 내린다.

<눈 오는 지도>에는 떠나버린 ‘순이’를 생각하는 시적 자아의 마음이 아주 자세하게 드러나 있다. 시적 자아에게 ‘순이’는 사랑하는 연인일 수도 있고, 또 다른 자기 존재를 드러내는 대상이 될 수도 있다. 시적 자아는 ‘순이’의 조그마한 발자취를 더듬어 ‘순이’의 거처를 알아내고자 하나, 쉽게 발자취를 알아내지 못한다. 왜냐하면 함박눈이 ‘순이’의 발자국을 따라가며 지웠고, 또한 ‘순이’ 자체도 ‘역사처럼 홀홀이’ 떠나버렸기 때문이다. 이러한 상황에서 시적 자아는 편지 하나 부치지 못하게 된다.

우리는 ‘순이’의 행적을 쫓으려는 시적 자아를 통해 존재의 염려를 발견한다. 시적 자아는 전폭적인 관심의 대상이 된 ‘순이’를 향한 염려를 멈추지 못한다. 시적 자아는 어느 낯선 거리에 있는지 모르는 ‘순이’에게 일러 둘 말이 가득하다. 순이에게 일러 둘 말은 바로 시적 자아가 갖는 염려의 내용이 될 것이다. 일러둬야 할 ‘말’은 존재를 향한 염려의 마음에서 싹트는 것이다. 시적 자아는 ‘순이’를 대상으로 삼으면서 자기 존재에 대한 염려를 드러내고 있다. 이렇듯 존재에 대한 관심은 염려하는 가운데 비롯되는 것을 볼 수 있다.

제 5 장

시적 자아의 내면적 지향과 의미

1. 시적 자아의 내면적 존재양상의 의미

문학 작품을 통해 묻는 존재의 문제는 인간 문제에 관한 물음의 형식을 갖춘다. 문학 작품 속에서 존재자는 어떠한 극단적인 상황에 놓여 있는데, 그 상황 속에서 시적 자아인 존재자가 어떤 자세를 취하는가에 따라 존재양상은 달리 나타난다. 본고가 대상으로 하는 세 명의 시인들이 보여주고 있는 시적 세계가 모든 존재의 양상을 다 드러낸다고 할 수는 없다. 그러나 존재의 몇 가지 특징적인 면모를 보여준다는 것에서 의의를 찾을 수 있다. 시작품들을 통해 존재를 이해하는 방법은 시적 자아를 주체로 설정하여 그들이 존재양상을 어떻게 드러내는지 고찰하는 것에 있다.

이러한 고찰은 시와 존재의 문제를 연관시켜 이해할 수 있는 계기를 만들어 줄 것이다. 하이데거는 존재의 집인 언어를 통해 시는 존재의 본질을 밝힐 수 있다고 본다. "시의 본질을 이해하기 위해서는 언어의 본질에 대한 이해가 선행되어야 할 것이다. 대저 시란 언어에 의한 언어에서의 창설이요, 그리고 역사가 가능하기 위해서는 인간에게 언어가 주어져 있어야 하는 것이다."1) 이것은 시의 본질적인 기능이 존재 이해와 직접적인 관계가 있음을 환기시켜준다. 리쾨르가 말했듯이 "시의 경우 가리키는 대상이 말살되어 버린 것이 아니라 나누어지고 쪼개져서 존재한다. 그리고 여기서는 대상에 대한 명시적이고 묘사적인 가리킴이 사라짐으로써 그와 같은 묘사적인 방법으로는 포착될 수 없는 우리의 존재 상황에 대한 깨달음을 가능케 하는 새로운 가리키는 힘이 나타나는데 이것이 바로 넌지시 변죽만 울리는 비유적이고 상징적인 표현을 사용해서 대상을 가리키는 힘이다."2)

그러므로 존재에 대해 이해를 구하는 일은 형이상학적인 입장에서 존재를 탐구하는 철학자나 존재의 문제를 벗어나지 못하고 짊어진 시인의 고민에서 잘 드러난다. 작품 속으로 들어가 보면 시적 자아들은 다양한 실존의 국면에 직면해 있다. 이런 내면적 상황이 서정장르가 지니는 양식의 출발점이다. "존재에 대한 물음은 오늘날 망각 속에 묻혀 버렸다.…… 모든 물음은 일종의 찾아나섬이다.…… 존재이해에서부터 존재의 의미에 대한 분명한 물음…… 존재는 있다는 사실과 그리 있음에, 실재, 눈앞에 있음, 존립, 타당함, 있음에, 주어져 있음에 놓여 있다."3) 하이데거의 말처럼 오늘의 존재자들은 존재의 망각에 깊이 함몰되어 있다.

사실, 존재에 대한 고찰은 철학적인 사유의 세계로 우리를 안내하여 우리와 세계와의 관계를 객관적으로 수용할 수 있도록 해준다. 존재에 대한 사유 자체가 가진 형이상학적이고 관념적인 세계는 존재 자체의 내면적인 특징에서 기인하는 것이다. 세계에 존재하는 존재자는 존재

---

1) 한명수, <시와 존재의 사유>, 『심상』 8, 1976, 42-43면.
2) 박이문, 『인식과 실존』, 문학과지성사, 1994, 225-233면. "시의 본질적 기능은 인식적인 것도 정서적인 것도 아니며 우리가 고찰한 의미에서의 미학적인 것이다. 그 기능은 언어를 통해 즉자와 대자, 존재론적 조망과 인식론적 조망 사이의 긴장을 극복하는 데에 있다.…… 시의 기도는 애초부터 인식론의 범주에 속한다.…… 시에 담긴 낱말이나 문장들에는 반드시 그것들이 가리키는 대상들이 있게 마련이다."
3) M. 하이데거, 이기상, 『존재와 시간』, 까치, 1998, 15-21면.

자체에 대한 근원적인 질문을 끝없이 묻고 있는데, 그 물음 자체가 이미 형이상학적인 관념의 덩어리이다. "우리는 존재를 즉자 혹은 자존자(自存者, soi)로서 '완전한 자주성', 또한 '완전한 자족자'라고 정의함으로써 존재는 절대적 내면성으로서 그밖에는 아무것도 없다는 것을 주장하게 되는 것이다. 따라서, 존재에게는 외적인 것이 아무것도 없다. 혹은 존재에게는 모든 것이 내적이다라고 말해야만 할 뿐만 아니라, 그 안에는 그 자신이나 그의 어떤 부분에게 외적이라고 말할 수 있는 것은 아무것도 없다고 말해야 할 것이다. 혹은 존재는 모든 것의 내면성이라고 말해야 할 것이다."[4] 이렇듯 존재 자체는 절대적인 내면성을 그 특징으로 한다.

그렇다면 내면적인 세계는 '마음'에서 그려지는 그림으로 간주할 수 있을까? 존재의 내면성을 단순하게 마음에 대입할 수는 없다. 마음은 "사유와 의식의 활동 영역"[5]이고, "마음은 공간을 점유하지 않"[6]기 때문에 물리적인 공간의 개념으로 이해하기는 곤란하다. 일반적으로 사물과 사건에 대해 내면/외면으로 나눠지는 공간에 마음을 대입할 수는 없다. 마음의 개념으로 포괄되는 유사한 의미는 의지, 정신, 정서, 인식 등, 너무나 광범위하다. "마음이 하는 일은 무엇인가? 마음은 생각하고 믿고 의심하고 추리하고 의욕한다고들 한다. 이러한 활동 또는 '작용'은 마음에 의하거나 또는 그 속에 있다. 로크에 따르면, 우리는 '우리 자신 속에서' 이와 같은 '마음의 활동'을 관찰하며 사고, 의심, 회상, 믿음 기타 등등이 무엇인가를 배우는 방식은 심리 활동을 관찰하는 것이다."[7] 그

---

4) 루이 라벨, 최창성, 『존재론 입문』, 대한교과서주식회사, 1988, 57-164면. "존재에 대한 고찰…… 첫째로 존재에 대한 이 고찰이 전체 철학적 사색에 대해 우리에게 주는 관망을 명백히 해 두고, 이어서 둘째로 이 존재에 대한 고찰이 우리 자신의 삶과 우리의 삶이 영위되는 이 현실 세계에 부여하는 의의를 명백히 하며, 셋째로 이 존재에 대한 고찰이 그렇게 오랜 동안 심오한 사색의 대상이 되어 온 오늘날 왜 결국 부실한 것이 되고 만 것같이 보이며, 심지어 위험한 것으로 되고 만 것같이 보이는지 그 이유를 밝히고, 넷째로 그럼에도 불구하고 존재에 대한 고찰이 왜 계속해서 마치 하나의 신기루와 같이 우리를 끌어당기는지 그 이유를 밝혀 두는 것이 유익하리라고 생각한다."

5) 스티븐 프리스트, 박찬수 외, 『마음의 이론』, 고려원, 1995, 291-303면.

6) 길버트 라일, 이한우, 『마음의 개념』, 문예출판사, 1994, 15면.

러므로 전통적으로 마음은 물리적 세계와 격리된 관점에서 이해해야지 존재의 내면을 담을 수 있다.

존재는 "파르메니데스 이래로 서양 철학에서 언제나 언급되어 왔고 아리스토텔레스 이래로 형이상학의 본래적 대상으로 간주"[8]되어 왔던 것이다. 이렇듯 어떻게 사느냐의 문제에 수반되는 주체의 가치관과 세계관은 형이상학적 인식에서 만들어지게 된다. '있음'이라는 존재는 어떤 범주로 묶일 수 있거나 대상화될 수 있는 개념이 아니다. "형이상학적으로 보았을 때 우리는 몸을 가누지 못하고 비틀거리고 있다. 우리는 있는 것들의 가운데서 방방곡곡으로 돌아다니고 있으면서도 있음(존재, Sein)이라는 것이 어떻게 존립하는 것인지를 더 이상 알지 못하고 있는 것이다."[9] 존재를 객관적으로 묻기 시작하면, 시·공간성, 운동성, 형상 등의 내부적인 있음을 구성하는 범주들은 그 상황에 따라 다양한 양상으로 규정될 것이다. 그러므로 존재의 대상은 어떤 단일한 개념으로 규정될 수 없고 정해진 대상도 없다.

이런 존재를 유념한 의식이 실존과 관련된 사고를 낳는다. 실존철학[10]이 지향하는 실존의 구조에도 내면적인 특징이 있는데, 이것은 존

---

7) 노만 맬컴, 류의근, 『마음의 개념－데카르트에서 비트겐슈타인까지』, 서광사, 1987, 22-27면. "우리가 직면하게 되는 놀랄 만한 사실은 인간의 마음은 본질적으로 물리적 세계와 독립해 있다는 주장이 데카르트와 더불어 전통적으로 압도적인 동조를 얻어 왔다는 점이다. 마음은 사고, 인상, 느낌, 경험으로 가득찬 신체없는 것으로 묘사된다. 살아 있는 육체는 마음에 의해 움직이는 것으로 간주된다."

8) 벨라 바이스마르, 허재윤, 『존재론－일반적 존재론으로서의 형이상학』, 서광사, 1991, 77-79면. "존재의 개념 (또는 오히려 존재의 이해)은 근원적으로 대상적이고 사물적으로 주어진 것으로부터 얻어지는 것이 아니라, 스스로 존재하는 정신적인, 스스로에게 "조명되어진" 존재자－이것이 곧 우리 자신이다－로부터 얻어지는 것이다."

9) M. 하이데거, 박휘근, 『형이상학 입문』, 문예출판사, 1994, 323면.

10) 실존주의는 후설의 엄밀한 학으로서의 현상학이 성립된 이후 두 번에 걸친 세계대전을 체험하면서 존재의 문제를 고찰하면서 구체화된 철학이다. 그러므로 실존주의와 현상학의 관계는 직접적이라고 할 수 있다. "현상학에서 요구되는 정신 태도는 일차적으로 깊은 내면적 자기성찰의 태도이다. "후설은 그의 『데카르트적 성찰』 맨 마지막 문장에서 아우구스티누스의 말을 인용하고 있다. '밖으로

재자의 가장 본질적인 속성이다. "사고의 내면화가 바로 실존 철학의 하나의 형식을 이루는 것이다."[11] 실존적 자아란 존재하는 터전에서 처하게 되는 다양한 상황들에 맞서 있거나, 자기한계를 벗어나지 못하고 그 안에 갇혀 허우적이는 그 자체라고 할 수 있다. 이러한 실존적 존재자들이 존재의 본질을 향해 고민하는 흔적, 혹은 의지들이 내면성을 구성한다. "존재는 절대적 혹은 보편적 내면성이다. 개별적 자아는 이 절대적 내면성 안으로 한계를 끌어들이게 된다. 이 한계 저편에는 표상적 외면성이 지배하고 있으며, 자아는 점차적으로 이 외면성을 정복하려고 힘쓴다. 이렇게 함으로써 자아는 점차로 내적이 된다. (즉, 자아는 이렇게 자기 내면 세계를 점차적으로 확장해 나간다) 이것이 실존에 운명지어진 역할이다."[12]

존재가 지닌 내면적인 특징은 실존의 틀 안에서 구체화되고 있다. 실존철학 자체가 담고 있는 존재에 관한 사유에는 내면적인 의미가 함축되어 있다. 이때 내면성은 물론 존재 자체의 내면성에서 비롯되는 것이다. 자기 본래의 존재를 찾아 끊임없는 길을 가는 존재자가 실존철학의 주인공이다. "자기의 본래의 존재에 돌아가려고 하는 것이 실존철학이

향하려 하지 말고 그대 안으로 되돌아가라. 인간의 내면에 진리가 거하고 있으므로.'"(W. 마르크스, 이길우, 『현상학』, 서광사, 1989, 18면)가 그것을 잘 대변해준다. 또한 "후서를에서처럼 단순한 인식의 근거가 아니라, 모든 것의 존재가 지닌 본성의 근거, 즉 의미라 할 수 있는 근거에 대한 탐구를 하이데거의 존재학은 근본적인 유일한 질문, 즉 존재의 의미는 무엇인가에 답하고자 하며 근본 구조를 밝혀내고자 하는 근본 존재학인 것이다."(피에르 테브나즈, 심민화, 『현상학이란 무엇인가—후서를에서 메를로 퐁티까지』, 문학과지성사, 1983, 41면)

11) 박이문, 『인식과 실존』, 문학과지성사, 1994, 167면.
12) 루이 라벨, 최창성, 『존재론 입문』, 대한교과서주식회사, 1988, 26-42면. "어떤 존재가 실존이다 함은, 그가 자신에 대해 내적이고, 그에게 외적인 모든 것에 대해 대립되며, 그에게 외적인 모든 것은 자신을 제한하고 자신을 규정하는 것으로서 자기 밖으로 투척하는 존재라는 것을 의미한다. 그러므로 실존은 자기 밖에 있는 것 없이 꾸려갈 수 없다. 왜냐하면 실존은 존재에 참여하는 것 이외에 다른 아무것도 아니며, 실존이 비록 가능적인 존재 전체를 포괄한다고는 하지만, 그것이 일정한 상황 안에 연루되어 있으며, 자신을 규정하기 위해 시간과 공간을 요구하기 때문이다."

다.…… 생활상의 규칙이나 관념론적 이상형을 구하려고 하는 것이 아니라 현존재를 초월하여 인간에게 실존의 의미와 가치를 불어넣는 힘이다.”13)

특히, 식민지 상황 속에서 생산된 문학 작품에서 나타나는 내면적인 경향은 모더니티14)의 큰 범주로 묶을 수 있다. 여기서 “모더니즘을 관심의 표적으로 삼는 것은 특정한 시기의 문학운동으로서의 사조유형이 아니라 모더니즘의 이념과 본질적 특성”15)을 파악하여 내면성을 고찰하려는데 있다. 1930년대 이후의 문학의 내면성16)은 주지주의·이미지즘 형태로 나타나는 모더니즘의 특성에 바탕을 두고 있다. “개별 인간을 ‘실존적 상황에 던져진’ 존재로 이해함으로써, 모더니즘은 근본적으로 외부 현실을 부정하고 인간의 내적 요소를 추상적인 주관성과 등치시킨다. 모더니스트들이 인간의 개별성에 대한 묘사를 이렇게 해석하는 것은 하나의 뚜렷한 패러다임으로 일찌감치 굳어졌다.”17)

---

13) 최문홍, 『실존철학연구』, 성문사, 1986, 23-74면.

14) 위르겐 하버마스, 이진우, 『현대성의 철학적 담론』, 문예출판사, 1995, 23-37면. “정신의 소유라고 할 수 있는 자유가, 즉 정신이 자기자신에게서 스스로 존재하고 있다는 점이 인정되었다는 사실이 바로 우리 시대의 위대함이다. 이러한 맥락에서 주체성이라는 표현은 네 가지 함의를 수반한다. 개인주의 : 현대세계에서는 무한히 특수한 고유한 성격들이 자신의 요구를 주장할 수 있다. 비판의 권리 : 현대세계의 원리는 모든 사람이 인정해야만 하는 것이 자신에게도 역시 정당한 것으로 나타날 것을 요구한다. 행위의 자율 : 우리가 행위하는 것에 대해 책임을 져야 한다는 것은 현대의 특성이다. 관념주의적 철학 : 자기자신을 아는 관념을 철학이 파악한다는 것은 바로 현대의 작품이라고 헤겔은 본다.…… 주체성의 원리가 관철되도록 만든 역사적 핵심사건들은 종교개혁, 계몽주의와 프랑스 대혁명이다.”

15) 김준오, <한국 모더니즘의 현단계>, 『현대시사상』 1, 고려원, 1988, 51면.

16) 한계전, 『한국현대시론연구』, 일지사, 1990, 155-157면. “모더니즘 운동은 1926년경에 대두되어 1930년대에 크게 신장한 시단의 한 경향…… ‘감정의 용솟음’ ‘편내용주의’를 극복하고 서구시와의 교접을 보다 직접적으로 이루어지게 한 계기…… 당대 식민지 상황 속에서 현실을 극복하기 위하여 서구의 시와 시론의 도입을 통한 새로운 것의 모색과정으로 볼 수 있다.” 김용직은 <30년대 모더니즘형성>(『한국현대시사』 1, 한국문연, 1996, 197-222면)에서 한국시단의 주지주의, 이미지즘 중심의 모더니즘의 경향이 주류를 이룬다고 정리하고 있다.

17) A. 아이스테인손, 임옥희, 『모더니즘 문학론』, 현대미학사, 1996, 37-38면. “표현

모더니즘 문학에서 내면적인 경향은 형식적인 기법의 측면이 아니라, 인식론적인 측면으로 간주해야 한다. "모더니즘이란 미학적 방법론이기 이전에 근대 이후 인간의 사고 구조를 반영하는 세계 인식 방법이자 내면화된 가치관의 새로운 표현 양식이다."[18] 모더니즘의 내적 원리는 역사적인 변화과정에서 구체화되었을 것이다. 그 내적 논리란 모더니티의 세계관과 인식의 배경을 살펴보는 가운데 드러날 것이라고 생각한다. 이때 내면적인 형태는 비사회적, 비역사적이며 개인적인 경향으로 나타나는 것을 가리킨다. 그러므로 당시 작품에서 나타나는 시적 자아의 내면적인 특징은 몇 가지로 분류해 볼 수 있다. 그것은 정치성이 배제된 내면성, '근대'라는 인식틀이 만들어낸 개인의 주관성을 중심에 둔 내면성, 존재 자체의 특징으로서의 내면성 등으로 나누어 볼 수 있다.

첫째, 문학의 사회적 역할이란 측면에서 탈 정치적인 경향의 작품을 내면성을 지녔다고 간주할 수 있다. 문학이 지니는 본질적인 측면을 간과할 우려가 있는 이 논의는 내면성을 현실참여와는 상반되는 경향으로 이해한다. 특히 우리 문학사의 현장에서 내면적인 경향은 식민지 현실에 대해 침묵하거나 배제함으로써 현실과 역사에 대해 무책임함으로 이해되기도 한다. 그러나 본고에서 말하는 내면적 경향은 이런 경우와는 관계가 없이 문학의 고유한 질서를 찾아가는 것에 있다.

문학사적으로 살펴보면 카프문학이 해체된 이후 '내면의식'을 추구하는 시적 경향이 주류를 형성한다. "거의 모든 인간행동의 주체는 고립된

주의와 초현실주의 문학, 보다 구체적으로 현대소설에 나타난 '의식의 중심'이나 '의식의 흐름'의 사용 등에서 주관주의 시학이 두드러진다고 지적하는 것은 하나의 관례이다."

18) 김유중, 「1930년대 후반기 한국 모더니즘 문학의 세계관 연구」, 서울대 박사논문, 1995, 3-4면. 모더니즘 문학의 한계를 서구 수용의 추수적인 결과, 반영이나 모사의 형태를 띠는 것으로 정리한다. "이 방식의 특징은 한국 모더니즘 문학이 일제에 의해 타율적으로 건설된 도시인 경성을 중심으로 한 왜곡된 모더니티의 기반 위에 성립된 문학양식"이었음을 간파한 것이라고 정리한다. 그러나 왜곡된 모더니티의 경향을 문학 자체의 한계로 보기보다는, 일제 강점기 상황에서 억압의 형태로서 나타난 것으로 봐야 한다.

개인이 결코 아니다."[19]라는 관점은 내면성을 관계성의 부재로 본다. 역사적으로 특별한 식민지 체험의 기간동안 정치와 문학을 이분화시키면서 문학활동의 내면화를 부추긴 측면이 없지 않을 것이다. 서정성 중심의 시문학을 시사에서 주류적인 흐름으로 만드는 과정에서 시문학파는 선봉적인 역할을 했다고 할 수 있다. 서정시 중심의 이러한 시적 경향은 정치성이 완전히 배제되어 있다. 그러나 이러한 내면성은 부정적인 것으로 읽히는 것이 아니라, 서정시의 본래적인 모습을 담아내기 시작한 긍정적인 측면이 있다.

둘째, 세계를 담아내는 인식틀로서 모더니티는 개인의식에 중심을 두는데 이런 인식을 내면성의 모습으로 간주한다. 이것은 근대라는 인식틀이 제공하는 개인성과 주관성을 중심에 둔 인식의 내면이라고 할 수 있다. 근대 인식의 근저에는 데카르트, 칸트, 헤겔 등의 사유체계가 중심을 이루고 있다. 이러한 철학자들의 사유는 근대를 형성하는 바탕으로서 개인의 주관성을 적극적으로 읽어내면서 내면의 확대를 이룩한 사상가들이다. 근대를 바라보는 주관적이고 개인적인 관점 역시 내면의 발견으로 명명된다. 가라타니 고진의 "주위의 외적인 것에 무관심한 <내적 인간, inter man>, <바깥>을 보지 않는 자"[20]가 바로 근대인이다. 근대의 출발[21]은 개인성에 대한 깊이있는 통찰에서 출발했다고 생각된다. "사물에 대한 단순한 지각으로서 시각으로부터 응시를 구별한 사람은 사르트르였습니다. 그에게 응시란 단순한 지각이라기보다는 주체의 지향성이

---

19) 루시앙 골드만, 송기형·정과리, 『숨은 신』, 연구사, 1986, 33면.

20) 가라타니 고진, 박유하, 『일본근대문학의 기원』, 민음사, 1997, 36면.

21) "명확한 현대개념을 발전시킨 최초의 철학자는 헤겔…… 현대성과 합리성 사이의 내면적 관계가 무엇을 의미하는지 우리가 이해하고자 한다면, 헤겔에게로 되돌아가야 한다.…… 헤겔은 현대의 개념을 시대개념으로 사용한다.…… 헤겔은 현대의 영역 밖에 놓여 있는 과거의 규범적 암시로부터 현대가 분리되는 과정을 철학적 문제로 부상시킨 최초의 철학자이다.…… 현대세계는 스스로를 진보의 세계로 이해하고 동시에 소외된 정신의 세계로 이해한다. 그러므로 현대를 개념화하고자 하는 첫 번째 시도는 현대에 대한 비판과 동시근원적으로 결합되어 있다."(위르겐 하버마스, 이진우, 『현대성의 철학적 담론』, 문예출판사, 1995, 23면)

담긴 지각이고, 즉자존재가 아니라 대자존재와 결부된 것이지요.…… 사
르트르에 따르면, 얼굴은 지향성을 가진 눈을 통해 머리로부터 구분되
는 겁니다."[22] 이 응시의 힘이 개인의 내면으로 쏠리면서 내면적인 지
각력이 형성되는 것이다. 그러므로 내면의 탐색은 근대적인 개인들이
내면을 향한 응시의 시선에서 비롯되었음을 알 수 있다.

  셋째, 인간 존재의 본래적인 특징으로서 내면성을 들 수 있다. "인간
의 이미지를 규정하는 존재론적 관점이 인간은 다른 인간들과 관계를
맺을 수 없는 본래 고독하고 비사회적인 존재로 보는 것이다. 고독을 인
간의 현존에 있어서 피할 수 없는 중심적인 사실로 간주하는 것이다."[23]
이렇게 상정되는 인간은 존재론적으로 고독할 수밖에 없어서 세계와는
끝없는 단절에 직면해야 한다. 내면성이 지니는 매우 부정적인 측면으
로 이것은 개인이 자기 존재를 묻는 방식이 되면서 실존적 판단에서 최
후의 공간으로 볼 수 있다.

2. 1930, 40년대 시의 내면적인 경향

  일제 강점기의 작품에서 드러나는 시적 자아의 목소리는 대부분이 내
면성을 벗어나지 못한다.[24] 문학작품에는 "한 시대의 고유한 양식과 구

---

22) 서울사회과학연구소, 『근대성의 경계를 찾아서』, 새길, 1997, 256면.
23) 게오르그 루카치, 김해옥, <모더니즘의 이데올로기>, 『현대시사상』 1, 1988,
    120면.
24) "확실히 개인과 전체와의 사이에 일정한 소외(낯섦)가 있는 시대에는 개인적 현
    존이 그대로 전체를 표명할 수 없고, 무엇인가 굴절, 매개, 비판 등의 작업을 통
    하지 않으면 개인은 전체와 결합될 수 없다. 그러나, 장래에 있어 만인의 자치적
    협력의 세계에서는 개인은 이미 동질화된 전체의 개성적 부분으로 될 것이다.
    부분을 부분으로 전형화함이 곧바로 동질의 전체를 그리는 것과 같아질 것이 아
    니겠는가. 즉 서정시의 형식이 그대로 사회전체를 보편적, 객관적으로 반영하는
    것일 수도 있다."(김윤식, 『한국근대문학 사상사』, 한길사, 1984, 484면)

조의 강제성"25)이 존재한다면, 식민지 문학의 특징은 내면적인 경향으로 정리할 수 있다. "순수문학이 주류를 이루게 되었다는 것은, 당시의 시대상황으로 인해 작가는 어느 정도의 제한과 제약을 받을 수밖에 없었으며, 그러한 상황은 작가에 또 다른 측면의 돌파구 즉, 내면세계로의 탐구로 방향을 심화시킨 것으로 볼 수 있다."26) 내면적 존재양상에서 볼 수 있는 문학사적 의의는 내면의식의 추구와 문학성의 밀접한 관계라고 할 수 있다. "장르 선택의 역사적 제약성"27) 아래 생겨난 서정시 (순수시28))의 문학성은 당시 내면적인 경향을 대변한다. 식민지 현실 억압이 부른 내면적인 경향은 비현실적이라는 부정적인 측면을 갖고 있지만, 작품에서 문학성을 더욱 풍부하게 담을 수 있는 여지를 제공한다.

　1930, 40년대 시의 특징적인 면모는 단연코 내면의식의 형태라고 할 수 있다.29) 시의 하위장르를 서사시와 서정시로 이분화30)할 때, 내면적

---

25) 후고 프리드리히, 장희창, 『현대시의 구조—보들레르에서 20세기까지』, 한길사, 1996, 188면.

26) 오세영, 『20세기 한국시연구』, 새문사, 1989, 108-231면.

27) 김윤식, <식민지의 허무주의와 시의 선택>, 『문학사상』 5, 1973, 281면.

28) 후고 프리드리히, 장희창, 『현대시의 구조—보들레르에서 20세기까지』, 한길사, 1996, 180-181면. "말라르메가 한 사물을 순수하다고 부를 때 그가 의도하는 바는 본질의 순수함, 혼합물로부터의 자유로움이다.…… '순수함을 그 절대적 기준으로 삼아 사물들을 삼켜버리고 소진시키는 것.' 시의 순수성의 전제조건은 그러므로 탈사물화이다.…… 순수시의 개념은 그 배타적 의미에서 볼 때, 시가 그 주위를 선회하고 있는 무에 대응하는 시 이론상의 등가물이다."

29) 정효구(<1930년대 순수서정시 운동의 시대적 의미>, 『서정시의 본질과 근대성 비판』, 다운샘, 1999, 110-131면)는 1930년에 창간된 『시문학』을 중심으로 순수 서정시가 본격적으로 쓰여지기 시작했다고 본다. 이 운동의 시대적 의미는 첫째, 목적의식에 경도된 1920년대 후반기 문단과의 관계에서, 둘째, 1920년대 해외문학파와의 관계에서, 셋째, 1930년대 모더니즘 운동과의 관계에서, 넷째, 점차 탄압정책을 가혹하게 구사한 당대의 시대적 상황과의 관계에서 탐구해야 한다고 정리한다.

30) 시의 하위 장르로서 서사와 서정, 극의 분류는 아리스토텔레스의 『시학』에서 비롯되는 전통적인 범주개념이다. 그런데 현대시를 대상으로 시의 하위장르를 이렇게 범박하게 나누는 것은 분류기준과 대상의 상호성에서 설득력이 부족하다고 할 수 있다. 헤르나디(김준오, 『장르론—문학분류의 새방법』, 문장, 1983)에 따르면 장르연구는 문학의 종류를 유사성을 기준으로 분류하기 위한 것이다. 특히

인 경향은 서정시가 갖는 당연한 특징이다. 그럼에도 불구하고, 내면의
식으로 이 시대의 시의 경향을 정리하는 것은 일제 강점기라는 창작 환
경 탓이다. 내면의식으로 드러나는 이 시기의 작품은 서구 모더니즘의
영향을 강하게 받은 작품들이 대부분이다. 그러나 "한국 모더니즘의 특
징 가운데 가장 불투명하게 표현된 것은 이념 문제"31)라고 할 수 있다.
여기서 이념의 문제라고 지적된 사항은 사실상 이념 부재를 가리키는
말이다. "사상성이 없는 (좁은 뜻의) 작가 시인들이 가장 많이 활동한
시기"32)이기도 하다. 이러한 이념 부재의 시는 내면의식의 확장의 한
요소라고 본다.

　전통적인 서정시33)에서 보여주는 시적 자아는 아주 내면적인 목소리
를 지니고 있거나, 잠재된 채 그려지는 게 일반적임을 볼 때, 억압적인
현실상황과 서정시의 특징이 복합적으로 작용하고 있는 것이 1930, 40
년대 내면적인 시의 특징이라고 할 수 있다. 당시 시문학파34)의 성립은

　　이상 시는 서정시라고 단정하기 어려운 부분이 있는데, 본고가 추구하는 바는
　　시에서 드러나는 시적 자아의 내면성이 어떻게 서정성과 관련이 있는지를 살펴
　　보는 데 있다.
31) 오세영, 『20세기한국시연구』, 새문사, 1998, 161-162면. "30년대 우리의 모더니
　　즘은 두 가지 점에서 한계성을 노출하고 있었다. 첫째는 진정한 한국 문학으로
　　서 일체화된 체험을 갖지 못했다는 점이다.…… 둘째 서구 모더니즘의 본질 가
　　운데서 그 이념적인 요소가 제대로 수용되지 못했으며, 설령 수용되었다 하더라
　　도 허상으로밖에 존재할 수 없었다는 점이다."
32) 김윤식, 『한국근대문학양식논고』, 아세아문화사, 1990, 310면.
33) 최승호, <조지훈 서정시학 연구>, 『서정시의 본질과 근대성 비판』, 다운샘,
　　1999, 147-169면. 우리의 전통서정시학의 현대화는 조지훈에 이르러 이루어졌
　　다. 전통적인 서정시란 자연에 대한 절대적 믿음, 언어가 세계의 본질을 드러낼
　　수 있다는 믿음 아래 자아와 세계가 행복한 만남을 이룰 수 있다는 세계관을 가
　　지고 있다. 즉, 단순한 정서의 차원이 아니라 지·정·의가 통합된 전인격적 차
　　원에서 자아와 세계가 동일성을 이루어내는 것이다.
34) 유승우, 『시문학파 연구』, 민족문화사, 1992, 43면. "정치, 경제, 철학 등과 혼선
　　됨으로써 문학 자체에 대해 오류를 범한 것이 1920년대 문학의 근본적 결함이었
　　던 것이다. 이에 대한 반성에서 출발한 '시문학파'가, 문학을 다른 사회적 현상
　　과 분리해서 순수한 예술적 영역으로 독립시키려고 한 것은 그들로서는 필연적
　　이다. 이것이 바로 문학의 자율성 자각이며, 문학을 위한 문학, 즉 순수문학적 방
　　향인 것이다. 이런 의미에서 '시문학파'는 어떤 주의주장을 내세우지는 않았다."

"1930년대의 순수서정시 운동"35)을 일으키고 되었고, 당대 대부분의 작품이 내면의식을 가지게 되는 근원적인 배경이 된다. '내면의식을 추구한 시'36)는 식민지 상황 속에서 선택할 수밖에 없던 길이라는 것과 그러한 경향이 식민지 시대 시작품의 주류였음을 보여준다. "내재적인 각도에서…… 이 시기의 시가 하나의 과제로 카프의 지양, 극복을 꾀할 수밖에 없었음을 뜻한다.…… 시문학파는 카프의 지양, 극복을 탈 정치와 이데올로기의 배제로 해석한 것 같다.…… 다음 단계에서 시문학파가 택한 것이 서정시 양식이다. 시문학파는 카프의 정치 편향과 이데올로기의 독주로 빚어진 시의 황폐를 극복하는 길로 정서의 추구를 주로하는 서정 양식을 택한 것이다.…… 시문학파의 서정시 선택으로 30년대 시의 성향은 이미 결정되어 버린 셈이다. 서사시와 달라서 서정시는 개인의 감정을 노래한다."37) 시문학파는 카프의 해체 이후, 시적 경향과 방향을 선택해야만 하는 입장에 처한다. 시문학파 창간호에서 밝히고 있듯이 이들의 시적 입장은 순수문학의 관점에 있다. 카프 문학이 불러온 황량한 문학성에 대한 반성과 식민지 현실 억압에서 시를 쓰기 위한 방법적인 측면에서 서정시가 선택되었다고 볼 수 있다. 그러므로 시문학파의 경향은 1930년대 이후, 시적 특징을 개성적이면서 내면화의 형태로 나타나게 하는 출발점이 된다.

황폐한 시대의 시인38)이 작품을 지속할 수 있는 유일한 길은 사회성

또한 채만묵(2000)은 "'현대시의 관문', '순수문학 운동', '순수지의 자각 등만이 아니라, 시적 기법이나 그 구조 등…… 이것은 당시의 시적 수준면에서도 현저한 일면이었을 뿐 아니라 한국 현대시의 고전적 일면 또는 한국 현대시를 성장할 수 있게 한 밑거름의 일면이었다."(『1930년대 한국시문학 연구』, 한국문화사, 190면)고 평가한다.

35) 정효구, <1930년대 순수서정시 운동의 시대적 의미>, 『서정시의 본질과 근대성 비판』, 다운샘, 1999, 111면.

36) 조동일, 제3판 『한국문학통사』5, 지식산업사, 1999, 407-439면.

37) 김용직, 『한국현대시사』1, 한국문연, 1996, 53-54면.

38) S. 키에르케고르, 김영철, 『이것이냐 저것이냐』, 숭문출판사, 1967, 11면. "시인이란 무엇이냐? 그 가슴 속에 심각한 고뇌를 간직하고, 그러면서도 탄식과 눈물을 마치 아름다운 음악인 양 말하는 입술을 가진 불행한 인간인 것이다."

과 정치성이 배제된 글쓰기였을 것이다. 이러한 내면의식 추구의 시는 정치성이 배제된 시적 자아를 통해 내밀한 존재양상을 그려낸다.[39] 내면의식을 추구하는 시가 외부적인 현실 억압에 기반한다 하더라도, 결과적으로 서정시가 추구하는 본질적인 세계인 내면적인 존재로 지향한다. 그렇다면, 시는 존재의 문제를 어떻게 그리고 있는가. 시는 인간의 다양한 존재 국면을 시적인 언어로 압축하는 양식을 가지고 있다. 물론 이때 시는 서정시 일반을 지칭하는 말이다. 서정시의 시적 자아는 자기의식을 가진 시적인 주체이며 자기 내면의 만남과 일치를 끝없이 요구하는 자아이다.

근대시 중에서 미적 모더니티로 이야기될 수 있는 모더니즘의 영향을 받은 시들은 더욱 내면적인 색채를 분명하게 드러내고 있다. 1930년대의 시문학파인 박용철, 김영랑, 정지용 등의 시가 그러하다. 이러한 모더니즘의 내면적 특징은 시에서만 나타나는 것이 아니라 모더니즘 문학에서는 동일한 현상이다. 서정시의 시적 자아는 자기의식을 가진 시적인 주체이다. 자기 내면의 만남과 일치를 끝없이 요구하는 자아이다. 그러나 모더니즘 소설의 경우 주인공은 "대체로 유적 본질(인류성)에로 이행하는 자기의식의 소유자가 아니다."[40] 서정시는 내밀한 자기 세계에

---

39) "인간은 그가 이해하려고 하고 작용을 가하려고 하는 세계에 대립해 있는 것이 아니라, 그 세계의 일부로서 그 안에 있고, 그가 세계 안에서 발견하려고 하거나 그 세계에 집어넣으려고 하는 의미와, 그가 그 자신의 실존 속에서 발견하거나 그 실존 속에 투입시키려고 하는 의미 사이에는 하등의 근본적인 틈바구니도 없는 것이다. 개인적 또는 집단적 인간생활 및 전체적이고 궁극적인 목적으로서의 인간성, 나아가 우주에 공통된 이 의미는 역사를 뜻한다."(뤼시엥 골드만, 황태연, 『루카치와 하이데거』, 까치, 1990, 103-104면)

40) 강상희는 모더니즘 소설이 갖는 내면성의 의미를 두 부류로 나누고 있다. "내면성을 정치성이 결여된 소설 내적 양상으로 파악하는 경향이다. 이는 모더니즘 문학을 경향 문학의 대타적 양상으로 파악하는 관점으로서, 이 경우 내면성은 소설의 부정적인 특성으로 설명된다.…… 그러나 내면성은 근대의 원리인 주관성의 한 축을 담당하고 있는 범주로서, 주체의 사회적·정치적 행동과 언제나 긴장과 갈등의 관계를 형성하고 있다. 내면성과 실천적 행위는 변증법적 관계에 놓여 있는, 근대적 주체의 두 가지 존재 양상인 것이다. 따라서 내면성 범주를 특정한 시기의 소설에 나타나는 결여의 양태로 보는 관점은 한계를 노정할 수밖

얼마나 치밀하게 천착할 수 있는가를 드러낸다면, 모더니즘 소설의 주인공은 세계에서 얼마나 문제적인 개인인가를 드러내는데 중심을 둔다. 물론 내면성이 포함된 서정시의 시적 자아가 세계에 대해 문제를 갖지 않는 것은 아니다. 소설에서 문제적 개인은 세계와 대립과 투쟁의 입장에 선 주인공이지, 세계와 자기를 동일시하려는 주체가 아니라는 데서 서정장르가 갖는 고유한 내면성과 차이가 난다.

　내면적 존재양상을 중심으로 시적 위상41)을 찾아가면 서정시의 특징적인 면모가 드러날 것이다. 서정시는 "어떤 다른 시보다 '가장 탁월하고 특별한 시'"42)이며 "단독화자의 감정을 표현하는 시, 물리적인 작용이 일어나지 않는 성찰적인 시"43)로 이해되고 있다. 문학의 체계44)를 세우는 장르론 자체가 세계와 자아와의 관계45)에서 비롯되기 때문에

에 없다. 근대적 인간의 내면성을 실천적 행위에 의해 억압되어야 할 타자로서 인식하는 태도는 모더니즘 소설이 비판하는 사회적 근대성의 핵심적 요소이다. 따라서 내면성을 부정적인 특성으로 한정하여 해석하는 관점은 지양될 필요가 있다."(「1930년대 한국 모더니즘 소설의 내면성 연구」, 서울대 박사논문, 1998, 2-14면)

41) 여기서 시적 위상은 존재의 내면을 그리는 '서정성'으로 요약할 수 있다. 결국 문학 양식은 존재의 문제를 담아내는 방식인 것이다. "묘示형식이든 내적 형식이든 이 기본형의 삼분법이 만일 탈출할 수 없는 지평선이라면, 일단 우리는 헤겔과 더불어 인간의 존재론적 탐구에로 몸을 돌릴 필요가 있다. 인간이 세계 속에서 자기를 언어로 드러내는 방법이 이 기본형 외에 다른 도리가 없다면 그것은 인간이란 무엇인가에로 이르게 되고 만다. 그것은 생과 예술의 대응관계 혹은 인간과 세계의 대응관계에 걸리는 형이상학을 지향한다."(김윤식, 『한국근대문학양식논고』, 아세아문화사, 1990, 224면)

42) M. H. ABRAMS, *The Mirror and the Lamp*, Oxford University, 1971, p.22. "감정의 충동 아래 창조적인 과정에서 기인하는, 시인의 인식, 사고, 감정의 종합적인 생산을 구체화하는, 예술작품은 외면적인 것을 만드는 내면적인 것이 필수적이다."

43) X.J. Kennedy, *An Introduction to Poetry*, Little, Brown and Company, 1974, p.21.

44) William C. Cavanaugh, *Introduction to Poetry*, WM. C. Brown Company Publishers, 1974, pp.21-22. "산문과 달리, 내부적인 구조를 가지고 있는 운문의 문장은 내부적이면서 외부적인 형식을 갖고 있다. 내부적인 형식은 사고의 조직에 놓여 있고, 내부 형식은 페이지의 시의 형태와 귀에 들리는 명확한 소리의 형태와 같은, 명확한 구조에 있다."

45) 김열규 외, <자아와 세계의 소설적 대결에 관한 시론>, 『고전문학을 찾아서』,

‘세계의 자아화’의 구도가 서정시를 구성하는 바탕이 된다. 서정시46)가 지닌 시적 자아의 내면적인 존재양상을 받쳐 줄 기반은 세계와 동일성을 회복하고자 하는 시적 자아의 의지이다. 서정시 자체가 형이상학적인 존재론에 발 담그고 있기 때문에 주체는 세계에 동화되거나, 세계에 자기를 투사하면서 동일시를 시도한다.

　서정시47)가 일반적으로 갖고 있는 속성은 "시인은 누구에게가 아니라 자신에게 자신의 생각과 감정을 표현한다. 그들의 시와 감정과 생각을 다른 사람에게 말하는 것처럼 가장하지만, 시인들은 사실상, 그들은 내면의 독백"48)과 "감정 또는 느낌에 대해 가장 주관적이고 내면적인 긴장"49)을 통해 서정시의 세계관을 표현하고 있다. 그러므로 ‘세계의 자아화,50) 회감,51) 내면화52)’ 등은 서정시의 특징을 설명하는 용어이다.

　문학과지성사, 1985, 189면. "문학 작품은 자아와 세계의 대립 관계의 구조라는 사실을 발견하고, 문학의 네 가지 장르, 즉 서정·교술·서사·희곡은 각기 다음과 같은 차이를 가진다고 한 것이 장르 이론의 핵심이다."

46) 게오르크 W.F. 헤겔, 최동호, 『헤겔시학』, 열음사, 1987, 161면. "시의 주관적 형식은…… 정신은 대상의 객관성에서 벗어나 자신 속으로 침강하여 스스로의 의식을 들여다보면서, 사물의 외적 실재가 아니라 영혼의 주관적 경향이나 마음의 경험, 또는 관념적 성찰 속에 현존하는 사상(事象)을 표현하며, 동시에 내면성 그 자체의 내용과 활동을 표현하려는 욕구를 만족시킨다."

47) 본고는 식민지 시대의 많은 서정시가 얼마나 많은 사회성과 역사성의 빈곤을 보이느냐를 탐구하는데 있지 않다. 본질적으로 서정시 자체가 가지고 있는 내면성을 고찰하고, 그것이 존재론적으로 어떤 양상으로 드러나는가를 탐구하는데 있다. 문학작품이 사회와 역사를 얼마나 대변해내고 있는가, 또 그 시대의 정서를 어떻게 구성해내느냐는 문학작품이 간과할 수 없는 부분임은 분명하다. 그러나 작품의 분석은 사회의 기여도로 평가되는 측면이 있지만 미학적인 가치를 가늠해야 하는 중요한 작업도 함께 안고 있다. 이 논문은 후자의 입장을 취하면서 서정시가 지니는 내면성을 고찰하고자 한다.

48) W. R. Johnson, *The Idea of Lyric*, University of California Press, 1982, pp.1-4. 엘리엇(Eliot)의 관점에서 이러한 내면의 ‘비일상적 침묵’은 ‘서정적인 힘의 근원’ 중의 하나로 꼽힌다.

49) ALEX PREMINGER and T.V.F. BROGAN FRANK J. WARANKE, O.B. HARDISON, Jr., and EARL MINER, *THE PRINCETON ENCYCLOPEDIA OF POETRY AND POETICS*, PRINCETON UNIVERSITY PRESS, 1993, p.721.

50) 문덕수, 『시론』, 시문학사, 1999, 27-29면. "카이저의 서정적인 것에 대한 시인의 기본태도는 세계와 자아와의 대립관계, 세계와 자아가 고립된, 혹은 단절된 대립

서정시는 시적 자아와 대상이 일체감을 형성하는 것이 우선적이다. 그러나 시 표면에 동일성이 드러나는 것이 아니라, 대상으로 구성된 것이 시적 자아와 거리감이 없음을 발견하게 될 때 서정시의 동일성이 보인다. "서정적 자아는 세계를 내면화(자아화 또는 인간화)한다. 이러한 서정적 자아의 작용에 의해서 서정시에서 자아와 세계는 동일성, 일체감의 상상적 공간 속에 놓인다. 이것이 서정시의 원형"53)이다.

　서정적인 언어들의 특징은 주관적이자 개인적인 세계54)로 가득 차 있다. "시는 현실의 본질인 근거와 그 위에 서 있는 서정적 순간을 통해 주관적인 의식을 생활현실과 관련지운다."55) 서정성에 기반해서 공통적으로 묶이는 것은 모든 시적 자아가 개인적이고 주관적인 태도를 가진다는 데 있다. 이런 경향은 자기-발언 혹은 독백형태의 발화구조를 띠게 된다. 먼저, 단독자적인 이상 시의 경향은 '인공언어'(고안된 언어)의

　　이 없이 차례차례로 작용하고 해후하면서 전개되는 것, 세계와 자아와의 관계가 완전히 융합되어 모든 것이 내면화되어 버린 상태를 표현한 경우로 나뉘어진다."

51) E. 슈타이거, 이유영·오현일, 『시학의 근본개념』, 대방출판사, 1985, 11-205면. "회감이란 기억과는 다른 개념이다. '기억'이 과거라는 시간적 개념이 포함된 것이라면, '회감'이란 과거의 일이 현재의 시점에서 시인의 심혼 속에 정서적으로 융합되는 것을 일컫는다. 즉, 그것은 자아와 세계의 정서적 융합, 혹은 동화를 일컫는 말이다."

52) 볼프강 카이저, 김윤섭, 『언어예술 작품론』, 대방출판사, 1984, 521면. "서정적 언어의 특징이 되고 있는 그 윤곽의 불명확성. 「사태」의 모호함. 문장의 이완. 시구의 음향. 리듬의 강열한 작용 따위로 서정적인 것의 그러한 본질에서 해명이 되는 것이다. 고조된 감정상태 안에서 내면화가 이루어지는 것이다."

53) 김준오, 『시론』, 삼지원, 1993, 356면.

54) 최승호, <제유적 세계인식과 서정적 대응방식>, 『21세기 문학의 동양시학적 모색』, 새미, 2001, 143-161면. 최승호는 전통 서정시학의 현대적인 계승작업을 조지훈의 시론을 통해 구체화한다. 서구의 서정시가 세계의 자아화로 일방적인 구도라면, 이물관물의 방법인 '대상의 자아화, 자아의 대상화'는 동시적이면서 대등한 구도라는 것이다. 동일성을 추구하는 서정시가 자아와 대상(세계)의 관계의 상호성에 기반할 때, 서정시학은 사회시학적, 역사철학적 비전을 담을 수 있게 된다.

55) 신범순, 「소월시의 서정적 주체에 대한 연구-정신사적 의미분석을 위한 시론」, 서울대 석사논문, 1985, 28면.

형태로 나타난다. 이것은 서정시가 지닌 자유로운 글쓰기 방식을 드러내는 것이다. "전적으로 해명할 길이 없이 모호한 언어가 서정시의 한 고유성이 될 수 있고…… 명료성에의 어떤 의무가 언급될 수 없다. 반대로 서정시인은 아주 모호하게 표현할 자유를 소유하며…… 통사론적이며 구조적 혹은 의미론적인 문장 연결의 전통적인 형태들은 서정적 발화에서는 꼭 존중되어야 하는 것은 아니다."56)

허무자의 자세로 일관된 백석 시의 서정적 특징은 '의미심장한 체험'에서 비롯되었다고 본다. 서정문학의 성격은 '체험의 문학'으로 구체성을 가진다. "체험 문학이 생성되는 체험은 '사실적' 혹은 '개인적'인 체험이다. 즉 일종의 '확실한 체험'인 것이다. 이 체험은 일종의 '의미심장한' 혹은 더 정확하게 말하자면 추후에 '의미성'으로 고양된 체험이다."57) 이러한 독특한 체험이 바탕한 서정적인 경향은 시와 인식을 연결시키는 역할을 한다.

사색자의 목소리를 담고 있는 윤동주 작품의 서정성은 '현재형으로 발화'하는 방식 속에서 쓰여진 언어다. 삶의 본질과 직접 맞닿아 있는 글쓰기 자세는 현재적인 순간에 가치를 둔다. "개별발화로서 서정적 발화는 필연적으로 어떤 특정한 시제에 결부되어 있지 않다는 사실…… 서정시는 언제나 '순간에 관련'되어 있으며 어떤 '현재적 상황'을 언급한다는 사실"58)이다. 이 '현재형 발화'라는 말은 서정시에서 미래와 과

---

56) 디이터 람핑, 장영태, 『서정시 : 이론과 역사』, 문학과지성사, 1994, 121면. "고안된 언어로 씌어진 시들은 물론 극단적인 경우를 나타내준다. 그렇지만 그 극단적인 예는 오로지 서정시에서만 가능한 일이다. 의미론적으로 혹은 통사론적으로 심하게 규범을 벗어나고 있는 언어는 물론 서정적 시들 이외에도 존재한다. 그렇지만 단지 규범을 벗어날 뿐만 아니라 전혀 시적인 언어, 그 어휘들과 문장들이 타인들에게 — 어쩌면 작가 자신에게조차도 — 전적으로 해명할 길 없이 모호한 그러한 언어가 서정시의 한 고유성이 될 수 있을 것이다."

57) 디이터 람핑, 장영태, 『서정시 : 이론과 역사』, 문학과지성사, 1994, 164-165면. "이 체험 개념은 함부르거가 제기하고 있는 바처럼 사물시·이념시·정치시에는 물론 개인적 감정의 시에 대해서 두루 통용된다. 그러나 '모든 서정시 자체에 대해서' 통용되는 것은 아니다. 서정적 자아를 시인 — 자아와 동일시하는 전제에 근거할 때 가능하다."

거 시제가 나타나지 않는다는 의도로 풀이하면 난센스다. 서정시는 미래와 과거에 대한 시제의 자유로움을 가지고 있으나, '지금 당장'이라고 정의할 수 있는 현재적인 상황 속에서 서정성이 드러난다는 것이다. 이러한 '현재성'이 사유와 사색의 중심축을 만들어 서정적인 언어의 특징이 된다.

시적 자아의 내면적 존재양상에 관한 고찰은 형이상학적인 존재론에 국한된 몇 가지 대표적인 존재의 특징을 이해하는 선에서 그치는 것이 아니라, 존재자가 처한 상황을 통해 존재를 이해하는 일로 나아가는데 있다. 개인적이자 내면적인 존재의 국면은 서정시의 특징적인 면모와 그 맥락이 동일함을 알 수 있다. 서정시는 '혼자' 세계에 던져진 자아에 대한 관심을 지향한다. 이렇듯 개인의 감정과 정서에 충실한 서정시[59]는 '시적인 표준으로서의 시', '가장 특별하고 탁월한 시'로서 인정받으며 존재의 본질을 드러내는 시로 평가받는다. 시는 '존재의 집'이 되어 한계상황에 직면한 존재자에게 존재의 본질을 생각할 수 있게 도와준다. 그러므로 서정시는 내면적 존재의 양상을 드러내는 데 적절한 장르라고 할 수 있다.

---

58) 디이터 람핑, 장영태, 『서정시 : 이론과 역사』, 문학과지성사, 1994, 124면.

59) 박철희, 『서정과 인식』, 이우출판사, 1982, 248면. "詩作活動이란 그러므로 바깥 세계를 보면서 자신의 내부에 잠재된 내밀한 나를 읽는 것과 마찬가지다. 그 내밀한 나는 정확한 이름이 없지만, 시인은 보는 것을 통하여 이름 없는 본래의 나에게 이름을 부여한다. 그러기에 프랑스의 철학자 바슐라르는 시인들은 타고난 現象學者라고 말하였다. 이와 같이, 보는 일이란 외향시선의 내면화에 의한 자기 인식 내지 자기성찰이라고 할 수 있다."

제 6 장

결 론

　이제까지 1930년대 이후 내면화 경향이 강하게 나타나기 시작하는 현대시 작품에 대한 내면적인 존재양상에 관한 고찰을 시도해 보았다. 일제 강점기 동안 식민지의 정치현실은 문학작품의 화자를 외면적이기보다 내면적인 목소리를 갖게 하는데 영향력을 행사했다. 그 결과, 계급문학에 대한 논의가 사라지고, 분단 이후 우리 문학사에서 순수계열1)의 작품이 주류로 자리잡는데 기초적인 역할을 한 것으로 보인다. 이러한 영향력과 더불어 내면화의 긍정적인 측면은 문학작품의 성취도를 높이는 한 계기로 작용하여, 그 당시 작품에 나타난 서정시의 의미와 내면성과의 관계를 고찰할 수 있다.

---

1) 김우종, <문학의 순수성과 이데올로기>, 『순수문학비판』, 자유문학사, 1989, 15면. "순수성이란 것은 그 작품이 다른 비예술적인 목적성을 결코 지니지 않음을 의미한다. 그러므로 순수성의 존재 여부는 그 작품이 다른 소재나 테마에 딸린 것이 아니라 그 표현하는 방법에 딸린 것이다.…… 우리 문학에서 사상성이 결여되어 있는 것은 작가들이 사색력이 부족한 탓인지 빈곤한 생활환경이 원인이 되어 있는지는 모르지만, 동인이 춘원 이전의 계몽성 또는 윤리적 목적성을 띤 문학을 거부하고 KAPF 시대와 해방 직후에 정치적 목적문학을 내세우는 자들에 대하여 반대파에서 문학의 순수성을 강력히 주장하고 그것이 승리해 왔다는 것이 중요한 원인일 것이다.") '순수'라는 말에도 이미 이데올로기가 함의되어 있기 때문에, 본고는 예술성을 중심에 둔 작품을 '내면적'이라고 풀어쓴다.

문학 해석과 연구 작업에서 문학에 대한 본질적인 탐구는 아주 기본적인 문제임에도 불구하고 식민지라는 역사 시간 앞에서 문학의 본질 문제는 참으로 가벼워지는 경우를 만난다. 역사시간과 현실에 대한 문학적 책무를 묻는 질문이 연구작업에서 제외되어서는 안 된다. 그러나 문학적 진정성을 찾아가는 연구에 대한 필요성도 동시에 존재한다. 이런 고민 안에서 서정장르의 고유성을 모색하는 것을 시도해 보았다. 정치현실의 변화와 내적 현실의 조화를 통해 생산되었을 작품의 문학적 특징이 어디에 있을까라는 고민은 문학적인 사유의 세계를 풍부하게 열어줄 역할을 할 것으로 기대한다.

내면적인 존재양상은 대단히 복합적인 의미를 가지고 있음에도 불구하고, 본고에서는 시적 자아의 특징을 중심으로 존재의 의미를 물었다. 이것은 존재를 이해하기 위한 편의상의 문제이지, 실제의 존재가 이렇게 구분될 수 있는 것은 아니다. 더구나 존재문제가 내면적인 문제에로 귀착될 때, 그 복잡함은 기준을 세우지 않고는 너무나 막연하다. 존재론 자체가 안고 있는 형이상학적인 특징은 더욱 애매모호한 존재의 이해로 연결될 염려도 배제할 수 없다. 실존의 개념이 너무나 포괄적이기 때문에 일반론으로 그칠 우려가 있고, 존재에 관한 형이상학적 접근 역시 추상적인 논의로 묶일 수 있다.

작품의 내면적인 경향은 시대적인 한계를 안고 있지만, 긍정적인 결과도 제시하고 있다. 내면적인 경향은 형이상학적인 존재의 본질적인 모습이며, 이것이 시적인 장르로 구체화되어 나타나는 것이 서정시라고 할 수 있다. 그러므로 시적 자아의 내면성의 면모는 서정시의 구체적인 모습으로 실현되는 것이다. 서정시가 드러내는 서정의 다양한 면면이 존재의 본질을 밝히게 되는 것이다. 존재자는 이미 세계라는 공동의 거주 공간이 있으며, 존재 자체의 고유한 특징을 공유하고 있다. 이러한 존재자의 특징은 존재의 본질을 찾아가기 위한 과정 속에서 의미가 구체화 될 수 있다.

본고가 추구했던 바는 시는 존재의 본질을 드러낸다는 관점으로, 시적 자아를 통해 존재자의 특징을 찾아가는 것이었다. 시적 자아는 존재의 의미를 묻는 과정에서 세계에 적극적으로 참여하지 못하고 내면적인 자기세계에 머무는 경향을 보였다. 시적 자아에게는 세계가 상실된 상황이기 때문에 세계와의 관계가 적극적인 경우는 찾아보기 힘들다. 시적 자아의 목소리는 낮아지고, 은폐되고, 사소해지고, 무의미를 지향하는 양상을 보인다. 이러한 내면적인 존재양상은 시적 자아가 자기 세계에로 몰입하게 되는 결과로 이어졌다. 개인세계가 상실된 공간에 거주하는 존재자라면 실존적으로 비극적인 상태일 수밖에 없다. 실존적인 조건에서 어쩔 수 없이 선택하게 되는 '상황적인 개인'은 이상, 윤동주, 백석 시에서 볼 수 있는 몇 가지로 정리할 수 있다.

이상 시의 시적 자아를 존재의 한계상황과 부조리에 기반한 단독자적 자아의 관점에서 고찰하였다. 존재의 구속에 대한 반응의 형태를 통해 이상 시의 실존적 자아는 인간 실존이 갖는 한계상황과 부조리성에서 벗어나지 못하고 존재한다는 것을 고찰하였다. 여기에서는 실존적인 조건이라 부르는 한계상황이나 부조리가 현실의 맥락에서 존재의 무의미함, 던져진 존재로서 나타남을 볼 수 있었다. 이러한 존재 구속의 측면은 시적 자아를 단독자적인 자아로 등장시켜 세계와의 의도적인 단절을 야기하는 것을 볼 수 있다.

백석 시의 시적 자아는 무상한 세계를 이해하는 존재방식에서 오는 허무적 자아이다. 백석 시는 세계에 참여하고자 하는 실존적인 자아의 자기의지와 개진의 허무함을 잘 보여준다. 시적 자아에게 놓여진 고난이라는 상황, 실존 자체의 허무함이 자아를 소외시키고 고립시키기 때문에 세계는 무상한 대상이 된다. 이러한 무상함 속에서 존재자의 양상은 허무적인 자아의 형태로 드러났다. 존재 자체의 특징으로서 무상성을 인정한 시적 자아의 존재방식은 세계와의 거리두기로서 나타난다.

윤동주 시의 시적 자아는 존재 모색과 사유의 과정으로서의 성찰적 자아로 보았다. 존재를 향한 사유와 모색의 과정을 통해서 윤동주 시의 성찰적 자아를 고찰하였다. 시적 자아는 자기 존재를 반성하고 그것이 자기를 성찰하는 힘을 낳고 실존의 상황에서 사유할 수 있는 힘을 준다고 믿고 계속해서 사유의 고삐를 놓치지 않았다. 이렇게 실존의 상황에서 사유가 지속되는 것은 존재와 사유가 병행하는 성숙된 자아를 지향하기 때문이다. 사유하면서 존재할 수 있는 의지는 자기를 반성하고 성찰하는 가운데 가능해진다.

시적 자아의 내면적 존재양상과 시적 위상의 관련성을 살펴보았다. 1930년대 이후의 시문학사에서 내면적인 경향의 작품이 주류를 차지하던 것은 일제 강점기와 무관하지 않았다. 이러한 내면성은 서정장르의 특징을 드러내기도 한다. 서정장르가 지닌 내밀한 개인성은 존재론적인 이해 속에서 고찰하였다. 서정장르론에 대한 시각의 필요성을 느끼면서도 논리 자체가 거의 없는 상황이라 작품에 충실한 해석으로 그친 감이 크다. 나름대로 서정시의 고유한 개인성과 주관성이 내면적인 존재의 측면과 동일한 맥락임을 제시하였다. 그러나 앞으로 서정장르에 대한 논의를 지속적으로 끌어가야 한다.

시적 자아의 내면적 존재양상을 통해 읽혀진 시적 사유를 정리해 보면 다음과 같다. 시적 자아에게서는 내면적인 특징으로 규정지을 수 있는 존재의 고유한 형태가 각기 다른 양상으로 드러났다. 시적 자아의 내면적인 존재양상은 존재의 전형을 제시해 주는 것이 아니라, 세계와의 관계에서 존재자들이 겪는 다양한 실존의 경험을 분류할 수 있게 해준다. 개인의 다양한 상황만큼 다채로운 존재의 국면을 내면성으로 규정하여, 개인성에 중심을 둔 단독자적인 존재자, 존재 자체의 우연성을 중심으로 허무적인 존재자, 자기 반성과 성찰을 멈추지 않고 사유하는 존재자로 나누어 보았다.

참고문헌

1. 자료

이상

임종국 편, 『이상연구』, 태성사, 4292.
이승훈 엮음, 『이상문학전집』, 문학사상사, 1994.
김승희 엮음, 『이상』, 문학세계사, 1996.

백석

고형진 편, 『백석』, 새미, 1996.
이동순 편, 『백석시 전집』, 창작과비평사, 1998.
정효구 편저, 『백석』, 문학세계사, 1996.
김학동 편저, 『백석전집』, 새문사, 1990.
송　준, 『남신의주 유동 박시봉방』, 지나, 1994.
김재용 엮음, 『백석전집』, 실천문학사, 1998.

윤동주

윤일주 엮음, 『하늘과 바람과 별과 詩』, 정음사, 1983.
이건청 편저, 『나의 별에도 봄이 오면』, 문학세계사, 1981.
권영민 편저, 『하늘과 바람과 별과 시』, 문학사상사, 1997.
윤동주 외, 『사진판 윤동주 자필 시고전집』, 민음사, 1999.
______ 외, 『윤동주 유고집』, 연변대학출판사, 1996.

2. 단행본

강학철, 『무의미로부터의 자유─키에르케고어의 역설적 인간학』, 동명사, 1999.
고　은, 『이상평전』, 민음사, 1974.
권영민 편저, 『이상 문학 연구 60년』, 문학사상사, 1998.
권희영, <1930년대 한국 민족주의 심성의 일 연구>, 『정신문화연구』 제21권 1호, 1998.
김기림, <현대시의 발전─난해라는 비난에 대하여>, 조선일보, 1934, 7.

______, 「<사슴>을 안고」, 『조선일보』, 1936, 1, 29.

김민수, 『멀티미디어 인간 이상은 이렇게 말했다』, 생각의나무, 1999.

김병우, 『존재와 상황-하이데거와 야스퍼스 연구』, 한길사, 1981.

김용직 편저, 『이상』, 문학과지성사, 1977.

김상봉, 『호모 에티쿠스-윤리적 인간의 탄생』, 한길사, 1999.

김상환, <이상 문학의 존재론적 이해-존재사적 문맥화 작업과 타당성 검증>, 『이상 문학
　　　연구 60년』, 문학사상사, 1998.

김수복, 『아아, 젊음은 오래 거기 남아있거라 : 윤동주 평전』, 평민사, 1989.

김열규, <신화와 소년이 만나서 일군 민속시의 세계>, 『1930년대 민족문학의 인식』, 한길
　　　사, 1990.

______ 외, 『고전문학을 찾아서』, 문학과지성사, 1985.

김영철, <산문시·이야기시란 무엇인가>, 『현대시』 7, 한국문연, 1993.

김종철, 『시와 역사적 상상력』, 문학과지성사, 1978.

김옥순, 『한국문학이론과 비평』 2, 한국문학이론과 비평학회, 예림기획, 1997.

김용직, 『한국현대시사』 1. 2., 한국문연, 1996.

김우종, <문학의 순수성과 이데올로기>, 『순수문학비판』, 자유문학사, 1989.

김우창, 『궁핍한 시대의 시인』, 민음사, 1977.

김윤식, <식민지의 허무주의와 시의 선택>, 『문학사상』 5, 1973.

______, 『한국근대문학 사상사』, 한길사, 1984.

______·정호웅, 『한국 근대리얼리즘 작가 연구』, 문학과지성사, 1988.

______, <허무의 늪 건너기-백석론>, 『근대시와 인식』, 시와시학사, 1991.

김　인, 『현대인문지리학-인간과 공간조직』, 법문사, 1999.

김자야, 『내 사랑 백석』, 문학동네, 1995.

김준오, <자의식의 분열과 자기 분열>, 『가면의 해석학』, 이우출판사, 1985.

______, <한국 모더니즘의 현단계>, 『현대시사상』 1, 고려원, 1988.

______, <서술시의 서사학>, 『시와 사상』, 여름호, 빛남, 1996.

김진성, 『베르그송 연구』, 문학과지성사, 1985.

김형효, 『하이데거와 마음의 철학』, 청계, 2000.

문예이론총서, 『미학사전』, 논장, 1988.

박아청, 『아이덴티티의 탐색』, 정민사, 1984.

박용철, 「백석시집 <사슴>평」, 『조광』, 1936, 4.

박이문, 『인식과 실존』, 문학과지성사, 1994.

박철희, 『서정과 인식』, 이우출판사, 1982.

박혜숙, 『백석』, 건국대출판부, 1995.

서동욱, 『차이와 타자』, 문학과지성사, 2000.

서배식, 『실존철학의 같은 점과 다른 점』, 문음사, 1999.

서울사회과학연구소, 『근대성의 경계를 찾아서』, 새길, 1997.

석용원, 『아동문학원론』, 학연사, 1987.

소광희, <현상학적 자아론>, 『현상학이란 무엇인가』, 심설당, 1983.

송기한, <空 혹은 無의 세계>,『문학비평의 욕망과 절제』, 새미, 1998.
송우혜,『윤동주 평전』, 세계사, 1998.
신범순,『한국현대리얼리즘시인론』, 태학사, 1990,
_____,『한국 현대시사의 매듭과 혼』, 민지사, 1992.
_____·조영복,『깨어진 거울의 눈─문학이란 무엇인가』, 현암사, 2000.
신오현,『자아의 철학』, 문학과지성사, 1996.
_____,『자유와 비극』, 문학과지성사, 1999.
신옥희,『일심과 실존─원효와 야스퍼스의 철학적 대화』, 이화여대출판부, 2000.
정명환, <부정과 생성>,『한국인과 문학사상』, 일조각, 1968.
오세영, <윤동주의 시는 저항시인가>,『문학사상』, 1976, 4.
_____,『문학연구방법론』, 이우출판사, 1988.
_____,『20세기 한국시연구』, 새문사, 1989.
_____,『한국 근대문학론과 근대시』, 민음사, 1997.
오장환, <백석론>,『풍림』, 1937, 4.
우리사상연구소 엮음,『우리말 철학사전』 1, 지식산업사, 2001.
유재천, <백석 시 연구>,『1930년대 민족문학의 인식』, 한길사, 1990.
윤지관, <순수시의 정치적 무의식>,『민족현실과 문학비평』, 실천문학사, 1990.
이 경,『한국 근대소설의 근대성 수용양식』, 태학사, 1999.
이기상,『존재의 바람, 사람의 길』, 철학과현실사, 1999.
이명재,『식민지시대의 한국문학』, 중앙대출판부, 1991.
이숭원, <백석시의 전개와 그 정신사적 의미>,『시문학』, 1988.
이승훈, 「윤동주의 <서시> 분석」,『윤동주 연구』, 문학사상사, 1997.
이종대, <이상 시의 세계인식 연구>,『작가연구』 3, 새미, 1997.
이진우,『도덕의 담론』, 문예출판사, 1997.
장도준, <백석시의 화자와 표현 기법>,『한국 현대시의 전통과 새로움』, 새미, 1998.
정승모,『시장의 사회사』, 웅진출판, 1993.
정효구, <백석시의 정신과 방법>,『한국학보』 57호, 1989년 겨울호.
_____, <1930년대 순수서정시 운동의 시대적 의미>,『서정시의 본질과 근대성 비판』, 다
      운샘, 1999.
조가경,『실존철학』, 박영사, 1995.
조연현,『문학과 사상』, 세계문학사, 1949.
조영복,『한국 현대시와 언어의 풍경』, 태학사, 1999.
조흥윤,『巫와 민족 문화』, 민족문화사, 1991.
채만묵,『1930년대 한국 시문학 연구』, 한국문화사, 2000.
최두석, <백석의 시세계와 창작 방법>,『한국 근대리얼리즘 작가 연구』, 문학과지성사,
      1988.
최승호, <조지훈 서정시학 연구>,『서정시의 본질과 근대성 비판』, 다운샘, 1999.
_____, <제유적 세계인식과 서정적 대응방식>,『21세기 문학의 동양시학적 모색』, 새미,
      2001.

최학출, <백석 시와 그 가능성>, 『울산어문논집』 8집, 울산대 국어국문학과, 1992.
표재명, 『키에르케고어의 단독자 개념』, 서광사, 1982.
_____, 『키에르케고어 연구』, 지성의샘, 1995.
한국가족학회 편, 『현대가족과 사회』, 교육과학사, 1994.
한국정신문화연구원, 『한국민족문화대백과사전』, 1992.
한계전, 『한국현대시론연구』, 일지사, 1990.
한명수, <시와 존재의 사유>, 『심상』 8, 1976.
한승홍, 『존재와 의식』, 장신대출판부, 1994.
한자경, 『자아의 연구』, 서광사, 1997.
황성모, 『한국사회사론』, 심설당, 1984.
허 영, 『부조리 연극』, 한신문화사, 1982.

3. 논문

강성자, 「서정주와 윤동주의 자의식 비교—서정주의 초기시와 윤동주의 시를 중심으로」,
　　　교원대 석사논문, 1992.
강용운, 「<날개>를 통해 본 주체와 욕망의 문제」, 고려대 석사논문, 1994.
고형진, 「백석 시 연구」, 고려대 석사논문, 1983.
권윤현, 「식민지 시대의 저항시에 나타난 현실인식—이상화, 이육사, 윤동주의 시를 중심으
　　　로」, 경북대 석사논문, 1988.
김명옥, 「이상 시에 나타난 현실부정 정신과 미학적 자의식 고찰」, 『청람어문학』 17, 1997.
김명인, 「1930년대 시의 구조연구—정지용·김영랑·백석 시를 중심으로」, 고려대 박사논
　　　문, 1985.
김미경, 「백석시 연구 : 시적 욕망의 전이과정을 중심으로」, 서울대 석사논문, 1993.
김소정, 「윤동주 시 연구—시에 나타난 현실대응 양상을 중심으로」, 경상대 석사논문,
　　　1998.
김승구, 「백석 시의 낭만성 연구」, 서울대 석사논문, 1997.
김승희, 「접촉과 부재의 시학—이상시에 나타난 '거울'의 구조와 상징」, 서강대 석사논문,
　　　1980.
_____, 「이상 시 연구」, 서강대 박사논문, 1991.
김영익, 「백석 시문학 연구」, 충남대 박사논문, 1998.
김요안, 「백석 시 연구」, 한양대 석사논문, 1993.
김용섭, 「'이상' 시의 언어학적 해석을 통한 건축공간화에 관한 연구」, 경원대 건축학과 석
　　　사논문, 1999.
김유중, 「1930년대 후반기 한국 모더니즘 문학의 세계관 연구」, 서울대 박사논문, 1995.
김익현, 「존재자의 내적구성원리—아퀴나스의 ≪존재와 본질에 관하여≫를 중심으로」, 건
　　　국대 철학과 석사논문, 1984.
김의수, 「윤동주 시의 해체론적 연구」, 서울대 석사논문, 1991.

김인관, 「현상학적 문학방법론 연구」, 서울대 독어독문학과 박사논문, 1983.

김주현, 「이상 소설의 글쓰기 양상 연구」, 서울대 박사논문, 1998.

김태삼, 「윤동주 시 연구―자아에 대한 성찰로서의 시를 중심으로」, 전북대 석사논문, 1980.

김현호, 「이상시 연구―이상의 해체의식과 그의 시에 나타난 포스트 모더니즘적 특성을 중심으로」, 중앙대 석사논문, 1992.

남기택, 「백석 문학 연구―소설과 시의 공간적 특성을 중심으로」, 충남대 석사논문, 1996.

남송우, 「윤동주 시에 나타난 자기의 문제―자기 분열에서 통합까지」, 부산대 석사논문, 1979.

류찬열, 「윤동주 시 연구―자아 의식과 세계 인식을 중심으로」, 중앙대 석사논문, 1997.

마광수, 「윤동주 연구―그의 시에 나타난 상징적 표현을 중심으로」, 연세대 박사논문, 1983.

문영석, 「현대시에 나타난 거울의 상징성 연구―이상, 윤동주, 서정주 시를 중심으로」, 서강대 석사논문, 2001.

문홍술, 「이상문학에 나타난 주체분열과 반담론에 관한 연구」, 서울대 석사논문, 1991.

박의상, 「윤동주의 사회심리학적 연구―'자기화과정'을 중심으로」, 인하대 박사논문, 1993.

박종남, 「키에르케고르의 실존론적 인간이해」, 외국어대 철학교육 석사논문, 1988.

박종대, 「윤동주 시의 '길찾기'에 관한 연구」, 연세대 석사논문, 2000.

박주택, 「백석 시 연구」, 경희대 박사논문, 1999.

박태일, 「한국 근대시의 공간현상학적 연구」, 부산대 박사논문, 1991.

서승모, 「건축의 알레고리적인 특성에 관한 연구」, 경원대 건축학과 석사논문, 1997.

서지영, 「한국 현대시의 산문성 연구―오장환·임화·백석·이용악·이상 시를 대상으로」, 서강대 박사논문, 1998.

송기한, 「전후 한국시에 나타난 시간의식 연구」, 서울대 박사논문, 1996.

신범순, 「소월시의 서정적 주체에 대한 연구―정신사적 의미분석을 위한 시론」, 서울대 석사논문, 1985.

신석진, 「윤동주 시 연구―동일성의 원리를 중심으로」, 중앙대 석사논문, 1982.

신현봉, 「윤동주 시의 동심지향성 연구」, 한양대 교육대학원 석사논문, 1986.

여종현, 「시간 지평에서의 '세계'의 이해」, 서울대 철학과 박사논문, 1993.

우정권, 「이상의 글쓰기 양상」, 서울대 석사논문, 1993.

유시욱, 「이상과 윤동주 시에 나타난 자아실현의 문제」, 영남대 석사논문, 1978.

유원춘, 「李箱 詩의 隱喩硏究」, 서울대 석사논문, 1991.

이경재, 「토마스 아퀴나스 형이상학의 실존(esse) 원리」, 연세대 철학과 박사논문, 1999.

이기서, 「1930년대 한국시의 의식구조 연구」, 고려대 박사논문, 1983.

이남호, 「윤동주 시의 의도연구」, 고려대 박사논문, 1986.

이명희, 「R.M. Lilke의 『말테의 수기』에 나타난 실존적 자아」, 경북대 독어독문학과 석사논문, 1984.

이사라, 「윤동주 시의 기호론적 연구―이항대립에 있어서의 매개 기능을 중심으로」, 이화여대 박사논문, 1987.

이상호, 「한국현대시에 나타난 자아의식에 관한 연구」, 동국대 박사논문, 1988.

이　석, 「이상시의 의미분석」, 연세대 석사논문, 1993.

이성모, 「이상 문학의 존재론적 연구－죽음 의식을 중심으로」, 부산대 석사논문, 1987.

이승훈, 「이상시 연구－자아의 시적변용」, 연세대 박사논문, 1983.

이진화, 「윤동주 시 연구－자아인식의 양상을 중심으로」, 서울대 석사논문, 1984.

이진숙, 「이상 텍스트의 주체 연구」, 한양대 석사논문, 1999.

이형선, 「백석시의 공간현상학적 연구」, 동국대 석사논문, 1997.

정은희, 「백석 시 연구－장르 분석과 공간·시간의식을 중심으로」, 중앙대 석사논문, 1996.

정순진, 「윤동주 시에 나타난 세계경험적 자아의 양상」, 충남대 석사논문, 1984.

조병기, 「한국서정시에 나타난 비극적 서정성 연구」, 성균관대 박사논문, 1993.

조해옥, 「이상 시의 근대성 연구」, 고려대 박사논문, 1999.

지현배, 「윤동주 시의 의식현상학적 연구」, 경북대 박사논문, 2001.

최동호, 「한국현대시에 나타난 물의 심상과 의식의 연구－김영랑, 유치환, 윤동주의 시를
　　　　중심으로」, 고려대 박사논문, 1981.

최두석, 「1930년대 시의 표현에 과한 고찰」, 서울대 박사논문, 1982.

최명환, 「윤동주 시 연구」, 명지대 박사논문, 1992.

최양옥, 「백석 시에 나타난 '집'에 관한 연구」, 경상대 석사논문, 1991.

최학출, 「1930년대 한국 모더니즘시의 근대성과 주체의 욕망체계에 대한 연구－김기림, 백
　　　　석, 이상을 중심으로」, 서강대 박사논문, 1994.

한명희, 「윤동주 시에 나타난 상징과 지향의식」, 중앙대 석사논문, 1988.

허병두, 「백석과 이용악의 시적 상상력 연구」, 서강대 석사논문, 1994.

4. 번역서

앤소니 기든스, 『현대성과 자아정체성』, 권기돈 옮김, 새물결, 1997.

알렉상드르 꼬제브, 『역사와 현실 변증법－헤겔 철학 입문－』, 설헌영 역, 한벗, 1988.

A. 아이스테인손, 『모더니즘 문학론』, 임옥희 옮김, 1996.

앨렌 메길, 『극단의 예언자들 : 니체, 하이데거, 푸코, 데리다』, 정일준·조형준 옮김, 새물
　　　　결, 1996.

알베르 카뮈, 『반항적 인간』, 신일철 역, 일신사, 1986.

__________, 『시지프스의 신화·비평에세이·표리』, 김혜숙 옮김, 청하, 1994.

아리스토텔레스, 『니코마코스 윤리학』, 최명관 옮김, 을유문화사, 1994.

안네마리 피이퍼, 『니이체의 짜라투스트라에 대한 철학적 해석』, 정영도 옮김, 이문출판사,
　　　　1994.

앙리 베르그송, 『시간과 자유의지』, 정석해·정경석 역, 삼성출판사, 1993,

B. 스피노자, 『에티카』, 강영계 옮김, 서광사, 1990.

벨라 바이스마르, 『존재론』, 허재윤 옮김, 서광사, 1991.

볼프강 카이저, 『언어예술 작품론』, 김윤섭 역, 대방출판사, 1984.

E. Norberg-Sehulz, 『실존·공간·건축』, 김광현 옮김, 태림문화사, 1997.

클리언스 브룩스, 『잘 빚어진 항아리―시의 구조에 관한 분석』, 이경수 옮김, 문예출판사, 1997.

디어터 람핑, 『서정시 : 이론과 역사』, 장영태 옮김, 문학과지성사, 1994.

E. 슈타이거, 『시학의 근본개념』, 이유영·오현일 역, 대방출판사, 1985.

E. 카시러, <인간과 상징>, 『상징』, 김용직 편, 문학과지성사, 1988.

F. 짐머만, 『실존철학』, 이기상 옮김, 서광사, 1987.

F.W. 니체, 『도덕의 계보』, 김태현 옮김, 청하, 1982.

________, 『짜라투스트라는 이렇게 말했다』, 정석해·정경석 옮김, 삼성출판사, 1993.

________, 『짜라투스트라는 이렇게 말했다』, 황문수 옮김, 문예출판사, 1979.

________, <문제는 니힐리즘이다>, 『세계의 문학』, 김재인 역, 1999, 가을호.

________, 『권력에의 의지』, 강수남 옮김, 1993.

길버트 라일, 『마음의 개념』, 이한우 옮김, 1994.

가스통 바슐라르, 『공간의 시학』, 곽광수 옮김, 민음사, 1994.

고드스블롬, 『니힐리즘과 문화』, 천형균 역, 문학과지성사, 1993.

게오르크 W.F. 헤겔, 『헤겔미학』 II, 두행숙 옮김, 나남출판, 1996.

________, 『헤겔시학』, 열음사, 1987.

후설, 『현상학적 심리학 강의』, 신오현 옮김, 민음사, 1992.

하인리히 오트, 『사유와 존재―마르틴 하이데거의 길과 신학의 길』, 김광식 역, 연세대출판부, 1995.

장 폴 사르트르, 『존재와 무』 I, 손우성 역, 삼성출판사, 1993.

________, 『존재와 무』 II, 손우성 역, 삼성출판사, 1993.

________, 『지식인이란 무엇인가』, 박정자 옮김, 인간, 1979.

J. 호이징하, 『호모루덴스』, 김윤수 옮김, 까치, 1996.

존 버거·伊藤俊治, 편집부, 『이미지―시각과 미디어』, 동문선, 1996.

칼 야스퍼스, 『근원에서 사유하는 철학자들』, 정영도 역, 이문출판사, 1984.

________, 『비극론·인간론』, 황문수 역, 범우사, 1990.

르네 데카르트, 『방법서설』, 권오석 옮김, 홍신문화사, 1995.

루시앙 골드만, 『숨은 신』, 송기형·정과리 옮김, 연구사, 1986.

루이 라벨, 『존재와 자아』, 최창성 옮김, 홍익재, 1992.

로제 카이와, 『놀이와 인간』, 이상률 옮김, 문예출판사, 1994.

게오르그 루카치, <모더니즘의 이데올로기>, 『현대시사상』 1, 김해옥 역, 고려원, 1988.

귄터 볼파르트, 『놀이하는 아이, 예술의 신 「니체」』, 정해창 옮김, 담론사, 1997.

리처드 래저러스·버니스 래저러스, 『감정과 이성』, 정영목 옮김, 문예출판사, 1996.

M. 하이데거, 『형이상학이란 무엇인가』, 최동희 옮김, 서문당, 1999.

________, 『니체와 니힐리즘―니체에 대한 하이데거의 강의』, 박찬국 옮김, 지성의샘, 1996.

________, 『존재와 시간』, 이기상 옮김, 까치, 1998.

________, 『형이상학이란 무엇인가』, 최동희 역, 서문당, 1999.

__________, 『시와 철학』, 소광희 역, 박영사, 1975.

__________, 『형이상학 입문』, 박휘근 옮김, 문예출판사, 1994.

미셸 겔번, 『존재와 시간 입문서』, 김성룡 역, 시간과공간사, 1991.

마르틴 부버, 『나와 너』, 표재명 역, 문예출판사, 1998.

밀란 쿤데라, 『정체성』, 이재룡 옮김, 민음사, 1998.

미셸 푸코 외, 『자기의 테크놀로지』, 이희원 옮김, 동문선, 1997.

__________, 『성의 역사』 3권, 이혜숙·이영목 공역, 나남, 1996.

O.F. 블노브, 『실존철학이란 무엇인가』, 최동희 옮김, 서문당, 1996.

오트프리트 회페, 『윤리학사전』, 임홍빈 외 옮김, 예경, 1998.

오르테가·이·가셋트, 『삶의 형이상학』, 정영도 역, 문음사, 1982.

폴 헤르나디, 김준오 옮김, 『장르론－문학분류의 새방법』, 문장, 1983.

스콧래쉬, 조나단 프리드먼 편, 『현대성과 정체성』, 윤호병 외 옮김, 현대미학사, 1997.

스티븐 프리스트, 『마음의 이론』, 박찬수 외 옮김, 고려원, 1995.

S. 키에르케고르, 『이것이냐 저것이냐』, 김영철 역, 숭문출판사, 1967.

테오도르 아도르노, 『한줌의 도덕』, 최문규 옮김, 솔, 1995.

위르겐 하버마스, 『현대성의 철학적 담론』, 이진우 옮김, 문예출판사, 1995.

W·듀란트, 『허무주의』, 박종웅 역, 1969.

Yi-Fu Tuan, 『공간과 장소』, 정영철 옮김, 태림문화사, 1999.

가라타니 고진, 『일본근대문학의 기원』, 박유하 옮김, 민음사, 1997.

방입천, 『불교철학개론』, 유영희 역, 민족사, 1989.

5. 외국서적

ALEX PREMINGER and T.V.F. BROGAN FRANK J. WARANKE, O.B. HARDISON, Jr., and EARL MINER, *THE PRINCETON ENCYCLOPEDIA OF POETRY AND POETICS*, PRINCETON UNIVERSITY PRESS, 1993.

M. H. ABRAMS, *The Mirror and the Lamp*, Oxford University. 1971.

William C. Cavanaugh, *Introduction to Poetry*, WM. C. Brown Company Publishers, 1974.

W. R. Johnson, *The Idea of Lyric*, University of California Press, 1982.

X.J. Kennedy, *An Introduction to Poetry*, Little, Brown and Company, 1974.

ㄱ

개별자 90, 91
거주방식 132, 141
고백 191
고향 25, 110, 153
고향상실 26
공동체의식 25
관심 35
관찰자 89
근원적인 부끄러움 183
기행시 110, 134, 142, 148

ㄴ

나르시스 84
나르시시스트 24
나르시시즘 30, 89
난해성 18, 20
내면 34, 35, 36, 38, 42, 43
내면성 12, 15, 32, 33, 34, 36, 43, 45,
　105, 177, 243, 245, 246, 248, 249,
　254, 259, 260, 262
내면세계 29, 105, 170
내면의식 250, 251, 252, 253
내면적 존재양상 15, 250, 254, 258,
　262
내면적인 경향 12, 260
내면적인 존재양상 255, 259, 261

내면화 24, 42, 182, 252, 255, 259
놀이 125, 126, 127, 129, 130, 132
니힐리즘 41, 153, 154, 156

ㄷ

단독자 16, 17, 37, 38, 43, 45, 90, 91,
　177, 261
단독적인 자아 37
대상관계 84
대상화 75, 84, 85, 179, 244
동일성 31, 32, 60, 79, 133, 255, 256

ㄹ

레비나스 60

ㅁ

무 106
무상 121
무상감 106, 149
무상성 41, 106, 107, 108, 110, 132,
　135, 149, 155, 157, 163, 168, 169,
　261
무상함 27, 112, 148, 154, 156, 163,
　165, 168, 232, 237, 261
무의지 38, 90, 92, 96, 153

| ㅂ |

반성 201
반영 72, 73, 75, 76, 78, 83, 84, 86
방관자 41, 154
배려 35
백석 40, 41, 42, 106
본래성 222, 228, 232
본래적인 자기 226, 227, 237, 239
본래적인 희망 203
부름 229
부재 32, 86
부정성 17, 30
부조리 37, 38, 46, 72, 73, 74, 77, 80,
  85, 89, 261
불안 32, 73, 102, 180, 181, 195
비극 29, 170

| ㅅ |

사르트르 60, 106
사색자 16, 39, 43, 178, 201, 257
사유 39, 220, 221, 234, 237, 239
상상의 공간 25
상실의식 25
상징성 부재 54
상징적인 아버지 53, 54
상호주관성 61
상황 33, 38, 46, 53, 59, 62, 66, 68,
  76, 98, 103, 155
서술시 115, 117
서정시 28, 252, 253, 254, 255, 257,
  259, 260, 262
서정장르 32
서정적 자아 116
선의지 200, 201, 202, 204, 207, 209,
  214, 216, 218
선함 178, 200, 201, 202, 203, 204,
  207, 208, 214
성찰 29, 134, 177, 189, 221
성찰적 자아 37, 182
세계 32, 33, 34, 35, 39, 48, 51, 53,
  68, 72, 85, 207, 242
세계상실 100
세계의 단절 75
세계의 자아화 255
세계인식 92
속죄 188
시적 자아 13, 29, 37, 38, 39, 57, 58,
  59, 65, 66, 71, 75, 77, 84, 87, 92,
  103, 104, 122, 125, 178
시정신 32
신념 168
실재 83, 89
실재영상 78, 84
실존 14, 32, 33, 36, 38, 48, 51, 56,
  62, 69, 73, 92, 133, 180, 195, 232
실존의 조건 33, 98
실존적 자아 14
실천의지 197

| ㅇ |

아버지의 부재 59
암담 214
야스퍼스 39, 47
역설 69, 222, 232
역행 102
염려 230, 235, 237, 238, 240, 260
영상 79, 81, 82, 83, 87, 88, 89
우연성 34, 61, 78, 79
유년 109, 110, 112, 114, 115, 116,

118, 120, 121, 123, 125, 212
유년회상 26
유랑 26, 132, 133, 135, 141, 149
유랑자 25, 135, 141, 147
윤동주 39, 40, 42
응시 79
이상 37, 42
이상적 자아 19
이야기 130, 138
인간의 실존 13
인과성 75
일기시 28
일상성 40

| ㅈ |

자괴감 187
자기 동일시 82
자기 사유 178, 201
자기각성 189
자기감시 184
자기긍정 23
자기모색 39, 193, 198
자기반성 39, 179, 180, 182, 183, 188,
　189, 190, 193
자기반영 84
자기배려 200
자기부정 37
자기분열 73
자기성찰 23, 101, 179, 180, 182, 183,
　184, 185, 186, 188, 193, 195, 196, 197
자기애 84
자기의지 195, 216, 261
자기자각 187, 188, 193
자기참회 192
자기확인 183, 185, 186, 193

자아 21, 31, 32, 34, 35
자아성찰 29, 30
자아의 층위 32
자아의식 29
자아정체성 31
장소 133, 134, 141, 143, 147, 148,
　153, 156, 165, 195
장소의식 141
전도된 이미지 73, 79, 83
전도성 88
전이 79
절제 188
정체성 54, 57
정치적 무의식 25
존재 13, 16, 21, 26, 32, 33, 34, 35,
　36, 37, 41, 43, 49, 56, 61, 64, 76,
　78, 79, 85, 95, 135, 149, 165, 213,
　221, 229, 235, 242, 244
존재방식 68, 261
존재의 근원 212, 220
존재의 내면 34
존재의 본래성 230
존재의 양상 37
존재자 14, 15, 16, 21, 32, 33, 34, 37,
　38, 39, 41, 48, 49, 62, 67, 71, 72,
　77, 80, 85, 90, 93, 98, 105, 108,
　132, 153, 156, 160, 188, 203, 213,
　214, 220, 230, 232, 241, 242, 245,
　258, 260
좋음 178, 203, 204, 206, 207
죄의식 189
주체분열 20
주체형성 19
지향성 196
집단성 98

｜ ㅊ ｜

참회　188, 189, 190, 191
최고선　40, 202
추억　110, 211
친애　207, 208, 209, 212

｜ ㅋ ｜

키에르케고르　47, 91

｜ ㅌ ｜

타자　54, 60, 62, 84, 223, 234
탐색　35
통로　141
통찰　35
투사　72, 73, 83

｜ ㅎ ｜

하이데거　39, 40, 41, 85, 97, 106,
　213, 221, 229, 230, 231, 241, 242
한계　41, 98, 195
한계상황　21, 37, 38, 39, 46, 47, 48,
　53, 54, 56, 60, 61, 69, 71, 72, 80,
　85, 261
허구영상　78, 79
허무　25, 108, 154, 261
허무자　16, 37, 43, 257
허무주의　41
허무함　27, 105, 154, 161
현존재　41, 221, 229
회감　67
회상　109, 110, 111, 116, 121, 126,
　146, 211

저 자 **한 경 희** | 경북 안동 출생
안동대학교 국어국문학과 졸업
한국정신문화연구원 석·박사 졸업
월간문학 문학평론 당선
경북대학교 인문과학연구소 책임연구원
안동대 강사

한국 현대시의 내면화 경향 ■ ■ ■

인 쇄 2005년 6월 23일
발 행 2005년 6월 30일

저 자 한 경 희
펴낸이 이 대 현
편 집 권 분 옥
펴낸곳 도서출판 역락
서울 성동구 성수2가 3동 301-80 (주)지시코 별관 3층
전화 • 3409-2058, 3409-2060 / FAX • 3409-2059
홈페이지 • http://www.youkrack.com
이메일 • youkrack@hanmail.net
등록 • 1999년 4월 19일 제2-2803호

정 가 11,000원
ISBN 89-5556-386-8-93810

■ 잘못된 책은 교환해 드립니다.